예언의 시작

WARRIORS 전사들 5

5 위험한 길

WARRIORS series 1: The Prophecies Begin
Book 5: A Dangerous Path

Copyright © 2004 by Working Partners Limited
Series created by Working Partners Limited
Map art © 2015 by Dave Stevenson
Interior art © 2015 by Owen Richardson

Korean translation copyright © 2019 by GaramChild.
Korean translation rights arranged with Working Partners Ltd.
through Rights People, London

예언의 시작
WARRIORS 전사들
5 위험한 길

2019년 6월 10일 1쇄 발행
2024년 4월 30일 6쇄 발행

지은이 에린 헌터
옮긴이 서나연

기획 이성애 | **편집** 한명근 | **교정·교열** 권혜정
마케팅 한명규 | **디자인** 김성엽의 디자인모아

발행처 ㈜가람어린이

출판등록 2002년 9월 16일 제2002-000291호
주소 경기도 고양시 덕양구 삼원로 63, 1015호
전화 02-323-2160 | **팩스** 02-6008-2150
전자우편 garambook@garambook.com
블로그 blog.naver.com/garamchildbook
인스타그램 instagram.com/garamchildbook
트위터 twitter.com/garamchildbook
유튜브 가람어린이tv
카카오톡 채널 가람어린이출판사

ISBN 979-11-87777-86-1 74840
ISBN 979-11-87777-68-7 (세트)

예언의 시작

WARRIORS
전사들

5 위험한 길 A DANGEROUS PATH

에린 헌터 지음 | 서나연 옮김

가람어린이

현실의 브램블포에게.

체리스 볼드리에게
특별한 감사를 전합니다.

등장하는
고양이들

 천둥족

지도자

블루스타(푸른별) 청회색 암고양이로, 주둥이 주변 털에 은빛이 감돈다.

부지도자

파이어하트(불꽃심장) 적갈색 수고양이로, 용모가 수려하다. 훈련병 클라우드포를 가르친다.

치료사

신더펠트(잿빛털가죽) 진회색 암고양이.

전사(수고양이와 새끼가 없는 암고양이)

화이트스톰(하얀폭풍) 흰색 얼룩무늬 수고양이로, 몸집이 크다. 훈련병 브라이트포를 가르친다.

다크스트라이프(짙은줄무늬) 암회색 얼룩무늬 수고양이로, 몸이 날렵하다. 훈련병 펀포를 가르친다.

프로스트퍼(서릿발털) 파란 눈의 아름다운 흰색 암고양이.

브린들페이스(얼룩무늬얼굴) 예쁜 얼룩무늬 암고양이.

롱테일(긴꼬리) 진한 흑색 줄무늬가 있는 옅은 얼룩무늬 수고양이. 훈련병 스위프트포를 가르친다.

마우스퍼(쥐색털) 몸집이 작은 흑갈색 암고양이. 훈련병 쏜포를 가르친다.

브래큰퍼(고사리빛털) 황금빛이 도는 갈색 얼룩무늬 수고양이.

더스트펠트(흙색털가죽) 흑갈색 얼룩무늬 수고양이. 훈련병 애쉬포를 가르친다.

샌드스톰(모래폭풍) 옅은 황갈색 암고양이.

훈련병(태어난 지 6개월이 넘어 전사가 되기 위해 훈련을 받는 고양이)

스위프트포(재빠른발) 흑백 얼룩무늬 수고양이.

클라우드포(구름발) 털이 길고 하얀 수고양이.

브라이트포(빛나는발) 흰색 바탕에 황갈색 점무늬가 있는 암고양이.

쏜포(가시발) 황금빛이 도는 갈색 얼룩무늬 수고양이.

펀포(고사리발) 진회색 얼룩이 군데군데 있는 연회색 암고양이로, 눈이 연녹색이다.

애쉬포(회색발) 진회색 얼룩이 군데군데 있는 연회색 수고양이로, 눈이 짙푸른 색이다.

보육실의 어미 고양이(임신 중이거나 새끼 고양이를 기르는 암고양이)

골든플라워(황금꽃) 옅은 황갈색 고양이.

스페클테일(점박이꼬리) 옅은 얼룩무늬 고양이로, 보육실의 어미 고양이들 중 가장 나이가 많다.

윌로펠트(버드나무가죽) 아주 옅은 회색 고양이로, 흔치 않은 푸른 눈을 가졌다.

원로(은퇴한 전사와 보육실에서 나온 암고양이)

원아이(하나의눈) 천둥족에서 가장 나이가 많은 연회색 암고양이로, 눈이 거의 보이지 않고 귀도 잘 들리지 않는다.

스몰이어(작은귀) 귀가 아주 작은 회색 수고양이로, 천둥족에서 가장 나이가 많다.

대플테일(얼룩꼬리) 한때 무척 예뻤던 삼색얼룩 암고양이로, 사랑스러운 얼룩무늬 털을 가졌다.

 그림자족

지도자

타이거스타(호랑이별) 짙은 갈색 얼룩무늬 수고양이로, 몸집이 크고 앞발톱이 유난히 길다. 천둥족의 부지도자였다.

부지도자

블랙풋(검은발) 덩치가 큰 흰색 수고양이로, 커다랗고 새까만 발이 특징이다.

치료사

러닝노즈(흐르는코) 몸집이 작은 회백색 수고양이.

전사

오크퍼(떡갈나무털) 몸집이 작은 갈색 수고양이.

리틀클라우드(작은구름) 얼룩무늬 수고양이로, 몸집이 아주 작다.

다크플라워(어두운꽃) 검은색 암고양이.

볼더(뭉우리돌) 은색 얼룩무늬 수고양이로, 떠돌이 고양이였다.

러셋퍼(적갈색털) 적갈색 암고양이로, 떠돌이 고양이였다. 훈련병 시더포를 가르친다.

재그드투스(삐죽한이빨) 덩치가 큰 얼룩무늬 수고양이로, 떠돌이 고양이였다. 훈련병 로언포를 가르친다.

보육실의 어미 고양이

톨파피(키큰양귀비) 밝은 갈색 얼룩무늬 고양이로, 다리가 길다.

 바람족

지도자

톨스타(키큰별) 흑백 얼룩무늬 수고양이로, 꼬리가 매우 길다.

부지도자

데드풋(죽은발) 검은색 수고양이로, 발이 뒤틀렸다.

치료사

바크페이스(거친얼굴) 갈색 수고양이로, 꼬리가 짧다.

전사

머드클로(진흙색발톱) 얼룩덜룩한 암갈색 수고양이.

웹풋(거미줄발) 짙은 회색 얼룩무늬 수고양이.

톤이어(찢어진귀) 얼룩무늬 수고양이.

토니퍼(금갈색털) 금빛이 도는 갈색 암고양이.

원위스커(수염하나) 갈색 얼룩무늬 수고양이. 훈련병 고스포를 가르친다.

러닝브룩(흐르는냇물) 연회색 얼룩무늬 암고양이.

보육실의 어미 고양이

애쉬풋(잿빛발) 회색 고양이.

모닝플라워(아침꽃) 삼색얼룩 고양이.

화이트테일(흰꼬리) 몸집이 작은 흰색 고양이.

 강족

지도자

크룩트스타(비뚤어진별) 몸집이 큰 옅은 색 얼룩무늬 고양이로, 턱이 비뚤어져 있다.

부지도자

레퍼드퍼(표범털) 얼룩무늬 암고양이로, 보기 드문 금빛 점무늬가 있다.

치료사

머드퍼(진흙색털) 밝은 갈색 수고양이로, 털이 길다.

전사

블랙클로(검은발톱) 흐릿한 흑색 수고양이.

헤비스텝(무거운걸음) 땅딸막한 얼룩무늬 수고양이. 훈련병 돈포를 가르친다.

스톤퍼(돌멩이색털) 회색 수고양이로, 귀에 전투의 흉터가 남아 있다.

미스티풋(안개낀발) 회색 암고양이로, 눈이 푸른색이다.

셰이드펠트(그늘진털가죽) 아주 짙은 회색 암고양이.

라우드밸리(시끄러운배) 진갈색 수고양이.

그레이스트라이프(회색줄무늬) 회색 수고양이로 털이 길다. 천둥족 출신이다.

보육실의 어미 고양이

모스펠트(이끼털가죽) 삼색얼룩 고양이.

원로

그레이풀(회색웅덩이) 털이 얼룩덜룩하고 몸이 마른 회색 암고양이로, 주둥이에 흉터
가 있다.

종족에 속하지 않는 고양이

발리(보리) 흑백 얼룩무늬 수고양이로, 숲 근처의 농장에 산다.

레이븐포(칠흑색발) 몸집이 작고 마른 검은색 수고양이. 가슴에 작은 흰색 얼룩점이
있으며, 꼬리 끝도 흰색이다.

프린세스(공주) 애완 고양이로, 연갈색 얼룩무늬에 가슴과 발만 흰색으로 도드라져
보인다.

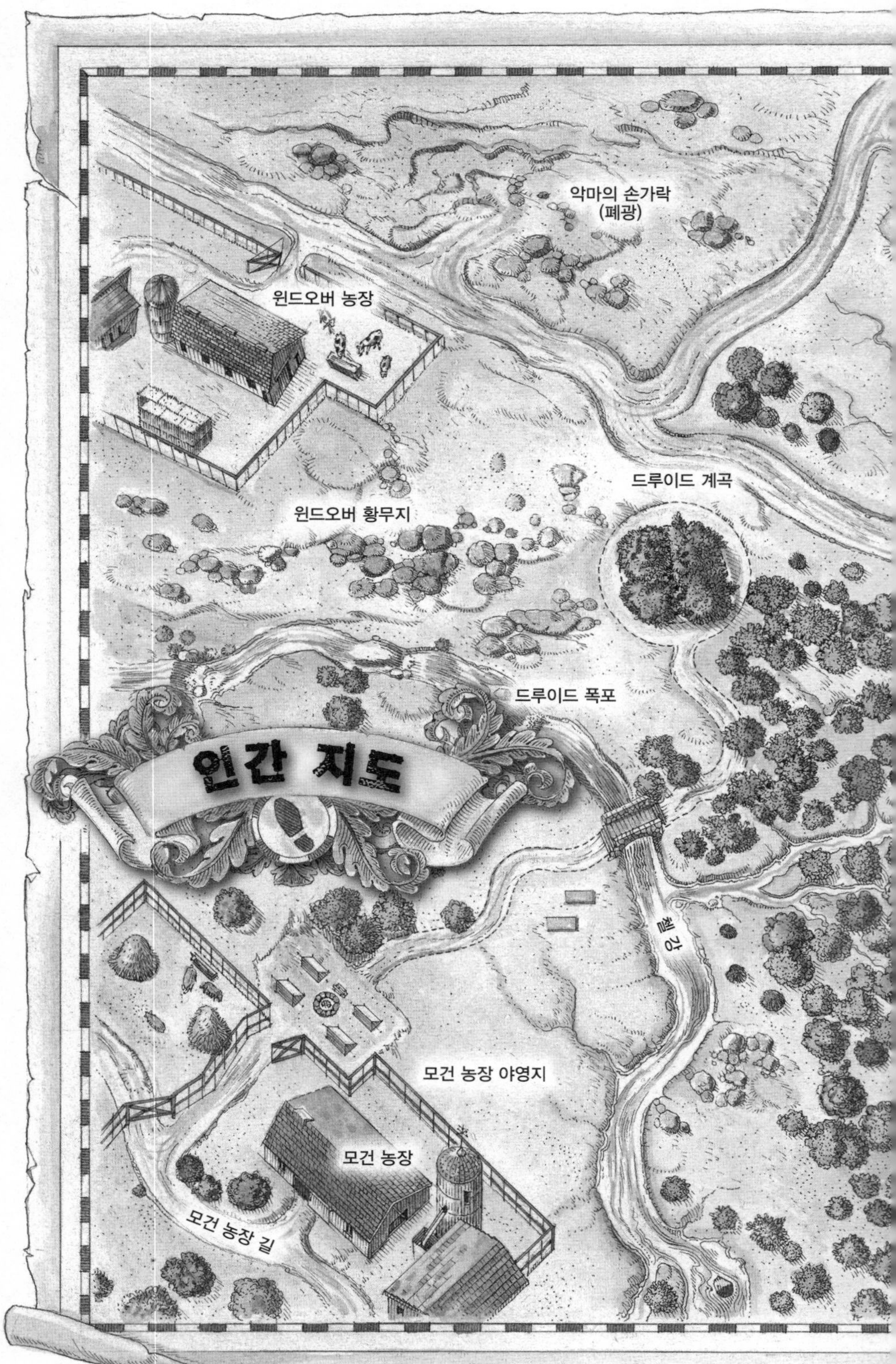

악마의 손가락
(폐광)

윈드오버 농장

윈드오버 황무지

드루이드 계곡

드루이드 폭포

인간 지도

헬 강

모건 농장 야영지

모건 농장

모건 농장 길

노스 앨러튼
쓰레기장

윈드오버 도로

화이트하트 숲

첼포드 숲

첼포드 제재소

첼포드

지형 기호

낙엽수림

침엽수림

습지

낭떠러지와 바위

하이킹 도로

북쪽

프롤로그

  '움직이는 개집' 안은 캄캄했다. 개들의 우두머리는 발톱으로 긁어 대는 소리를 들을 수 있었고, 바로 옆에 있는 개의 미끈한 털가죽도 느낄 수 있었다. 하지만 아무것도 보이지 않았다. 개 냄새가 콧구멍을 가득 메웠고, 그 너머로 타 버린 숲의 냄새가 풍겨 왔다.

  우두머리는 움직이는 개집이 덜컥 멈출 때까지, 흔들리는 바닥에 불편하게 앉아 있었다. 바깥에서 인간의 목소리가 들려왔다. 그는 몇 마디 말을 알아들을 수 있었다.

  "불…… 계속 감시…… 개들을 지켜."

  개들의 우두머리는 잘린 나무의 달콤하면서도 쌉싸름한 냄새와 함께 인간이 풍기는 겁에 질린 냄새를 감지했다. 그는 전날 밤에도, 그 전날 밤에도 여길 왔었다. 또 그 전에도 네 발로 셀 수 없을 만큼 많은 밤에 여길 왔었다. 그는 혹시 모를 침략자들에 대비해 나머지 개들과 함께 냄새를 맡으며 주변을 돌아다니곤 했다.

  우두머리는 입술을 뒤로 쭉 당겨 날카로운 이빨을 드러내며 조

19

용히 으르렁거렸다. 그들의 무리는 강했다. 그들은 달리고 사냥할 수 있었다. 그들은 따뜻한 피를 갈망했고, 먹잇감이 숨을 거두기 직전에 풍기는 겁에 질린 냄새를 맡고 싶어 했다. 하지만 그들은 지금 갇혀서 인간이 던져 주는 먹이를 먹으며 인간의 명령에 복종하고 있었다.

우두머리는 강인한 네 발로 일어서서, 검은색과 갈색이 섞인 육중한 머리로 문을 들이받았다. 문은 덜거덕거리는 소리를 냈다. 우두머리는 목소리를 높여 짖었다. 그 소리는 좁은 공간에서 더욱 크게 울렸다.

"나가라! 밖으로 나가라! 지금 당장!"

나머지 개들도 함께 소리쳤다.

"나가자! 달려 나가자!"

마치 그들의 외침에 답하듯이 움직이는 개집의 문이 벌컥 열렸다. 우두머리는 황혼 속에 서서 명령을 외쳐 대는 인간을 볼 수 있었다.

우두머리가 먼저 펄쩍 뛰어서, 쌓여 있는 통나무 더미 근처에 내려섰다. 발치에서 재와 그을음이 흩날렸다. 흑갈색 털의 다른 개들도 줄줄이 우두머리의 뒤를 따랐다.

"무리는 뒤따르라! 뒤따르라!"

개들이 짖어 댔다.

우두머리는 숲과 그들 사이를 가로막고 있는 울타리를 따라 쉬지 않고 걸었다. 울타리 너머에는 타 버린 나무들이 서로 기대어 있거나 바닥에 쓰러져 있었다. 더 멀리서는 해를 입지 않은 나무들이 바람에 바스락거리는 소리를 냈다.

잎사귀가 빽빽하게 드리운 그늘에서 유혹적인 냄새가 풍겨 왔다. 우두머리의 근육이 팽팽하게 긴장했다. 울타리 너머, 먹이가 가득한 숲에서라면 그들은 자유롭게 달릴 수 있을 것이다. 그들을 묶어 두거나 명령을 내리는 인간도 없을 것이다. 그들은 숲에서 가장 강인하고 사나운 존재가 될 것이고, 먹이도 실컷 먹을 수 있을 것이다.

"자유!"

우두머리가 짖었다.

"무리는 자유다!"

그는 울타리 가까이로 걸어가, 코를 철망에 바짝 대고 숲의 냄새를 깊이 들이마셨다. 전에는 한 번도 맡아 보지 못한 냄새들도 많았지만, 그가 잘 아는 냄새도 하나 있었다. 다른 냄새보다 더 짙게 풍겨 오는 그 냄새는 바로 그의 적이자 먹잇감인 고양이들의 냄새였다!

밤이 되었다. 검게 변한 나무들의 앙상한 가지들이 보름달 빛에 윤곽을 드러냈다. 어둠 속에서 개들은 짙은 그늘 사이를 이리저리 돌아다녔다. 검댕과 톱밥 사이로 발들이 살며시 움직이고, 빛나는 털가죽 아래로 근육이 물결쳤다. 그들은 눈을 반짝이며, 벌어진 입 사이로 날카로운 이빨을 드러낸 채 혀를 축 늘어뜨리고 있었다.

우두머리는 울타리 아래쪽을 킁킁거리며 냄새를 맡았다. 사흘

전에 그는 울타리 아래로 난 좁은 구멍을 발견했다. 그 구멍이 그들에게 자유를 주리라는 사실을 단번에 알 수 있었다.

"구멍. 구멍은 어디?"

그가 으르렁거렸다.

그때 흙바닥이 움푹 팬 곳을 발견했다. 우두머리는 육중한 발로 바닥을 파헤치다가, 고개를 들고 자신을 따르는 무리를 향해 짖었다.

"여기. 구멍. 여기."

그는 가시처럼 날카롭고 썩은 고기처럼 뜨거운 그들의 열망이 자신의 마음속에서도 타오르는 것을 느낄 수 있었다. 무리는 우두머리에게 답하며 다가왔다.

"구멍. 구멍."

"더 크게. 구멍 더 크게."

우두머리가 약속했다.

"곧 달린다."

그는 늘씬하고 강인한 몸에 있는 온 힘을 끌어모아 다시 바닥을 파헤치기 시작했다. 흙이 흩날리면서 철망 울타리 아래쪽의 구멍이 더 깊고 넓어졌다. 개들은 숲의 냄새가 실린 밤공기를 들이마시며 주변을 서성거렸다. 그들은 살아 있는 먹잇감의 따뜻한 몸통에 이빨을 찔러 넣을 생각에 침을 흘리고 있었다.

우두머리가 갑자기 동작을 멈추고 귀를 쫑긋 세웠다. 그들을 감시하는 인간의 소리가 들렸던 것이다. 하지만 모습은 보이지 않았다. 인간의 냄새는 먼 곳에서 풍겨 오고 있었다.

우두머리는 몸을 바닥에 납작하게 붙이고 꿈틀거리며 구멍을 비집고 들어갔다. 철망에 털가죽이 긁혔지만 뒷다리로 땅을 박차며 앞으로 밀고 나갔다. 그리고 마침내 울타리 밖 숲으로 기어 나와 섰다.

"이제 자유다."

우두머리가 컹컹 짖었다.

"와라! 와라!"

개들이 하나씩 지나갈 때마다 구멍은 더 깊어졌다. 구멍에서 빠져나온 개들은 우두머리 옆으로 다가갔다. 그들은 불타 버린 나무 사이를 이리저리 헤집고 다니며, 나무뿌리 아래 구멍에 주둥이를 밀어 넣었다. 어둠 속을 응시하는 그들의 눈동자에는 냉혹한 불꽃이 이글거렸다.

마지막 개가 울타리 아래로 빠져나오자 우두머리는 고개를 들고 의기양양하게 짖었다.

"달려라! 자유다! 달려라!"

숲을 향해 돌아선 그는 강인한 근육을 유연하게 움직이며 성큼성큼 달려 나갔다. 무리는 우두머리의 뒤를 줄지어 따라갔다. 어두운 형체가 숲의 어둠을 가르며 휙휙 지나갔다.

'무리, 달려라!'

숲 전체가 그들의 것이었다. 그리고 그들의 머릿속에는 한 가지 본능만이 꿈틀거렸다.

'죽여라! 죽여라!'

1
위태로운 지도자들

　파이어하트는 고개를 들어 '거대한 바위'에 올라선 그림자족의 새 지도자를 바라보았다. 믿을 수 없는 광경에 그는 분노로 털이 곤두섰다. 그림자족 지도자는 고개를 돌려 이쪽저쪽 살피고 있었다. 윤이 나는 털가죽 아래에서 근육이 물결처럼 일렁였고, 호박색 눈동자는 의기양양하게 번득였다.

　"타이거클로!"

　파이어하트는 낮게 내뱉었다. 몇 번이나 그를 죽이려고 시도했던 오랜 적이 이제 숲에서 가장 강력한 고양이 중 하나가 되어 나타난 것이다.

　'나무 네 그루' 위로 높이 떠오른 보름달이 모임을 위해 그곳에 모여든 네 종족의 고양이들에게 차가운 빛을 드리우고 있었다. 그들은 그림자족의 지도자였던 나이트스타가 죽었다는 소식을 듣고 모두 충격에 빠져 있었다. 하지만 천둥족의 부지도자였던 타이거클로가 그림자족의 새 지도자가 되었으리라고는 아무도 예상하지 못했다.

파이어하트의 옆에 있던 다크스트라이프는 눈을 반짝이며 흥분을 감추지 못했다. 파이어하트는 종족 동료인 다크스트라이프가 속으로 무슨 생각을 하고 있을지 궁금했다. 타이거클로는 천둥족에서 쫓겨나면서 자신을 지지하던 다크스트라이프에게 함께 떠나자고 청했지만 거절당했다. 다크스트라이프는 그때 거절했던 일을 이제 와서 후회하고 있을까?

파이어하트는 자신을 향해 꼬리를 흔들고 있는 샌드스톰을 발견했다.

"이게 어떻게 된 일이야?"

황갈색 고양이가 가까이 다가오며 물었다.

"타이거클로는 그림자족을 이끌 수 없어. 그는 반역자잖아!"

파이어하트는 잠시 머뭇거렸다. 천둥족의 부지도자였던 타이거클로는 블루스타를 죽이고 지도자의 자리를 차지하려 했다. 그는 그 벌로 종족과 숲에서 추방되었고, 그건 어떤 종족의 지도자든 당당하게 내세울 수 있는 과거는 아니었다.

"하지만 그림자족은 타이거클로가 무슨 짓을 했는지 모르고 있어."

파이어하트가 목소리를 낮추어 말했다.

"다른 종족들도 마찬가지고."

"그럼 네가 말해 줘야 해!"

파이어하트는 거대한 바위 위에 타이거클로와 함께 서 있는 톨스타와 크룩스타를 올려다보았다. 둘은 각각 바람족과 강족의 지도자였다.

'내가 알고 있는 사실을 그들에게 말한다면 들어 줄까?'

그림자족은 브로큰테일의 잔혹한 통치에 크게 고통받았고, 뒤이어 끔찍한 질병까지 겪었다. 아마도 그들은 종족을 다시 강성하게 만들 수만 있다면 새 지도자가 과거에 무슨 짓을 저질렀든 신경 쓰지 않을 것이다.

게다가 타이거클로가 다른 종족에 가서 소원대로 권력을 잡았다는 걸 알고 나니 어쩔 수 없는 안도감이 드는 것도 사실이었다. 이제 천둥족은 더 이상 타이거클로의 공격에 대비하지 않아도 될 것이다. 파이어하트 역시 숲을 다닐 때 끊임없이 뒤를 돌아보며 경계하지 않아도 괜찮을 것이다.

하지만 여러 감정이 교차하는 중에도 이렇게 아무런 저항 없이 타이거클로가 권력을 잡도록 내버려 둘 수는 없다는 생각이 들었다. 그는 이대로 가만히 두고 본다면, 자기 자신을 용서할 수 없을 거라는 사실을 깨달았다.

"파이어하트!"

누군가 부르는 소리에 고개를 돌리자, 희고 긴 털을 가진 훈련병 클라우드포가 그를 향해 빠르게 다가오는 모습이 보였다. 다부진 갈색 전사 마우스퍼가 그 뒤를 바짝 따르고 있었다.

"파이어하트, 거기 그냥 서서 보고만 있을 거예요? 저 여우 똥 덩어리가 그림자족을 차지하게 둘 거냐고요!"

"조용히 해라, 클라우드포."

파이어하트가 명령했다.

"나도 알아. 내가……."

그때 타이거클로가 거대한 바위 앞쪽으로 걸어 나오는 바람에 파이어하트는 말을 멈췄다.

"오늘 밤 모임에 여러분과 함께하게 되어 기쁩니다."

덩치 큰 얼룩무늬 고양이가 침착하고 위엄 있는 목소리로 말했다.

"나는 그림자족의 새 지도자로서 여러분 앞에 섰습니다. 우리 종족은 병으로 많은 목숨을 잃었고, 나이트스타도 그 병으로 죽었습니다. 별족은 나이트스타의 후계자로 나를 지목하였습니다."

바람족의 지도자인 톨스타가 그를 향해 몸을 돌렸다.

"환영하오, 타이거스타. 별족이 그대와 함께하기를."

톨스타가 정중하게 고개를 숙이며 말했다.

그림자족의 새 지도자가 고개를 숙이며 답하자, 크룩트스타도 동의를 표했다.

"환영해 주어서 고맙습니다."

타이거스타가 대답했다.

"이 자리에 함께 서게 되어 영광입니다. 상황이 달랐으면 더 좋았겠지만 말입니다."

"잠깐 기다리시오."

톨스타가 타이거스타의 말을 잘랐다.

"여기에는 넷이 있어야 하는데."

그는 아래에 모인 고양이들을 내려다보았다.

"천둥족의 지도자는 어디 있소?"

"가 보십시오."

파이어하트는 누군가 자신을 미는 것을 느끼고 고개를 돌렸다. 화이트스톰이 천둥족 고양이 무리에 합류해 있었다.

"블루스타를 대신해서 이 자리에 왔다는 걸 잊지 않으셨지요?"

파이어하트는 갑자기 말문이 막혀 고개만 끄덕였다. 그는 근육에 탄탄하게 힘을 주고, 세 지도자가 서 있는 거대한 바위 위로 재빨리 뛰어 올라갔다. 눈앞에 펼쳐진 익숙하지 않은 광경에 잠시 숨이 멎을 것 같았다. 자신이 한참 높은 곳에 올라와 있는 것 같았다. 아래에 모인 고양이들의 모습은 거대한 떡갈나무 사이로 비치는 달빛에 따라 달라 보였다. 파이어하트는 수많은 눈동자가 뿜어내는 빛을 보고 몸을 떨었다.

"파이어하트?"

톨스타가 그를 불렀다.

"자네가 왜 여기 올라온 것이지? 블루스타에게 무슨 일이 생긴 건가?"

파이어하트는 정중하게 고개를 숙였다.

"블루스타는 불이 났을 때 연기를 너무 많이 마셔서 아직 이곳에 올 정도로 건강을 회복하지 못했습니다. 하지만 곧 회복될 것입니다."

그는 황급히 덧붙였다.

"심각한 상태는 아닙니다."

톨스타는 고개를 끄덕였다.

크룩트스타가 성질을 부리듯 말했다.

"도대체 언제 시작할 거요? 아까운 달빛만 흘러가고 있소."

강족 지도자는 대답을 기다리지도 않고 소리 높여 모임의 시작을 알렸다. 바위 아래 모인 고양이들이 웅성거리는 소리가 잦아들자, 강족 지도자가 말했다.

　"모든 종족의 고양이들이여, 모임에 온 것을 환영합니다. 오늘밤에는 새로운 지도자인 타이거스타가 합류했습니다."

　그는 꼬리를 획 흔들어 육중한 전사를 불렀다.

　"타이거스타, 이야기할 준비가 되었소?"

　타이거스타는 감사의 뜻으로 고개를 끄덕인 후 앞으로 나섰다.

　"나는 별족의 뜻으로 여기 여러분 앞에 섰습니다. 나이트스타는 고결한 전사였지만, 나이가 많았고 질병에 맞서 싸울 만한 기력이 없었습니다. 부지도자 신더퍼 역시 목숨을 잃었습니다."

　타이거스타의 말을 듣고 있던 파이어하트는 불안감으로 털이 쭈뼛쭈뼛 섰다. 종족 지도자는 '어머니의 입'에 가서 별족과 혀를 나누고 아홉 목숨을 받게 된다. 나이트스타가 지도자가 된 것은 불과 몇 계절 전이었다. 그가 받은 아홉 목숨은 어떻게 된 것일까? 그림자족을 휩쓴 질병이 아홉 개의 목숨을 모두 앗아 가 버릴 정도로 가혹했던 것일까?

　바위 아래를 내려다보던 파이어하트는 그림자족 치료사인 러닝노즈를 발견했다. 그는 고개를 푹 숙인 채 앉아 있었다. 표정은 보이지 않지만 구부정하게 웅크린 자세만으로도 비탄에 빠져 있다는 것을 알 수 있었다. 자신이 가진 어떤 치료 기술로도 지도자를 살릴 수 없었다는 사실을 견디기 힘들었을 것이다.

　"별족은 가장 필요한 시기에 저를 그림자족에게 인도해 주었습

29

니다."

거대한 바위 위에서 타이거스타가 말을 이어 갔다.

"질병에서 살아남은 전사들은 많지 않았습니다. 어미 고양이들이나 원로들을 위해 사냥을 할 전사도, 종족을 지킬 전사도 부족했습니다. 지도자의 자리에 오를 전사도 없었습니다. 바로 그때 별족이 러닝노즈에게 위대한 지도자가 나타날 것이라는 계시를 내렸습니다. 나는 우리 전사 조상들의 이름으로 맹세합니다. 내가 바로 그 위대한 지도자가 될 것입니다."

파이어하트는 러닝노즈가 불편한 듯 몸을 움찔거리는 모습을 언뜻 보았다. 무슨 까닭인지, 러닝노즈는 '계시'라는 말에 불만스러워하는 것 같았다.

파이어하트는 문득 종족 고양이들에게 사실을 알리기가 더욱 힘들어졌다는 걸 깨달았다. 계시가 있었다면, 별족이 직접 타이거스타를 그림자족의 새 지도자로 선택했다는 뜻이었다. 다른 고양이가 별족의 결정에 의문을 제기할 수는 없었다. 지금은 무슨 말을 하더라도 전사 조상들의 뜻을 거스르는 것처럼 보일 게 분명했다.

"별족 덕분에 나는 다른 고양이들도 함께 데려올 수 있었습니다. 그들은 그림자족을 위해 기꺼이 사냥하고 싸울 수 있다는 것을 증명해 보였습니다."

파이어하트는 타이거스타가 말하는 고양이들이 누구인지 정확히 알고 있었다. 천둥족 진영을 공격했던 떠돌이 무리를 가리키는 것이었다. 거대한 바위 바로 밑에 그들 중 하나가 보였다. 꼬리로 발을 감싸고 앉아 있는 그 커다란 황갈색 수고양이는 천둥족 보육실에 들어가기 위해 브린들페이스와 격투를 벌였던 고양이였다. 공교롭게도 떠돌이 무리에는 독재자 브로큰테일을 따랐던 그림자족 출신 고양이들도 섞여 있었다. 그들은 그림자족이 천둥족의 도움으로 브로큰테일을 몰아냈을 때, 함께 쫓겨났던 고양이들이었다.

톨스타가 의심스러운 눈빛으로 앞으로 나섰다.

"브로큰테일을 따르던 고양이들은 피에 굶주린 잔인한 자들이었소. 그들을 다시 그림자족으로 들이는 것이 정말로 현명한 일이겠소?"

파이어하트는 톨스타가 무엇을 걱정하는지 알 수 있었다. 그들은 바람족을 영역에서 쫓아내고 전멸의 위기에 몰아넣었던 바로 그 고양이들이었던 것이다. 그림자족 전사 중에서 그런 염려를 하는 고양이가 몇이나 될까? 그림자족도 브로큰테일의 잔혹한 지배 때문에 바람족만큼이나 큰 고통을 겪었다. 그런데도 자신들이 쫓아낸 고양이들을 다시 받아들이다니 놀라운 일이었다.

"브로큰테일의 전사들은 그에게 복종했습니다."

타이거스타가 침착하게 대답했다.

"여러분도 자신의 지도자에게 똑같이 복종하지 않겠습니까? 전사의 규약에 따르면 지도자의 말이 곧 법입니다."

그는 혀로 주둥이를 한번 쓱 핥고는 말을 이었다.

"그들은 브로큰테일에게 충성을 다했고, 이제는 나에게 충성할 것입니다. 브로큰테일의 부지도자였던 블랙풋이 이제 나의 부지도자가 되었습니다."

톨스타는 여전히 미심쩍은 표정이었지만, 타이거스타는 흔들리지 않고 그와 눈을 맞추었다.

"톨스타, 그대가 브로큰테일을 증오하는 것은 당연하오. 그는 당신의 종족에게 막대한 해를 입혔소. 하지만 그를 천둥족에 받아들여 보살핀 것은 내 결정이 아니라는 사실을 밝혀 두고 싶소. 나는 처음부터 그 일에 반대했지만, 블루스타가 브로큰테일이 안전하게 머무르도록 해 주어야 한다고 주장했소. 나는 지도자에게 충성하기 위해 그 뜻을 따를 수밖에 없었소."

바람족 지도자는 머뭇거리다가 고개를 끄덕였다.

"그건 맞는 말이오."

"그렇다면 내가 바라는 것은, 나를 믿고 기회를 달라는 것이오. 나의 전사들이 전사의 규약을 준수할 수 있다는 것을 보여 주고, 또 그림자족에게 다시 한 번 충성을 입증할 수 있도록 말이오. 별족의 도움을 받아 내가 가장 먼저 할 일은 그림자족을 다시 강성하게 만드는 것이오."

타이거스타는 말을 마치고 고개를 숙였다.

파이어하트는 희망을 걸어 보았다. 어쩌면 타이거스타는 이제 야망을 이루었으니 정말로 훌륭한 지도자가 될지도 모른다. 타이거스타는 배신자들에게도 다시 기회를 주어야 한다고 말했다. 그 말은 타이거스타 자신에게도 해당되는 말일 것이다. 하지만 파이어하트는 단단히 다짐했다. 타이거스타에게 천둥족을 마음대로 할 수 없다는 사실을 분명히 해 두고 싶었다.

파이어하트는 생각에 너무 깊이 빠진 나머지 타이거스타가 연설을 마쳤다는 사실을 깨닫지 못하고 있었다.

"파이어하트?"

톨스타가 말했다.

"이제 발언을 하겠나?"

파이어하트는 초조하게 침을 삼키고 앞으로 걸어 나갔다. 발밑에 닿는 바위가 차갑고 매끄러웠다. 바위 아래에서는 샌드스톰과 다른 천둥족 고양이들이 기대에 찬 얼굴로 파이어하트를 올려다보고 있었다. 그를 바라보는 샌드스톰의 눈이 존경심으로 빛났다.

용기를 얻은 파이어하트는 입을 열었다. 최근에 발생한 화재로 천둥족 진영이 파괴되었다는 사실을 숨길 생각은 없었다. 하지만 종족이 쇠약해진 상태라는 인상을 주고 싶지는 않았다. 강족 부지도자인 레퍼드퍼는 눈을 가늘게 뜨고 귀를 기울이고 있었다. 강족은 천둥족이 불길을 피하는 것을 도와주었다. 그녀는 천둥족이 얼마나 위태로운 상황인지 그 누구보다 잘 알고 있었다.

파이어하트는 보고를 시작했다.

"며칠 전에 '나무 쪼개는 곳'에서 시작된 불이 우리 진영을 휩쓸고 갔습니다. 하프테일과 패치펠트가 목숨을 잃었습니다. 천둥족은 그들을 기억할 것입니다. 그리고 특별히 옐로팽을 명예롭게 기릴 것입니다. 옐로팽은 하프테일을 구하기 위해 불타는 진영으로 되돌아갔습니다."

파이어하트는 고개를 푹 숙였다. 옛 치료사에 대한 기억이 그를 주체할 수 없는 감정에 휘말리게 했다.

"옐로팽의 거처에서 제가 그녀를 발견했고, 숨을 거둘 때 함께 있었습니다."

듣고 있던 고양이들 사이에서 충격을 받아 울부짖는 소리가 터져 나왔다. 옐로팽의 죽음을 슬퍼하는 것은 천둥족뿐만이 아니었다. 파이어하트는 러닝노즈가 꼿꼿이 몸을 펴고 앉아서 슬픔이 가득한 눈으로 하늘을 올려다보는 모습을 보았다. 옐로팽이 브로큰테일에게서 쫓겨나기 전 그림자족의 치료사였을 때 러닝노즈는 그녀의 제자였다.

"천둥족의 새 치료사는 신더펠트입니다."

파이어하트가 말을 이었다.

"블루스타는 연기를 많이 마셔 고통을 겪고 있지만 회복되고 있습니다. 새끼 고양이들은 아무도 다치지 않았습니다. 우리는 진영을 다시 정비하고 있습니다."

파이어하트는 불타 버린 숲에 먹이가 부족하다는 사실이나, 진영의 방벽을 다시 세우고 있지만 여전히 쉽게 공격당할 수 있는 상태라는 사실은 언급하지 않았다.

"우리는 강족에게 감사를 표합니다."

파이어하트는 크룩트스타를 바라보며 정중하게 말했다.

"불이 났을 때 강족이 우리에게 피난처를 제공해 주었습니다. 강족의 도움이 없었다면 우리는 더 많은 목숨을 잃었을지도 모릅니다."

크룩트스타가 고갯짓으로 파이어하트의 인사에 답했다. 파이어하트는 다시 레퍼드퍼를 내려다볼 수밖에 없었다. 강족 부지도자는 그에게서 눈을 떼지 않고 있었다.

파이어하트는 잠시 말을 멈추고 깊은숨을 들이쉰 다음, 타이거스타를 바라보았다.

"타이거스타, 천둥족은 당신이 별족의 승인을 받았다는 사실을 받아들입니다."

그는 차분히 말을 이어 나갔다.

"당신을 따르는 떠돌이 고양이들은 숲을 돌아다니면서 네 종족 모두의 먹이를 훔쳐 갔습니다. 그러니 그들이 다시 종족에 속하게 되었다는 것은 잘된 일입니다. 우리는 그들이 전사의 규약을 준수하며 영역에서 벗어나지 않으리라고 믿겠습니다."

타이거스타의 눈에 얼핏 놀란 기색이 스쳤다. 파이어하트는 단호하게 말을 이었다.

"만약 그들이 또다시 천둥족 영역을 침범해 온다면, 우리는 참지 않을 것입니다. 비록 화재가 있었지만 우리는 경계를 넘어 발을 들이는 어떤 고양이든 쫓아낼 수 있습니다. 우리는 그림자족이 두렵지 않습니다."

천둥족 전사 한둘이 동조하는 소리를 냈다. 타이거스타는 고개를 약간 숙이더니 거대한 바위 위에 선 고양이들에게만 들릴 정도로 낮은 소리로 말했다.

"용감한 말이군, 파이어하트. 물론 그림자족을 두려워할 필요는 없다."

파이어하트는 타이거스타를 믿을 수 있기를 바랐다. 그는 고개를 숙여 답하며 다시 뒤로 물러났다. 그는 자신의 차례가 끝났다는 안도감에 털을 가라앉히고, 톨스타와 크룩스타가 전하는 소식에 귀를 기울였다. 그들은 신임 훈련병과 전사들을 소개하고, 강에 더 많아진 두발쟁이들에 대해 경고했다.

모임의 공식적인 순서가 끝나자, 파이어하트는 바위 아래 천둥족 전사들이 모여 있는 곳으로 뛰어내렸다.

"잘하셨습니다."

화이트스톰이 말했다.

샌드스톰은 눈을 반짝이며 파이어하트를 바라보다가 머리를 그의 목에 바짝 댔다. 파이어하트는 샌드스톰의 뺨을 핥아 주었다. 그리고 전사들을 향해 말했다.

"이제 가야 합니다. 다른 고양이들과 작별 인사를 나누고, 누가 묻거든 천둥족은 잘 지내고 있다고 대답해 주세요."

네 종족이 떠날 준비를 하면서, 공터 여기저기에 무리 지어 있던 고양이들이 흩어졌다. 파이어하트는 나머지 천둥족 전사들을 찾으려고 주변을 둘러보다가, 눈에 익은 청회색 몸체를 발견했다. 그는 공터를 가로질러 청회색 암고양이에게 다가갔다.

"안녕, 미스티풋? 잘 지냈어? 그레이스트라이프는 어떻게 지내? 오늘 밤 모임에서는 못 봤는데."

그레이스트라이프는 천둥족에서 파이어하트가 처음으로 사귄 친구였다. 둘은 훈련병 시절에 함께 훈련을 받았다. 하지만 그레이스트라이프는 강족 전사인 실버스트림과 사랑에 빠졌다. 실버스트림은 새끼를 낳다가 목숨을 잃었고, 그레이스트라이프는 새끼 고양이들과 함께 살기 위해서 천둥족을 떠나 강족으로 갔다.

시간이 흘렀어도 파이어하트는 친구가 여전히 그리웠다.

"그레이스트라이프는 오지 못했어."

미스티풋이 꼬리로 발을 가지런히 감싸고 앉으며 말했다.

"레퍼드퍼가 허락하지 않았어. 불이 났을 때 그레이스트라이프가 보인 행동에 대해서 몹시 화가 났거든. 그레이스트라이프가 마음속으로는 아직도 천둥족에 충성하고 있다고 말이야."

파이어하트는 레퍼드퍼의 말이 맞을지도 모른다는 것을 인정할 수밖에 없었다. 그레이스트라이프는 이미 블루스타에게 천둥족으로 돌아가도 될지 물어보았고, 거절당했던 것이다.

"그래서 그레이스트라이프는 어떻게 지내?"

파이어하트가 다시 물었다.

"잘 지내고 있어. 새끼 고양이들도 잘 있고. 불이 난 뒤로 너희는 어떻게 지내는지 알아봐 달라고 나한테 부탁하더라. 블루스타는 심하게 아픈 건 아니지?"

"응, 곧 좋아지실 거야."

파이어하트는 자신 있는 목소리로 말하려고 애썼다. 블루스타가 연기를 마신 후유증에서 회복되고 있는 것은 사실이었다. 하지만 벌써 몇 달째 천둥족 지도자의 정신은 흐릿한 상태였다. 그녀는 자신의 판단을 믿지 못했고, 심지어 천둥족 전사들의 충성심에도 의심을 품었다. 타이거스타의 배신은 그녀를 완전히 뒤흔들어 놓았다. 그런데 자신이 쫓아낸 부지도자가 이제 그림자족의 지도자가 되었다는 소식을 들으면 또 어떤 반응을 보일까? 파이어하트는 무척 걱정스러웠다.

"회복되고 있다니 다행이네."

미스티풋의 말이 파이어하트의 생각을 중단시켰다.

파이어하트는 귀를 씰룩였다.

"크룩트스타는 어때?"

그는 화제를 바꾸며 물었다.

천둥족을 강족 진영에 머물게 해 주었을 때, 강족 지도자는 쇠약해 보였다. 그리고 오늘 밤 타이거스타 옆에 선 모습은 파이어하트가 기억하던 것보다도 더 늙어 보였다. 하지만 그리 놀랄 일도 아니었다. 강족 지도자는 최근 많은 시련을 견뎌야 했기 때문이다. 강족은 홍수 때문에 진영에서 밀려나야 했고, 두발쟁이들이 강을 오염시키는 바람에 먹이가 부족해졌다. 게다가 그레이스트라이프가 사랑했던 실버스트림은 크룩트스타의 딸이었고, 그녀의 죽음은 무엇보다도 큰 슬픔을 안겨 주었을 것이다.

"괜찮아."

미스티풋이 대답했다.

"요즘에 많은 일을 겪긴 했지. 하지만 난 그레이풀이 더 걱정스러워."

미스티풋이 어렸을 때부터 자신을 길러 준 고양이의 이름을 입에 올렸다.

"이제는 기력이 너무 없어 보여. 곧 별족에게 가실 것 같아서 걱정이야."

파이어하트는 미스티풋을 핥아 주며 위로하고 싶었지만, 다른 종족인 자신의 행동을 그녀가 어떻게 받아들일지 확신이 서지 않았다. 그레이풀이 미스티풋과 스톤퍼의 친어미가 아니라는 사실을 아는 건, 그레이풀과 파이어하트뿐이었다. 남매의 아버지인 오크하트가 새끼 고양이였던 그들을 강족으로 데려갔고, 그 뒤로 그레이풀이 남매를 돌보아 주었던 것이다. 그들의 친어미는 블루스타였다.

파이어하트는 미스티풋에게 안타까운 마음을 전하고 작별 인사를 했다. 블루스타의 비밀 때문에 언젠가는 강족과 천둥족 사이에 문제가 생길 거라는 느낌을 지울 수 없었다.

2
모임의 파문

첫새벽의 빛으로 하늘이 어슴푸레 밝아 올 무렵, 파이어하트와 전사들은 천둥족 진영으로 돌아왔다. 이미 알고 있는 사실이었지만, 골짜기 꼭대기에 서서 화재의 참상을 내려다보는 것은 파이어하트에게 여전히 충격을 안겨 주었다. 진영을 뒤덮었던 가시금작화와 고사리는 모두 불타서 없어져 버렸다. 진영의 흙바닥이 훤히 드러나 보였고, 그 주위로 가시덤불 방벽의 잔해가 시커멓게 그을린 채 남아 있었다. 남아 있는 방벽은 천둥족 고양이들이 수리를 시작하면서 나뭇가지들로 받쳐 놓았다.

"언젠가는 예전과 똑같아질 수 있을까?"

샌드스톰이 곁에 다가와 서면서 부드러운 목소리로 말했다.

진영이 온전히 복구되려면 얼마나 많은 시간과 노력이 필요할지 생각하니, 파이어하트는 갑자기 피곤이 밀려드는 기분이었다.

"언젠가는 그렇게 될 거야."

그가 약속했다.

"전에도 어려운 시기를 견뎌 낸 적이 있잖아. 우리는 살아남을

40

거야."

파이어하트는 샌드스톰의 옆구리에 머리를 바짝 기댔다. 샌드스톰이 가르랑거리는 소리에 위안을 얻은 그는 골짜기 아래로 앞장서 내려갔다.

전사들이 잠을 자는 덤불은 여전히 그 자리에 있었지만, 지붕을 이루던 잔가지들은 모두 불타서 없어져 버렸다. 몇 개 안 남은 새까맣게 탄 가지들 사이에는 막대들을 엮어 놓았다. 브래큰퍼는 밖에 웅크리고 있었고, 롱테일은 보육실 입구에서 보초를 서고 있었다. 더스트펠트는 원로들의 거처 앞을 왔다 갔다 하고 있었다.

파이어하트와 전사들이 나타나자 브래큰퍼가 벌떡 일어났다가 이내 긴장을 늦추었다.

"파이어하트!"

브래큰퍼의 목소리에 안도감이 묻어났다.

"타이거클로가 올까 봐 밤새 긴장하고 있었어요."

"이제 걱정하지 않아도 돼."

파이어하트가 말했다.

"너무 바빠서 우리를 신경 쓸 틈도 없을 테니까. 타이거스타가 그림자족의 새 지도자가 되었거든."

브래큰퍼는 깜짝 놀라서 그를 빤히 바라보았다.

"맙소사, 별족이시여! 믿을 수 없어요!"

"뭐라고요?"

파이어하트는 뒤를 돌아보았다. 롱테일이 공터를 가로질러 걸어오고 있었다.

"내가 제대로 들은 겁니까?"

"그렇습니다."

파이어하트는 얼룩무늬 전사의 얼굴에 충격이 퍼지는 걸 볼 수 있었다.

"타이거스타가 그림자족을 차지했습니다."

"그림자족이 그렇게 하게 두었단 말입니까?"

롱테일이 물었다.

"미친 거 아닙니까?"

"전혀 미치지 않았다."

화이트스톰이 파이어하트의 옆으로 다가와 서며 대답했다. 나이 많은 전사는 발로 맨땅을 할퀴면서 피곤한 한숨을 내쉬었다. 그리고 엉덩이를 바닥에 붙이고 앉았다. 그의 두툼한 흰 털은 숲을 지나며 묻은 그을음으로 얼룩져 있었다.

"그림자족은 질병으로 거의 전멸하다시피 했다. 강력한 지도자가 절실하게 필요했던 거야. 그림자족에게는 타이거스타가 별족이 주신 선물처럼 보였을 테지."

"정말 그랬을 것 같아요."

파이어하트가 무거운 목소리로 동의했다.

"별족이 러닝노즈에게 그림자족에 위대한 지도자가 나타날 거라는 계시를 내렸답니다."

"하지만 타이거스타는 반역자예요!"

브래큰퍼가 반발했다.

"그림자족은 그 사실을 모르고 있어."

파이어하트가 일깨워 주었다.

이제 다른 고양이들도 하나둘 모습을 드러냈다. 훈련병들의 거처에서 브라이트포와 스위프트포가 달려 나왔고, 더스트펠트는 다크스트라이프의 훈련병인 펀포와 함께 터벅터벅 걸어왔다. 스페클테일은 보육실에서 호기심 어린 시선으로 밖을 내다보았다. 그들이 궁금증을 안고 몰려들자 파이어하트는 모두가 들을 수 있도록 목소리를 높여야 했다.

"모두 들으십시오. 여러분에게 전할 소식이 있습니다."

파이어하트가 말했다.

'그리고 블루스타에게도 보고해야겠지.'

그는 속으로 덧붙이며 마음을 다잡았다.

"화이트스톰이 모임에서 있었던 일을 말해 줄 겁니다. 그리고 새벽 순찰을 나가야 합니다."

파이어하트는 모여 있는 고양이들을 둘러보며 망설였다. 전사들은 모두 지쳐 있었다. 모임에 가지 않았던 전사들도 진영을 지키느라 밤새 깨어 있었던 것이다.

파이어하트가 새벽 순찰대를 호명하기 전에 더스트펠트가 먼저 나섰다.

"애쉬포와 제가 가겠습니다."

파이어하트는 고마워하며 고개를 끄덕였다. 갈색 전사는 단 한 번도 파이어하트에게 호의를 보인 적이 없지만, 천둥족을 위해 충성을 다하는 고양이였다. 그리고 이제 부지도자인 파이어하트의 권위를 인정하는 듯했다.

"저도 갈게요."

마우스퍼도 나섰다.

"저도요."

클라우드포가 말했다.

파이어하트는 훈련병이 기특해서 가르랑거렸다. 누이의 아들이 두발쟁이에게 잡혀 가 끔찍한 사건을 겪은 뒤로 종족을 위해 더 열심히 일하고 헌신하는 모습을 보이는 것이 대견했다.

"더스트펠트, 마우스퍼, 클라우드포, 애쉬포가 새벽 순찰을 나갈 것입니다."

파이어하트가 말했다.

"나머지는 잠을 좀 자 두세요. 그런 다음에는 사냥을 나가야 하니까요."

"부지도자는 무얼 하시게요?"

다크스트라이프가 물었다.

파이어하트는 숨을 깊이 들이마셨다.

"전 블루스타에게 보고를 드려야 합니다."

'높은 바위' 아래에 있는 블루스타의 거처 입구를 가리고 있던 이끼 장막은 타 버리고 없었다. 파이어하트가 높은 바위에 다다랐을 때, 신더펠트가 지도자의 거처에서 나와 기지개를 켰다. 진회색 털은 헝클어져 있었고, 화재로 다친 종족 고양이들을 무리해서 돌보느라 몹시 지쳐 있었다. 그러나 그녀의 푸른 눈동자에는 여전히 강한 투지가 빛나고 있었다. 파이어하트는 신더펠트가 자신의 열정적인 훈련병이었던 시절을 떠올렸다. 블루스타를 노린 타이거클로의 함정에 빠져 천둥길에서 사고가 나기 전의 일이었다. 그 일로 신더펠트는 다리를 심하게 다쳐서 전사의 꿈을 접어야 했지만, 그 후로도 종족을 돌보는 일에 헌신했다.

파이어하트는 신더펠트에게 다가갔다.

"블루스타는 좀 어때?"

그가 조용히 물었다.

신더펠트는 지도자의 거처를 걱정스러운 눈길로 돌아보았다.

"지난밤에 잠을 못 주무셨어요. 진정시키려고 노간주나무 열매를 드렸는데, 효과가 있을지 모르겠어요."

"모임에서 있었던 일에 대해 말씀드려야 해. 그리 좋은 소식은 아니지만."

신더펠트가 눈을 가늘게 떴다.

"무슨 일인데요?"

파이어하트는 최대한 빠르게 신더펠트에게 소식을 전했다.

신더펠트는 충격에 빠져 눈이 휘둥그레진 채, 아무 말도 못 하고 듣고만 있었다.

파이어하트가 말을 끝내자 신더펠트가 물었다.

"어떻게 할 생각이에요?"

"내가 할 수 있는 일은 별로 없어. 게다가 천둥족에게는 잘된 일일 수도 있어. 타이거스타는 이제 가지고 싶은 걸 얻었으니까. 그리고 종족을 제대로 자리 잡게 하려면 무척 바빠질 거야. 우리를 괴롭힐 틈이 없을 정도로 바빠지기를 바랄 뿐이야."

신더펠트가 믿을 수 없다는 표정을 짓자 파이어하트는 머뭇거리며 덧붙였다.

"누구를 지도자로 선택하든 그건 그림자족이 결정할 문제야. 우리는 우리 경계를 잘 지켜야 하겠지만, 타이거스타는 적어도 당분간은 큰 위협이 되지 않을 거야. 블루스타가 이 일을 어떻게 받아들일지가 더 걱정이야."

"상태가 더 나빠질 거예요."

신더펠트가 초조하게 말했다.

"블루스타에게 도움이 될 만한 약초를 찾을 수 있기를 바랄 뿐이에요. 옐로팽이 있었다면 좋았을 텐데."

"알아."

파이어하트는 신더펠트의 옆구리에 몸을 바짝 대며 위로해 주었다.

"하지만 넌 잘할 거야. 넌 훌륭한 치료사야."

"단순히 그런 문제만이 아니에요."

신더펠트가 비통한 목소리로 속삭였다.

"옐로팽이 그리워요, 파이어하트! 옐로팽이 날 갓 태어난 새끼 고양이만큼도 생각이 없다고 꾸짖어 줬으면 좋겠어요. 옐로팽이 보고 싶어요, 파이어하트. 옐로팽의 냄새, 털의 감촉, 목소리, 그 모든 것이 그리워요."

"그래, 나도 알아."

파이어하트가 중얼거렸다. 나이 많은 치료사에 대한 기억이 밀려들자, 가슴이 텅 비는 것 같았다. 그는 천둥족 영역에서 떠돌던 옐로팽을 처음 발견한 뒤로 그녀와 아주 가깝게 지냈다.

"하지만 옐로팽은 지금 별족과 함께 사냥을 하고 있잖아."

어쩌면 옐로팽은 이제야 마침내 평안을 찾았을 것이다. 파이어하트는 아들인 브로큰테일을 생각하며 죽어 가던 옐로팽의 고통스러운 목소리를 떠올렸다. 브로큰테일은 옐로팽이 어미인 줄도 모른 채 자랐고 잔혹한 짓을 저질렀지만, 옐로팽은 그를 한순간도 사랑하지 않은 적이 없었다. 결국 그녀는 자신을 받아 준 천둥족을 아들의 교활한 음모로부터 구하기 위해 아들을 죽이고 말았다. 그렇게 옐로팽의 고통은 끝이 났지만, 파이어하트가 그녀를 그리는 마음은 끝이 나지 않았다.

"넌 곧 '높은 돌산'에 가야 하지 않아?"

그는 신더펠트에게 일깨워 주었다.

"다른 치료사들을 만나러 가야 하지? 거기서는 옐로팽을 아주 가까이에서 느낄 수 있을 거야."

"그럴지도 모르겠네요."

신더펠트가 파이어하트에게서 물러나며 말했다.

"지금도 옐로팽의 목소리를 들을 수 있어요. '할 일을 놔두고 왜 거기서 칭얼거리고 있는 거냐?'라고요. 가서 블루스타에게 말씀드리세요. 저는 이따가 다시 가 볼게요."

"정말 괜찮은 거야?"

"전 괜찮아요."

신더펠트가 파이어하트의 귀를 핥아 주며 말했다.

"블루스타를 위해서는 파이어하트가 강해져야 해요. 블루스타에게는 그 어느 때보다 부지도자가 필요할 거예요."

파이어하트는 절뚝거리며 빠르게 멀어져 가는 치료사의 모습을 지켜보았다. 그리고 돌아서서 블루스타의 거처로 발걸음을 옮겼다. 거처 앞에서 그는 심호흡을 한 다음 자신이 온 것을 알리고 안으로 들어갔다.

블루스타는 동굴 안쪽의 잠자리에서 발을 가슴 밑에 파묻은 채 웅크리고 있었다. 고개를 들고 있었지만 파이어하트를 보고 있는 것은 아니었다. 대신 그녀의 푸른 눈동자는 멀리 떨어진 곳에 있는 무언가를 멍하니 응시하고 있었다. 그녀에게만 보이는 무언가가 있는 것 같았다. 블루스타의 털가죽은 다듬지 않아 헝클어져 있었고, 몸은 뼈대가 다 드러나 보일 정도로 앙상하게 말라 있었다. 파이어하트는 블루스타에 대한 안쓰러움과 종족 동료들에 대한 걱정으로 가슴이 뒤틀리듯 아팠다. 천둥족의 지도자는 늙고 병든 고양이로 전락해 버렸다. 곤경에 빠진 그녀는 종족은커녕 자기 자신도 지키지 못하는 처지가 된 것이다.

"블루스타?"

파이어하트는 머뭇거리며 불렀다.

블루스타는 그의 목소리를 듣지 못한 것 같았다. 그가 거처 안쪽으로 조금 더 걸어 들어가자 블루스타가 고개를 돌렸다. 흐릿한 푸른 눈동자로 파이어하트를 바라본 그녀는 아주 잠깐 어리둥절한 표정을 지었다. 마치 그가 누구인지 알아보지 못하는 것 같았다.

그러다 마침내 블루스타가 귀를 쫑긋 세웠다. 눈에는 다시 총기가 돌아왔다.

"파이어하트? 무슨 일이냐?"

파이어하트는 공손하게 고개를 숙였다.

"방금 모임에서 돌아왔습니다, 블루스타. 그런데 안 좋은 소식이 있습니다."

파이어하트는 잠시 말을 멈췄다.

"그래? 그게 무엇이냐?"

블루스타가 성가시다는 듯 물었다.

"그림자족이 새로운 지도자를 임명했습니다. 바로 타이거클로입니다. 지금은 타이거스타가 되었습니다."

파이어하트는 뜸 들이지 않고 말했다.

그 순간 블루스타가 자리에서 벌떡 일어났다. 그녀의 눈에 차가운 불꽃이 이글거렸다. 파이어하트는 무섭도록 강했던 과거의 블루스타를 떠올리게 하는 모습에 몸을 움찔했다.

"그건 말도 안 되는 일이다!"

"사실입니다. 제 눈으로 직접 보았습니다. 다른 지도자들과 함께 거대한 바위에 올라 연설했습니다."

블루스타는 잠시 말이 없었다. 그녀는 꼬리를 휙휙 휘두르며 거처 안을 왔다 갔다 했다. 파이어하트는 입구 쪽으로 물러났다. 끔찍한 소식을 전했다는 이유로 블루스타가 자신을 공격할 수도 있을 것 같았다.

"그림자족이 어떻게 감히 그런 짓을 한단 말이냐?"

블루스타가 마침내 입을 열었다.

"어떻게 감히 나를 죽이려 했던 고양이를 보호한단 말이냐? 게

다가 그를 지도자로 삼기까지 하다니!"

"블루스타, 그림자족은 그 사실을 모릅……."

파이어하트가 설명하려고 했지만, 천둥족 지도자는 그의 말을 들으려 하지 않았다.

"그러면 다른 지도자들은?"

블루스타가 다그치듯 물었다.

"그들은 무슨 생각인 것이냐? 어떻게 이런 일이 일어나도록 두고 볼 수가 있는 것이냐?"

"타이거스타가 천둥족에게 무슨 짓을 했는지 아무도 모릅니다."

파이어하트는 블루스타가 논리적으로 생각할 수 있게 하려고 안간힘을 썼다.

"크룩트스타는 별말을 하지 않았습니다. 톨스타는 타이거스타가 브로큰테일의 옛 추종자들을 다시 데려왔다는 것을 탐탁지 않아 하긴 했습니다."

"톨스타!"

블루스타가 외쳤다.

"그자를 믿을 수 없다는 것을 알았어야 했어. 우리가 바람족을 위해 해 준 일을 그렇게 빨리 잊어버리다니! 너와 그레이스트라이프가 목숨을 걸고 그들을 찾아 집으로 데려다주었는데 말이다."

파이어하트는 반박하려고 했지만, 블루스타는 무시하고 말을 이었다.

"별족이 나를 버린 거야!"

그녀는 여전히 사나운 기세로 왔다 갔다 했다.

"별족이 나에게 불이 종족을 구할 거라고 말했다. 하지만 불은 우리를 거의 파괴할 뻔했다. 내가 어떻게 다시 별족을 믿을 수 있지? 특히 지금 같은 상황에서 말이다. 별족은 그 반역자에게 지도자의 아홉 목숨까지 줘 버렸다. 나나 천둥족에 대해서는 전혀 신경도 쓰지 않는 거야!"

파이어하트는 몸을 떨었다.

"블루스타, 제 말 좀 들……."

"아니, 파이어하트. 네가 내 말을 들어 봐라."

블루스타가 파이어하트에게 다가왔다. 털은 부풀어 있었고 분노로 이빨을 드러내고 있었다.

"천둥족은 저주를 받은 거야. 타이거스타는 그림자족을 이끌고 우리를 말살시켜 버릴 것이다. 우리는 별족에게서 아무런 도움도 기대할 수가 없을 것이다."

"타이거스타는 적대적으로 보이지 않았습니다."

파이어하트는 지도자를 납득시키려고 필사적으로 노력했다.

"타이거스타는 오직 자신의 새 종족을 이끄는 일에만 신경 쓰는 것 같았습니다."

블루스타가 거칠게 웃음을 터뜨렸다.

"그 모습을 믿는다면, 파이어하트, 너는 바보임에 틀림없다. 타이거스타는 낙엽 지는 계절이 오기 전에 이곳에 올 것이다. 내 말 명심해라. 하지만 우리는 그를 기다리고 있을 것이다. 우리 모두 죽어야 한다면, 그림자족 몇은 데리고 가야지."

블루스타는 다시 빠른 걸음으로 거처 안을 걸어다니기 시작했다. 파이어하트는 충격에 사로잡혀 그녀의 모습을 지켜보았다.

"순찰을 두 배로 늘려라."

블루스타가 명령했다.

"진영에는 보초를 세우고. 그림자족과의 경계를 지킬 고양이들을 내보내라."

"그걸 다 하기엔 전사가 부족합니다."

파이어하트는 반대 의견을 냈다.

"진영을 복구하느라 모두 지쳐 있습니다. 평소대로 순찰을 계속하는 것이 우리가 할 수 있는 최선입니다."

"내 명령에 불복하는 것이냐?"

블루스타가 몸을 휙 돌리더니 이빨을 드러내고 으르렁거리며 그를 마주 보았다. 그러더니 미심쩍다는 듯 눈을 가늘게 떴다.

"아니면 너도 나를 배신하려는 것이냐?"

"아닙니다, 블루스타! 저를 믿으십시오."

파이어하트는 블루스타가 발톱을 휘두르면 피할 준비를 하며 근육을 잔뜩 긴장시켰다.

순간 나이 든 지도자의 태도가 누그러졌다.

"나도 안다, 파이어하트. 너는 언제나 충성스러웠지. 다른 고양이들과는 달랐어."

제 풀에 지친 듯 블루스타는 다시 잠자리로 돌아갔다.

"순찰대를 배치해라."

그녀가 부드러운 이끼와 히스로 만든 잠자리에 몸을 파묻으며 명령했다.

"지금 당장! 그림자족이 우리 모두를 까마귀 밥으로 만들어 버리기 전에 말이다."

"네, 블루스타."

파이어하트는 더 이상 반발해 봤자 소용이 없다는 것을 알았다. 그는 고개를 숙이고 거처에서 물러 나왔다. 블루스타의 시선은 또다시 보이지 않는 무언가에 고정되었다. 파이어하트는 그녀가 미래를 들여다보면서 종족의 파멸을 지켜보고 있는 것은 아닌지 궁금했다.

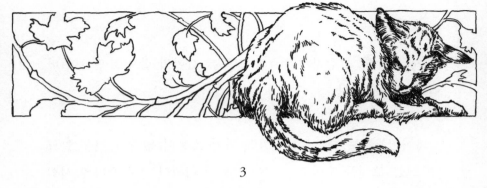

3

알 수 없는 꿈

파이어하트는 눈을 떴다가, 너무 강한 햇살에 눈을 깜박거렸다. 전사들의 거처를 가려 주던 무성한 잎사귀들이 사라진 탓에 이젠 거처 안으로 해가 곧장 비쳐 들어왔지만, 그는 아직도 이런 상황에 익숙해지지 않았다. 파이어하트는 하품을 하며 기지개를 켠 다음 털에 달라붙어 있던 이끼를 털어 냈다.

파이어하트의 곁에는 샌드스톰이 아직 잠들어 있었다. 더스트펠트와 다크스트라이프는 좀 더 떨어진 곳에서 몸을 웅크리고 있었다. 파이어하트는 공터로 걸어 나갔다. 모임에서 타이거스타가 새 지도자가 되었다는 사실을 알게 된 지 사흘이 지났다. 하지만 블루스타가 두려워하던 공격의 조짐은 보이지 않았다. 천둥족은 그동안 진영을 복구해 나갔다. 비록 갈 길이 멀긴 했지만 진영 둘레에 고사리가 다시 자라나기 시작하며 그늘을 드리우는 모습을 보는 건 기쁜 일이었다. 가시나무 덤불도 잔가지들과 단단히 얽혀 들면서 새끼 고양이들과 어미 고양이들을 보호해 주었다.

파이어하트는 싱싱한 먹이 더미로 향했다. 화이트스톰이 이끄는 새벽 순찰대가 돌아오는 모습이 보였다. 파이어하트는 잠시 걸음을 멈추고 화이트스톰이 가까이 오기를 기다렸다.

"그림자족의 흔적은요?"

화이트스톰이 고개를 저었다.

"전혀 없었습니다. 그림자족 경계를 따라서 평소처럼 냄새 표시가 되어 있었을 뿐입니다. 그런데 한 가지……."

파이어하트는 귀를 쫑긋 세웠다.

"뭡니까?"

"'뱀바위'에서 멀지 않은 곳에서 덤불 전체가 짓밟혀 있는 걸 보았습니다. 그 위로 비둘기 깃털이 여기저기 흩어져 있었습니다."

"비둘기 깃털이라고요?"

파이어하트가 되물었다.

"최근에 비둘기는 보지 못했는데요. 다른 종족이 우리 영역에서 사냥하는 걸까요?"

"그런 것 같지는 않습니다. 사방에서 온통 개 냄새가 났습니다."

화이트스톰이 불쾌한 듯 코를 찡그리며 대답했다.

"개 배설물도 있었고요."

"아, 개였군요."

파이어하트는 무시하듯 꼬리를 흔들었다.

"두발쟁이들이 항상 개를 데리고 숲에 들어온다는 사실은 우리 모두 알고 있잖아요. 개들은 돌아다니면서 다람쥐를 쫓죠. 그런 다음에는 두발쟁이들이 다시 집으로 데리고 가잖아요."

파이어하트는 재미있다는 듯이 가르랑거렸다.

"이상한 점이라면, 이번엔 개가 뭔가를 잡은 것처럼 보인다는 사실이군요."

놀랍게도 화이트스톰은 계속 진지한 표정이었다.

"그래도 순찰대에게 눈을 똑바로 뜨고 지켜보라고 말해야 할 것 같습니다."

화이트스톰이 말했다.

"알겠습니다."

파이어하트는 화이트스톰을 존경했기 때문에 그의 조언도 무시할 수 없었다. 하지만 속으로는 별로 대수롭지 않게 생각했다. 지금쯤 그 개는 한참 멀리 떨어진 두발쟁이 영역 어딘가에 얌전히 갇혀 있을 것이다. 개들은 시끄럽고 성가신 존재들이었지만, 그에게는 더 중요한 걱정거리들이 있었다.

화이트스톰을 따라 싱싱한 먹이 더미로 향하면서, 파이어하트는 부족한 먹이가 다시금 걱정되었다. 화이트스톰과 함께 새벽 순찰을 나갔던 클라우드포와 화이트스톰의 훈련병 브라이트포가 이미 먹이 더미에 도착해 있었다.

"이것 좀 보세요!"

파이어하트가 다가가자 클라우드포가 한 발로 들쥐를 뒤집어 보이며 불평을 했다.

"이건 한 입 거리도 안 되겠어요."

"지금은 먹이가 귀하니까. 화재에서 살아남은 모두가 배불리 먹지 못하고 있어."

파이어하트는 훈련병을 타이르듯 말했다. 하지만 그 역시 싱싱한 먹이가 고작 몇 점밖에 안 된다는 것이 신경 쓰였다.

"사냥을 하러 다시 나가야겠어요."

클라우드포가 들쥐를 베어 물며 말했다.

"이걸 다 먹으면 바로 사냥하러 갈게요."

"같이 가자. 조금 있다가 순찰대를 데리고 나갈 거니까."

파이어하트는 자신이 먹을 까치를 골라 물면서 말했다.

"아뇨, 그때까지 기다릴 수 없어요."

클라우드포가 들쥐를 한 입 더 베어 물며 대꾸했다.

"너무 배가 고파서 스승님이라도 먹어 치울 지경이란 말이에요. 브라이트포, 같이 갈래?"

쥐를 먹고 있던 브라이트포가 허락을 구하려고 자신의 스승을 바라보았다. 화이트스톰이 고개를 끄덕이자 그녀는 벌떡 일어났다.

"난 준비됐어."

"알았다, 그럼. 진영에서 너무 멀리 나가지 않도록 해."

파이어하트는 주의를 주었다. 클라우드포가 브라이트포처럼 스승인 자신에게 허락을 구하지 않은 것이 조금 거슬렸지만, 어쨌든 종족에겐 싱싱한 먹이가 필요했고 두 훈련병은 훌륭한 사냥꾼이었다.

"하지만 좋은 먹잇감들은 다 멀리 떨어진 곳에 있는걸요. 불길이 닿지 않은 곳에요."

클라우드포가 반발했다.

"우린 괜찮을 거예요, 파이어하트. 먼저 원로들을 위해 사냥을 해 올게요."

클라우드포는 마지막 남은 들쥐를 한입에 꿀꺽 삼키고, 진영 입구를 향해 돌진했다. 브라이트포가 그를 뒤따라 달려갔다.

"두발쟁이 영역 근처에는 가지 마!"

파이어하트는 그들 뒤에 대고 소리쳤다. 클라우드포가 한때 두발쟁이의 보금자리를 즐겨 찾곤 했다는 사실이 생각났던 것이다. 두발쟁이들이 클라우드포를 바람족 영역 저편에 있는 보금자리로 데려가는 바람에 그는 혹독한 대가를 치러야 했다. 초록잎 우거진 계절이 끝나 가고 이제 배고픈 계절이 가까워지고 있었다. 파이어하트는 자신의 훈련병이 다시 예전의 안락한 삶으로 돌아가고 싶다는 유혹을 느끼지 않기를 바랐다.

"훈련병들이란!"

두 훈련병이 멀어져 가는 모습을 지켜보며 화이트스톰이 가르랑거렸다.

"새벽 순찰을 다녀와서 곧바로 사냥을 하러 가다니. 나도 저렇게 기운이 넘치면 좋겠군."

화이트스톰은 먹이 더미에서 조금 떨어진 곳으로 찌르레기를 끌고 나와 웅크리고 앉았다.

파이어하트가 까치 한 마리를 다 먹었을 무렵 전사들의 거처에서 걸어 나오는 샌드스톰의 모습이 보였다. 해가 그녀의 밝은 황갈색 털을 비추자, 움직일 때마다 털가죽이 물결치듯 일렁였다. 파이어하트는 그 모습을 감탄스럽게 바라보았다.

"같이 사냥하러 갈래?"

샌드스톰이 가까이 다가오자 그가 물었다.

"그래야 되겠네."

샌드스톰이 남아 있는 먹이 몇 점을 안타깝다는 듯이 살피며 대답했다.

"지금 가자. 난 사냥을 하고 와서 먹어도 돼."

파이어하트는 함께 나갈 다른 고양이를 찾아 주변을 둘러보다 가 롱테일을 발견했다. 롱테일은 스위프트포의 이름을 부르며 훈련병들의 거처로 향하고 있었다.

"롱테일!"

두 고양이가 공터를 가로질러 오자 파이어하트가 소리쳤다.

"같이 사냥하러 가요."

롱테일은 머뭇거렸다. 파이어하트의 말이 부지도자로서 내린 명령인지 아닌지 확신이 서지 않는 눈치였다.

"우리는 분지에 가서 훈련을 하려던 참이었습니다. 스위프트포 가 방어 동작을 연습해야 하거든요."

롱테일이 설명했다.

"그건 나중에 하세요."

파이어하트는 이번에는 명령이라는 것을 확실히 했다.

"종족을 먹일 성성한 먹이가 우선이니까요."

롱테일은 짜증스럽게 꼬리를 휙 움직였지만 아무 말도 하지 않았다. 스위프트포는 의욕적으로 눈을 빛냈다. 파이어하트는 어린 흑백 얼룩 고양이의 몸집이 스승과 엇비슷할 정도로 자랐다는 것을 알아보았다. 훈련병들 중에서 가장 나이가 많은 스위프트포는 곧 전사가 될 수 있을 것이다.

'블루스타에게 스위프트포의 전사 임명식에 대해 말해야겠어.'
파이어하트는 생각했다.

'클라우드포와 브라이트포, 쏜포도 그렇고. 종족에는 전사가 더 많이 필요해.'

화이트스톰이 쉴 수 있도록 두고, 파이어하트는 사냥조를 이끌고 진영을 나와 골짜기에 올랐다. 꼭대기에서 그는 '해 드는 바위'를 향해 몸을 돌렸다. 순찰을 두 배로 늘리라는 블루스타의 명령에 따라 그는 모든 사냥조에게 경계 지역을 살피라고 지시했다. 다른 종족의 냄새나 적의 흔적이 있지 않은지 빠짐없이 살피도록 한 것이다. 특히 그는 그림자족과의 경계를 주의 깊게 보라고 당부했다. 그러면서 마음속으로는 강족에 대한 경계도 소홀히 해선 안 된다고 마음먹었다.

파이어하트는 강족과의 관계가 껄끄러웠다. 크룩트스타는 늙어 가고 있었고, 부지도자인 레퍼드퍼는 점점 더 많은 권한을 가지게 될 게 분명했다. 파이어하트는 불이 났던 밤에 강족이 그들을 도와준 대가로 레퍼드퍼가 무언가를 요구하리라는 생각을 떨칠 수가 없었다.

강을 향해 가던 그는 검은 흙을 뚫고 올라오는 식물들을 발견했다. 고사리의 새잎들이 피어나면서 초록빛 줄기가 땅을 덮고 있었다. 숲이 다시 살아나고 있는 것이었다. 하지만 낙엽 지는 계절이 다가오면서 성장도 더뎌질 것이다. 파이어하트는 천둥족이 춥고 힘든 계절을 맞게 될까 봐 걱정스러웠다.

해 드는 바위에 도착하자, 롱테일이 스위프트포를 바위 사이로 데리고 들어갔다.

"쥐들의 소리를 듣는 연습을 해 보자."

롱테일이 훈련병에게 말했다.

"네가 우리보다 먼저 뭔가 잡을 수 있는지 한번 보자."

파이어하트는 그들의 모습을 흐뭇하게 바라보았다. 롱테일은 성실한 스승이었고, 스승과 훈련병 사이에는 강한 유대감이 형성되어 있었다.

파이어하트는 강을 향하고 있는 바위들 옆을 빙 둘러서 무성한 풀밭으로 갔다. 얼마 지나지 않아 풀줄기 사이에서 휙 움직이는 쥐를 발견할 수 있었다. 그는 쥐가 일어나 앉아 앞발로 씨앗을 붙잡고 야금야금 갉아 먹는 모습을 잠시 지켜보다가 펄쩍 뛰어 재빨리 쥐를 해치웠다.

"잘했어."

샌드스톰이 그를 따라와 말했다.

"먹을래?"

파이어하트는 싱싱한 먹이를 그녀에게 밀어 주면서 물었다.

"아직 아무것도 안 먹었잖아."

"고맙지만 괜찮아. 내 먹이는 내가 잡을 수 있어."

샌드스톰이 톡 쏘듯 대답했다. 그러고는 개암나무 그늘로 미끄러지듯 들어갔다. 파이어하트는 그녀의 기분을 상하게 한 것은 아닌지 걱정하면서 눈으로 그 모습을 좇았다. 잡은 먹이는 나중에 가져갈 수 있도록 흙을 덮어 숨겨 두었다.

"조심해야 할 거야."

파이어하트의 뒤에서 목소리가 들렸다.

"안 그러면 샌드스톰이 발톱으로 네 귀를 할퀴어 버릴 테니까."

파이어하트는 몸을 획 돌렸다. 오랜 친구인 그레이스트라이프가 강족과 천둥족의 경계에 서 있었다. 강을 향해 좀 더 내려간 곳이었다. 그레이스트라이프의 두툼한 회색 털가죽에서 물이 반짝이고 있었다.

"그레이스트라이프! 깜짝 놀랐잖아!"

그레이스트라이프는 몸을 흔들어 반짝이는 물방울을 털어 냈다.

"강 건너편에서 널 봤어. 네가 샌드스톰을 위해서 먹이를 잡는 모습을 보게 될 줄은 꿈에도 몰랐는데. 샌드스톰이 너한테 특별해진 거야?"

"무슨 소리를 하는 건지 모르겠네."

파이어하트는 반발했다. 갑자기 털이 화끈거리는 느낌이 들더니 개미가 기어 다니는 것처럼 따끔거렸다.

"샌드스톰은 그냥 친구야."

그레이스트라이프가 재미있다는 듯 가르랑거렸다.

"아이고, 그러서? 네가 그렇게 말한다면야 뭐."

그레이스트라이프는 비탈을 올라와 파이어하트의 어깨를 머리로 다정하게 밀었다.

"넌 운이 좋은 녀석이야, 파이어하트. 샌드스톰은 아주 멋진 고양이야."

파이어하트는 입을 벌렸다가 다시 닫아 버렸다. 어차피 그레이스트라이프는 무슨 말을 해도 믿지 않을 것이다. 게다가 어쩌면 친구의 말이 맞을지도 몰랐다. 샌드스톰은 친구 이상이 되어 가고 있는 것 같기도 했다.

"그건 신경 쓰지 말라고."

파이어하트는 화제를 바꾸며 말했다.

"넌 어떻게 지내는지 얘기해 봐. 강족에 새로운 소식은 없어?"

그레이스트라이프의 노란 눈동자에서 웃음기가 사라졌다.

"별거 없어. 다들 타이거스타에 대해서 이야기하고 있지."

그레이스트라이프가 천둥족 전사였던 시절, 타이거스타가 잔인한 야망을 품고 천둥족의 전임 부지도자인 레드테일을 죽였다는 사실을 알고 있던 건 그들 둘뿐이었다.

"어떻게 받아들여야 할지 모르겠어."

파이어하트는 솔직하게 말했다.

"타이거스타는 달라졌을지도 몰라. 이제는 자기가 원하는 걸 가졌으니까. 그가 훌륭한 지도자가 될 수 있다는 건 아무도 부인할 수 없어. 강인하고, 싸움과 사냥도 잘하고, 전사의 규약도 누구보다 잘 알고 있으니까."

"하지만 아무도 그를 믿을 수 없지."

그레이스트라이프가 말했다.

"전사의 규약을 다 알고 있는 게 무슨 소용이야? 규약을 무시하는 행동만 하는데."

"타이거스타를 믿고 안 믿고는 이제 우리 문제가 아니야."

파이어하트가 말했다.

"타이거스타에겐 새 종족이 있으니까. 그리고 러닝노즈가 예언에 대해서도 이야기했어. 별족이 그림자족에게 위대한 새 지도자를 보내 줄 거라고 예언했다잖아. 별족은 질병에 시달린 그림자족을 다시 세울 강한 전사가 필요하다는 걸 알고 있었을 거야."

그레이스트라이프가 믿을 수 없다는 표정을 지었다.

"별족이 타이거스타를 보냈다고?"

그는 콧방귀를 뀌었다.

"고슴도치가 하늘을 나는 날이 오면 그 말을 믿어 주지."

파이어하트는 타이거스타를 신뢰할 수 없다는 친구의 생각에 동의할 수밖에 없었다. 타이거스타는 한두 계절 정도는 그림자족을 회복시키는 데 힘을 쓰겠지만, 그 뒤로는……. 그 사나운 전사가 강한 종족의 지도자로 있다는 생각을 하니, 파이어하트는 귀에서 꼬리 끝까지 오싹해졌다. 타이거스타가 숲에서 다른 세 종족의 권리를 존중하며 평화로운 생활에 안주하리라고는 믿을 수 없었다. 타이거스타는 머지않아 영역을 확장하고 싶어 할 것이고, 그 첫 번째 목표는 천둥족이 될 것이다.

"내가 너라면, 특별히 신경 써서 경계를 살필 거야."

그레이스트라이프가 파이어하트의 생각을 읽은 듯이 말했다.

"응, 안 그래도……."

파이어하트는 말을 하려다 멈췄다. 샌드스톰이 어린 토끼를 입에 물고 다가오는 모습이 보였던 것이다. 그녀는 자갈을 가로질러 걸어와 파이어하트의 발치에 먹이를 내려놓았다. 그리고 잠깐이나마 성가셨던 일을 처리했다는 듯이 한결 편안해진 표정으로 강족 전사에게 고갯짓을 하며 인사했다.

"안녕, 그레이스트라이프? 새끼들은 어떻게 지내?"

"다들 잘 지내고 있어. 고마워."

그레이스트라이프의 눈이 자부심으로 빛났다.

"곧 훈련병이 될 거야."

"둘 중 한 녀석은 네가 훈련시키는 거야?"

파이어하트가 물었다.

그레이스트라이프는 확신이 없는 듯했다.

"나도 모르겠어. 크룩트스타가 결정을 한다면 그럴지도 모르지. 하지만 요즘 크룩트스타는 잠자는 거 말고는 별로 하는 일이 없거든. 지금은 레퍼드퍼가 거의 모든 일을 처리해. 그런데 레퍼드퍼는 화이트클로가 죽은 일 때문에 나를 절대로 용서하지 않을 거야. 틀림없이 새끼 고양이들을 다른 전사들에게 맡길 거야."

그레이스트라이프는 고개를 푹 숙였다. 파이어하트는 친구가 여전히 강족 전사의 죽음에 대해 죄책감을 느끼고 있다는 사실을 깨달았다. 강족 순찰대가 천둥족 전사들을 공격했을 때 화이트클로는 계곡에서 떨어져 목숨을 잃었던 것이다.

"힘든 일이네."

파이어하트는 그레이스트라이프의 옆구리에 몸을 바짝 대고 위로해 주었다.

"하지만 레퍼드퍼의 뜻은 알겠어."

샌드스톰이 부드럽게 말했다.

"레퍼드퍼는 새끼 고양이들이 강족에 완전히 충성하는 고양이로 길러지길 바라는 거야."

그레이스트라이프가 고개를 돌려 샌드스톰을 마주 보며 털을 곤두세웠다.

"나도 마찬가지라고! 나도 내 새끼들이 두 종족 사이에서 갈팡 질팡하며 자라게 하긴 싫단 말이야."

그의 눈이 슬픔으로 흐려졌다.

"그게 어떤 건지는 내가 잘 아니까."

파이어하트는 마음이 아팠다. 그는 산불로 강족 진영에 피해 있을 때, 그레이스트라이프가 강족에서 얼마나 불행하게 지내는 지 보았다. 게다가 지금도 상황은 그리 나아지지 않은 것이 분명 했다. 파이어하트는 친구에게 옛집으로 돌아오라고 말하고 싶었 다. 하지만 블루스타가 이미 거부했는데 그가 그레이스트라이프 를 받아들일 권리는 없었다.

"크룩트스타에게 새끼 고양이들 문제를 부탁해 봐."

파이어하트가 제안했다.

"레퍼드퍼에게 잘 보이려고 노력해 봐."

샌드스톰이 거들었다.

"천둥족 경계를 넘는 걸 들키지 않게 조심하고."

그레이스트라이프가 움찔했다.

"네 말이 맞을지도 모르겠어. 이만 돌아가는 게 좋겠다. 안녕, 샌드스톰, 파이어하트."

"다음 모임에는 꼭 와야 해."

파이어하트가 말했다.

그레이스트라이프는 알았다는 듯이 꼬리를 휙 움직이더니 비탈을 내려갔다. 강을 향해 가던 그가 도중에 뒤를 돌아보더니 말했다.

"거기서 잠깐만 기다려!"

물가로 달려 내려간 그는 얕은 강물을 내려다보며 평평한 바위 위에 한동안 꼼짝 않고 앉아 있었다.

"뭐 하는 거지?"

샌드스톰이 중얼거렸다.

파이어하트가 뭐라고 대답하기도 전에 그레이스트라이프가 잽싸게 발을 뻗었다. 이어서 은빛 물고기가 물에서 불쑥 튀어나오더니, 기슭으로 털썩 떨어져 꿈틀거렸다. 그레이스트라이프는 발로 단번에 물고기의 숨을 끊어 파이어하트와 샌드스톰이 서 있는 곳으로 끌고 올라왔다.

"자, 받아. 불이 난 뒤로는 제대로 먹지 못했지? 이거면 도움이 좀 될 거야."

"고마워. 아주 멋진 솜씨였어."

파이어하트가 감탄하며 말했다.

그레이스트라이프는 만족스럽게 가르랑거리는 소리를 냈다.

"미스티풋이 가르쳐 줬어."

"정말 반가운 먹이네."

샌드스톰이 말했다.

"하지만 네가 다른 종족에게 먹이를 잡아 주는 걸 레퍼드퍼가 알게 된다면 좋아하지 않을 텐데."

"맘대로 하라고 해."

그레이스트라이프가 대꾸했다.

"뭐라고 하면, 새잎 돋는 계절에 홍수가 났을 때 파이어하트와 내가 강족에게 먹이를 가져다준 일을 상기시켜 주면 돼."

그레이스트라이프는 돌아서서 다시 강으로 갔다. 파이어하트는 건너편 기슭으로 힘차게 헤엄쳐 가는 친구의 모습을 보며 마음이 아파 왔다. 그는 그레이스트라이프가 천둥족으로 돌아올 수만 있다면 뭐든 할 수 있었다. 하지만 천둥족이 그를 다시 받아 주는 일은 절대 일어나지 않을 것 같았다.

사냥을 마치고 진영으로 돌아오면서, 파이어하트는 미끄덩한 물고기를 입에 물고 오느라 애를 먹었다. 익숙하지 않은 냄새가 코끝에 밀려들면서 입 안에는 침이 고였다. 진영에 들어서자 이미 두둑해진 먹이 더미를 볼 수 있었다. 클라우드포와 브라이트포는 돌아왔다가 마우스퍼, 쏜포와 함께 다시 나가려는 참이었다.

"원로들께는 먹이를 갖다 드렸어요, 파이어하트!"

클라우드포가 진영을 빠져나가면서 어깨 너머로 외쳤다.

"신더펠트에게도?"

파이어하트는 소리쳐 물었다.

"아뇨, 아직이에요!"

파이어하트는 클라우드포가 시야에서 빠르게 사라지는 모습을 지켜보다가, 돌아서서 싱싱한 먹이 더미로 향했다. 그레이스트라이프가 잡아 준 물고기가 신더펠트의 식욕을 돋울 수도 있을 것이다. 파이어하트는 신더펠트가 제대로 먹지 못하고 있는 것이 아닐까 짐작했다. 옐로팽을 잃고 상심한 데다 연기를 들이마신 고양이들과 블루스타를 돌보는 일로 너무 바빴기 때문이다.

"배 안 고파, 파이어하트?"

샌드스톰이 마지막 먹이를 내려놓으며 물었다. 샌드스톰은 사냥한 먹이를 하나도 먹지 않고 진영으로 가져왔고, 지금은 배고픈 얼굴로 싱싱한 먹이를 바라보고 있었다.

"괜찮으면 같이 먹자."

"그래."

아침에 까치 한 마리를 먹은 것은 아주 오래전 일처럼 느껴졌다.

"신더펠트에게 이것만 가져다주고 올게."

"너무 늦지는 마."

파이어하트는 물고기를 물고 신더펠트의 거처로 향했다. 불이 나기 전에는 무성하게 우거진 고사리 굴길이 치료사의 거처와 진영의 나머지 부분을 분리해 주었다. 하지만 지금은 땅 위로 까맣게 그을린 줄기 몇 개만 남아 있을 뿐이었다. 파이어하트는 치료사의 거처로 들어가는 입구인 바위틈을 또렷하게 볼 수 있었다.

그는 거처 밖에 서서 물고기를 내려놓고 치료사를 불렀다.

"신더펠트!"

잠시 후에 어린 치료사가 입구에서 머리를 내밀었다.

"무슨 일……? 아, 파이어하트였군요."

신더펠트가 밖으로 나와 파이어하트를 맞았다. 털은 헝클어져 있었고 눈은 평소와 달리 생기가 없었다. 어딘가 어수선하고 불편해 보이는 모습이었다. 파이어하트는 그녀가 옐로팽에 대한 생

69

각에 빠져 있었으리라 짐작했다.

"마침 잘 오셨어요. 할 말이 있거든요."

"먼저 좀 먹어."

파이어하트는 재촉하듯 말했다.

"이거 봐. 그레이스트라이프가 물고기를 잡아 줬어."

"고마워요, 파이어하트. 하지만 급한 일이에요. 어젯밤 별족이 보내 준 꿈을 꾸었어요."

신더펠트의 심각한 말투가 어쩐지 파이어하트를 불안하게 만들었다. 그는 자신이 가르쳤던 훈련병이 진정한 치료사로 성장하고 있다는 사실이 여전히 익숙하지 않았다. 치료사는 짝을 맺거나 새끼를 낳지도 못하고, 비밀스럽게 다른 치료사들을 만났으며, 별족의 전사 정령들과 특별한 관계를 맺으며 그들과 이어져 있었다.

"무슨 꿈이었는데?"

파이어하트가 물었다. 그 역시 앞으로 일어날 일을 경고하는 꿈을 여러 번 꾼 적이 있었다. 그 덕분에 지금 신더펠트가 느끼고 있을 놀라움과 당혹감을 다른 어떤 고양이들보다 더 잘 이해할 수 있었다.

"확실하진 않아요."

신더펠트가 혼란스러운 듯 눈을 끔벅였다.

"숲 속에 서 있는 것 같았는데, 뭔가 커다란 것이 숲으로 들이닥치는 소리가 들렸어요. 하지만 뭔지 보이지는 않았어요. 그리고 목소리가 들렸어요. 거친 목소리였는데, 고양이 말이 아닌 다른 말을 했어요. 하지만 무슨 말인지는 알아들을 수 있었어요…….”

신더펠트의 목소리가 잦아들었다. 그녀는 앞발로 땅을 짓이기면서, 흐려진 눈으로 먼 곳을 응시하고 있었다.

“뭐라고 했는데?”

파이어하트는 재촉하듯 물었다.

신더펠트가 몸서리를 쳤다.

“정말 이상했어요. 그들이 소리치고 있었어요. ‘무리! 무리!’ 그러더니 ‘죽여라! 죽여라!’라고 외쳤어요.”

파이어하트는 실망할 수밖에 없었다. 그는 별족이 보낸 메시지가 앞에 놓인 문제들을 해결하는 데 조금이라도 도움이 되지 않을까 기대했었다. 다시 나타난 타이거스타, 병든 블루스타, 그리고 불이 난 이후의 상황에 대해 약간이나마 도움을 얻을 수 있기를 바랐던 것이다.

“그게 무슨 뜻인지 알겠어?”

파이어하트의 물음에 신더펠트는 고개를 저었다. 마치 그는 보지 못하는 거대한 위협에 맞닥뜨린 듯, 그녀의 눈에는 두려움이 사라지지 않고 있었다.

“아직은 모르겠어요. 어쩌면 높은 돌산에 가면 별족이 더 많은 걸 보여 줄지도 모르겠어요. 하지만 뭔가 나쁜 일인 것만은 확실해요, 파이어하트.”

“안 그래도 걱정거리가 많은데.”

파이어하트는 중얼거렸다. 그리고 신더펠트를 보며 말했다.

“그것만 가지고는 뭘 해야 할지 알 수가 없어. 좀 더 확실한 무언가가 필요해. 꿈에서 본 건 그게 다야?"

신더펠트가 괴로운 눈빛으로 고개를 끄덕였다. 파이어하트는 그녀의 귀를 핥으며 달래 주었다.

"걱정하지 마, 신더펠트. 만약 그림자족에 대한 경고라면, 우린 벌써 경계하고 있으니까. 좀 더 자세한 걸 알게 되면 나에게 바로 알려 주면 돼."

"파이어하트, 거기 하루 종일 있을 거야?"

뒤에서 들려오는 짜증스러운 목소리에 파이어하트는 깜짝 놀랐다.

돌아보니 샌드스톰이 타 버린 고사리 굴길 입구에 서 있었다.

"이만 가야겠어."

그는 신더펠트에게 말했다.

"하지만……."

"그 문제는 내가 잘 생각해 볼게, 알았지?"

파이어하트는 신더펠트의 말을 자르며 말했다. 배가 꾸르륵거리는 소리를 내며 어서 샌드스톰에게 가 보라고 재촉하고 있었다.

"다른 꿈을 또 꾸게 되면 알려 줘."

신더펠트가 곤혹스러운 듯 귀를 씰룩거렸다.

"이건 별족의 메시지라고요, 파이어하트. 나무뿌리가 털에 박혔다거나, 질긴 먹이가 목에 걸렸다거나 하는 문제가 아니라고요. 종족 전체에 영향을 끼칠 수도 있어요. 무슨 뜻인지 알아내야만 해요."

"그래, 그런 건 나보다 네가 더 잘하잖아."

파이어하트는 어깨 너머로 내뱉듯이 말하며 신더펠트의 거처에서 멀어졌다.

그는 공터를 가로질러 샌드스톰에게 가면서 잠시 그 꿈이 무슨 뜻일지 생각해 보았다. 다른 종족의 공격을 의미하는 것 같지는 않았다. 그리고 위협이 될 만한 다른 것도 떠오르지 않았다. 샌드스톰이 그를 위해 남겨 둔 들쥐를 허겁지겁 먹는 동안 파이어하트의 머릿속에서 신더펠트의 꿈에 대한 생각은 사라졌다.

4

준비가 된 훈련병들

숨을 고르느라 파이어하트의 옆구리가 들썩거렸다. 발톱이 할 퀴고 지나간 뺨은 따가웠다. 그가 비틀거리며 일어서자 브라이트 포가 두어 걸음 뒤로 물러났다.

"제가 다치게 한 건 아니죠?"

얼룩무늬 훈련병이 걱정스럽게 물었다.

"아니야, 괜찮아."

파이어하트는 헐떡이며 대답했다.

"그 동작은 화이트스톰이 가르쳐 준 거야? 전혀 예상 못 했거 든. 아주 잘했다."

파이어하트는 절뚝거리지 않으려고 애쓰며 훈련 분지를 가로 질러 스위프트포와 쏜포, 클라우드포가 지켜보고 있는 곳으로 걸 어갔다. 그는 훈련병들의 전투 기술을 평가하는 중이었고, 네 훈 련병 모두 그에게 지지 않고 버텼다. 다들 만만찮은 전사가 될 자 질이 있었다.

"우리가 같은 편이라 다행이구나. 전투에서 너희와 싸우고 싶진 않거든."

파이어하트가 말했다.

"너희가 전사가 될 준비가 되었다는 이야기는 이미 들었다. 블루스타에게 너희를 전사로 임명해 달라고 말씀드릴 생각이야."

브라이트포와 쏜포, 스위프트포가 서로 흥분한 눈빛을 주고받았다. 클라우드포는 태연한 듯 보이려고 애쓰고 있었지만, 눈빛에는 기대감이 역력했다.

"좋아, 진영으로 돌아가면서 사냥을 하고, 원로들과 어미 고양이들이 먹이를 먹었는지 확인해 봐. 그런 다음에는 너희도 먹이를 먹어도 좋다."

"남은 게 있다면 말이죠."

스위프트포가 대꾸했다.

파이어하트는 그를 힐긋 보았다. 스위프트포의 스승은 롱테일로, 한때 타이거클로를 따르던 고양이였다. 스위프트포는 이따금 스승과 마찬가지로 불평을 툭툭 내뱉곤 했다. 하지만 이번에는 그저 농담을 하려던 것처럼 보였다. 네 훈련병은 벌떡 일어나 훈련 분지에서 달려 나갔다. 파이어하트는 브라이트포가 클라우드포에게 외치는 소리를 들을 수 있었다.

"내가 너보다 더 많이 잡을 거야!"

그 뒤를 천천히 따라가던 파이어하트는 훈련병들처럼 근심 걱정 없이 지냈던 때가 너무 오래전의 일처럼 느껴졌다. 부지도자로서 맡은 막중한 책임들 때문에 때로는 원로들보다도 더 늙어버린 기분이 들곤 했다. 종족은 가까스로 먹이를 찾고, 파괴된 진영을 다시 세우며 생존해 나가고 있었다. 하지만 모든 전사들이 지나치게 무리하고 있었다. 파이어하트는 새벽부터 해 질 녘까지 쉬지 않고 움직였고, 매일 밤 아직 마치지 못한 일들을 남긴 채 거처로 돌아갔다.

'이대로 얼마나 계속할 수 있을까?'

그는 자신에게 물어보았다.

'잎 없는 계절이 오면 상황은 점점 나빠질 뿐, 좋아지지는 않을 거야.'

불길에서 살아남은 몇 안 되는 나뭇잎들은 벌써 붉고 노랗게 변하고 있었다. 분지 위에 잠시 멈춰 선 파이어하트는 해가 밝게 빛나고 있는 중에도 털을 헝클어뜨리는 차가운 바람을 느꼈다.

그는 조용히 발걸음을 옮겨 진영으로 돌아갔다. 진영 입구에 멈춰 선 그는 주변을 둘러보았다. 진영 복구를 책임지고 있는 다크스트라이프가 전사들의 거처를 가리는 나뭇가지들 사이에 난 구멍을 메우고 있었다. 더스트펠트와 훈련병 펀포, 애쉬포가 다크스트라이프와 함께 일하고 있었다.

반대편에서는 신더펠트가 입에 약초를 물고 원로들의 거처로 향하는 중이었다.

골든플라워의 새끼 고양이 둘은 공터 한가운데에서 스페클테일의 새끼 고양이와 장난을 치고 있었다. 어미 고양이들은 보육실 입구에서 새끼들을 지켜보고 있었다. 그 옆에서 윌로펠트는 태어난 지 얼마 안 된 자신의 새끼들이 큰 고양이들의 거친 장난에 다칠세라 조심스럽게 지키고 있었다.

파이어하트의 눈길은 골든플라워의 새끼들 중 몸집이 큰 브 램블킷에게 머물렀다. 강인하고 근육이 잘 발달된 몸과 짙은 갈 색 털가죽은 불안할 정도로 눈에 익었다. 누구든 브램블킷을 보 면 타이거스타의 아들이라는 것을 짐작할 수 있을 정도였다. 그 사실은 파이어하트를 언제나 불안하게 만들었고, 그는 그런 생각 을 떨쳐 내려고 애썼다. 브램블킷의 누이인 토니킷에게도 똑같은 감정을 느껴야 마땅했지만, 그녀는 타이거스타의 딸이긴 해도 아 버지를 쏙 빼닮는 불행은 피했다. 파이어하트는 아버지가 저지른 죄 때문에 브램블킷을 탓하는 것은 부당하다는 사실을 잘 알고 있었다.

그러나 그는 어린 새끼 고양이가 불타는 나무의 가지에 매달린 채 겁에 질려 울부짖던 모습을 기억에서 지울 수가 없었다. 그리 고 자신이 브램블킷을 구하는 동안 옐로팽이 진영에 갇힌 채 불 길에서 빠져나오지 못했다는 사실도 잊을 수 없었다. 타이거스타 의 아들을 구하기 위해 옐로팽을 희생시킨 것이나 다름없었다.

갑자기 새끼 고양이 무리에서 날카로운 비명이 울려 퍼졌다. 브램블킷이 스노킷에게 달려들어 바닥에 쓰러뜨리고, 발톱으로 꼼짝 못 하게 누르고 있었다. 비명은 스노킷이 지른 것이었다. 하 얀 새끼 고양이는 방어하려는 시도도 하지 않는 것 같았다.

파이어하트는 앞으로 쏜살같이 달려가 브램블킷을 거꾸러뜨리 며 떼어 놓았다.

"그만해라!"

파이어하트가 으르렁거렸다.

"뭐 하는 짓이냐?"

짙은 얼룩무늬 새끼 고양이는 천천히 몸을 일으켰다. 호박색 눈동자에는 충격과 분노가 이글거렸다.

"무슨 일이냐?"

파이어하트는 다시 한 번 다그쳤다.

"아무것도 아니에요, 파이어하트. 그냥 장난친 거예요."

브램블킷이 털에서 흙을 털어 내며 말했다.

"그냥 장난이라고? 그런데 왜 스노킷이 비명을 지른 거지?"

브램블킷이 어깨를 으쓱해 보였다. 이글거리던 눈빛은 이제 사라졌다.

"제가 그걸 어떻게 알겠어요? 그 녀석은 제대로 놀 줄을 모른다니까요."

"브램블킷!"

골든플라워가 소리치며 새끼 고양이 옆에 섰다.

"내가 몇 번이나 말해야겠니? 누군가 비명을 지르면 놔줘야 하는 거야. 그리고 파이어하트에게 그렇게 버릇없이 굴면 안 돼. 파이어하트는 부지도자야, 명심해."

브램블킷이 파이어하트를 휙 쳐다보더니 다시 눈길을 돌렸다.

"죄송해요."

"그래, 알았다. 다시는 이런 일이 없도록 해라."

파이어하트는 단호하게 말했다.

브램블킷은 파이어하트를 지나쳐 아직도 땅에 웅크리고 있는 스노킷에게 걸어갔다. 스페클테일이 새끼 고양이의 하얀 털을 열심히 핥아 주고 있었다.

"자, 어서 일어나렴. 다치지 않았잖아."

스페클테일이 말했다.

"그래, 빨리 일어나, 스노킷."

브램블킷이 스노킷의 귀를 핥으며 말했다.

"일부러 그런 건 아니야. 다시 놀자. 이번에는 네가 지도자 역할을 해."

조금 떨어진 곳에서 꼬리를 발로 감싸고 앉아 있던 토니킷이 말했다.

"저 녀석은 재미있게 놀 줄을 모른다니까."

"토니킷!"

골든플라워가 토니킷의 한쪽 귀를 살짝 쳤다.

"그렇게 심술궂게 굴지 마. 너희 둘 다 오늘 뭐가 잘못된 건지 모르겠구나."

스노킷은 계속 바닥에 웅크리고 있다가, 어미가 밀어 올린 다음에야 겨우 몸을 일으켰다.

"신더펠트에게 가서 다친 데가 없는지 확인해 보는 게 좋을 거예요."

파이어하트가 스페클테일에게 충고했다.

스페클테일이 고개를 휙 돌리더니 그를 노려보았다.

"내 새끼는 멀쩡해요! 내가 새끼도 제대로 돌보지 못한다는 말이에요?"

그녀는 파이어하트에게서 등을 돌리고, 스노킷을 데리고 보육실로 들어가 버렸다.

"스노킷을 아주 극진하게 보호하고 있어요."

골든플라워가 설명해 주었다.

"하나밖에 없어서 그런 것 같아요."

그녀는 바닥에서 함께 뒹굴고 있는 자신의 새끼 고양이 둘에게 다정하게 눈을 끔벅였다.

파이어하트는 골든플라워 옆으로 가서 앉았다. 브램블킷에게 심하게 말한 것이 마음에 걸렸다.

"녀석들에게 아버지가 그림자족의 지도자가 되었다는 걸 말해 주었나요?"

파이어하트가 조용히 물었다.

골든플라워가 그를 힐긋 보았다.

"아니, 아직요."

그녀가 솔직히 말했다.

"저 녀석들이 그 이야기를 들으면 자랑을 할 거고, 그러다 보면 누군가 나머지 이야기를 해 주겠죠."

"조만간 알게 될 텐데요."

골든플라워는 잠시 동안 가슴 털을 사납게 핥아 댔다.

"파이어하트가 저 애들을 바라보는 눈빛을 봤어요."

그녀가 마침내 입을 열었다.

"특히 브램블킷을 볼 때 말이에요. 하지만 타이거스타를 닮은 건 저 애 잘못이 아니잖아요. 그런데 다른 고양이들도 저 녀석을 그렇게 보더라고요."

그녀는 생각에 잠긴 채 발을 핥더니 귀를 쓸었다.

"나는 내 새끼들이 행복하게 자랐으면 좋겠어요. 자신이 저지르지도 않은 일로 죄책감을 느끼게 하고 싶지 않아요. 어쩌면 이제 그게 가능할지도 모르겠어요. 타이거스타가 위대한 지도자가 된다면 말이에요. 결국에는 아버지를 자랑스럽게 여길 수 있게 될지도 몰라요."

파이어하트는 불편한 마음으로 귀를 씰룩거렸다. 골든플라워의 낙관적인 생각에 동의할 수 없었던 것이다.

"저 애들 모두 파이어하트를 존경해요."

골든플라워가 말을 이었다.

"특히 브램블킷을 불길에서 구해 준 뒤로는 더 그렇지요."

파이어하트는 잠시 무슨 말을 해야 좋을지 몰랐다. 브램블킷에게 적대적인 감정을 느끼는 것에 그 어느 때보다 더 죄책감이 들었다. 하지만 아무리 노력해도 브램블킷에게서 잔인한 아버지의 모습이 보이는 것을 막을 수 없었다.

"파이어하트가 저 녀석들에게 타이거스타에 대해 말해 주는 것이 좋을 것 같아요."

골든플라워가 그를 진지하게 바라보며 말했다.

"부지도자잖아요. 부지도자의 말이라면 잘 알아들을 거예요. 그리고 파이어하트가 진실을 말해 줄 거라는 걸 난 알아요."

"제가…… 제가 지금 말해 줘야 한다고요?"

파이어하트는 더듬거리며 물었다. 골든플라워의 말은 마치 그를 시험하는 것 같았다.

"아니, 지금은 아니에요."

골든플라워가 차분하게 대답했다.

"말할 준비가 되면요. 그리고 파이어하트가 보기에 저 녀석들이 준비가 됐다는 생각이 들 때 말해 줘요. 하지만 너무 오래 끌지는 마세요."

파이어하트는 고개를 끄덕였다.

"그럴게요, 골든플라워. 브램블킷과 토니킷이 상처 입지 않도록 최선을 다할게요."

골든플라워가 미처 대답하기도 전에 브램블킷이 토니킷과 함께 어미에게 달려와 미끄러지듯 멈춰 섰다.

"원로들에게 가 봐도 돼요?"

브램블킷이 눈을 반짝이며 물었다.

"원아이가 재미있는 이야기를 해 준다고 약속했거든요."

"그럼, 물론이지."

골든플라워가 부드러운 목소리로 가르랑거렸다.

"싱싱한 먹이 더미에서 뭐라도 좀 가져다 드리렴. 그게 예의란다. 그리고 해가 질 때까지는 돌아와야 한다."

"그럴게요!"

토니킷이 대답했다. 그녀는 쏜살같이 진영을 가로지르며 어깨 너머로 외쳤다.

"내가 쥐를 가져다 드릴 거야!"

"안 돼, 내가 할 거야!"

브램블킷이 토니킷을 허둥지둥 쫓아가며 소리쳤다.

"자, 그럼······."

골든플라워가 파이어하트를 돌아보며 말했다.

"저 녀석들에게서 뭐라도 잘못된 점이 보이면 말해 주겠어요? 난 아무것도 못 찾겠거든요."

그녀는 대답은 들을 필요 없다는 듯, 일어나서 발을 하나씩 차례로 털어 내고는 보육실로 들어갔다. 파이어하트는 그녀가 사라지는 모습을 지켜보았다. 어쩐지 스페클테일과 골든플라워 둘다 그를 좋아하지 않게 된 듯했다. 비록 골든플라워는 그를 신뢰하긴 했지만, 브램블킷을 불편해하는 그를 용서하기는 힘든 것이 분명했다. 게다가 파이어하트 역시 자신의 그런 감정을 정리하기가 힘들었다.

파이어하트는 한숨을 내쉬며 일어났다. 저녁 순찰을 내보낼 시간이었다. 보육실에서 돌아서던 그는 할 말이 있는 듯 근처에서 서성이는 브래큰퍼를 발견했다.

"무슨 일 있어?"

그는 어린 전사에게 물었다.

"모르겠어요."

브래큰퍼가 머뭇거리며 대답했다.

"그냥······ 아까 스페클테일의 새끼 고양이와 있었던 일을 봤는데······."

"내가 브램블킷에게 너무 심하게 대했다고 말하려는 거야?"

"아니에요, 파이어하트. 물론 그런 건 아니죠. 어, 그러니까······ 스노킷이 뭔가 좀 이상한 것 같아서요."

파이어하트는 브래큰퍼가 괜한 일로 호들갑을 떨지는 않으리라는 것을 알고 있었다.

"계속해 봐."

"스노킷을 그동안 지켜보고 있었는데요."

브래큰퍼는 앞발을 바닥에 질질 끌며 부끄러운 표정을 지었다.

"전…… 블루스타가 스노킷의 스승으로 저를 선택해 줄지도 모른다고 생각했거든요. 그래서 스노킷에 대해서 알아보고 싶었어요. 그런데 스노킷에게 문제가 좀 있는 것 같아요. 스노킷은 누가 말을 걸어도 반응이 없는 것처럼 보여요. 아시잖아요, 새끼 고양이들은 어디에든 끼어들고 코를 들이미는데, 스노킷은 그러질 않아요. 신더펠트가 한번 살펴봐야 할 것 같아요."

"스페클테일에게 그렇게 말했다가 거의 귀를 뜯길 뻔했는걸?"

브래큰퍼가 어깨를 으쓱했다.

"스페클테일은 자기 새끼에게 문제가 있다고 인정하고 싶지 않겠죠."

파이어하트는 잠시 생각에 잠겼다. 확실히 스노킷은 다른 새끼 고양이들에 비해 느리고 둔해 보였다. 그는 골든플라워의 새끼들보다 훨씬 먼저 태어났지만, 그들만큼 잘 발달되지 못했다.

"그 일은 나에게 맡기렴. 내가 신더펠트와 이야기해 볼게. 신더펠트라면 스페클테일을 화나게 하지 않고 스노킷을 살펴보는 방법을 찾아낼 거야."

"고마워요, 파이어하트."

브래큰퍼가 안심한 듯 말했다.

"그건 그렇고 저녁 순찰대를 이끌어 주겠어? 마우스퍼와 브린들페이스에게 같이 가자고 말하고."

브래큰퍼가 몸을 똑바로 세웠다.

"물론이죠, 파이어하트. 가서 찾아볼게요."

브래큰퍼는 꼬리를 높이 들고 진영을 가로질러 갔다. 여우 서넛 정도 되는 거리만큼 멀어졌을 때, 파이어하트는 그를 다시 불렀다.

"아, 그리고 브래큰퍼!"

파이어하트는 이번만은 좋은 소식을 전하게 되어 기쁜 마음으로 말했다.

"스노킷이 준비가 되면, 너를 스승으로 삼아 달라고 블루스타에게 말씀드릴게."

파이어하트는 신더펠트를 찾으러 가기 전에 훈련병들의 평가 결과에 대해 보고하기 위해 블루스타에게 들렀다. 지도자는 거처 밖에 앉아 햇볕을 쬐고 있었다. 파이어하트는 블루스타가 예전의 모습을 되찾았을지도 모른다고 기대했다. 하지만 그를 향해 끔벅이는 블루스타의 파란 눈은 지쳐 보였고, 먹이도 반쯤 먹다 만 상태였다.

"무슨 일이냐, 파이어하트?"

그가 다가가자 블루스타가 물었다.

"좋은 소식이 있습니다, 블루스타."

파이어하트는 밝은 목소리를 내려고 애쓰며 말했다.

"오늘 나이가 찬 훈련병 넷을 모두 평가했습니다. 다들 잘해 주었습니다. 이제 전사로 임명할 때가 된 것 같습니다."

"나이가 찬 훈련병들이라고?"

혼란스러운 듯 블루스타의 눈빛이 흐려졌다.

"그러면 브래큰포와…… 그리고…… 그리고 신더포를 말하는 것이냐?"

파이어하트는 가슴이 철렁했다. 블루스타는 훈련병이 누구인지조차 기억하지 못하고 있었다!

"아닙니다, 블루스타."

파이어하트는 참을성 있게 대답했다.

"클라우드포와 브라이트포, 스위프트포와 쏜포입니다."

블루스타가 몸을 조금 움찔했다.

"내 말이 그 말이었다."

그녀가 쏘아붙였다.

"그래, 그들을 전사로 임명하고 싶다고? 그럼…… 그들의 스승이 누구였는지…… 한 번만 말해 줄 수 있겠느냐?"

"클라우드포의 스승은 접니다."

파이어하트는 점점 커져 가는 절망감을 드러내지 않으려고 애쓰며 대답했다.

"나머지는 롱테일과……."

"롱테일."

블루스타가 말을 잘랐다.

"아, 그래…… 타이거클로의 동지였지. 롱테일은 신뢰할 수가

86

없는데, 우리가 왜 그에게 훈련병을 맡긴 거지?"

"타이거클로가 떠날 때 롱테일은 천둥족에 남겠다고 했습니다."

파이어하트가 일깨워 주었다.

블루스타는 콧방귀를 뀌었다.

"그렇다고 해서 롱테일을 믿을 수 있는 건 아니다."

블루스타가 되풀이해서 말했다.

"우리는 그들을 믿을 수 없다. 그들은 배신자들이고, 더 많은 배신자들을 훈련시킬 것이다. 그들의 훈련병은 누구도 전사로 임명하지 않겠다!"

파이어하트는 충격에 사로잡혀 지도자를 바라보았다. 블루스타는 잠시 말을 멈추었다가 덧붙였다.

"파이어하트, 오직 네가 가르친 훈련병만 허락한다. 너만이 나에게 충성하니까. 클라우드포는 전사가 될 수 있다. 하지만 다른 녀석들은 안 된다."

파이어하트는 무슨 말을 해야 할지 알 수 없었다. 무모한 행동을 하다 두발쟁이에게 붙잡혀 갔던 클라우드포가 돌아왔을 때, 종족은 기뻐하는 것 같았다. 하지만 다른 훈련병들을 제외하고 클라우드포만 전사로 임명된다면 분란이 일어날 것이 틀림없었다. 게다가 다른 훈련병들도 똑같이 자격이 있는데 혼자만 전사로 임명되는 명예를 누린다면, 클라우드포에게도 좋을 것이 없었다.

결국 지금은 어떤 훈련병도 전사가 될 수 없다는 뜻이었다. 파이어하트는 밀려드는 공포를 견디느라 안간힘을 썼다. 종족에는 새로운 전사들이 절실하게 필요했지만, 이런 상황에서는 블루스타를 이치에 맞게 설득할 수 없었다.

"고맙습니다, 블루스타."

파이어하트는 뒤로 물러나며 마침내 입을 열었다.

"하지만 좀 더 기다리도록 하겠습니다. 훈련을 더 한다고 해서 나쁠 건 없을 테니까요."

파이어하트는 여전히 멍한 시선으로 그를 바라보는 블루스타를 남겨 둔 채 도망치듯 자리를 벗어났다.

5

러닝노즈의 고백

파이어하트가 신더펠트를 찾으러 갔을 때는 어느덧 해가 지면서 치료사의 공터에 긴 그림자를 드리우고 있었다. 신더펠트는 거처에서 약초를 확인하고 있었다. 파이어하트는 거처 입구에 앉아서 그녀에게 말을 했다.

"스페클테일의 새끼 고양이가요?"

브래큰퍼가 우려하고 있는 점에 대해 말해 주자, 신더펠트는 생각에 잠겨 눈을 가늘게 떴다.

"무슨 뜻인지 알겠어요. 한번 살펴볼게요."

"스페클테일을 조심해야 해."

파이어하트는 주의를 주었다.

"내가 스노킷을 너한테 데려가 보라고 말했다가, 코를 물릴 뻔했거든."

"놀랄 일도 아니에요."

신더펠트가 대꾸했다.

"어떤 어미 고양이든 자기 새끼가 완벽하다고 믿고 싶어 하니까요. 그건 제가 알아서 할게요, 파이어하트. 걱정하지 마세요. 하지만 당장은 아니에요."

신더펠트가 노간주나무 열매 더미를 톡톡 두드려 가지런히 정리하면서 덧붙였다.

"오늘은 너무 늦었고, 내일은 제가 높은 돌산에 가야 하거든요."

"벌써?"

파이어하트는 깜짝 놀랐다. 하루하루가 얼마나 빨리 흘러가는지 깨닫지 못하고 있었던 것이다.

"내일 밤에는 새 달이 뜰 거예요. 다른 치료사들도 높은 돌산에 모일 거고요. 별족이 저에게 온전한 능력을 주실 거예요."

신더펠트는 망설이다가 덧붙였다.

"옐로팽이 함께 가서, 훈련을 마친 치료사로 저를 별족에게 소개했어야 하는 건데 말이에요. 이제 옐로팽 없이 저 혼자 의식을 치러야 해요."

신더펠트의 눈이 점점 커지면서 먼 곳을 향했다. 파이어하트는 그녀가 자신에게서 멀어져, 쫓아갈 수도 없는 어둠과 꿈의 땅으로 떠나 버리는 것 같았다.

"전사와 동행해야겠구나."

파이어하트가 말했다.

"지난번에 블루스타가 높은 돌산에 가려고 했을 때 바람족이 자기네 영역을 지나가지 못하게 했잖아."

신더펠트가 침착한 눈으로 파이어하트를 바라보았다.

"누가 감히 치료사를 막을 수 있는지 한번 보고 싶은걸요. 그런 짓은 별족이 절대로 용서하지 않으실 거예요."

신더펠트의 표정이 변하더니, 장난스러운 눈빛이 번득였다.

"원한다면 나무 네 그루까지 같이 가도 좋아요. 샌드스톰과 함께 있는 시간을 좀 뺄 수 있다면 말이에요."

파이어하트는 당황했다.

"무슨 말을 하는 건지 모르겠네."

하지만 그는 지난번에 꿈에 대해서 말하는 신더펠트를 남겨 두고 샌드스톰과 함께 먹이를 먹으러 갔던 일을 떠올리고, 아마도 신더펠트가 그 일을 서운하게 생각하는 것이리라 짐작했다.

"샌드스톰은 나 없이도 새벽 순찰대를 이끌 수 있어."

파이어하트는 큰 소리로 말했다.

"내가 나무 네 그루까지 같이 가 줄게."

다음 날은 축축하고 흐릿하게 시작되었다. 파이어하트와 신더펠트가 나무 네 그루까지 가는 동안 안개가 덩굴을 뻗듯 나무들 사이를 휘감았다. 자욱한 안개는 두 고양이의 발소리를 축축하게 숨죽여 놓았고, 털에는 작은 물방울들을 달아 주었다. 파이어하트는 조용한 가운데 머리 위에서 느닷없이 울리는 새소리에 깜짝 놀랐다. 이렇게 으스스하고 낯설어 보이는 숲에서 길을 잃지는 않을까 걱정스럽기도 했다.

하지만 물줄기를 건너서 나무 네 그루로 향하는 언덕을 오르기 시작할 무렵, 안개는 걷히기 시작했다. 두 고양이가 언덕 꼭대기에 올랐을 때는 밝은 햇살이 비추었다. 거대한 떡갈나무 네 그루가 바로 앞에 서 있었다. 낙엽 지는 계절이 다가오면서 나뭇잎은 불그스름한 황금빛으로 변해 가고 있었다.

신더펠트가 요란하게 숨을 몰아쉬며 털에서 물기를 털어 냈다.

"기분 좋은데요! 높은 돌산까지 냄새로 찾아가야 하는 게 아닌지 걱정하고 있었거든요. 옐로팽과 함께 딱 한 번 가 봤을 뿐이니까요."

파이어하트도 털에 닿는 따스한 햇살을 즐기고 있었다. 그는 편안하게 기지개를 켜고, 먹이 냄새가 나기를 기대하며 입을 벌려 공기를 맛보았다.

하지만 먹이 냄새 대신 밀려든 건 다른 고양이들의 냄새였다.

'그림자족이다!'

파이어하트는 좌우를 획획 살피며 근육을 긴장시켰다. 하지만 잠시 후 그림자족 치료사인 러닝노즈의 모습을 발견하고 긴장을 풀었다. 러닝노즈는 고양이 하나를 데리고 그림자족 영역에서 언덕을 향해 걸어오고 있었다. 그들은 맞서 싸워야 하는 전사들이 아니었다. 별족 덕분에 치료사들은 전사들과 달리 종족의 경쟁 관계를 넘어설 수 있었다.

"혼자 가지 않아도 되겠네."

파이어하트는 신더펠트에게 말했다.

둘은 그림자족 고양이들이 가까이 올 때까지 기다렸다. 그들이 가까워지자 파이어하트는 함께 오는 작은 얼룩무늬 수고양이를 알아볼 수 있었다. 얼마 전에 그림자족에 번졌던 질병으로 목숨을 잃을 뻔했던 리틀클라우드였다. 리틀클라우드와 또 다른 그림자족 전사 화이트스로트는 천둥족에게 와서 도움을 청했지만, 블루스타는 받아들여 주지 않았다. 하지만 신더펠트가 몰래 그들을 숨겨 주고, 그림자족 영역으로 돌아갈 수 있을 만큼 회복할 때까지 보살펴 주었다.

그 일이 있고 얼마 지나지 않아 타이거스타가 떠돌이 고양이들을 이끌고 천둥족 순찰대를 공격했고, 그때 화이트스로트는 목숨을 잃었다. 싸움을 피해 천둥길로 달아나던 화이트스로트를 괴물이 쓰러뜨렸던 것이다. 당시의 충격을 되새기던 파이어하트는 건강을 되찾은 듯 보이는 리틀클라우드를 만나게 되어 반가웠다.

"안녕하십니까?"

러닝노즈가 천둥족 고양이들에게 밝게 인사를 건넸다.

"반가워, 신더펠트. 오늘은 먼 길을 가기에 좋은 날이야."

리틀클라우드는 파이어하트에게 정중하게 고개를 숙이고 신더펠트에게 가서 코를 맞댔다.

"다 나은 모습을 보니 반가워."

신더펠트가 말했다.

"다 신더펠트 덕분이야."

리틀클라우드가 대답했다. 그리고 자랑스러운 목소리로 덧붙였다.

"이제 러닝노즈의 제자가 되었어."

"축하해!"

신더펠트가 가르랑거렸다.

"그것도 네 덕분이야."

리틀클라우드가 열정적으로 말을 이었다.

"우리가 아팠을 때, 어떻게 해야 할지를 딱 알았잖아. 우리 종족에게 가지고 갈 치료 약초도 주었고. 그리고 그 약초가 정말로 효과가 있었어! 나도 그런 일을 하고 싶어."

"이 녀석은 정말 재능이 있어요."

러닝노즈가 말했다.

"약초를 가지고 우리에게 돌아오는 것도 용기가 필요한 일이었는데 말이죠. 다만 화이트스로트가 같이 오지 않은 게 안타까울 뿐이지요."

"가지 않았다고요?"

파이어하트가 물었다. 그림자족 고양이들이 화이트스로트의 죽음에 대해서 얼마나 알고 있는지 확인해 볼 기회였다.

리틀클라우드가 슬픈 얼굴로 고개를 끄덕였다.

"화이트스로트는 저와 함께 진영으로 돌아가려고 하지 않았어요. 다시 병에 걸릴까 봐 겁을 먹었거든요. 치료 약초를 가지고 있었는데도 말이에요."

리틀클라우드는 그 기억 때문에 고통스러운 듯 눈을 끔벅였다.

"며칠 뒤에 천둥길에서 시체를 발견했어요."

"안타까운 일이구나."

파이어하트는 화이트스로트의 죽음에 대한 진실을 알려 주어야 할지 고민스러웠다. 하지만 리틀클라우드에게 새 지도자가 친구의 죽음에 어느 정도 책임이 있다는 사실을 밝히는 것은 너무 위험할 거라는 생각이 들었다. 화이트스로트는 잠시 떠돌이 무리에 가담했던 것이 분명했다. 그리고 그는 죽음으로 그 대가를 치러야 했다.

신더펠트가 리틀클라우드의 옆구리에 코를 바짝 대고 위로해 주었다. 그녀는 따뜻한 풀 위에 자리를 잡고 앉아, 리틀클라우드에게 꼬리로 곁에 앉으라는 신호를 보냈다. 그리고 훈련에 대해 이것저것 묻기 시작했다.

"이제 상황이 좀 나아졌나요?"

파이어하트는 러닝노즈에게 조심스럽게 물었다. 그림자족 치료사에게 타이거스타에 대해 경고해 주고 싶었지만, 천둥족에서 일어난 일을 밝히지 않고 말해 줄 수 있는 것은 거의 없었다.

"그런 것 같습니다."

러닝노즈가 마찬가지로 조심스러운 목소리로 대답했다.

"훈련병들은 몇 달 만에 처음으로 제대로 된 훈련을 받고 있고, 우리는 늘 배불리 먹고 있어요."

"좋은 소식이네요."

파이어하트는 어쩔 수 없이 덧붙여 물었다.

"떠돌이들은 어떻습니까?"

러닝노즈가 얼굴을 찌푸렸다.

"그들이 종족에 들어오는 걸 모두가 찬성한 건 아니에요."

그가 솔직하게 말했다.

"나도 별로 좋아하지 않았거든요. 하지만 아무 문제도 일으키지 않고 있어요. 게다가 그들은 강한 전사들이니까요. 아무도 그걸 부인할 수는 없지요."

"그럼 타이거스타는 위대한 지도자가 되겠네요. 별족의 예언처럼요."

파이어하트가 말했다.

그림자족 치료사는 파이어하트와 차분하게 눈을 맞추었다.

"천둥족이 그렇게 강한 고양이를 내쫓았다니, 정말 이상한 일이에요."

파이어하트는 깊은숨을 들이쉬었다. 어쩌면 이 기회를 이용해서 러닝노즈에게 타이거스타에 대한 진실을 말해 줘야 할 것 같았다.

"그건 이야기가 길어요."

그는 마침내 입을 열었다.

"아닙니다, 파이어하트."

러닝노즈가 그의 말을 잘랐다.

"천둥족의 비밀을 밝히라는 게 아니었어요."

러닝노즈가 파이어하트의 옆으로 조금 더 가까이 다가와 발톱으로 바닥을 쓱쓱 긁고 곁에 웅크리고 앉았다.

"천둥족에서 무슨 일이 있었는지 모르지만, 한 가지는 확신할 수 있습니다."

러닝노즈가 나지막하게 말했다.

"별족이 우리에게 타이거스타를 보낸 거예요."

"그 예언을 말하는 거예요?"

"실은 다른 게 더 있어요."

러닝노즈가 곁눈질로 파이어하트를 흘깃 보았다.

"우리 전임 지도자는 별족의 인정을 받지 못했습니다."

러닝노즈가 털어놓았다.

"나이트스타가 지도자가 되었을 때, 별족은 그에게 아홉 목숨을 주지 않았어요."

"뭐라고요?"

파이어하트는 믿을 수 없다는 눈으로 치료사를 바라보았다. 나이트스타의 목숨이 하나뿐이었다면, 병이 그의 목숨을 그렇게 빨리 앗아 가 버린 이유도 설명이 되었다. 파이어하트는 간신히 다시 입을 열었다.

"왜 아홉 목숨을 받지 못한 거죠?"

"별족이 그 이유는 설명해 주지 않았어요."

러닝노즈가 대답했다.

"나는 브로큰테일이 아직 살아 있어서 별족이 여전히 그를 종족 지도자로 생각했기 때문이 아닐까 짐작했지요. 브로큰테일이 죽었다는 사실을 알게 되었을 때는 나이트스타가 너무 쇠약해져서 아홉 목숨을 받으러 '달바위'까지 갈 수가 없었어요. 그리고 타이거스타가 온 뒤로 어쩌면 별족의 선택은 처음부터 타이거스타였을지도 모른다는 생각이 들더군요. 나이트스타는 지도자가 되기에 적절한 고양이가 아니었던 거지요."

"그런데도 그림자족은 나이트스타를 지도자로 받아들였단 말입니까?"

"종족은 나이트스타가 아홉 목숨을 받지 못했다는 사실을 몰랐습니다."

러닝노즈가 고백했다.

"나이트스타는 고귀한 고양이였습니다. 종족에게도 충성했고요. 별족이 거부한 것은 비밀에 부치기로 했지요. 달리 어떻게 할 수 있었겠습니까? 지도자가 될 만한 다른 고양이는 없었습니다. 진실을 알렸다면 종족은 혼란에 빠졌겠지요."

러닝노즈의 목소리에는 안도감이 깃들어 있었다. 파이어하트는 마침내 비밀을 털어놓을 수 있게 된 러닝노즈가 얼마나 후련한 기분일지 짐작해 보았다.

"종족 고양이들은 그 병이 너무 지독해서 나이트스타의 아홉 목숨을 한꺼번에 앗아 갔다고 생각했어요."

러닝노즈가 말을 이었다.

"그들은 겁에 질려 있었지요. 몹시 두려워했어요. 그 어느 때보다도 강한 지도자가 필요했던 거예요."

'그래서 아무런 의심 없이 타이거스타를 받아들인 거구나.'

파이어하트는 치료사가 말하지 않은 부분을 마음속으로 덧붙였다.

"타이거스타가 천둥족을 공격하겠다는 말은 하지 않던가요?"

파이어하트는 머뭇거리며 물었다.

러닝노즈가 재미있다는 듯 가르랑 소리를 냈다.

"내가 그 질문에 답하리라고 생각하는 겁니까? 만일 그가 뭐든 계획하고 있다면, 내가 질문에 대답하는 건 종족을 배신하는 것과 마찬가지입니다. 내가 아는 한, 걱정하지 않아도 됩니다. 하지만 나를 믿을지 말지는 당신이 결정할 일이지요."

파이어하트는 그를 믿었다. 적어도 그가 타이거스타가 꾸미고 있을지도 모르는 어떤 계획에 대해서도 알지 못한다는 사실은 믿을 수 있었다. 치료사가 제대로 알고 있는지 아닌지는 전혀 다른 문제였다.

"파이어하트!"

신더펠트의 목소리였다. 그녀는 일어서서 언덕 너머로 불룩하게 솟아오른 고원 지대를 바라보고 있었다. 그곳은 치료사들이 의식을 치르는 높은 돌산으로 가기 위해 건너가야 하는 바람족 영역이었다.

"러닝노즈와 함께 거기 앉아서 하루 종일 수다만 떨고 있을 거예요? 꼭 원로들처럼요?"

신더펠트의 발이 풀 속에서 참을성 없이 움직거렸다. 리틀클라우드는 그녀 옆에 서서 고개를 들고 열정적으로 눈을 빛내고 있었다.

"알았어."

러닝노즈가 몸을 일으켜 그들에게 다가가며 말했다.

"아직 시간은 많아. 높은 돌산은 어디 가지 않는다고."

네 고양이는 언덕 꼭대기를 돌아서 바람이 몰아치는 황무지 가장자리까지 걸어갔다. 신더펠트가 걸음을 멈추고 파이어하트와 코를 비볐다.

"여기서부터는 괜찮을 거예요. 멀리까지 와 줘서 고마워요. 내일 밤에 돌아갈게요."

"조심해."

파이어하트가 당부했다.

신더펠트가 처음으로 신비한 달바위를 마주하러 갔을 때도 그는 이곳에 서서 작별 인사를 했었다. 별족과 침묵의 대화를 나누기 위해 땅속 굴길을 지나 반짝이는 바위를 향해 내려가는 신더펠트의 모습을 상상하니 온몸에 전율이 흘렀다. 그는 더 이상 아무 말도 하지 않고, 회색 암고양이의 귀를 재빨리 핥아 주며 작별 인사를 했다. 그리고 그 자리에 서서, 그녀가 그림자족 고양이 둘과 함께 절뚝거리며 황무지를 가로질러 가는 모습을 지켜보았다.

6

두발쟁이가 찾고 있는 것

숲은 캄캄했다. 그날 밤에는 달빛도 비치지 않았다. 파이어하트가 고개를 들었을 때는 하늘을 배경으로 희미하게 드러나는 나뭇가지들의 윤곽 말고는 아무것도 보이지 않았다. 그를 둘러싼 나무들은 기억하는 것보다 더 커 보였다. 가시덤불과 담쟁이덩굴이 발 주변에 뒤엉켜 있었다.

"스파티드리프!"

그는 소리쳐 불렀다.

"스파티드리프, 어디 있어요?"

그의 외침에도 답은 없었고, 그저 앞쪽 어딘가에서 물이 흐르는 소리가 들릴 뿐이었다. 앞으로 발을 내딛기라도 하면 텅 빈 암흑 속에서 격렬한 물살에 휩쓸릴까 봐 두려웠다.

마음 한편으로는 꿈을 꾸고 있다는 사실을 알고 있었다. 간밤에 그는 꿈에서 스파티드리프를 만날 수 있기를 기대하며 전사들의 거처에서 잠이 들었다. 파이어하트가 처음 천둥족에 왔을 때 스파티드리프는 종족의 치료사였지만, 브로큰테일의 잔인한 추종자들에게 목숨을 빼앗기고 말았다. 이제 그녀는 파이어하트의 꿈에 찾아와, 그를 힘들게 하는 문제들에 대한 답을 찾을 수 있도록 지혜를 빌려주곤 했다.

하지만 캄캄한 숲에서 어느 때보다 간절히 찾고 있는 지금, 파이어하트는 그녀를 발견할 수 없었다.

"스파티드리프!"

그는 다시 외쳐 보았다. 꿈에서 스파티드리프가 모습을 드러내지 않은 건 이번이 처음이 아니었다. 지난번에는 오직 그녀의 목소리만 들을 수 있었고, 파이어하트는 그녀가 자신에게서 멀어지고 있다는 끔찍한 공포와 맞서야 했다.

"스파티드리프, 제발 날 떠나지 마세요!"

파이어하트는 애원했다.

갑자기 뒤에서 묵직한 무언가가 그의 몸 위로 내려앉았다. 파이어하트는 빠져나오려고 숲 바닥에서 꿈틀거렸다. 그때 또 다른 고양이의 냄새가 코끝에 밀려들었다. 눈을 떠 보니 이끼 잠자리에서 몸부림치는 자신의 어깨를 더스트펠트가 툭툭 치고 있었다.

"무슨 일입니까?"

더스트펠트가 으르렁댔다.

"그렇게 소리를 질러 대면 다들 한숨도 잘 수가 없잖아요."

"그냥 좀 놔둬."

샌드스톰이 잠을 떨치려고 눈을 끔벅이며 잠자리에서 고개를 들었다.

"그냥 꿈을 꾼 거잖아. 파이어하트 탓이 아니야."

"넌 그렇게 말하겠지."

더스트펠트가 비웃듯 말했다. 그는 둘에게서 등을 돌리고 나뭇 가지를 헤치고 나가 버렸다.

파이어하트는 일어나 앉아서 털에 묻은 이끼를 털어 내기 시작했다. 머리 위에 드리워진 그을린 나뭇가지 사이로 해가 뜬 것이 보였다. 화이트스톰은 벌써 새벽 순찰대를 이끌고 나간 것 같았다. 거처 안에는 자고 있는 전사가 아무도 없었다.

꿈의 암흑은 점점 희미해졌지만, 잊을 수는 없었다. 왜 숲이 그렇게 캄캄하고 무시무시하게 느껴졌던 걸까? 왜 스파티드리프는 그에게 오지 않았으며, 심지어 냄새도 나지 않고 목소리조차 들리지 않았던 걸까?

"괜찮아?"

샌드스톰이 걱정스러운 눈빛으로 물었다.

파이어하트는 몸을 털었다.

"응, 괜찮아. 사냥하러 가자."

공기에 낙엽 지는 계절의 찬 기운이 묻어 있긴 했지만 날은 밝았다. 파이어하트는 숲이 회복되면서 풀과 고사리들이 다시 무성하게 자라는 모습을 보고 마음이 놓였다. 날씨가 계속 화창하기를 바랄 뿐이었다. 그러면 식물도 계속 자랄 수 있을 테고 먹잇감들도 돌아올 것이다.

파이어하트는 골짜기를 올라가 숲을 지나 '큰 소나무 숲'으로 향했다. 불이 난 뒤로 고양이들은 나무 쪼개는 곳 근처에는 가지 않았다. 불이 처음 시작된 그곳은 가장 처참하게 망가져 있었다.

103

숲 전체가 회색 잿더미로 변해, 나무 그루터기만 드문드문 흩어져 있을 뿐이었다. 파이어하트는 그곳에서 혹시라도 먹잇감을 찾을 수 있지 않을까 기대했다. 하지만 샌드스톰과 함께 큰 소나무 숲의 가장자리에 다다른 그는 곧 실망했다.

소나무들은 몸통이 까맣게 타들어가 있었고, 아직 서 있는 나무들과 그 위로 쓰러져 죽은 나무들이 서로 뒤엉켜 있었다. 얼마 남지 않은 나뭇가지들은 바람에 불안하게 흔들렸다. 땅은 검은 빛이었고 노래하는 새도 없었다.

"여긴 쓸모 없는 땅이 됐어. 그만 돌아가서……."

샌드스톰은 나무 사이에서 고양이 하나가 나타나는 바람에 말을 멈췄다. 몸집이 작은 얼룩무늬 고양이가 불에 탄 잔해들을 아주 조심스럽게 넘어오고 있었다. 파이어하트는 깜짝 놀라서 숨을 들이켰다. 그 고양이는 자신의 누이인 프린세스였던 것이다.

동시에 프린세스도 파이어하트를 알아보고 소리치며 그를 향해 달려왔다.

"파이어하트! 파이어하트!"

"저건 누구야?"

샌드스톰이 물었다.

"여기서부터 나무 네 그루까지 있는 먹잇감들을 모조리 쫓아 버리겠군."

파이어하트가 미처 대답하기도 전에 누이가 가까이 다가왔다. 프린세스는 절대 멈추지 않을 기세로 가르랑거리며 얼굴을 맞대고 그를 핥아 댔다.

"파이어하트, 살아 있었구나! 불이 난 걸 보고 너무 겁이 났어! 너와 클라우드포가 죽은 줄 알았단 말이야."

"응, 그래. 난 괜찮아."

파이어하트는 어색하게 대꾸하며 프린세스를 재빨리 핥아 주고 한걸음 뒤로 물러났다. 자신에게 꽂힌 샌드스톰의 날카로운 시선을 의식한 것이었다.

"클라우드포도 괜찮고."

파이어하트는 샌드스톰을 흘깃 보았다. 황갈색 전사의 얼굴에는 질색하는 표정이 드러났고, 털은 잔뜩 부풀어 올라 있었다.

"애완 고양이잖아."

샌드스톰이 으르렁거렸다.

"온통 애완 고양이 냄새가 나."

프린세스는 겁에 질린 얼굴로 샌드스톰을 보더니, 파이어하트에게 더 바짝 다가섰다.

"이쪽은…… 친구야, 파이어하트?"

프린세스가 더듬거리며 물었다.

"응, 샌드스톰이야. 샌드스톰, 이쪽은 내 누이 프린세스야. 클라우드포의 엄마야."

샌드스톰은 부풀렸던 목털을 다시 가라앉히긴 했지만, 그들에게서 한두 걸음 뒤로 물러섰다.

"클라우드포의 엄마라고? 아직도 서로 만나고 있었던 거야?"

샌드스톰이 파이어하트를 휙 쳐다보았다. 클라우드포가 없어졌던 일에 대해 프린세스에게 어디까지 알려 주었는지 궁금해하는 것이 분명했다.

"클라우드포는 아주 잘 지내고 있어. 그렇지?"

파이어하트는 제멋대로인 훈련병에 대해 샌드스톰이 눈치 없는 말은 하지 않기를 바라며 샌드스톰과 눈을 맞추었다.

"사냥을 잘하지."

샌드스톰이 말했다.

"좋은 전사가 될 자질이 있어."

샌드스톰이 말하지 않은 부분이 얼마나 많은지 알아채지 못한 프린세스는 자부심으로 눈을 빛냈다.

"파이어하트가 가르치면 틀림없이 훌륭한 전사가 될 거야."

"그런데 여기서 뭘 하고 있었던 거야?"

화제를 바꾸고 싶은 생각이 간절했던 그는 얼른 물었다.

"두발쟁이 보금자리에서 너무 멀리까지 왔잖아."

"널 찾고 있었지. 너와 클라우드포에게 무슨 일이 생긴 게 아닌지 알아보려고."

프린세스가 설명했다.

"산불이 난 게 우리 정원에서도 보였거든. 그 뒤로 날 만나러 오지도 않고. 그래서 내 생각에는…….."

"미안해. 가려고 했는데, 불이 난 뒤로 너무 바빴어. 진영을 다시 복구해야 하고, 숲에 먹이도 얼마 남지 않았거든. 그리고 부지도자가 된 뒤로는 할 일이 더 많아졌어."

"이제 부지도자가 된 거야? 종족의 부지도자? 파이어하트, 정말 대단하다!"

프린세스가 빤히 쳐다보자 파이어하트는 쑥스러워서 얼굴이 화끈거렸다.

샌드스톰이 작게 헛기침을 했다.

"파이어하트, 먹이를 잡으러 가야 하는데……."

"그래, 맞아. 프린세스, 이렇게 멀리까지 오다니 정말 용감해. 그런데 이제는 집으로 돌아가는 게 좋겠어. 익숙하지 않은 숲은 아주 위험할 수 있거든."

"응, 알아. 하지만 난……."

두발쟁이 괴물이 우르릉거리는 소리에 프린세스는 말을 멈추었다. 그와 동시에 파이어하트의 코끝에 매캐한 악취가 밀려들었다. 굉음이 점점 커지더니, 잠시 후 나무들 사이에서 갑자기 괴물이 튀어나왔다. 괴물은 바닥에 깊이 패인 자국을 따라 질주했다.

파이어하트와 샌드스톰은 본능적으로 불에 탄 나무 아래로 몸을 웅크리고 괴물이 지나가기를 기다렸다. 하지만 프린세스는 그저 호기심에 찬 눈으로 괴물을 지켜보고 있었다.

"몸을 숙여!"

샌드스톰이 소리쳤다.

프린세스는 어리둥절한 표정이었지만, 순순히 몸을 바닥에 붙였다.

괴물은 지나가지 않고 그 자리에 멈춰 섰다. 우르릉거리던 소리가 멈췄다. 괴물의 배가 열리더니, 두발쟁이 셋이 뛰어내렸다.

파이어하트는 샌드스톰과 눈빛을 주고받은 뒤 바닥에 몸을 더욱 납작 붙였다. 프린세스는 두발쟁이나 괴물과 함께 있는 게 제

집처럼 마음이 편할지도 몰랐지만, 파이어하트가 보기에 그들은 너무 가까이 있었다. 또한 덤불은 몸을 가려 줄 정도로 충분히 우거지지 않았다. 파이어하트의 모든 본능이 달아나라고 말하고 있었지만, 호기심이 그를 꼼짝 못 하게 누르고 있었다.

두발쟁이들은 똑같이 짙은 푸른색 털가죽을 두르고 있었다. 그들은 숲으로 오는 대부분의 두발쟁이들과 달리 새끼들이나 개를 데리고 있지 않았다. 그들은 타 버린 나무들 사이로 흩어져서 고함을 치고 발을 구르며 먼지와 재를 흩날렸다. 두발쟁이 하나가 고양이들이 웅크리고 있는 곳에서 여우 하나만큼 떨어진 곳을 지나갈 때 샌드스톰은 고개를 낮추고 재채기가 나오려는 것을 참았다.

"뭘 하고 있는 거지?"

파이어하트가 나지막한 목소리로 물었다.

"먹잇감을 모두 쫓아 버리고 있는 거지."

샌드스톰이 먼지를 뱉어 내며 말했다.

"솔직히 말해서 두발쟁이들이 뭘 하든 무슨 상관이야? 두발쟁이는 전부 제정신이 아닌데."

"잘 모르겠어……."

파이어하트는 뭔지 정확히 알 수는 없지만, 이 두발쟁이들에게 어떤 목적이 있다는 느낌이 들었다. 뭔가를 가리키면서 서로에게 고함을 치는 모습이 어떤 의도를 가지고 숲을 돌아다니고 있다는 인상을 주었다.

또 다른 두발쟁이가 쿵쾅쿵쾅 지나갔다. 두발쟁이는 나뭇가지

하나를 집어 들더니 움푹 팬 구렁과 타 버린 덤불 줄기 아래를 쑤셔 댔다. 귀먹은 토끼라도 겁에 질려 달아날 만큼 시끄러운 소리를 제외한다면 꼭 먹잇감을 사냥하고 있는 것처럼 보였다.

"혹시 이게 다 무슨 일인지 알아?"

파이어하트는 프린세스에게 물었다.

"나도 잘은 모르겠어. 두발쟁이 말을 조금 알아듣기는 하는데, 저 두발쟁이들이 하는 말은 내 주인들이 쓰는 말이 아니야. 무언가를 찾고 있는 것 같긴 한데, 그게 뭔지는 모르겠어."

두발쟁이가 들고 있던 나뭇가지를 내던져 버렸다. 좌절한 듯한 몸짓이었다. 두발쟁이가 다시 고함을 치자, 다른 두발쟁이들이 나무들 사이에서 나타났다. 두발쟁이들은 다 같이 괴물에게 돌아가서 배를 열고 들어갔다. 다시 우르릉거리는 소리가 들리면서 괴물이 움직이기 시작하더니 숲으로 사라졌다.

"고맙습니다, 별족이시여. 드디어 갔어!"

샌드스톰이 몸을 일으켜서 재로 얼룩진 털을 꼼꼼하게 핥기 시작했다.

파이어하트도 일어나서 괴물이 사라진 숲을 빤히 바라보았다. 굉음은 사라졌고 매캐한 냄새도 희미해져 가고 있었다.

"뭔가 이상해."

"제발, 파이어하트!"

샌드스톰이 그의 옆으로 다가와 쿡 찔렀다.

"왜 두발쟁이들을 신경 쓰는 거야? 그들은 원래 이상해. 그뿐이야."

"아니, 우리에게는 이상하게 보일지 몰라도 두발쟁이들은 무언가 목적이 있는 것 같아."

파이어하트가 말했다.

"보통은 새끼들이나 개들을 데리고 숲에 오잖아. 하지만 이들은 달랐어. 프린세스의 말대로 두발쟁이들이 뭔가를 찾고 있는 거였다면, 그걸 찾지 못한 거야. 뭘 찾고 있었는지 알고 싶어."

파이어하트는 잠시 말을 멈췄다가 덧붙였다.

"게다가 보통 이 지역에는 두발쟁이들이 나타나지 않잖아. 진영에 너무 가까이 온 것 같아."

짜증을 내던 샌드스톰의 표정이 누그러졌다. 그녀는 안심시키려는 듯 파이어하트의 어깨에 코를 바짝 댔다.

"순찰대에게 계속 살펴보라고 지시해."

파이어하트는 생각에 잠긴 채 고개를 끄덕였다.

"응, 그래야겠어."

파이어하트는 프린세스에게 작별 인사를 하면서, 점점 커져 가는 걱정을 머릿속에서 밀어내려고 애썼다. 알 수 없는 어떤 일이 숲에서 벌어지고 있었다. 파이어하트는 그것이 종족에게 위협으로 다가올까 봐 두려웠다.

파이어하트와 샌드스톰은 큰 소나무 숲의 모퉁이를 가로질러 강과 해 드는 바위가 있는 쪽으로 향했다. 그을린 나무들 사이에서 먹이의 흔적이라고는 보이지 않았다. 두발쟁이들이 그렇게 요란한 소리를 냈으니 당연한 일이었다.

"강족과의 경계를 따라 나무 네 그루까지 올라가 보자."

파이어하트가 말했다.

"그쪽에는 잡을 만한 게 있을지도 몰라."

하지만 해 드는 바위가 보이는 곳에 다다랐을 때, 파이어하트는 자신의 이름을 부르는 익숙한 목소리를 듣고 걸음을 멈췄다. 그는 가까운 바위 꼭대기에 균형을 잡고 서 있는 그레이스트라이프를 발견했다. 회색 전사는 바위에서 뛰어내려 파이어하트에게 달려왔다.

"파이어하트! 널 만나기를 바라고 있었어."

"순찰대에게 잡히지 않은 게 다행이군."

샌드스톰이 낮게 으르렁거렸다.

"강족 전사가 천둥족 영역에서 너무 편하게 있는 거 아니야?"

"그만 좀 해, 샌드스톰."

그레이스트라이프가 샌드스톰을 부드럽게 밀며 말했다.

"나라고, 그레이스트라이프. 기억하지?"

"너무 잘 기억하지."

샌드스톰이 쏘아붙였다. 그녀는 자리에 앉아서 한 발을 핥더니 얼굴을 닦기 시작했다.

"무슨 문제라도 있어, 그레이스트라이프?"

파이어하트가 물었다. 친구가 그럴 만한 이유 없이 위험을 무릅쓰고 천둥족 영역으로 넘어왔을 리가 없었다.

"딱히 문제라고 할 건 아니야."

회색 전사가 대답했다.

"적어도 나는 문제가 아니길 바라고 있어. 그냥 네가 알아 둬야 할 것 같아서 말이야."

"말해 봐, 그럼."

샌드스톰이 재촉했다.

그레이스트라이프가 그녀에게 꼬리를 휙 휘둘렀다.

"어제 누가 크룩트스타를 찾아왔어."

그레이스트라이프가 말했다. 그리고 호박색 눈을 가늘게 떴다.

"바로 타이거스타야."

"뭐? 타이거스타가 왜?"

파이어하트는 깜짝 놀라 물었다.

그레이스트라이프가 고개를 저었다.

"나도 몰라. 하지만 크룩트스타는 지금 아주 쇠약해진 상태야. 이번이 마지막 목숨이라는 건 종족 모두가 알고 있어. 타이거스타는 크룩트스타와는 잠깐 만났을 뿐이고, 레퍼드퍼와 오랫동안 이야기를 했어."

강족 부지도자의 이름이 나오자 파이어하트의 두려움은 더욱 커졌다. 레퍼드퍼와 타이거스타가 무슨 대화를 나눈 것일까? 파이어하트의 머릿속에 하나의 장면이 휙 스쳐 지나갔다. 동맹을 맺은 그림자족과 강족 사이에 천둥족이 갇혀 있는 장면이었다. 그는 쓸데없는 걱정일 뿐이라고 자기 자신을 다독였다. 타이거스타와 레퍼드퍼가 무언가를 꾸미고 있다고 생각할 만한 근거는 없었다.

"지도자들은 얼마든지 서로를 방문할 수 있어."

파이어하트가 지적했다.

"크룩트스타가 죽어 가니까 타이거스타가 마지막으로 존경을 표하고 싶었는지도 모르잖아."

"글쎄."

그레이스트라이프가 콧방귀를 뀌었다.

"하지만 그렇다면 왜 레퍼드퍼와 그렇게 오랜 시간을 보냈겠어? 무슨 말을 하는지 들어 보려고 가까이 가 봤는데, 타이거스타가 다시 진영을 방문하겠다는 말을 하더라고."

"타이거스타가 한 말은 그게 다야?"

"내가 들은 건 그게 다였어."

그레이스트라이프가 멋쩍은 듯이 고개를 숙였다.

"레퍼드퍼가 날 발견하고는 방해하지 말고 가라고 했거든."

"어쩌면 타이거스타는 레퍼드퍼와 친해지고 싶었는지도 몰라."

파이어하트는 짐작해서 말했다.

"크룩트스타가 죽으면 결국 레퍼드퍼가 지도자가 될 테니까."

파이어하트는 자신의 이름을 부르는 또 다른 고양이의 목소리에 고개를 돌렸다. 미스티풋이 강에서 나오고 있었다.

"맙소사, 별족이시여!"

샌드스톰이 소리쳤다.

"강족 고양이들이 모두 여기서 모이기로 한 거야?"

"파이어하트!"

미스티풋이 헐떡이며 털에 붙어 있는 물방울을 털어 냈다. 발에 물방울이 튀자 샌드스톰이 짜증스러운 듯 뒤로 펄쩍 물러났다.

113

"파이어하트, 혹시 그레이풀 못 봤어?"

"그레이풀?"

파이어하트는 성미 급한 원로 고양이를 떠올리며 되물었다. 미스티풋은 그녀를 어미라고 믿고 있었다.

"그레이풀이 여기서 뭘 하겠어?"

"나도 몰라."

미스티풋이 비탈을 오르며 말했다. 그녀의 얼굴은 걱정으로 잔뜩 찌푸려져 있었다.

"진영에서도 못 찾았어. 최근 들어 너무 쇠약해지고 정신도 오락가락하셨거든. 어디서 헤매고 다니시는 게 아닐까 걱정스러워."

"여기까지 오시지는 않았을 거야."

그레이스트라이프가 말했다.

"강을 헤엄쳐 건너기에는 너무 힘이 없으시잖아."

"그럼 어디로 가신 걸까?"

미스티풋의 목소리가 흐느낌으로 변했다.

"진영 근처에서 생각나는 곳은 모조리 찾아봤어. 게다가 지금은 강물이 얕아서 헤엄쳐서 건너는 것도 그렇게 어렵지는 않다고."

파이어하트는 재빨리 머리를 굴려 보았다. 그레이풀이 어떻게든 강을 건너서 천둥족 영역으로 들어왔다면, 최대한 빨리 찾아내야 했다. 천둥족 고양이들은 지금 적이 침입해 올까 봐 한껏 경계하고 있는 상태였다. 다크스트라이프처럼 공격적인 고양이가 먼저 그레이풀을 발견한다면 무슨 일이 일어날지 상상도 하기 싫었다.

114

"알았어. 경계를 따라 나무 네 그루까지 가면서 혹시 그레이풀의 흔적이 있는지 살펴볼게."

파이어하트가 말했다.

"샌드스톰, 너는 진영으로 돌아가. 다른 고양이들에게 무슨 일이 있었는지 말해 주고, 그레이풀을 보더라도 공격하지 말라고 주의를 줘."

"알았어."

샌드스톰이 자리에서 일어서며 대답했다.

"하지만 가는 길에 사냥을 좀 할게. 누군가는 종족이 먹을 싱싱한 먹이를 잡아야 하니까."

샌드스톰은 꼬리를 높이 쳐들고 숲 속으로 사라졌다.

미스티풋이 고마워하는 얼굴로 파이어하트에게 고개를 숙였다.

"고마워. 이 일은 잊지 않을게. 혹시 그레이풀을 찾으면 강족 영역에 데려다줘. 만약 누굴 만나면 내가 허락했다고 말하면 돼."

파이어하트는 고개를 끄덕였다. 강족 영역에서 레퍼드퍼가 이끄는 순찰대와 마주치기라도 하면 어떻게 될지는 불 보듯 뻔했다.

"가자, 미스티풋."

그레이스트라이프가 말했다.

"내가 같이 가 줄게. 진영을 다시 찾아보자."

"고마워, 그레이스트라이프."

미스티풋은 회색 전사의 털에 잠시 코를 댔다. 두 강족 고양이는 기슭을 내려가 강으로 향했다.

그레이스트라이프는 재빨리 뒤를 돌아보며 작별 인사를 외친

다음, 미스티풋을 따라 강물로 뛰어들었다. 파이어하트는 건너편 기슭으로 힘차게 헤엄쳐 가는 그들을 지켜보다가 나무 네 그루가 있는 상류를 향해 발걸음을 옮겼다.

파이어하트는 경계를 따라서 냄새 표시를 새로 남기며 나무 네 그루에서 멀지 않은 곳까지 갔다. 힘없는 원로 고양이가 이렇게 멀리까지 왔을 것 같지는 않았다. 하지만 그때 강으로 이어지는 울퉁불퉁한 비탈을 내려다보던 그는 무언가를 발견했다. 깡마른 회색 형체가 강을 가로지르는 두발쟁이 다리 위를 절룩거리며 천천히 걷고 있었다. 강족 고양이들이 나무 네 그루로 가는 길에 지나는 곳이었다.

'그레이풀이야!'

파이어하트는 그녀를 부르려고 입을 벌렸다가, 아무 소리도 내지 않고 다시 입을 다물었다. 원로 고양이는 다리를 건너서 이제 물가를 따라 아슬아슬하게 걷고 있었다. 혹시 낯선 고양이가 부르는 소리를 듣고 발이 미끄러져 강에 빠지기라도 하면 목숨을 잃을지도 몰랐다. 파이어하트는 그녀가 자신을 보고 놀라지 않도록, 사냥할 때처럼 웅크린 자세로 바위에 몸을 숨긴 채 조심스럽게 기어갔다.

잠시 후 그레이풀은 다행히도 강에서 방향을 돌려 나무 네 그루로 이어지는 가파른 비탈을 올라가기 시작했다. 그녀의 발톱은 바위 위에서 힘없이 허우적거렸다. 파이어하트는 그녀가 어디로 가려는 것인지 궁금했다. 보름달이 뜨는 날에 모임에 간다고 착각하고 있는 것일까?

116

파이어하트는 자세를 똑바로 하고 그녀를 부르기 위해 입을 열었다. 하지만 곧 다시 입을 다물고 가까운 바위 뒤로 재빨리 몸을 숨겼다. 고양이 하나가 나무 네 그루 쪽에서 당당하게 달려오고 있었던 것이다. 커다란 근육질의 몸체와 짙은 얼룩무늬 털가죽은 잘못 볼 수가 없었다.

그것은 타이거스타였다!

7
그레이풀의 착각

파이어하트는 바위 뒤에 숨어 몰래 엿보았다. 타이거스타는 그레이풀을 발견하고 방향을 바꾸어 그녀에게 다가갔다. 얼룩무늬 전사가 다가오자 그레이풀은 놀라서 뒷걸음치다가 넘어졌다. 그녀는 가까스로 다시 일어나서 타이거스타와 마주했다. 그림자족 지도자가 그녀에게 무언가 말했지만, 파이어하트는 너무 멀리 있어서 알아들을 수가 없었다.

파이어하트는 바닥에 배를 붙이고 그들을 향해 살금살금 기어 갔다. 들키지 않기 위해 자신이 가진 모든 사냥 기술을 동원했다. 다행히 바람이 그를 향해 불고 있어서 타이거스타가 냄새를 감지할 가능성은 희박했다. 파이어하트는 꼭 필요한 때가 아니라면 그림자족 지도자와 맞닥뜨리고 싶지 않았다. 운 좋게 타이거스타가 다시 레퍼드퍼를 만나러 가는 길이고, 그레이풀이 강족 진영으로 돌아가도록 도와주기를 바랄 뿐이었다.

파이어하트는 몸을 바짝 낮추고 그들을 향해 더 가까이 다가 갔다. 그리고 두 고양이와 거의 같은 높이에 있는 바위 뒤에 몸을 숨겼다. 그레이스트라이프는 타이거스타가 바로 전날 강족을 방문했다고 했다. 이렇게 빨리 강족을 다시 방문할 이유가 있을까?

"날 모르는 척하지 마."

파이어하트는 그레이풀의 떨리는 목소리를 겨우 알아들을 수 있었다.

"난 당신이 누군지 똑똑히 알아. 오크하트잖아."

파이어하트의 몸이 굳어졌다. 오크하트는 미스티풋과 스톤퍼의 아버지였고, 블루스타가 포기한 그 둘을 강족으로 데려간 고양이였다. 그는 파이어하트가 천둥족에 합류하기 직전에 벌어진 전투에서 목숨을 잃었다. 오크하트는 짙은 색 털가죽을 가진 덩치 큰 수고양이라는 점에서 타이거스타와 비슷할 것 같긴 했다.

파이어하트는 몸을 숨긴 바위 위로 조심조심 고개를 들고 내다보았다. 그레이풀은 바위 바로 위쪽에 엉성하게 자란 풀숲에 몸을 웅크린 채 타이거스타를 올려다보고 있었다. 그녀가 있는 곳에서 꼬리 두엇 정도 더 올라간 비탈에 타이거스타가 우뚝 서 있었다.

"여러 달 동안 당신을 못 봤는데. 어디 숨어 있었던 거야?"

그레이풀이 말을 이었다.

타이거스타는 눈을 가늘게 뜨고 그녀를 내려다보았다. 파이어하트는 그가 나이 많은 암고양이에게 뭔가 착각한 거라고 말해주기를 기다렸다. 하지만 타이거스타의 말을 들은 파이어하트는 피가 얼어붙는 것 같았다.

"음…… 여기저기 다니느라."

'도대체 무슨 수작을 벌이는 거지?'

"적어도 나는 보러 왔어야지."

그레이풀이 불평했다.

"새끼 고양이들이 어떻게 지내는지 궁금하지도 않아?"

타이거스타의 귀가 쫑긋 섰다. 그는 흥미롭다는 듯 호박색 눈을 반짝였다.

"무슨 새끼 고양이들?"

"무슨 새끼 고양이들이라니, 맙소사!"

그레이풀이 쉰 목소리로 웃음을 터뜨렸다.

"모르는 것처럼 말하네! 당신이 나에게 보살펴 달라고 부탁한 천둥족 새끼 고양이 둘 말이야!"

파이어하트는 얼어붙어 버렸다. 방금 그레이풀은 블루스타가 가슴 깊숙한 곳에 묻어 두었던 비밀을 발설해 버린 것이다!

타이거스타는 근육을 긴장시키고 그레이풀을 더욱 진지하게 바라보았다. 그가 호기심을 보이고 있다는 사실이 온몸에 드러났다. 그는 머리를 앞으로 들이밀고 아주 작은 목소리로 무언가 말했다. 너무 나지막한 소리여서 파이어하트에게는 들리지 않았다.

"여러 계절 전에."

그레이풀이 어리둥절한 목소리로 대답했다.

"설마 잊어버린 건 아니겠지. 당신은…… 아니야, 오크하트라면 그걸 물어볼 리가 없어."

그레이풀은 비틀거리며 앞으로 두어 걸음 나아가 타이거스타를 더 자세히 살펴보았다.

"당신은 오크하트가 아니잖아!"

그레이풀이 소리쳤다.

"그건 신경 쓸 것 없고."

타이거스타가 달래듯 말했다.

"그래도 나한테 다 말해도 돼. 천둥족 새끼 고양이들이라니? 그들의 친어미가 누구지?"

파이어하트는 그레이풀의 망연자실한 눈빛을 볼 수 있었다. 그녀는 고개를 한쪽으로 기울이더니 혼란스러운 표정으로 그림자족 지도자를 바라보았다.

"그 녀석들은 예쁜 새끼 고양이들이야."

그녀가 멍하니 중얼거렸다.

"그리고 지금은 훌륭한 전사들이지."

타이거스타가 그레이풀의 얼굴에 코를 들이밀자, 그녀는 말을 멈췄다.

"그 녀석들이 누구의 새끼인지 말해 보라고, 이 까마귀 밥 같은 늙다리야."

타이거스타가 인내심을 잃고 다그쳤다.

파이어하트는 두려움에 휩싸인 채 그 모습을 지켜보았다. 당황한 그레이풀이 뒤로 한 걸음 물러나다가 그만 발이 미끄러지고 말았다. 그녀는 다리와 꼬리를 허우적거리며 가파른 비탈을 구르다가, 풀 위로 비죽 솟은 바위에 세게 부딪히며 떨어졌다. 그레이풀은 그 자리에 누워 다시는 움직이지 않았다.

파이어하트의 온몸에 절망과 분노가 들끓었다. 타이거스타가 내려가서 그레이풀의 움직임 없는 몸을 살피기 시작하자, 파이어하트는 벌떡 일어나 비탈을 달려 내려갔다. 하지만 파이어하트가 다다르기 전에 그림자족 지도자는 몸을 돌려 버렸다. 타이거스타는 파이어하트를 보지 못하고 나무 네 그루가 있는 방향으로 달려가 그림자족 영역으로 사라져 버렸다.

파이어하트는 그레이풀에게 다가가 그녀를 내려다보았다. 바위에 부딪힌 작은 회색 머리에서 피가 조금씩 흘러나왔다. 그녀의 눈은 초점 없이 하늘을 향하고 있었다. 그레이풀은 죽은 것이다.

파이어하트는 고개를 숙였다.

"안녕히 가세요, 그레이풀."

그는 작은 목소리로 말했다.

"별족이 당신을 명예롭게 기릴 거예요."

그는 말없이 그레이풀을 애도하며 서 있었다. 그녀를 좀 더 잘 알았다면 좋았을 거라는 생각이 들었다. 그녀의 날카로운 독설과 고결한 마음은 옐로팽을 떠오르게 했다. 파이어하트는 그녀가 가장 깊이 숨겨 왔던 비밀을 다른 종족 고양이인 자신에게 알려 준 고마움을 결코 잊을 수 없었다.

슬픔에 잠겨 있을 때, 두 고양이의 목소리가 들려왔다. 고개를 들자 강에서부터 그를 향해 달려오는 미스티풋과 그레이스트라이프가 보였다. 죽은 원로 고양이를 발견한 미스티풋이 절망적으로 울부짖었다. 그녀는 바닥에 털썩 주저앉아 그레이풀의 옆구리에 코를 바짝 갖다 댔다.

"어떻게 된 거야?"

그레이스트라이프가 물었다.

그 순간 파이어하트는 타이거스타에 대해서는 말하지 않기로 마음먹었다. 그림자족 지도자에 대해 무슨 말이든 하게 되면 블루스타의 새끼 고양이들에 관한 비밀도 탄로 날 위험이 있었다. 파이어하트는 그레이풀이 결코 그것을 바라지 않으리라는 것을 알았다. 그녀는 강족 고양이들에게도 비밀이 알려지지 않기를 바랄 것이다. 파이어하트는 가만히 누워 있는 회색 몸체를 바라보며, 진실을 밝히지 않는 것에 대해 별족에게 용서를 구했다.

"그레이풀이 비탈을 오르는 걸 봤어."

파이어하트가 대답했다.

"그러다 미끄러졌는데, 내가 제때 구하지 못했어. 미안해."

"네 잘못이 아니야, 파이어하트."

미스티풋이 슬픔이 가득한 눈으로 파이어하트를 바라보며 말했다.

"나도 이런 일이 일어날까 봐 걱정하고 있었어."

그녀는 고개를 숙여서 그레이풀의 몸에 다시 얼굴을 댔다. 파이어하트의 가슴에 안쓰러움이 차올랐다. 친어미인 블루스타가 미스티풋과 스톤퍼를 포기했을 때 둘을 받아 준 것이 그레이풀이었다. 그레이풀이 없었다면 둘은 살아남지 못했을 것이다. 그녀는 그들이 훈련병이 될 때까지 젖을 먹여 길러 주었다. 미스티풋과 스톤퍼에게는 그레이풀이 유일한 어미였다. 아무도 그들을 위해 그녀보다 더 많은 것을 해 줄 수는 없었을 것이다.

"가자, 미스티풋."

그레이스트라이프가 친구를 살며시 건드렸다.

"그레이폴을 진영으로 모셔 가자."

"내가 도와줄게."

파이어하트가 나섰다.

"아니야."

미스티풋이 일어나 앉으며 말했다.

"이 정도면 충분해, 파이어하트. 고맙지만 이 일은 강족이 할 일이야."

미스티풋은 아주 조심스럽게 그레이폴의 목덜미를 물어 올렸다. 그레이스트라이프는 몸통을 물었다. 두 고양이는 비탈을 내려가 두발쟁이 다리로 향했다. 그레이폴의 늘어진 몸이 둘 사이에서 축 처져 있었고, 꼬리는 땅에 끌렸다.

그들이 강 건너편에 닿은 것을 확인한 파이어하트는 돌아서서 천둥족 진영으로 향했다. 그는 머릿속이 복잡했다. 타이거스타는 강족 전사 중 둘이 천둥족 출신이라는 사실을 알아 버렸다! 타이거스타가 그 정보를 가지고 무엇을 할지 전혀 짐작할 수 없었다. 하지만 아침이 되면 해가 떠오르는 것처럼, 그림자족 지도자가 새로 알게 된 사실을 이용하리라는 것만은 분명했다. 그리고 그것은 블루스타와 천둥족 전체에게 엄청난 재앙을 몰고 올 수도 있었다.

파이어하트는 진영으로 돌아가는 길에 사냥을 했다. 골짜기 꼭대기에 도착했을 때 그의 입에는 토끼가 단단히 물려 있었다. 진영 입구를 내려다보던 그는 골든플라워가 새끼 고양이들을 데리고 골짜기 아래에 나와 있는 것을 발견했다. 새끼들은 바위 사이에서 서로를 쫓아다니며 브라이트포를 공격하는 척했다. 브라이트포는 그들에게 꼬리를 휙 휘두르고는 새끼들의 발이 닿을락 말락 한 곳에서 놀리듯 뛰어다녔다. 파이어하트는 골짜기를 내려가 토끼를 내려놓고 그 모습을 잠시 지켜보았다. 브램블킷이 그에게 다가오더니 발치에 쥐를 내려놓았다.

"보세요, 파이어하트!"

새끼 고양이가 의기양양하게 말했다.

"제가 혼자서 잡은 거예요!"

"이 녀석이 처음 잡은 먹이예요."

골든플라워가 아들을 다정한 눈빛으로 바라보며 거들었다.

브램블킷은 신이 나서 호박색 눈을 반짝였다.

"엄마가 그러는데 저도 아빠처럼 훌륭한 사냥꾼이 될 거래요."

파이어하트는 갑자기 기분이 좋지 않았다. 그는 눈을 가늘게 뜨고 골든플라워를 날카롭게 바라보았다. 골든플라워는 아들에게서 눈을 떼지 않았지만, 파이어하트는 그녀의 꼬리 끝이 씰룩이는 것을 놓치지 않았다. 그녀도 파이어하트의 시선을 느끼고 있었던 것이다.

"파이어하트?"

브램블킷은 어리둥절한 표정이었다.

"제가 잡은 쥐를 원로들에게 드려도 될까요?"

파이어하트는 화가 나서 세차게 몸을 털었다. 아직 어린 브램블킷이 쥐를 잡은 것은 무척 잘한 일이었고, 칭찬받아 마땅했다. 하지만 축 늘어진 그레이풀 위로 몸을 기울이던 타이거스타의 모습을 떠올리지 않을 수 없었다. 그는 자신의 분노를 죄 없는 브램블킷에게 터뜨리지 않으려고 안간힘을 써야 했다.

"그래, 물론이지. 쥐도 잘 잡았구나. 원아이에게 가져가 보렴. 어쩌면 상으로 이야기를 들려줄지도 모르겠구나."

브램블킷의 눈이 반짝였다.

"좋은 생각이에요!"

브램블킷은 쥐를 다시 물고 부리나케 진영 입구로 향했다. 브램블킷의 누이인 토니킷도 잽싸게 뒤따라갔다.

골든플라워는 사나운 눈길로 파이어하트를 바라보고 있었다. 파이어하트가 간신히 억지 칭찬을 해 주는 모습을 똑똑히 보았던 것이다. 그녀가 싸늘하게 말했다.

"전에도 말했을 텐데요, 파이어하트. 난 녀석들에게 아버지에 대한 나쁜 이야기는 하지 않을 거예요. 그리고 우리는 종족에게 충성하고 있어요. 우리 모두 말이에요."

골든플라워는 몸을 휙 돌리면서 파이어하트의 얼굴에 꼬리를 휘두르고는 진영으로 돌아갔다.

파이어하트도 토끼를 다시 집어 물고 뒤따라갔다. 그는 잡아 온 먹이를 신더펠트에게 가져다주고 브램블킷에 대해서도 이야기해 보기로 마음먹었다. 신더펠트라면 브램블킷을 어떻게 대해야 할지 좋은 생각이 있을지도 몰랐다. 신더펠트는 높은 돌산에서 치료사들의 모임을 마치고 밤늦게 진영으로 돌아왔다. 지친 모습은 숨길 수 없었지만, 그녀의 눈동자에는 여전히 달바위의 빛이 반짝이는 것 같았다.

파이어하트는 새로 자라나고 있는 가시금작화 굴길을 지나 공터로 들어섰다. 신더펠트는 스페클테일과 함께 보육실 밖에 앉아서 스노킷을 지켜보고 있었다. 스노킷은 어미에게서 꼬리 서넛 정도 떨어진 거리에서 바닥에 있는 무언가를 톡톡 두드리고 있었다.

'잘됐어. 이제 스노킷에게 무슨 문제가 있는지 알 수 있겠군.'

파이어하트는 두 암고양이가 있는 곳으로 걸어가 신더펠트 옆에 토끼를 내려놓았다.

"이거 먹어. 먼 길을 다녀오느라 피곤하지 않아?"

신더펠트가 고개를 돌려 그를 보았다. 그녀의 푸른 눈은 평온했다.

"괜찮아요."

그녀가 대답했다.

"토끼 고마워요. 스노킷에 대해 스페클테일과 이야기하고 있었어요."

"이야기할 것도 없다니까."

스페클테일이 어깨를 웅크리며 웅얼거렸다. 짜증이 실린 목소리였다. 하지만 신더펠트에게서는 전에 없던 권위가 느껴졌고, 파이어하트는 스페클테일이 나이는 더 많지만 감히 대놓고 대화를 거부하지는 못했으리라 짐작했다.

신더펠트가 고개를 살짝 끄덕였다.

"스노킷을 한번 불러 봐 주시겠어요?"

신더펠트가 말했다.

스페클테일은 콧방귀를 뀌더니 크게 소리쳤다.

"스노킷! 스노킷, 이리 오렴!"

그녀가 스노킷을 부르며 꼬리로 신호를 보내자, 스노킷은 가지고 놀던 이끼 뭉치를 놓아두고 어미에게 걸어왔다. 스페클테일은 몸을 숙여 새끼 고양이의 귀를 핥아 주었다.

"좋아요, 이번엔 파이어하트가 저쪽으로 가서 스노킷을 불러 줄래요?"

신더펠트가 여우 서넛 정도 떨어진 곳을 고갯짓으로 가리켰다. 그리고 목소리를 더 낮추어 덧붙였다.

"몸을 움직이지는 말고요. 목소리만 내 주세요."

파이어하트는 어리둥절했지만 시키는 대로 따랐다. 스노킷은 파이어하트를 똑바로 바라보고 있었지만, 이번에는 움직이지 않았다. 파이어하트가 서너 차례나 불렀지만 스노킷은 아무런 반응도 없었다.

싱싱한 먹이 더미로 향하던 몇몇 고양이들이 무슨 일인지 궁금해서 다가왔다. 블루스타도 거처에서 나와 높은 바위 아래 앉아서 지켜보고 있었다. 파이어하트는 아마도 스노킷을 부르는 소리에 그녀가 잠에서 깬 모양이라고 짐작했다. 원로들의 거처로 걸어가던 대플테일이 스페클테일 곁에 멈춰 서서 그녀에게 무언가 말을 했다. 스페클테일이 짜증스럽게 대꾸하는 모습이 보였지만, 파이어하트는 너무 멀리 있어서 두 고양이가 무슨 이야기를 나누었는지 알 수 없었다. 대플테일은 화를 내는 스페클테일은 무시하고 신더펠트 옆에 앉아 상황을 지켜보았다.

파이어하트는 스노킷을 계속 불렀다. 결국 스페클테일이 쿡 찌르며 파이어하트가 있는 방향으로 고갯짓을 한 다음에야, 새끼 고양이는 파이어하트를 향해 움직였다.

"잘했어."

파이어하트가 말했다. 스노킷이 멍한 표정으로 바라보자 그는 다시 한 번 칭찬해 주었다.

잠시 말이 없던 새끼 고양이가 입을 열었다.

"고앤찮아요."

거의 알아들을 수 없는 부정확한 말이었다.

파이어하트는 스노킷을 데리고 스페클테일과 신더펠트가 있는 곳으로 돌아갔다. 이제 그는 문제가 무엇인지 알아채기 시작했고, 신더펠트가 스페클테일에게 하는 말을 듣고도 놀라지 않았다.

"유감이에요, 스페클테일. 스노킷은 귀가 들리지 않아요."

스페클테일이 앞발을 움찔했다. 슬픔과 분노가 섞인 표정이 얼굴에 드러났다.

"나도 알아!"

그녀가 마침내 소리쳤다.

"내가 어미인데, 그것도 모를 거라 생각한 거야?"

"파란 눈을 가진 흰 고양이들은 귀가 안 들리는 경우가 종종 있어요."

대플테일이 파이어하트에게 말했다.

"내가 처음 낳은 새끼들 중 하나도……."

그녀가 한숨을 내쉬었다.

"어떻게 되었는데요?"

파이어하트는 클라우드포 역시 파란 눈의 흰 고양이지만 귀에는 문제가 없다는 것에 안도하며 물었다.

"아무도 모른답니다."

대플테일이 구슬프게 말했다.

"태어난 지 겨우 석 달이 되었을 때 사라져 버렸어요. 여우가 잡아 간 게 틀림없다고 생각했지요."

스페클테일이 극도로 방어적인 태도로 스노킷을 더 가까이 끌어안았다.

"이 녀석은 절대 여우가 잡아 가지 못할 거예요!"

그녀가 단언했다.

"내가 보살필 수 있어요."

"물론이지."

블루스타가 그들에게 걸어오며 말했다.

"하지만 결코 전사는 될 수 없겠구나."

파이어하트는 오늘은 블루스타의 상태가 좋다는 것을 알아차렸다. 그녀의 목소리는 연민이 어려 있었지만 단호했고, 눈빛은 또렷했다.

"왜 전사가 될 수 없죠?"

스페클테일이 따지듯 물었다.

"다른 건 다 멀쩡하다고요. 착하고 강인한 녀석이에요. 뭘 해야 할지 몸짓으로 신호만 해 주면 아무 문제없이 알아듣는다고요."

"그 정도로는 부족하다."

블루스타가 말했다.

"스승이 신호를 해 주면서 사냥이나 싸움을 가르칠 수는 없다. 전투에서는 명령을 들을 수 없을 것이다. 게다가 먹잇감이 내는 소리나 심지어 자기 발소리도 듣지 못하는데 어떻게 사냥을 할 수 있단 말이냐?"

스페클테일은 털을 곤두세운 채 벌떡 일어났다. 잠시 동안 파이어하트는 그녀가 블루스타에게 덤벼들지도 모른다고 생각했다. 하지만 그녀는 휙 돌아서서 스노킷을 일으켜 세우더니 함께 보육실 안으로 사라져 버렸다.

"잘 받아들이지를 못하네."

대플테일이 말했다.

"어떻게 받아들일 수가 있겠어요?"

신더펠트가 말했다.

"스페클테일은 점점 나이가 들어 가고 있어요. 스노킷이 아마도 마지막 새끼일 거예요. 그런데 그런 스노킷이 전사가 될 수 없을 거라는 사실을 알게 된 거라고요."

"신더펠트, 네가 가서 이야기를 해 보아라."

블루스타가 명령했다.

"종족이 우선이라는 걸 깨닫게 해 주어야지."

"네, 그럴게요, 블루스타."

신더펠트가 지도자에게 공손히 고개를 숙였다.

"하지만 우선 스노킷과 단둘이 있을 시간을 주는 게 좋을 것 같아요. 스노킷의 귀가 안 들린다는 걸 종족이 알게 되었다는 사실을 받아들일 수 있도록 말이에요."

블루스타는 신더펠트의 의견에 동의해 주고 다시 거처로 돌아갔다. 파이어하트는 실망했다. 예전 같았으면 이런 상황에서는 블루스타가 스페클테일과 직접 이야기를 나누었을 것이다. 그리고 종족 안에서 스노킷이 선택할 수 있는 미래에 대해서도 여러 가능성을 고려해 보았을 것이다.

'그 연민과 이해심은 어디로 가 버린 걸까?'

파이어하트는 궁금했다. 지도자가 귀가 먼 새끼 고양이나 그 어미에 대해서는 거의 신경 쓰지 않는다는 사실에 털이 쭈뼛 서는 기분이었다.

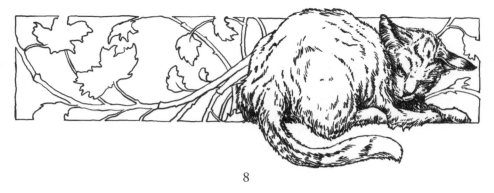

8

숲을 돌아다니는 개

파이어하트가 이끄는 순찰대가 뱀바위에 다다를 무렵 해가 나무 위로 떠올랐다. 지난번 화재 때 이곳까지는 불길이 미치지 않아서, 나뭇잎은 떨어지기 시작했지만 덤불은 여전히 무성한 초록빛이었다.

"기다려!"

바위를 향해 달려가려는 쏜포를 보고 파이어하트가 다급하게 외쳤다.

"이 주변에는 살무사가 있다는 걸 잊지 마."

쏜포가 미끄러지듯 멈춰 섰다.

"죄송해요, 파이어하트."

블루스타가 훈련병들을 전사로 임명하지 않기로 결정한 뒤로 파이어하트는 순찰을 나갈 때마다 훈련병 하나씩은 꼭 함께 데리고 갔다. 모든 훈련병들과 차례로 시간을 보내면서, 그들이 종족에게 여전히 가치 있는 존재라는 사실을 알려 주기 위해서였다. 스위프트포는 전사 임명식이 미루어진 것이 억울해서 얼굴을 잔뜩 찌푸리고 다녔지만, 쏜포는 전사의 자격을 얻을 수 있다면 조금 더 기다려도 괜찮은 것처럼 보였다.

쏜포의 스승인 마우스퍼가 훈련병에게 다가갔다.

"무슨 냄새가 나는지 말해 봐."

쏜포는 고개를 쳐들고 입을 벌려 공기를 들이마셨다.

"쥐 냄새가 나요!"

쏜포가 입맛을 다시며 즉시 대답했다.

"맞았어. 하지만 우리는 지금 사냥을 하러 나온 게 아니야."

마우스퍼가 일깨워 주었다.

"다른 냄새는?"

"천둥길 냄새가 나요, 저쪽에서."

쏜포가 꼬리로 가리켰다.

"그리고 개 냄새도요."

웅덩이에 고인 물을 핥아 먹던 파이어하트는 귀를 쫑긋 세웠다. 과연 쏜포의 말이 맞았다. 공기 중에서 강하고 생생한 개의 냄새가 풍겼다.

"이상하네. 가장 최근에 남은 냄새라고 해도 어젯밤 냄새일 텐데 이렇게 생생하다니. 두발쟁이들이 아주 일찍 일어난 게 아니라면 말이야."

그는 뱀바위 근처에서 짓밟힌 덤불과 흩어진 비둘기 깃털을 발견했다던 화이트스톰의 보고가 생각났다. 하지만 그때의 냄새가 지금까지 남아 있을 리는 없었다.

"주변을 잘 살피는 게 좋겠습니다."

파이어하트는 다른 고양이들을 숲 속으로 들여보내면서, 쏜포에게 스승의 곁을 떠나지 말라고 명령했다. 그리고 자신은 조심스럽게 뱀바위를 향해 다가갔다. 하지만 미처 다다르기도 전에 마우스퍼가 그를 불러 세웠다.

"이쪽으로 와 보세요!"

파이어하트는 가시덤불을 빙 둘러서 갈색 전사에게 다가가, 가파르게 경사진 작은 공터를 내려다보았다. 바닥에는 초록빛 물이 고여 있었고, 낙엽이 수북이 쌓여 있었다. 뭉개진 고사리 냄새가 코에 와 닿았지만, 개의 강한 체취 때문에 거의 감지할 수 없을 정도였다. 사방에 비둘기 깃털이 흩어져 있었고, 다람쥐나 토끼의 털로 보이는 것들도 있었다. 비탈을 조금 내려간 곳에서 쏜포가 개의 배설물 더미에 코를 대고 킁킁거리더니, 역겨운 듯 흠칫 놀라며 물러났다.

파이어하트는 눈앞에 펼쳐진 광경에서 세세한 부분 하나라도 놓치지 않으려고 애썼다. 보통 두발쟁이의 개들은 이렇게 많은 흔적을 남길 만큼 오랫동안 숲에 머물지 않았다. 덤불을 짓밟거나 먹다 남은 먹이 찌꺼기들을 흐트러뜨려서 숲에 악취를 풍기는 일은 없었던 것이다. 이 상황을 눈으로 직접 보니 무언가 확실히 잘못되었다는 것을 알 수 있었다.

"어떻게 생각하세요?"

마우스퍼가 물었다.

"나도 잘 모르겠어요."

파이어하트는 마음속으로 걱정하고 있는 걸 말로 꺼내기가 망설여졌다.

"두발쟁이에게서 달아나서 숲을 돌아다니는 개가 있는 것 같아요."

문득 큰 소나무 숲에서 샌드스톰과 함께 사냥을 할 때 괴물을 타고 나타났던 두발쟁이 셋이 떠올랐다.

'그럼 그때 그 두발쟁이들이 개를 찾고 있었던 걸까?'

하지만 그곳은 여기서 멀리 떨어진 곳으로, 천둥족 영역 반대편에 있었다.

"이제 어떻게 하죠?"

쏜포가 평소와 달리 진지한 얼굴로 물었다.

"블루스타에게 보고를 드려야겠어."

파이어하트가 말했다.

"우리 영역을 돌아다니는 개가 있다면 무슨 조치를 취해야 하니까. 어쩌면 유인해서 쫓아낼 수 있을지도 몰라."

개는 천둥족이 먹기에도 부족한 먹잇감을 훔치고 있는 것이 분명했다. 그리고 혹시라도 종족 고양이 중 누군가가 숲을 돌아다니다가 혼자서 개를 맞닥뜨린다면 어떤 일이 일어날지 생각조차 하기 싫었다.

발걸음을 돌려 진영으로 돌아가면서 파이어하트는 주변의 숲이 이상하리만치 적대적으로 변했다는 느낌을 지울 수 없었다. 그는 숲의 모든 나무와 바위를 속속들이 알고 있었지만, 숲의 깊숙한 곳에 그가 알지 못하는 뭔가가 있었다. 냄새도 아니고 소리도 아닌, 잘 들리지 않는 곳에서 나는 울림과 같은 것이었다. 그는 그것이 무엇인지 알 수 없었다. 그냥 개였을까? 아니면 블루스타의 두려움이 결국 맞는 걸까? 별족은 천둥족에게 또 다른 재앙을 준비하고 있는 것일까?

순찰대가 진영에 가까워졌을 때, 파이어하트는 뒤쪽에서 풍겨오는 천둥족 고양이들의 냄새를 맡았다. 몸을 돌리자 화이트스톰과 브라이트포, 클라우드포가 숲 바닥에 시커멓게 그을린 잿더미들 사이로 조심스럽게 걸어오는 모습이 보였다. 모두 성성한 먹이를 입에 물고 있었다.

그들이 가까워지자 파이어하트가 물었다.

"사냥은 어땠습니까?"

"나쁘지 않았습니다."

화이트스톰이 물고 있던 토끼를 내려놓고 대답했다.

"하지만 먹이를 찾기 위해 나무 네 그루까지 가야 했습니다."

"그래도 꽤 통통해 보이네요."

파이어하트는 만족스럽게 말했다. 그리고 다람쥐를 물고 오는 브라이트포와 클라우드포에게도 칭찬을 해 주었다.

"그런데 우리가 뭘 봤는데, 아셔야 할 것 같습니다."

화이트스톰이 말했다.

"일단 진영으로 돌아가지요."

흰색 전사는 다시 토끼를 물고, 파이어하트의 뒤를 따라 골짜기를 내려왔다. 사냥한 먹이들을 성성한 먹이 더미에 쌓아 둔 뒤, 파이어하트는 원로들이 먹을 수 있도록 훈련병들을 보냈다. 그리

고 들쥐 하나를 물어 화이트스톰 옆에 웅크리고 앉았다. 마우스
퍼도 찌르레기를 골라 그들에게 다가왔다.

"그래, 뭘 보셨습니까?"

들쥐를 몇 입 먹고 허기를 조금 달랜 후 파이어하트가 물었다.

화이트스톰의 표정이 어두워지는 것을 보고, 대답을 듣기도 전
에 무슨 말을 할지 짐작할 수 있었다.

"여기저기 흐트러진 먹이 찌꺼기들이 더 있었습니다."

화이트스톰이 말했다.

"토끼 털들도 있었고, 또다시 개 냄새도 났습니다. 이번에는 나
무 네 그루에서 멀지 않은 곳이었습니다. 강족과의 경계 근처 말
입니다."

"생생한 냄새였습니까?"

파이어하트가 물었다.

"어제 남겨진 냄새 같았습니다."

파이어하트는 고개를 끄덕였다. 불안감으로 발이 따끔거렸다.
처음에 생각했던 것보다 개가 훨씬 더 멀리까지 돌아다니는 것이
분명했다. 마지막 남은 들쥐를 삼키면서 그는 화이트스톰에게 자
신이 순찰하면서 발견한 광경에 대해 이야기해 주었다.

"사방에 냄새가 진동했어요."

마우스퍼가 고개를 들고 거들었다.

"우리 영역에 개가 들어와 있는 거 맞죠? 우리 먹잇감을 죽이
면서."

"네, 그런 것 같아요."

파이어하트는 마우스퍼에게 대답하고 나서 화이트스톰을 보았다.

"처음에 개의 냄새를 맡았다는 말을 들었을 때는 그 개가 두발쟁이들과 함께 집으로 돌아갔기를 바랐습니다. 하지만 그렇지 않은 게 분명해요."

"어떻게 해서든 쫓아내야 됩니다."

화이트스톰이 단호하게 말했다.

"그래야지요. 저는 블루스타에게 보고하겠습니다. 종족 회의를 소집하실지도 모릅니다."

화이트스톰과 마우스퍼를 남겨 두고, 파이어하트는 진영을 가로질러 높은 바위로 향했다. 해가 가장 높이 뜬 시간이 다가옴에 따라 그를 둘러싼 진영의 일상도 평화롭게 흘러가고 있었다. 애쉬포와 스위프트포는 훈련병들의 거처 밖에서 장난을 치고 있었다. 전사들의 거처 앞에서는 프로스트퍼와 브린들페이스가 혀를 나누고 있었다. 둘 다 전날 밤 보초를 선 뒤라 반쯤 졸고 있는 듯 보였다. 공터 한가운데에서는 스페클테일이 발과 꼬리로 새끼 고양이에게 신호를 보내고 있었고, 브래큰퍼가 그 모습을 지켜보고 있었다. 길 잃은 개가 진영을 발견하기라도 한다면 어떤 참혹한 일이 벌어질지 상상해 보던 파이어하트는 가슴 깊숙이 스며드는 공포를 느꼈다.

블루스타의 거처에 거의 다다랐을 때, 브래큰퍼가 자리에서 일어나 그에게 다가왔다.

"파이어하트, 얘기 좀 할 수 있을까요?"

파이어하트는 잠시 멈칫했다.

"빨리 끝나는 이야기라면. 블루스타에게 보고를 해야 하거든."

"스페클테일 말인데요."

브래큰퍼가 말을 꺼냈다.

"좀 걱정돼서요. 스페클테일은 스노킷이 꼭 훈련병이 되어야 한다고 생각하거든요. 그래서 직접 훈련을 시키려고 하고 있어요. 스노킷이 배울 수 있다는 걸 블루스타에게 보여 주면, 전사가 되게 해 줄 거라고 생각하는 거예요."

그 말을 듣고 파이어하트는 스페클테일과 스노킷을 더 면밀히 살펴보았다. 과연 그들은 단순히 놀이를 하고 있는 게 아니었다. 적어도 스페클테일은 아니었다. 그녀는 새끼 고양이에게 사냥할 때 웅크리는 자세를 보여 주고 있었다. 스노킷은 재미있는지 몸을 굴리기도 하고 어미를 발로 치기도 했다. 하지만 동작을 정확히 따라 하지는 못했다.

그들을 지켜보던 파이어하트의 마음에 슬픔이 점점 더 커져 갔다.

"어쩌면 저 방법이 최선일지도 몰라."

파이어하트는 한숨을 내쉬며 말했다.

"스노킷이 훈련으로도 배울 수 없다는 걸 스페클테일이 스스로 깨닫게 되면, 결코 전사가 될 수 없다는 사실을 받아들이는 데 도움이 될지도 몰라."

"어쩌면요."

브래큰퍼는 확신이 서지 않는 목소리였다.

"어쨌든 저는 좀 더 지켜보고 싶어요. 제가 도움이 될 만한 일이 있는지 알아보려고요."

파이어하트는 만족스러운 얼굴로 어린 전사를 찬찬히 살펴보았다. 브래큰퍼는 전사가 된 지는 오래되지 않았지만, 나이 많은 고양이처럼 태도가 진중해서, 충분히 훈련병을 맡아 가르칠 만했다. 파이어하트는 인내심과 책임감이 있는 브래큰퍼가 분명히 훌륭한 스승이 될 거라고 믿었다. 하지만 스노킷의 스승은 될 수 없었다. 귀가 들리지 않는 새끼 고양이는 결코 스승을 가질 수 없고 모임에 참석할 수도, 종족에게 봉사하는 전사의 기쁨을 느낄 수도 없으리라는 것을 파이어하트는 잘 알고 있었다.

하지만 스승이 필요한 다른 새끼 고양이가 없는 상황에서 브래큰퍼가 스노킷에게 관심을 가지는 걸 막을 이유는 없었다.

"물론 그렇게 해도 돼. 전사의 임무에 방해가 되지 않는다면 말이야."

파이어하트가 말했다.

"뭐든 좋은 생각이 떠오르면 나한테 알려 줘. 내가 신더펠트에게 다시 말해 볼게."

"고마워요, 파이어하트."

브래큰퍼는 가슴 아래로 발을 가지런히 밀어 넣고 자리를 잡고 앉아서 스페클테일과 스노킷을 계속 지켜보았다.

파이어하트는 듣지 못하는 새끼 고양이와 그의 어미, 그리고 스승이 된다는 희망이 좌절된 브래큰퍼를 생각하니 서글퍼졌다. 잠시 머뭇거리며 서 있던 파이어하트는 발길을 돌려 블루스타를 만나러 갔다.

종족 지도자는 거처 구석에 있는 잠자리에 누워 있었다. 햇빛이 닿지 않는 곳에 있는 그녀는 마치 회색 그림자처럼 보였다. 반쯤 남은 다람쥐가 그녀가 먹이를 먹었다는 것을 보여 주었다. 파이어하트가 입구에서 망설이는 사이에 블루스타가 등을 핥기 위해 고개를 돌렸다. 파이어하트는 블루스타의 평범하고 일상적인 행동을 보고 용기를 얻었다.

주의를 끌기 위해 발톱으로 바닥을 할퀴자, 블루스타가 고개를 돌렸다.

"블루스타, 들어가도 될까요? 보고할 게 있습니다."

"좋은 일은 아니겠지."

블루스타가 퉁명스럽게 말했다.

파이어하트는 그녀의 말투에 움찔했지만, 지도자는 곧 누그러진 목소리로 말했다.

"그래, 파이어하트. 들어와서 무슨 일인지 말해 보아라."

"숲을 돌아다니는 개가 하나 있는 것 같습니다."

파이어하트는 화이트스톰이 뱀바위 근처에서 흩어진 먹이 찌꺼기를 처음 발견했던 일과 순찰대가 그날 아침에 목격한 광경, 그리고 화이트스톰이 나무 네 그루 근처에서 발견한 것들에 대해 설명했다.

블루스타는 파이어하트가 말을 마칠 때까지 벽을 응시하며 잠자코 앉아 있었다. 그러더니 고개를 홱 돌려 그를 마주 보았다.

"나무 네 그루 근처라고? 어디냐?"

"화이트스톰 말로는 강족 경계에 가까운 곳이라고 했습니다."

블루스타가 으르렁거리는 소리를 내더니 바닥에 발톱을 찔러 넣었다.

"그래, 무슨 일인지 알겠다!"

그녀가 내뱉듯이 말했다.

"바람족이 우리 영역에서 사냥을 하고 있는 거야!"

파이어하트는 그녀를 빤히 바라보았다.

"죄송하지만 무슨 말씀인지 잘 이해가 가지 않습니다."

"바보 녀석 같으니!"

블루스타가 으르렁거렸다. 그러다 갑자기 진정한 듯 말했다.

"아니다, 파이어하트. 넌 훌륭하고 고귀한 전사다. 네가 다른 놈들의 배신행위를 의심하지 않는 것도 잘못은 아니지."

'무슨 뜻일까? 내가 타이거스타를 의심한 유일한 고양이라는 사실을 잊은 걸까?'

파이어하트는 머릿속이 빙빙 돌았다. 오늘은 블루스타의 상태가 그다지 좋지 않았다. 그녀는 마치 바로 앞에 적들이 줄줄이 서 있는 것처럼 털을 곤두세운 채 허공을 응시하고 있었다. 어쩌면 혼란에 빠진 그녀는 정말로 적들이 있다고 착각하고 있는지도 몰랐다.

"하지만 블루스타, 먹이 찌꺼기가 발견된 곳마다 개 냄새가 났습니다. 다른 종족이 이 일과 관련되어 있다고 생각할 이유는 전혀 없습니다."

파이어하트가 이의를 제기했다.

"쥐 대가리 같은 녀석아!"

블루스타가 꼬리를 양쪽으로 휙휙 휘두르며 소리쳤다.

"개들은 그런 식으로 행동하지 않는다. 그들은 두발쟁이가 데려왔다가 다시 데려간단 말이다. 숲에서 멋대로 돌아다니는 개가 있다는 이야기는 들어 본 적이 없단 말이다!"

"전에 일어나지 않은 일이라고 해서 앞으로도 일어나지 말라는 법은 없습니다."

파이어하트는 간절한 심정으로 말했다.

"왜 바람족이라고 생각하시는 겁니까?"

"모르겠느냐?"

블루스타의 목소리는 분노로 굳어져 있었다.

"바람족 전사들이 토끼를 사냥하다가, 토끼들이 나무 네 그루 쪽에 있는 강족 경계를 넘어갔을 것이다. 그 근처의 강족 영역은 매우 좁다. 그러니 바람족 고양이들은 천둥족의 경계까지 넘어와서 토끼를 뒤쫓다가 잡아서 죽인 것이다."

블루스타는 마치 직접 목격한 것처럼 확신을 가지고 말하고 있었다.

"너무 뻔한 일이지. 새끼 고양이라도 알 수 있을 것이다."

그녀는 다시 한 번 발톱을 땅에 찔러 넣었다.

"자, 바람족은 이제 조심하는 게 좋을 것이다!"

파이어하트는 가슴이 요동쳤다. 블루스타는 바람족을 공격하려는 것처럼 말하고 있었다.

'종족에게 더 이상의 고통을 줄 수는 없어.'

파이어하트는 절망에 빠져 생각했다. 그때 문득 타이거스타가 크룩트스타와 레퍼드퍼를 만나러 가는 모습이 떠올랐다. 강족과 그림자족이 동맹을 맺을지도 모르는 상황에서, 그들이 지금 가장 피해야 할 것은 바람족과의 전쟁이었다.

"블루스타의 말씀이 맞을지도 모릅니다."

그는 한 발 양보하며 말했다.

"하지만 확실한 증거도 없이 바람족을 탓할 수는 없습니다. 강족이 그랬을지도 모르지 않습니까?"

"말도 안 된다!"

블루스타가 비웃듯이 말했다.

"강족 고양이들은 절대로 먹이를 쫓아서 경계를 넘지 않을 것이다. 그런 짓을 할 정도로 전사의 규약을 모르지는 않을 테니까. 불이 났을 때 강족이 우리를 도운 것을 잊었느냐? 강족이 아니었으면 우리 모두 불에 타거나 물에 빠져 죽었을 것이다."

'맞아요. 그리고 레퍼드퍼는 우리가 그 일을 두고두고 잊지 못하게 하겠죠.'

파이어하트는 속으로 덧붙였다. 강족은 토끼 몇 마리 정도는 그들의 도움에 대한 대가의 시작에 불과하다고 여길 것이다.

파이어하트는 강족에 대한 생각을 떨쳐 내려고 머리를 흔들었다. 강족을 비난하는 건 아무 의미가 없었다. 그는 자신이 맡은 냄새가 무엇이었는지 정확히 알고 있었다. 흩어진 먹이 찌꺼기는 개의 소행이었고, 블루스타에게도 그 사실을 확실히 알려야 했다.

"블루스타, 제 생각에는……"

145

블루스타가 꼬리를 획 휘둘러서 그의 말을 막았다.

"그만! 파이어하트, 지난 모임에서 톨스타가 타이거스타를 그림자족의 지도자로서 환영해 주었다는 말을 한 것이 바로 네가 아니더냐."

"기꺼이 환영한 건 아니었습니다!"

파이어하트는 반박하려고 했지만 블루스타는 아랑곳하지 않았다.

"내가 높은 돌산으로 가려고 했을 때 바람족 전사들이 가로막았던 일을 잊었느냐? 그리고 네가 클라우드포를 데리고 돌아올 때 그들이 공격했던 일은? 그들은 어떤 고마움도 표현하지 않았다. 너와 그레이스트라이프가 쫓겨난 바람족을 찾아서 데려왔는데도 전혀 고마워하지 않았단 말이다. 톨스타는 별족과 손잡고 나에게 불리한 일을 벌이고 있다! 그는 나의 가장 큰 적과 동맹을 맺었고, 이제는 전사들과 함께 내 영역을 침범하고 있는 것이다. 톨스타는 전사의 이름을 더럽혔다. 그리고……."

블루스타의 눈빛은 사나웠고, 목은 잠겨서 숨이 막힐 듯 거친 소리가 나왔다. 말을 뱉어 내기 힘들 지경이었다.

깜짝 놀란 파이어하트는 거처에서 물러 나오기 시작했다.

"블루스타, 그만하세요. 몸 상태가 좋지 않으신데 이러시면 안 됩니다. 신더펠트를 데려오겠습니다."

하지만 파이어하트가 거처 밖으로 나오기도 전에 공터에서 요란한 외침이 터져 나왔다. 끔찍한 두려움에 휩싸인 고양이들의 비명 소리였다. 파이어하트는 몸을 획 돌려 블루스타의 거처에서 달려 나갔다.

공터 한가운데는 거의 텅 비어 있었다. 공터를 가려 주던 무성한 잎이 불타서 없어진 자리를 밝은 빛이 비추고 있었다. 고양이들은 공터 가장자리, 타 버린 고사리 방벽의 부실한 그늘에 웅크리고 있었다. 골든플라워와 윌로펠트가 새끼 고양이들을 보육실로 밀어 넣는 모습이 얼핏 보였다. 브래큰퍼는 원로 고양이 둘을 재촉하여 거처로 들여보내고 있었다.

공터 가장자리에 있는 고양이들은 두려움에 가득 찬 커다란 눈으로 하늘을 바라보고 있었다. 파이어하트도 위를 올려다보았다. 날갯짓 소리가 들리더니 나무 위를 맴도는 매 한 마리가 보였다. 공중에는 매의 날카로운 울음소리가 떠다녔다. 그와 동시에 파이어하트는 몸을 피하지 않은 고양이 하나를 발견했다. 스노킷이 아직도 탁 트인 공터에서 뒹굴며 놀고 있었던 것이다.

"스노킷!"

스페클테일이 절망적인 목소리로 외쳐 불렀다.

그녀는 어미 고양이들이 볼일을 보러 가곤 하는 보육실 뒤쪽에서 막 나오는 참이었다. 스페클테일은 상황을 파악하자마자 곧장 새끼 고양이에게 달려갔다. 바로 그 순간 매가 공터를 향해 곤두박질치듯 급격히 내려왔다. 무자비한 발톱이 등을 꽉 붙들자, 스노킷이 비명을 질렀다. 커다란 날개가 퍼덕거렸다. 파이어하트가 앞으로 달려 나갔지만 스페클테일이 더 빨랐다. 매가 날아오르는 순간, 스페클테일이 위로 펄쩍 뛰어올라 새끼 고양이의 하얀 털을 발톱으로 움켜잡았다.

짧은 시간, 새끼 고양이와 어미 고양이는 둘 다 매의 발톱에 매달려 있었다. 파이어하트가 허공으로 몸을 날려 보았지만 그들은 너무 높이 있었다. 그때 매가 새끼 고양이를 잡았던 한 발을 떼어 스페클테일의 얼굴을 발톱으로 할퀴어 버렸다. 어미 고양이는 새끼를 놓치면서 바닥에 세게 부딪히며 떨어졌다. 무게를 덜어 낸 매는 빠른 속도로 나무 꼭대기까지 날아올라 나무 네 그루가 있는 방향으로 날아갔다. 겁에 질린 스노킷의 비명도 점점 사라져 갔다.

"안 돼!"

스페클테일이 고개를 뒤로 젖히고 절망적으로 울부짖었다.

"내 새끼! 으으, 내 새끼!"

브래큰퍼가 파이어하트를 지나쳐서 달려갔다. 그는 이제 막 복구 작업이 시작된 진영 방벽을 뛰어넘어 숲으로 사라졌다. 파이어하트는 가망이 없는 추격이라는 걸 알았지만, 주변을 둘러본 후 가장 가까이 있는 고양이와 눈을 맞추고 명령했다.

"스위프트포, 브래큰퍼를 따라가 봐."

쫓아가도 소용이 없다는 것을 너무 잘 아는 스위프트포는 반발하려고 입을 열었다가, 아무 말 없이 입을 다물고 브래큰퍼를 뒤쫓아 갔다. 나머지 고양이들은 충격으로 넋이 나간 얼굴로 천천히 공터 안쪽으로 들어와 스페클테일을 중심으로 모여들었다.

"듣지를 못했어."

샌드스톰이 파이어하트의 뺨에 코를 대며 중얼거렸다.

"매 소리도 듣지 못했고, 피하라고 외치는 소리도 듣지 못했어."

"내 잘못이야!"

스페클테일이 통곡했다.

"내가 그 애를 혼자 남겨 뒀어……. 그리고 이제 사라져 버린 거야. 내가 대신 잡혀 갔어야 하는 건데!"

샌드스톰이 어미 고양이에게 다가가 옆구리에 몸을 대며 달래 주었다. 신더펠트도 그녀의 귀를 부드럽게 핥아 주었다.

"내 거처로 가요."

신더펠트가 조용히 말했다.

"우리가 보살펴 줄게요. 혼자 두지 않을 거예요."

하지만 스페클테일은 위로를 받고 싶어 하지 않았다.

"내 새끼가 사라져 버렸어. 내 잘못이야."

그녀가 흐느끼며 말했다.

"네 잘못이 아니다."

블루스타의 목소리가 들렸다.

파이어하트는 고개를 돌렸다. 지도자가 고양이들을 향해 걸어 오고 있었다. 넓은 어깨의 청회색 암고양이는 강인하고 단호해 보였다. 스노킷을 잃은 슬픔에 짓밟힌 다른 어떤 고양이보다 전 사다운 모습이었다.

"네 잘못이 아니다."

블루스타가 다시 한 번 말했다.

"이렇게 많은 고양이가 있는데, 감히 진영 한가운데에 매가 날 아들어서 새끼 고양이를 낚아채 가다니. 도대체 누가 그런 이야 기를 들어 봤겠느냐? 이것은 별족의 계시다. 나는 더 이상 진실을 부정할 수 없다."

블루스타는 충격에 사로잡힌 종족 고양이들을 바라보다가, 분노에 떨리는 목소리로 외쳤다.

"별족이 천둥족과 전쟁을 시작한 것이다!"

9

힘겨운 뒷수습

종족 고양이들이 두려움에 휩싸여 지켜보는 가운데, 블루스타는 몸을 휙 돌려 거처로 걸어갔다. 파이어하트가 뒤를 쫓았지만, 그녀는 돌아보지도 않고 소리쳤다.

"혼자 있고 싶다!"

블루스타의 독기에 찬 목소리에 파이어하트는 걸음을 멈추었다.

'이제 뭘 해야 하지?'

파이어하트는 자기 자신에게 물었다. 종족은 극심한 공포에 내몰려 있었다. 충격적인 매의 습격과, 그 일에 대한 블루스타의 선언은 그들을 겁에 질린 새끼 고양이로 만들어 버렸다. 파이어하트조차 다리가 후들거렸다. 하지만 그는 애써 두려움을 밀어내고 높은 바위 위로 뛰어올랐다.

"들어 보십시오! 모두 모여 주십시오!"

고양이들이 그의 말에 따라 천천히 바위 아래로 모여들었다. 그들은 두려운 얼굴로 하늘을 올려다보았다. 매가 다시 돌아올까 봐 걱정하는 눈치였다. 파이어하트는 펀포가 더스트펠트에게 몸을 바짝 기대는 모습을 볼 수 있었다. 롱테일은 마치 별족이 그 자리에서 당장 불길을 퍼부을 거라고 생각하는 듯 바닥에 잔뜩 웅크리고 있었다.

그때 클라우드포의 모습이 눈에 들어왔다. 훈련병은 어리둥절한 얼굴로 주위를 살피고 있었다.

"이게 다 무슨 일이야?"

클라우드포가 브라이트포를 보며 말했다.

"별족은 그냥 새끼 고양이들에게 들려주는 이야기에 나오는 고양이들일 뿐이야. 다들 알잖아. 별족은 우리에게 아무 짓도 못 한다고."

브라이트포가 놀란 눈으로 클라우드포를 마주 보았다.

"클라우드포, 그렇지 않아!"

"에이! 설마 떠도는 이야기들을 다 믿는 건 아니겠지?"

클라우드포가 그녀에게 다정하게 꼬리를 휘두르며 말했다. 그리고 자신은 아무 관심 없다는 듯 자리에 앉아서 발을 꼼꼼히 핥기 시작했다.

파이어하트는 피가 얼어붙는 심정으로 훈련병을 내려다보았다. 클라우드포가 전사의 규약을 존중하지 않는다는 사실은 진작부터 알고 있었다. 하지만 훈련병이 별족의 존재 자체를 믿지 않는다는 것은 알아채지 못했다.

공터의 맞은편에서는 신더펠트와 브린들페이스가 스페클테일을 부드럽게 밀며 신더펠트의 거처로 데려가고 있었다. 신더펠트가 걸음을 멈추더니 브린들페이스에게 무언가를 빠르게 속삭이고는 높은 바위로 걸어왔다.

"파이어하트에게 제가 필요할 것 같아서요."

신더펠트가 말했다.

"하지만 서둘러야 해요. 스페클테일을 살펴야 하거든요."

파이어하트는 고개를 끄덕였다.

"천둥족의 고양이들이여."

그는 목소리를 높여 말을 시작했다.

"우리는 방금 끔찍한 일을 목격했습니다. 아무도 그것을 부인할 수는 없습니다. 하지만 이 비극에 어떤 의미를 부여할지에 대해서는 신중해야 합니다. 신더펠트, 블루스타의 말이 맞습니까? 이것이 별족이 우리를 버렸다는 뜻입니까?"

높은 바위 아래에 앉아 있던 신더펠트가 또박또박 대답했다.

"아닙니다. 별족은 이번 일과 관련하여 어떠한 계시도 저에게 보여 주지 않았습니다. 불이 난 뒤로 진영은 전보다 더 노출되어 있습니다. 그러니 매가 먹잇감을 노리고 온 것도 놀라운 일은 아닙니다."

"그러니까 우리가 스노킷을 잃은 것은 단순한 사고였다는 겁니까?"

파이어하트는 대답을 유도하며 다시 물었다.

"단순한 사고였습니다."

신더펠트가 되풀이했다.

"별족과는 아무런 상관이 없습니다."

파이어하트는 긴장을 풀기 시작하는 종족 고양이들을 보면서,

신더펠트의 확신에 찬 말이 그들을 안심시켜 주었다는 것을 깨달았다. 고양이들은 스노킷이 잡혀 갔다는 사실에 여전히 충격과 슬픔에 빠져 있었지만, 극심한 공포에 사로잡혀 번득이던 눈빛은 점차 사라지고 있었다.

하지만 안도감과 동시에 걱정도 찾아왔다. 일단 충격에서 벗어나면, 종족은 블루스타가 왜 별족에게 전쟁을 선포하기에 이르렀는지 궁금해할 것이다.

"고맙습니다, 신더펠트."

파이어하트가 말했다.

신더펠트는 꼬리를 가볍게 휘두르고는 절뚝거리며 재빨리 거처로 발길을 옮겼다.

파이어하트는 높은 바위 위에서 한 걸음 앞으로 나아가, 위를 향하고 있는 얼굴들을 내려다보았다.

"그리고 여러분께 알려 드릴 것이 또 있습니다."

그는 이 일을 종족에게 알려야 할지 확신이 서지 않았다. 블루스타가 죽은 토끼들의 흔적이 바람족의 소행이라고 주장하고 있었기 때문이다. 하지만 종족의 안전이 위협받는 상황에서 침묵을 지킬 수는 없었다.

"천둥족 영역을 돌아다니는 개가 있는 것 같습니다. 보지는 못했지만, 뱀바위와 나무 네 그루 근처에서 냄새를 맡았습니다."

고양이들이 불안하게 웅성거리기 시작했다.

샌드스톰이 큰 소리로 물었다.

"바람족 영역 너머 농장에 있는 개들 중 하나가 아닐까요?"

154

"그럴지도 모릅니다."

파이어하트는 샌드스톰과 함께 클라우드포를 찾으러 갔을 때 그들을 쫓아온 사나운 개들을 떠올리며 말했다.

"개가 떠날 때까지 우리 모두 각별히 주의해야 합니다. 훈련병 들은 반드시 전사와 함께 나가야 합니다. 그리고 진영을 벗어나 는 모든 고양이들은 추가 임무를 수행해야 합니다. 개의 흔적을 찾는 것입니다. 냄새나 발자국, 먹이 찌꺼기……."

"그리고 똥도요."

마우스퍼가 끼어들었다.

"그 추잡한 놈들은 절대로 그걸 파묻을 생각을 안 하니까요."

"맞습니다. 그런 것들을 발견하게 되면 즉각 저에게 보고해 주 십시오. 개가 어디에 거처를 정했는지 알아내야 합니다."

파이어하트는 명령을 내리면서 점점 커져 가는 불안감을 숨기 려고 최선을 다했다. 그는 숲이 치명적인 적을 나무들 사이 어딘 가에 숨겨 놓고, 자신을 지켜보고 있다는 느낌을 억누를 수가 없 었다. 적어도 타이거스타는 눈에 보이는 적이었고, 그가 언젠가 공격해 오리라는 것은 예측 가능한 일이었다. 하지만 모습을 감 춘 개는 또 다른 문제로, 보이지도 않고 예측할 수도 없었다.

종족을 해산시키고 높은 바위에서 내려온 파이어하트는 신더 펠트의 거처로 향했다. 가는 길에 그는 브래큰퍼가 스위프트포와 함께 절룩거리며 진영으로 들어오는 것을 보았다. 황갈색 전사는 매를 쫓아서 찔레나무 가지와 덤불을 억지로 뚫고 지나가느라 털 이 뜯겨 있었다. 푹 숙인 고개와 낙담한 표정만 보아도 모든 것을 알 수 있었지만, 파이어하트는 브래큰퍼가 다가와서 보고할 때까지 기다려 주었다.

"죄송해요, 파이어하트. 따라가려고 해 봤지만 놓쳤어요."

"너희는 최선을 다한 거야."

파이어하트는 후배 전사의 어깨에 머리를 대며 말했다.

"별로 가망이 없었어."

"처음부터 시간 낭비에 헛수고였다고요."

스위프트포가 투덜거렸다. 하지만 그의 눈에는 새끼 고양이를 구하지 못한 좌절감이 그대로 드러나 보였다.

"스페클테일은 어디 있어요?"

브래큰퍼가 물었다.

"신더펠트와 함께 있어. 지금 가 보려던 참이야. 너희는 먹이를 좀 먹고 쉬도록 해."

파이어하트는 두 고양이가 지시대로 움직이는 것을 보고 나서 다시 가던 길로 향했다. 샌드스톰이 그의 곁에서 걸음을 맞추어 걸었다. 치료사의 거처 밖에 있는 공터에 다다르자 스페클테일의 모습이 보였다. 그 곁에는 브린들페이스가 웅크리고 앉아 귀를 부드럽게 핥아 주고 있었다.

갈라진 바위틈에서 신더펠트가 접힌 잎사귀를 입에 물고 나타났다. 그녀는 스페클테일 앞에 잎사귀를 내려놓았다.

"양귀비 씨앗이에요. 먹도록 해요, 스페클테일. 잠을 잘 수 있게 해 줄 거예요."

파이어하트는 스페클테일이 신더펠트의 말을 듣지 못했다고 생각했다. 하지만 이윽고 그녀는 반쯤 몸을 일으키더니 고개를 돌려 잎사귀에 있는 양귀비 씨앗을 천천히 핥아 먹었다.

"난 더 이상 새끼 고양이는 갖지 않을 거야."

스페클테일이 갈라진 목소리로 말했다.

"이제 원로들과 함께해야겠지."

"원로들이 환영해 줄 거예요."

샌드스톰이 스페클테일의 옆에 웅크리며 다정한 목소리로 말했다. 양귀비 씨앗이 효과를 내면서 그녀의 고개가 차츰 아래로 떨어지더니 이내 잠에 빠졌다. 파이어하트는 감탄스러운 눈길로 샌드스톰을 바라보았다. 그녀는 숙련된 전사였다. 때로는 독설을 내뱉기도 했지만, 또한 부드러운 면도 지니고 있었다.

파이어하트는 신더펠트가 목을 가다듬는 소리에 정신을 차렸다. 치료사는 어느새 그의 곁으로 다가와 앉아 있었다. 표정으로 보아 그에게 무슨 말을 하고 대답을 기다리고 있는 게 분명했다.

"미안해. 뭐라고 했어?"

파이어하트가 물었다.

"제 말을 들을 수 없을 만큼 바쁜 게 아니라면 다시 말씀드릴게요."

신더펠트가 심드렁하게 말했다.

"오늘 밤에는 제가 스페클테일과 같이 있겠다고 말했어요."

"좋은 생각이야. 고마워."

파이어하트는 자신이 종족에게 개에 대해 알리는 동안, 신더펠트는 스페클테일과 함께 있었다는 것을 기억해 냈다.

"네가 알아야 할 게 한 가지 더 있어. 그리고 블루스타도 다시 한 번 살펴봐 줬으면 좋겠어."

"그래요? 블루스타에게 무슨 일이 있어요?"

파이어하트는 샌드스톰에게 들리지 않도록 목소리를 낮추어, 숲에 개가 돌아다니는 증거를 발견했음에도 블루스타는 그것이 먹이를 훔치기 위해 침입한 바람족의 짓이라고 확신한다는 이야기를 들려주었다.

"블루스타는 혼란에 빠져 있는 게 틀림없어. 별족에게 전쟁을 선포할 정도니까 말이야. 게다가 얼마 안 있으면 모임이 열릴 텐데, 블루스타가 다른 종족 앞에서 바람족을 비난하면 어떻게 되겠어?"

"잠깐만요."

신더펠트가 말했다.

"지금 종족 지도자에 대해서 말하고 있는 거잖아요. 블루스타의 의견에 동의하지는 않더라도 존중은 해야지요."

"이건 동의하고 말고 할 문제가 아니잖아!"

파이어하트가 반발했다.

"블루스타의 생각을 뒷받침할 증거가 전혀 없단 말이야!"

그가 목소리를 높이는 바람에 스페클테일 곁에 있던 샌드스톰이 귀를 쫑긋 세웠다. 파이어하트는 다시 목소리를 낮추어서 덧붙였다.

"블루스타는 위대한 지도자였어. 그건 모두가 알고 있어. 하지만 지금은…… 난 블루스타의 판단을 믿을 수 없어, 신더펠트. 전혀 말이 안 되는 소리를 하는데 믿을 수는 없잖아."

"그래도 이해하려고 노력해야 해요. 적어도 가엾게 여기긴 해야죠. 블루스타는 모두에게서 그 정도 대우는 받을 자격이 있으니까요."

순간 그는 한때 자신의 훈련병이었던 신더펠트가 이런 식으로 말하는 것에 몹시 화가 났다. 종족이 지도자를 계속 믿을 수 있도록, 블루스타의 결정을 옹호하고 혼란에 사로잡힌 정신 상태를 숨기려고 애써 왔던 것이 누구였던가. 다른 종족에게 블루스타를 위한 핑계를 둘러대면서, 아무도 천둥족의 중심점이 약해졌다는 것을 짐작하지 못하도록 노력한 것은 말할 필요도 없었다.

"내가 노력하지 않았다고 생각하는 거야?"

그가 쏘아붙였다.

"지금보다 더 가엾게 여겼다가는 내 털이 다 빠져 버릴 거라고!"

"털은 아주 멀쩡해 보이는걸요."

"이봐……."

파이어하트는 마지막으로 한 번 더 짜증을 꾹 눌러 참았다.

"블루스타는 지난번 모임에 가지 않았어. 이번에도 나타나지 않으면 숲에 있는 모든 고양이가 뭔가 잘못되었다는 걸 알게 될 거야. 블루스타가 좀 더 정신을 차릴 수 있게 해 주는 약초 같은 건 없어?"

"해 볼게요. 하지만 약초로 할 수 있는 건 한계가 있어요. 블루스타는 산불로 입은 상처는 이제 회복되었어요. 알잖아요. 이 문제는 불이 나기 한참 전에 시작된 거예요. 타이거스타의 반역 행위에 대해 처음 알게 되었을 때 말이에요. 블루스타는 이제 늙고 지친 거예요. 그리고 믿어 왔던 모든 것을 잃고 있다고 생각하는 거예요. 심지어 별족까지도 말이에요."

"특히 별족이 그렇지."

파이어하트가 맞장구를 쳤다.

"게다가 만약……."

그는 말을 멈췄다. 샌드스톰이 스페클테일의 곁을 떠나 자신을 향해 걸어오고 있었던 것이다.

"비밀 이야기는 끝나셨나요?"

샌드스톰이 날 선 목소리로 물었다. 그녀는 스페클테일을 향해 꼬리를 움직이며 덧붙였다.

"잠들었어. 이제 너에게 맡길게, 신더펠트."

"도와줘서 고맙습니다, 샌드스톰."

두 암고양이는 서로 매우 깍듯하게 대하고 있었다. 하지만 파이어하트는 어쩐지 그들이 금방이라도 발톱을 세울 것만 같았다. 왜 그런 느낌이 드는지 의아했지만, 그런 사소한 다툼까지 걱정할 시간은 없다고 생각했다.

"그럼 우리는 가서 뭘 좀 먹을게."

파이어하트가 말했다.

"그다음에는 좀 쉬어야 해요."

샌드스톰이 말했다.

"새벽부터 계속 서 있었잖아요."

샌드스톰이 그를 슬쩍 밀면서 진영 공터로 향하는 걸음을 재촉했다.

파이어하트가 두 걸음도 채 떼기 전에 뒤에서 신더펠트가 외쳤다.

"나와 스페클테일이 먹을 것도 좀 보내 주세요. 그러니까, 시간이 있으면 말이에요."

"물론 시간이 있지."

파이어하트는 갑자기 공기 중에 흐르는 긴장감 때문에 몹시 당황스러웠다.

"바로 보내 줄게."

"좋아요."

신더펠트가 그에게 짧게 고갯짓을 했다.

파이어하트는 공터를 가로지르는 내내 자신의 등에 와서 꽂히는 그녀의 시선을 느낄 수 있었다.

10
적대적인 모임

맑은 하늘에 별 무리가 빛나고, 보름달이 높이 떠올랐다. 파이어하트는 나무 네 그루로 이어지는 언덕 꼭대기에 웅크리고 있었다. 거대한 떡갈나무 네 그루 아래에는 떨어진 잎사귀들이 수북이 쌓여 낙엽 지는 계절의 첫서리를 맞아 반짝거렸다. 희미한 빛을 받은 고양이들의 검은 형체가 이리저리 움직이고 있었다.

이번에는 블루스타가 직접 종족을 이끌고 모임에 참석하겠다고 완강하게 주장했다. 파이어하트는 그것이 좋은 일인지 아닌지 판단할 수가 없었다. 블루스타를 위한 핑곗거리를 만들어 내지 않아도 된다는 점에서는 좋았지만, 그녀가 무슨 말을 할지 걱정스럽기도 했다. 천둥족의 문제들이 쌓여 가면서, 경쟁 관계에 있는 다른 종족들에게 강한 면모를 보이는 것은 점점 더 힘들어졌다. 게다가 지도자의 판단을 더 이상 신뢰할 수 없다고 인정하자, 불안감은 한층 더 깊어졌다.

파이어하트는 블루스타가 있는 쪽으로 몸을 조금씩 움직여서, 바로 곁에 있는 클라우드포와 마우스퍼에게 목소리가 들리지 않을 정도로 다가갔다.

"블루스타."

그는 작게 속삭였다.

"어떻게 하실……."

블루스타는 그의 말을 듣지 못한 것처럼 꼬리로 신호를 보냈다. 천둥족 고양이들은 벌떡 일어나 덤불을 통과해 분지로 달려내려갔다. 파이어하트도 따라갈 수밖에 없었다. 진영을 떠나기 전에 블루스타는 모임에 대해서 말하기를 거부했었다. 그리고 이제마지막으로 의논할 기회조차 사라져 버린 것이다.

공터에 모여 있는 고양이들은 파이어하트가 생각했던 것보다그 수가 적었다. 그들은 바람족과 그림자족이었다. 거대한 바위아래에는 톨스타와 타이거스타가 나란히 앉아 있었다. 블루스타는 마치 적을 향해 전진하는 것처럼 꼬리를 빳빳하게 세우고 두지도자를 지나쳐서 곧장 걸어갔다. 그녀는 수염 한 가닥조차 씰룩이지 않고 그들을 모른 척 지나쳐, 거대한 바위 위로 펄쩍 뛰어올라 자리를 잡고 앉았다. 그녀의 청회색 털이 달빛에 빛났다.

파이어하트는 심호흡을 하면서 마음속에 가득한 두려움을 진정시키려 애썼다. 블루스타는 이미 톨스타를 적으로 확신하고 있었다. 그녀가 가장 두려워하는 반역자 타이거스타와 바람족 지도자가 은밀하게 이야기를 나누는 모습을 보고 자신의 판단이 옳았다는 것을 더욱 확신했을 것이다.

지도자들을 지켜보던 파이어하트는 톨스타가 타이거스타에게몸을 기울여 무언가 말을 하는 장면을 목격했다. 타이거스타는 오만하게 꼬리를 휘둘렀다. 파이어하트는 더 가까이 다가가서 그들이 나누는 대화를 들어 보아야 하는 게 아닐지 고민했다. 하지만 그가 움직이기도 전에 누군가 어깨를 다정하게 쿡 찌르는 것이 느껴졌다. 고개를 돌려 보니 바람족 전사 원위스커였다.

"안녕? 이 녀석이 누군지 기억나?"

원위스커가 어린 고양이를 앞으로 밀며 말했다. 눈이 초롱초롱한 얼룩무늬 고양이는 흥분으로 귀를 쫑긋 세우고 있었다.

"모닝플라워의 새끼 고양이야."

원위스커가 설명해 주었다.

"이제는 내 훈련병이 되었어. 이름은 고스포야. 많이 컸지?"

"모닝플라워의 새끼라니, 물론 기억하지! 지난번 모임에서도 봤어."

파이어하트는 이렇게 건장한 훈련병이 바람족을 집으로 데려올 때 자신이 입에 물고 천둥길을 건너게 해 주었던 작은 털 뭉치와 같은 고양이라는 사실을 믿을 수가 없었다.

"엄마가 얘기를 많이 해 주셨어요, 파이어하트."

고스포가 수줍게 말했다.

"저를 입에 물고 데려다주신 거, 그리고 다른 것도 전부 이야기해 주셨어요."

"그래, 지금은 그럴 필요가 없어서 다행이구나. 지금보다 더 자란다면 사자족으로 합류할 수도 있겠어!"

파이어하트가 말했다.

고스포는 행복하게 가르랑거렸다.

파이어하트는 자신이 이 고양이들에게 느끼는 따뜻한 감정을 잘 알고 있었다. 오래전의 그 여정 이후로 일어났던 모든 충돌과 다툼을 견디고 남아 있는 우정이었다.

"이제 모임을 시작해야 할 텐데 강족이 보이지 않네."

원위스커가 말했다.

말이 끝나자마자 공터 한편에 있는 덤불이 흔들리더니, 강족 고양이들이 나타났다. 그들은 서로 바짝 붙어서 탁 트인 공터로 걸어 들어왔다. 선두에서 의기양양하게 걷고 있는 것은 레퍼드퍼 였다.

"크룩트스타는 어디 있지?"

원위스커가 큰 소리로 물었다.

"아프다고 들었어."

파이어하트는 레퍼드퍼가 지도자의 자리를 차지한 것을 보고 도 놀라지 않았다. 반달 전쯤 강가에서 그레이스트라이프를 만나 이야기를 들었기 때문에, 강족 지도자가 모임에 참석할 정도로 건강하리라고는 기대도 하지 않았던 것이다.

레퍼드퍼는 톨스타와 타이거스타가 앉아 있는 거대한 바위 밑 으로 곧장 걸어갔다. 그녀는 정중하게 고개를 숙인 뒤 그들 옆에 자리를 잡고 앉았다.

파이어하트는 그들이 하는 이야기를 듣기에는 너무 멀리 떨어 져 있었다. 그리고 잠시 후 공터를 가로질러 그의 곁으로 다가오 는 익숙한 회색 전사 때문에 주의를 빼앗겼다.

"그레이스트라이프!"

파이어하트는 친구를 반갑게 맞았다.

"모임에 못 오는 줄 알았는데."

"그랬었지."

그레이스트라이프가 친구와 코를 맞대며 대답했다.

"스톤퍼가 나에게도 충성심을 증명할 기회를 줘야 한다고 말해 줬어."

"스톤퍼가?"

파이어하트는 레퍼드퍼를 따라온 고양이들 사이에서 블루스타 가 낳은 두 고양이, 스톤퍼와 미스티풋을 발견했다.

"그게 스톤퍼와 무슨 상관인데?"

"스톤퍼가 우리의 새로운 부지도자야."

그레이스트라이프가 말했다. 그리고 덧붙였다.

"아, 너는 모르지? 크룩트스타가 이틀 전에 돌아가셨어. 레퍼드 스타가 이제 우리 지도자야."

파이어하트는 불이 났을 때 천둥족을 도와주었던 품위 있는 고 양이를 떠올리며 잠시 침묵했다. 크룩트스타가 죽었다는 소식은 놀랍지는 않았지만 불안을 안겨 주었다. 레퍼드스타는 강력한 지 도자가 될 것이다. 강족에게는 잘된 일이지만, 그녀는 천둥족을 좋아하지 않았다.

"레퍼드스타가 벌써부터 종족을 다시 조직하기 시작했어. 달 바위에 가서 별족과 만나고 온 지 겨우 하루밖에 안 되었는데 말 이야."

그레이스트라이프는 얼굴을 찡그리며 말을 이었다.

"훈련병 교육을 감독하고, 순찰도 늘렸어. 그리고……."

그레이스트라이프가 하던 말을 멈추고 발로 땅을 툭툭 쳤다.

"그레이스트라이프?"

친구가 불안해하는 모습에 파이어하트도 불안해지기 시작했다.

"무슨 일이야?"

그레이스트라이프가 고뇌에 찬 눈을 들어 친구를 바라보았다.

"파이어하트, 네가 꼭 알아야 할 게 있어."

그는 자신의 목소리가 들릴 만한 거리에 강족 고양이가 있는지 확인하기 위해 주변을 재빨리 살폈다.

"불이 난 뒤로 레퍼드스타는 해 드는 바위를 차지할 계획을 세우고 있어."

"그…… 그런 말을 나한테 하면 안 될 것 같은데."

파이어하트는 당황한 나머지 친구를 보며 더듬거렸다. 해 드는 바위는 천둥족과 강족의 경계에 있는 곳으로, 오랫동안 분쟁이 끊이지 않는 지역이었다. 강족의 오크하트와 천둥족의 부지도자였던 레드테일이 해 드는 바위를 둘러싼 전투에서 목숨을 잃었다. 그레이스트라이프가 파이어하트에게 새 지도자의 계획을 말해 주는 것은 전사의 규약에 완전히 어긋나는 배신행위였다.

"나도 알아, 파이어하트."

그레이스트라이프는 친구와 눈을 맞추지 못했다. 그의 목소리는 자신이 저지르고 있는 행동에 대한 부담감으로 파르르 떨리고 있었다.

"나도 강족의 충성스러운 전사가 되려고 노력했어. 그 누구도 나보다 더 열심히 하지는 않았을 거야!"

그레이스트라이프의 목소리가 절망감으로 높아졌다. 하지만 가까스로 마음을 가라앉힌 그는 낮은 목소리로 말을 이었다.

"그렇지만 레퍼드스타가 천둥족을 공격할 계획을 세우고 있는 동안 가만히 앉아 있을 수만은 없었어. 전투가 일어난다면 내가 어떻게 할지 나도 모르겠어."

파이어하트는 친구를 달래 주기 위해 더 가까이 다가갔다. 그는 그레이스트라이프가 강을 건너간 그 순간부터 알고 있었다. 친구가 언젠가는 자신이 태어난 종족에 맞서 싸워야 하는 시련을 겪게 되리라는 것을. 이제 그날이 갑자기 눈앞에 닥친 것 같았다.

"언제 공격하려고 하는데?"

파이어하트가 물었다.

그레이스트라이프는 고개를 저었다.

"나도 몰라. 레퍼드스타가 결정을 내렸더라도, 나에게는 말해 주지 않겠지. 난 다른 전사들이 하는 말을 듣고 계획에 대해 알게 된 거야. 하지만 네가 원한다면 더 알아보도록 할게."

순간 파이어하트는 강족 진영에 첩자를 둔다는 생각에 흥분이 되었다. 하지만 이내 그 일이 그레이스트라이프에게 얼마나 위험한 일인지 깨달았다. 친구를 그렇게 엄청난 위험에 내몰 수는 없었다. 갈라진 충성심으로 괴로워하는 친구에게 고통을 더해 줄 수도 없었다. 천둥족이 레퍼드스타의 공격을 기다리지 않고 먼저 공격하지 않는 한, 일이 일어났을 때 맞서 싸울 수밖에 없을 것이다. 그렇다고 먼저 공격하고 싶지는 않았다.

"아니야, 그건 너무 위험해."

파이어하트가 대답했다.

"경고를 해 준 것만으로도 고마워. 하지만 레퍼드스타가 알게 되면 너에게 무슨 짓을 할지 생각해 봐. 레퍼드스타는 지금도 너를 좋아하지 않잖아. 사냥을 나갈 때마다 해 드는 바위 근처에서 강족 냄새가 나는지 확인해 보라고 지시할게. 우리 냄새 표시도 확실히 남겨 두고 말이야."

거대한 바위의 꼭대기에서 모임의 시작을 알리는 외침이 들려왔다. 돌아보니 다른 세 지도자가 블루스타와 합류했고, 블루스타는 여전히 타이거스타를 외면한 채 모임이 시작되기를 기다리고 있었다. 고양이들이 잠잠해지자 타이거스타가 레퍼드스타에게 먼저 말하라는 뜻으로 고갯짓을 했다. 황금빛 얼룩무늬 고양이는 바위 앞쪽에 자리를 잡고 서서 아래를 내려다보았다.

"강족의 지도자였던 크룩스타는 별족에게 갔습니다."

레퍼드스타가 연설을 시작했다.

"그는 고귀한 지도자였고, 강족은 다같이 지도자의 죽음을 애도하고 있습니다. 이제는 내가 강족의 지도자가 되었고, 스톤퍼가 부지도자가 되었습니다. 지난밤, 나는 높은 돌산으로 가서 별족에게서 아홉 개의 목숨을 받았습니다."

"축하하오."

타이거스타가 말했다.

톨스타도 입을 열었다.

"모든 종족이 크룩스타를 그리워할 것이오. 강족이 그대의 지도력 아래서 번창할 수 있도록 별족이 허락해 주시기를 바라오."

레퍼드스타는 두 지도자에게 고마움을 전하고, 인사를 기다리는 듯 블루스타를 바라보았다. 하지만 천둥족 지도자는 아래쪽을 가만히 응시하고 있을 뿐이었다. 블루스타의 시선을 좇던 파이어하트는 그녀가 스톤퍼를 보고 있다는 것을 깨달았다. 아들에게 노골적인 감탄의 눈길을 보내는 그녀의 모습에 파이어하트는 깜짝 놀랐다. 천둥족의 새끼 고양이 둘이 강족으로 보내졌다는 사실을 타이거스타가 알고 있다는 데 생각이 미치자, 심장이 차갑게 식는 기분이었다. 파이어하트는 블루스타를 향하고 있는 타이거스타의 시선을 못 본 척할 수가 없었다. 타이거스타는 골똘히 생각에 잠긴 표정이었다. 그 새끼 고양이들의 어미가 누구인지 타이거스타가 짐작할 수 있을까?

"한 가지 소식이 더 있습니다."

더 이상 블루스타의 인사를 기다릴 수 없다고 판단한 듯, 레퍼드스타가 말을 이었다.

"우리의 원로인 그레이풀이 죽었습니다."

파이어하트는 귀를 움찔했다. 그는 미스티풋과 그레이스트라이프가 그레이풀의 죽음에 대해 지도자에게 뭐라고 말했을지, 혹시 그레이풀의 몸에 자신의 냄새가 남지는 않았는지 궁금했다. 만약 그렇다면 레퍼드스타는 그 점을 이용해 천둥족이 그레이풀을 죽였다고 의심하면서 공격할 구실로 삼을 수도 있었다.

레퍼드스타가 다시 입을 열었다.

"그레이풀은 용감한 전사였고 많은 새끼 고양이들의 훌륭한 어미였습니다."

레퍼드스타는 잠시 말을 멈추고 미스티풋과 스톤퍼에게 연민 어린 눈길을 보냈다.

"강족은 그녀를 애도하고 있습니다."

레퍼드스타가 말을 마쳤다.

파이어하트는 마음을 놓았다. 하지만 타이거스타가 앞으로 걸어 나오자 다시 바짝 긴장했다. 그림자족 지도자는 그레이풀의 새끼 고양이들에 대해서 알게 된 사실을 널리 알릴 생각일까?

다행히 타이거스타는 그 비밀에 대해서는 언급하지 않았다. 대신 그는 훈련병이 된 그림자족의 새끼 고양이들과 새로 태어난 새끼 고양이들에 대한 소식을 전했다. 그림자족이 다시 세력을 회복하기 시작했음을 알리는 소식이었다. 다른 종족에 대한 적대감을 드러내는 발언은 전혀 없었다.

파이어하트의 마음속에 다시 희망이 타올랐다. 어쩌면 정말 타이거스타의 위협에 대해 걱정할 필요가 없을지도 몰랐다. 타이거스타에 대해서는 그만 잊고, 숲에 도사린 개의 위협에 집중할 수 있다면 한결 부담이 덜할 것이다. 하지만 그 순간 그레이풀을 대하던 그림자족 지도자의 무자비한 태도가 생각났다. 그 탓에 그레이풀은 죽음에 이르게 된 것이다. 결국 그의 마음속에 타이거스타에 대한 모든 의심이 되살아났다.

타이거스타가 보고를 마치자 톨스타가 나서려고 몸을 움직였다. 하지만 그때 블루스타가 바람족 지도자 앞으로 밀고 들어왔다.

"내가 먼저 말하겠소."

블루스타가 톨스타를 노려보며 말했다. 그리고 바위 앞쪽으로 나섰다.

"모든 종족의 고양이들이여."

블루스타가 분노가 서린 차가운 목소리로 말을 시작했다.

"나는 우리 중 누군가가 도둑질을 했다는 소식을 전합니다. 바람족 전사들이 천둥족 영역에서 사냥을 하고 있습니다."

분지 전체에서 분노에 찬 고함 소리가 터져 나오자, 파이어하트의 가슴이 요동쳤다. 바람족 고양이들은 벌떡 일어나 천둥족 지도자의 의심에 사납게 반발했다.

클라우드포가 덩치 큰 전사 둘 사이를 힘겹게 비집고 나와 파이어하트 옆에 멈춰 섰다. 훈련병은 충격과 흥분으로 눈을 휘둥그레 뜨고 있었다.

"바람족이라니! 블루스타가 무슨 말을 하는 거예요?"

"조용히 해라!"

파이어하트는 날카롭게 외쳤다. 그는 원위스커를 흘깃 보았다. 혹시나 클라우드포가 불쑥 뱉은 말을 듣지는 않았는지 걱정스러웠지만, 얼룩무늬 전사는 자리에서 일어나 블루스타에게 반항적으로 소리치고 있었다.

"증거를 대십시오!"

원위스커가 털을 곤두세운 채 외쳤다.

"바람족이 쥐 한 마리라도 가져갔다는 증거가 있습니까?"

"증거가 있습니다."

블루스타의 눈에 냉엄한 불길이 이글거렸다.

"우리 순찰대가 여기서 멀지 않은 곳에서 토끼의 잔해를 발견했습니다."

"그게 증거라는 거요?"

톨스타가 앞으로 밀치고 나와 블루스타의 코앞까지 얼굴을 들이대고 섰다.

"천둥족 영역에서 우리 고양이들을 본 적이 있소? 천둥족 순찰대가 바람족 냄새를 발견했소?"

"꼭 직접 보거나 냄새를 맡아야 무슨 짓을 했는지 알 수 있는 건 아니오."

블루스타가 쏘아붙였다.

"오직 바람족만이 토끼를 사냥한다는 것은 모두가 아는 사실이오."

파이어하트는 근육을 긴장시키고 본능적으로 발톱을 세웠다.

"이건 다 쥐똥 같은 소리요!"

톨스타가 강하게 말했다. 그는 털을 곤두세우고, 이빨을 드러내며 으르렁거렸다.

"바람족 역시 먹이를 도둑맞았소. 우리 영역에서도 토끼의 잔해가 발견되었단 말이오. 더구나 이번 계절에는 평소보다 토끼의 수가 훨씬 더 적소. 나는 블루스타 당신을 고발하겠소. 당신은 천둥족 전사들을 우리 땅에 보내 사냥을 시키고, 도둑질을 숨기기 위해서 거짓으로 트집을 잡는 거요!"

"그게 훨씬 더 그럴듯하군요."

타이거스타가 호박색 눈을 번득이며 끼어들었다.

173

"불이 난 뒤로 천둥족 영역에 먹잇감이 드물다는 것은 모두가 아는 사실 아니오? 그대의 종족은 굶주리고 있소, 블루스타. 그리고 몇몇 천둥족 전사들은 바람족 영역을 아주 잘 알고 있지 않소."

파이어하트는 그림자족 지도자의 눈길이 자신에게 꽂히는 것을 느꼈다. 타이거스타가 자신과 그레이스트라이프를 말하고 있다는 걸 알 수 있었다.

블루스타는 몸을 홱 돌려서 그림자족 지도자와 마주 섰다.

"조용!"

그녀가 날카롭게 외쳤다.

"나와 내 종족에게서 신경 끄시오. 이것은 당신이 상관할 문제가 아니오."

"이 일은 숲에 있는 모든 고양이가 상관해야 할 문제 같소만."

타이거스타가 침착하게 대꾸했다.

"모임은 평화로운 시간이 되어야 하지 않소? 별족이 진노하면 우리 모두 고통받게 될 것이오."

"별족이라니!"

블루스타가 쏘아붙였다.

"별족은 우리에게서 등을 돌렸소. 그리고 필요하다면 난 별족과 싸울 것이오. 나는 내 종족을 먹여 살리는 일에만 관심이 있소. 다른 종족 고양이들이 우리 먹이를 훔쳐 가는데 가만히 앉아서 구경만 하지는 않을 거란 말이오!"

아래에서 듣고 있던 고양이들이 놀라서 외마디 소리를 질러 대는 바람에 블루스타의 말은 거의 묻혀 버렸다. 파이어하트는 하늘을 올려다보지 않을 수 없었다. 전에도 그랬던 것처럼, 분노한 별족이 구름으로 달을 가려 모임을 끝내 버리는 게 아닌지 확인하고 싶었다. 하지만 하늘은 여전히 맑았다. 별족이 블루스타의 전쟁 선포를 받아들인다는 뜻일까?

그레이스트라이프가 그를 쿡 찔렀다.

"블루스타는 왜 저러는 거야? 바람족과 싸움을 벌이려는 거야? 게다가 별족과 싸운다는 건 또 무슨 소리야?"

"나도 블루스타가 뭘 원하는지 모르겠어."

파이어하트는 중얼거렸다.

"제가 보기엔 토끼에 대해서는 블루스타 말이 맞는 것 같아요. 그리고 그 멍청한 구닥다리 전통에 따라 모임에서 평화를 지켜야 한다는 말을 누가 신경이나 쓰겠어요?"

클라우드포가 말했다.

"솔직히 말해서, 별족이라는 건 어떤 지도자가 그냥 만들어 낸 거잖아요. 다른 고양이들을 겁줘서 순종하게 하려고 말이에요."

파이어하트는 못마땅한 눈초리로 훈련병을 바라보았다. 하지만 지금 선대 전사들에 대한 그의 태도를 지적할 시간은 없었다. 그는 곧 전투에 뛰어들기라도 할 것처럼 가슴이 쿵쾅거렸다. 블루스타의 광기와 천둥족의 취약한 상황을 다른 종족 고양이들에게 숨길 방법은 이제 없었다. 톨스타는 분노로 털을 곤두세우고 있었다. 레퍼드스타는 지금까지 언쟁에 끼어들지 않고 있었지만, 마치 먹음직스러운 먹이에 막 이빨을 찔러 넣으려는 것 같은 표정을 짓고 있었다.

시끄러운 소리가 잦아들자, 톨스타가 목소리를 냈다.

"블루스타, 별족에게 맹세컨대, 바람족 고양이들은 그대의 영역에서 사냥을 하지 않았소."

그는 꼬리를 이쪽저쪽으로 휘둘렀다.

"하지만 그대가 우리와 싸우겠다고 고집을 부리면, 우리도 준비를 할 것이오."

톨스타는 바위 끄트머리에서 물러나 블루스타에게서 등을 돌렸다. 더 이상의 변명은 하지 않겠다는 단호한 거부의 표시였다.

블루스타가 맞받아서 대꾸하려는 순간 레퍼드스타가 앞으로 나섰다.

"화재는 끔찍한 불운이었습니다."

레퍼드스타가 말했다.

"숲에 있는 모든 고양이가 알고 있습니다. 하지만 최근 들어서 천둥족만 고통을 겪은 것이 아닙니다. 천둥족의 숲은 다시 자랄 것이고, 예전처럼 먹이도 풍부해질 겁니다. 하지만 두발쟁이들은 우리 영역을 침범해 왔고, 떠날 기미도 전혀 보이지 않습니다. 지난 잎 없는 계절에는 강이 오염되었고, 물고기를 먹은 고양이들은 병에 걸렸습니다. 이런 일이 또 일어나지 않는다고 누가 장담하겠습니까? 바람족에게 필요한 것에 대해서는 모르겠지만, 강족은 더 나은 사냥터가 필요합니다. 천둥족보다 더욱 절실히 말입니다."

강족 고양이들 몇몇이 동의하는 소리를 냈다. 파이어하트는 불안감에 털이 곤두섰다. 그는 해 드는 바위에 대한 그레이스트라

176

이프의 경고를 떠올리며, 친구를 흘깃 보았다. 강족의 새로운 지도자는 영역을 넓히고 싶어 했고, 그 방향은 당연히 강 건너편 천둥족 땅이었다. 강족과 바람족 영역 사이에는 골짜기가 있었고, 다른 쪽 경계들은 모두 두발쟁이 농장으로 둘러싸여 있었다.

하지만 블루스타는 감추어진 의도를 알아채지 못했다. 강족 지도자가 말을 마치자, 블루스타는 상냥하게 고개를 끄덕였다.

"당신 말이 맞소, 레퍼드스타. 강족은 어려운 시기를 견뎌 왔소. 하지만 강족 고양이들은 여전히 강인하고 고귀하니 꼭 살아남을 것이오."

레퍼드스타는 깜짝 놀란 듯 보였다. 그럴 만도 했다. 예전의 블루스타였다면 레퍼드스타의 말에 담긴 불순한 의도를 결코 놓치지 않았을 것이다.

타이거스타가 천둥족 지도자에게 한 걸음 다가갔다.

"바람족을 위협하기 전에 신중하게 생각하시오, 블루스타. 숲의 평화를 지키고 싶다면……."

"감히 나에게 평화에 대해 말하다니!"

블루스타가 타이거스타에게 이빨을 드러내고 으르렁거렸다. 털은 분노로 곤두서 있었다.

"이 일에 끼어들지 말라고 했소. 저기 있는 도둑과 동맹을 맺은 것이 아니라면 말이오."

파이어하트는 톨스타가 블루스타를 향해 걸어가는 것을 보았다. 바람족 지도자는 블루스타의 목덜미를 향해 덤벼드는 것을 가까스로 참고 있는 것 같았다.

177

"싸움을 원한다면 기꺼이 응하겠소, 블루스타."

톨스타가 으르렁댔다. 그러고는 대답도 기다리지 않고 바위에서 뛰어내렸다.

타이거스타와 레퍼드스타는 눈빛을 주고받은 뒤 블루스타를 혼자 남겨 두고 톨스타를 따라 내려갔다. 파이어하트는 다시 하늘을 올려다보았다. 모임에서 이토록 서로에게 적대감을 드러냈는데도 별족이 아무런 신호도 보내지 않았다는 사실을 도저히 믿기 힘들었다. 별족은 종족들 사이에 전쟁이 벌어지기를 원하는 것일까?

블루스타가 바위에서 내려오는 모습을 보고, 파이어하트는 천둥족 전사들을 찾아 주위를 두리번거렸다.

"클라우드포, 우리 전사들을 최대한 많이 모아서 거대한 바위 아래로 보내라. 블루스타를 호위해야 해."

그는 다급하게 지시를 내렸다.

훈련병은 고개를 끄덕이고 무리 속으로 들어갔다. 파이어하트는 스톤퍼가 무리를 헤치고 그레이스트라이프를 향해 다가오는 것을 보았다.

"준비됐어?"

강족의 부지도자가 말했다.

"레퍼드스타가 빨리 출발하고 싶어 해."

그레이스트라이프가 자리에서 벌떡 일어났다.

"이만 가야겠다. 잘 가, 파이어하트."

그레이스트라이프의 목소리는 떨리고 있었다.

"잘 가."

파이어하트가 대답했다.

하고 싶은 말은 많았지만, 그는 가장 가까운 친구가 다른 종족에 속해 있다는 사실을 다시 한 번 맞닥뜨려야 했다. 다음번에는 서로를 전투에서 만날 수도 있었다.

두 강족 고양이가 자리를 뜨기 전에, 파이어하트는 스톤퍼에게 해 줄 적당한 말을 필사적으로 생각해 냈다.

"축하해."

파이어하트는 마침내 더듬거리며 말했다.

"레퍼드스타가 너를 부지도자로 임명했다는 소식을 듣고 반가웠어. 천둥족은 문제가 생기는 걸 원치 않아, 너도 알다시피."

스톤퍼가 파이어하트와 눈을 맞추었다.

"나도 마찬가지야. 하지만 어떻게든 문제가 생기기 마련이지."

파이어하트는 그들이 공터 가장자리로 향하는 모습을 지켜보았다. 그러다 강족 부지도자에게서 눈길을 떼지 못하는 또 다른 고양이를 발견하고 깜짝 놀랐다. 그것은 바로 타이거스타였다!

파이어하트는 생각에 잠긴 타이거스타의 표정이 무엇을 의미하는지 궁금했다. 그림자족 지도자는 미래의 동맹을 늘리려는 속셈인 걸까? 아니면 스톤퍼가 그레이풀이 말한 천둥족 출신 고양이들 중 하나라고 의심하는 걸까? 그레이풀이 스톤퍼와 미스티풋을 길렀다는 것은 누구나 아는 사실이었다. 그렇다면 타이거스타가 그들의 친어미를 알아내기까지는 오래 걸리지 않을 것이다. 스톤퍼와 미스티풋은 둘 다 블루스타를 꼭 닮았기 때문이다.

179

파이어하트는 그 문제에 너무 집중한 나머지, 타이거스타의 뒤쪽 그늘에 앉아 있는 고양이가 다크스트라이프라는 사실을 시간이 조금 지나서야 알아차렸다. 그는 모임에서 옛 동료를 만나 잠시 이야기를 나누는 것은 자연스러운 일이라고 스스로를 설득했다. 하지만 마음에 들지 않는 것은 사실이었다. 파이어하트는 아직도 다크스트라이프의 충성심에 대해 확신이 서지 않았다.

파이어하트는 몸을 벌떡 일으켜 고양이들을 밀치고 그들을 향해 걸어갔다. 가까이 다가갔을 때, 타이거스타의 목소리가 들렸다.

"내 새끼들은 잘 있나?"

"아주 잘 있습니다."

천둥족 전사가 다정한 목소리로 대답했다.

"덩치도 크고 튼튼하게 잘 자라고 있습니다. 특히 브램블킷은 아주 훌륭합니다."

"다크스트라이프!"

파이어하트는 그의 말을 자르며 끼어들었다.

"모임은 끝났습니다. 혹시 모르셨나요? 블루스타가 곧 출발할 겁니다."

"진정하시죠, 파이어하트. 갈 테니까."

다크스트라이프가 무례한 말투로 느릿느릿 대꾸했다.

"가 봐라, 다크스트라이프. 부지도자를 기다리게 해선 안 되지."

타이거스타가 말했다. 그는 감정이 드러나지 않는 신중한 눈빛으로 파이어하트에게 고개를 까딱해 보였다.

파이어하트는 공터를 가로질러 블루스타에게 다가갔다. 다크스트라이프가 그의 뒤를 따랐다. 나머지 천둥족 전사들도 블루스타를 둘러싸고 바람족의 적대적인 시선과 웅성거림으로부터 지도자를 보호했다. 블루스타의 파란 눈동자는 여전히 반항적으로 번득이고 있었다. 파이어하트는 두 종족 사이의 전쟁이 멀지 않았음을 직감할 수 있었다.

11
부당한 명령

파이어하트가 전사들의 거처에서 나왔을 때는 해가 나무 위로 떠오르고 있었다. 그는 털에 붙은 검불을 털어 낸 후 상쾌한 공기를 깊이 들이마시며 앞다리를 쭉 뻗어 기지개를 켰다.

전날 밤 모임이 그렇게 끝나고 난 뒤, 그는 평소와 다름없는 진영의 모습이 놀라울 따름이었다. 애쉬포와 클라우드포는 진영 바깥쪽 방벽에 잔가지들을 덧대느라 분주하게 움직이고 있었다. 브라이트포는 보육실 밖에서 새끼 고양이들과 놀아 주다가 자리를 떴고, 골든플라워와 윌로펠트는 새끼 고양이들을 지켜보고 있었다. 화이트스톰은 싱싱한 먹이를 잔뜩 물고 공터로 들어섰다. 파이어하트는 긴장된 공기를 느낄 수 있었지만, 아직까지는 그가 두려워하는 어떤 공격의 조짐도 보이지 않았다.

그는 샌드스톰을 찾아서 주위를 둘러보았다. 그녀는 새벽 순찰대를 이끌고 나갔다가 아직 돌아오지 않은 모양이었다. 파이어하트는 모임에 참석하지 않은 샌드스톰에게 어젯밤 무슨 일이 있었는지 말해 주고 싶은 생각이 간절했다.

"파이어하트!"

블루스타의 목소리에 파이어하트는 고개를 돌렸다. 지도자가 거처에서 나와 공터를 가로질러 오고 있었다.

"네, 블루스타. 무슨 일이십니까?"

블루스타가 고갯짓을 했다.

"내 거처로 와라. 할 이야기가 있다."

파이어하트는 지도자의 뒤를 따라가면서, 그녀의 과격한 걸음걸이와 씰룩거리는 꼬리에 시선을 고정했다. 마치 금방이라도 전투에 뛰어들 것 같은 모습이었다. 하지만 눈앞에는 어떤 적도 보이지 않았다.

거처에 도착한 블루스타는 자신의 잠자리로 걸어가 자리를 잡고 앉아 파이어하트를 마주 보았다.

"너도 어젯밤 그 위선적인 톨스타의 말을 들었겠지?"

블루스타가 쉭쉭거리며 말했다.

"톨스타는 바람족 고양이들이 우리 먹이를 훔치고 있다는 것을 인정하지 않았다. 그러니 천둥족이 할 일은 오직 한 가지다. 그들을 공격해야 한다!"

파이어하트는 입을 다물지 못하고 그녀를 빤히 바라보았다.

"하지만 블루스타, 그럴 수는 없습니다! 천둥족은 아직 그 정도로 강하지 않습니다."

파이어하트는 블루스타가 훈련병들을 전사로 임명해 주었더라면, 지금 전사가 넷이나 더 있었을 거라는 생각을 할 수밖에 없었다. 하지만 감히 입 밖으로 꺼내지는 못했다.

"전사들이 다치거나 죽을 수도 있습니다. 우리는 지금 그런 일을 감당할 여력이 없습니다."

블루스타는 적개심이 가득한 눈빛으로 파이어하트를 뚫어져라 바라보았다.

"천둥족이 자신을 지키지도 못할 만큼 나약하다는 말이냐?"

"방어와 공격은 완전히 다른 것입니다."

파이어하트는 간절하게 말했다.

"게다가 바람족이 우리 먹이를 훔쳤다는 어떤 증거도……."

블루스타가 이빨을 드러냈다. 그녀는 털을 곤두세우고 벌떡 일어나 파이어하트를 향해 위협적으로 한 발 다가왔다.

"나를 의심하는 것이냐?"

파이어하트는 간신히 자리를 지키고 서 있었다.

"불필요하게 피를 흘리고 싶지 않을 뿐입니다."

그는 조용한 목소리로 말했다.

"모든 흔적이 숲에 개가 돌아다닌다는 것을 보여 주고 있습니다. 토끼들도 그 개가 잡은 겁니다."

"개들은 혼자 돌아다니지 않는다고 말하지 않았더냐! 그들은 두발쟁이들과 함께 다닌단 말이다."

"그럼 그 냄새는 어디서 온 걸까요?"

"입 다물어라!"

블루스타가 한쪽 발을 휘둘렀고, 가까스로 그의 코에서 빗겨 나갔다. 파이어하트는 힘들게 버티고 서 있었다.

"오늘 밤 이동해서 내일 새벽에 바람족을 공격한다."

파이어하트는 가슴이 철렁했다. 전사가 자신의 종족을 위해 싸우는 것은 명예로운 일이었다. 하지만 이렇게 정당하지 못한 전투는 처음이었다. 그는 천둥족이든 바람족이든, 합당한 이유 없이 피를 흘리는 것은 원하지 않았다.

"내 말 들었느냐, 파이어하트?"

블루스타가 다그쳤다.

"네가 전사들을 선발하고 명령을 내려라. 달이 지기 시작할 때까지는 반드시 준비가 되어 있어야 한다."

파이어하트는 그녀의 눈동자 속에 타오르는 푸른 불꽃이 자신을 재로 만들어 버릴 것 같다고 느꼈다. 불이 숲을 파괴했던 것처럼.

"알겠습니다, 블루스타. 하지만⋯⋯."

"바람족이 두려운 것이냐?"

지도자가 쏘아붙이듯 말했다.

"아니면 별족 앞에서 너무 굽실거리다 보니 그들에게 저항하지 못하겠다는 것이냐? 종족의 권리를 지키기 위해서 싸우지도 않고?"

그녀는 거처 한쪽으로 걸어갔다가, 다시 몸을 홱 돌려 자신의 부지도자에게 걸어와 주둥이를 들이밀었다.

"넌 날 실망시키는구나. 모든 전사 중에서 하필이면 네가! 내 명령에 이렇게 반발하는데, 네가 최선을 다해 싸울 거라고 어떻게 믿을 수 있겠느냐?"

블루스타가 날카롭게 쉭쉭거렸다.

"선택의 여지가 없구나, 파이어하트. 내가 직접 공격을 지휘하 겠다."

파이어하트의 머릿속에 반대할 이유들이 빠르게 떠올랐다. 블 루스타는 나이가 들었고 기운도 점점 빠지고 있었다. 그녀는 지 금 마지막 목숨을 살고 있었다. 게다가 정신도 맑지 못한 상태였 다. 하지만 지도자의 분노 앞에서는 그 어떤 것도 입 밖에 낼 수 없었다. 파이어하트는 대신 공손하게 머리를 숙이고 말했다.

"원하신다면요, 블루스타."

"그럼 가서 내 명령대로 해라."

블루스타는 거처를 물러나는 파이어하트에게서 사나운 눈초리 를 거두지 않았다.

"너도 같이 가야 한다. 하지만 내가 지켜본다는 것을 명심해라."

공터로 나온 파이어하트는 방금 얼음물에서 빠져나온 것처럼 온몸을 덜덜 떨었다. 그의 임무는 바람족을 공격할 전사들을 선 발하고, 달이 지면 떠날 수 있도록 블루스타의 명령을 전하는 것 이었다. 하지만 온몸의 털끝 하나하나까지 이 명령이 부당하다고 느끼고 있었다. 토끼를 훔친 것은 개였고, 바람족이 아니었다. 무 고한 종족을 공격하는 것이 별족의 뜻일 리가 없었다! 블루스타 는 정말로 틀린 것이다.

파이어하트는 자신도 모르게 신더펠트의 거처로 발걸음을 옮 기고 있었다. 어쩌면 그녀가 도와줄 수 있을지도 모른다는 생각 이 들었다. 신더펠트의 지혜와 그녀가 별족과 맺고 있는 특별한 관계가 앞을 더 명확하게 내다볼 수 있도록 도움을 줄 수 있을 것 같았다. 하지만 치료사의 공터에 가서 그녀를 불렀을 때, 아무런 대답도 들리지 않았다. 파이어하트는 갈라진 바위틈으로 머리를 조금 들이밀고 살펴보았다. 하지만 그곳에는 아무도 없었고, 가지런히 정리된 약초 더미들만 한쪽에 쌓여 있을 뿐이었다.

그는 이제 어떻게 해야 할지 확신이 서지 않은 채 고사리 굴길을 빠져나왔다. 쏜포가 원로들의 잠자리를 정리하기 위해 이끼를 잔뜩 물고 지나가다가, 부지도자를 보자 이끼를 내려놓고 말했다.

"신더펠트는 약초를 구하러 나갔어요, 파이어하트."

"어디로?"

파이어하트가 물었다. 진영 가까운 곳에 있다면, 찾으러 갈 생각이었다.

하지만 쏜포는 어깨를 으쓱했다.

"모르겠어요. 죄송해요."

쏜포는 다시 이끼를 물고 자리를 떠났다.

파이어하트는 잠시 꼼짝 않고 서 있었다. 두려움과 혼란으로 머리가 어지럽게 돌고 있었다. 다른 누구에게도 조언을 구할 수가 없었다. 부지도자는 지도자의 명령에 절대로 이의를 제기할 수 없었기 때문이다. 샌드스톰에게 말하고 싶었지만, 그럴 수도 없었다. 샌드스톰 역시 지도자에게 복종하라는 전사의 규약에 얽매여 있기 때문이었다. 남은 희망은 오직 하나뿐이었다.

그는 전사들의 거처로 천천히 발길을 돌렸다. 브린들페이스가 거처에서 나오고 있었다.

"잠을 좀 자려고요."

브린들페이스의 호기심 어린 얼굴을 본 그가 말했다.

"저녁 순찰을 나가야 하니까 그 전에 좀 자 두려고요."

그날 밤 어떤 일이 계획되어 있는지는 차마 말할 수가 없었다.

브린들페이스가 안쓰러운 눈길을 보냈다.

"정말 피곤해 보여요. 요새 너무 무리하는 것 같아요."

브린들페이스는 파이어하트의 귀를 재빨리 핥아 주고 나서 싱싱한 먹이 더미로 향했다. 다행히 전사들의 거처에는 아무도 없었다. 그는 더 이상의 질문에 대답할 필요 없이 이끼와 고사리로 만든 잠자리에 몸을 웅크릴 수 있었다. 잠깐이라도 잠을 잘 수만 있다면, 꿈에서 스파티드리프를 만나 조언을 구할 수 있을지도 몰랐다.

그때 문득 전에 꾸었던 꿈이 기억났다. 꿈에서 그는 어둡고 무서운 숲 속을 헤매며 스파티드리프를 찾다가 결국 실패했었다.

"아, 스파티드리프, 나에게 와 주세요. 당신이 필요해요. 내가 어떻게 하기를 바라는지, 별족의 뜻을 알고 싶어요."

파이어하트는 바람족의 경계 지역에 서 있는 자신을 발견했다. 그는 황량한 황무지를 바라보고 있었다. 거센 바람이 풀 위로 물결치듯 불어와 그의 털을 훑고 지나갔다. 음산한 빛이 황무지의 경계를 드러내 주었다. 그는 뒤를 돌아보았다. 숲을 지나온 기억은 나지 않았지만, 어쩐지 나무 네 그루가 있을 거라는 생각이 들었다. 하지만 그곳에는 희미하게 비치는 노란 빛 말고는 아무것도 없었다. 고양이들도 보이지 않았다.

"스파티드리프?"

파이어하트는 자신 없는 목소리로 불렀다.

아무런 대답도 없었다. 하지만 항상 스파티드리프가 있다는 것을 알려 주던 달콤한 냄새의 흔적이 느껴지는 것 같았다. 파이어하트는 그 달콤한 냄새를 더 잘 맡기 위해 고개를 쳐들고 입을 벌렸다.

"스파티드리프!"

그는 다시 외쳤다.

"제발 와 주세요. 당신이 정말로 필요해요."

불현듯 따뜻한 기운이 밀려들더니 부드럽게 속삭이는 목소리가 들렸다.

"난 여기 있어, 파이어하트."

그는 스파티드리프가 뒤쪽 어딘가에 있다는 것을 알아차렸다. 고개를 돌리면 그녀를 볼 수 있을 것만 같았다. 하지만 움직일 수가 없었다. 마치 바람이 몰아치는 황무지에서 눈을 떼지 못하도록 누군가 턱을 꽉 물고 있는 것 같았다.

뻣뻣하게 굳은 채 서 있던 파이어하트는 스파티드리프가 혼자가 아니라는 걸 깨달았다. 또 다른 냄새가 입 안으로 흘러 들어왔다. 고통스러울 만큼 친숙한 냄새였다.

"옐로팽?"

그는 작은 소리로 물었다.

"옐로팽이에요?"

희미한 숨결에 파이어하트의 털이 흔들렸다. 옐로팽이 거칠게 가르랑거리는 소리가 들리는 것 같았다.

"옐로팽! 너무 보고 싶었어요. 잘 지내고 있어요? 신더펠트가 얼마나 잘하고 있는지 보셨어요?"

옛 친구를 다시 만난 기쁨에 말을 마구 쏟아 냈지만, 아무런 대답이 없었다. 하지만 가르랑거리는 소리는 더욱 커지는 것 같았다.

그때 스파티드리프의 부드러운 목소리가 파이어하트의 귓가에 들려왔다.

"널 여기로 데려온 이유가 있어, 파이어하트. 이곳을 잘 살펴보고 기억해 둬. 이곳은 전투가 벌어지지 않고, 피가 흐르지 않을 곳이야."

"그럼 어떻게 막아야 하는지 알려 주세요."

그는 스파티드리프가 바람족을 습격하려는 블루스타의 계획에 대해 말하는 것임을 알고, 그녀에게 애원했다.

하지만 더 이상 아무 말도 들리지 않았다. 단지 조용한 한숨만이 남았다가, 차츰 희미해지면서 바람과 하나가 되었다. 파이어하트를 옴짝달싹 못 하게 만들었던 마비 상태도 풀렸다. 곧바로 주변을 둘러보았지만 스파티드리프와 옐로팽은 사라지고 없었다. 그들이 마지막으로 남긴 냄새의 흔적이라도 찾으려고 공기를 들이마셨지만, 아무것도 느낄 수 없었다.

"스파티드리프!"

파이어하트는 울부짖었다.

"옐로팽! 가지 마세요!"

빛이 변하기 시작하더니 낙엽 지는 계절의 평범한 아침 햇살이

190

비쳤다. 파이어하트의 눈에는 황무지 대신, 하늘을 배경으로 얽혀 있는 나뭇가지들이 보였다. 전사들의 거처를 덮고 있는 타 버린 나뭇가지들이었다. 그는 숨을 헐떡이며 이끼 위에 모로 누워 있었다.

"파이어하트?"

바로 뒤에서 걱정스러운 목소리가 들렸다. 고개를 돌려 보니 샌드스톰이 있었다.

"괜찮은 거야?"

그녀가 귀를 핥아 주며 물었다.

"으응, 그래……. 괜찮아."

파이어하트는 힘겹게 일어나 앉았다. 그리고 귀를 움찔거려 달라붙은 이끼를 털어 냈다.

"그냥 꿈을 꾼 거야."

"널 찾고 있었어."

샌드스톰이 말을 이었다.

"새벽 순찰에서는 수상한 점을 찾지 못했어. 모임에서 있었던 일에 대해서는 마우스퍼한테서 들었고. 그리고 먹이 더미가 거의 바닥을 보여서, 같이 사냥을 하면 어떨까 했는데."

"지금은 안 돼, 샌드스톰. 할 일이 있거든. 하지만 네가 사냥조를 이끌고 나가 주면 정말 좋을 것 같아."

샌드스톰이 그를 빤히 바라보았다. 연민 어린 눈빛이 점점 사라지고 있었다.

"그래? 알았어. 그렇게 바쁘다면 뭐."

기분이 상한 목소리였지만, 파이어하트는 어떻게 설명해야 할지 알 수 없었다.

"브린들페이스와 브래큰퍼를 데리고 갈게."

샌드스톰은 일어나서 뒤도 돌아보지 않고 나가 버렸다.

파이어하트는 발을 핥은 뒤 얼굴을 문지르며, 소중한 꿈의 기억에 매달렸다.

'전투가 벌어지지 않고, 피가 흐르지 않을 곳.'

그는 스파티드리프의 말을 속으로 되뇌어 보았다. 스파티드리프는 그에게 걱정하지 말라는 뜻으로 말한 걸까? 별족이 어떻게든 싸움을 막을 거라는 뜻인가? 아니면 피가 흐르지 않게 하는 것은 그에게 달려 있다는 뜻이었을까?

파이어하트는 그 모든 것을 별족의 발에 맡기고 싶었다. 이미 종족 지도자가 명령을 내렸는데, 그가 무엇을 할 수 있단 말인가? 하지만 블루스타의 명령에 복종하는 건 별족의 뜻에 반하는 일이었다. 심지어 그의 모든 본능은 그것이 종족을 위해 옳은 일이 아니라고 말하고 있었다.

파이어하트는 마음을 정했다. 무슨 일을 해서라도, 천둥족이 바람족과 싸우는 것은 막아야 했다.

12
뜻밖의 만남

파이어하트는 다른 고양이가 자신을 발견하고 어디로 가는지 묻는 일이 없기를 빌면서 서둘러 진영을 빠져나갔다. 전사의 규약에 따르면 종족 지도자의 명령에는 아무런 의심 없이 복종해야 했다. 지금까지는 파이어하트도 언제나 그 규약을 지켰다. 그는 자신이 블루스타에게 복종하지 않으리라고는 상상조차 해 보지 않았다. 하지만 블루스타의 명령에 저항하지 않으면 종족이 파괴되는 것을 지켜볼 수밖에 없는 순간이 닥친 것이다. 전투를 피할 수 있는 방법은 한 가지밖에 없었다. 톨스타와 블루스타가 만나 두 영역에서 발견된 먹이 도둑질의 증거에 대해 이야기를 나누는 것이었다. 바람족이 천둥족과 똑같은 문제를 겪고 있다는 것을 알게 된다면, 블루스타도 공격을 취소할 거라고 그는 확신했다.

그런 다음에 블루스타가 그에게 어떤 처분을 내릴지는 알 수 없었다. 허락도 받지 않고 톨스타를 만나러 갔다는 사실을 그녀가 알게 된다면 어떻게 될까? 다만 블루스타가 결국에는 종족을 위해 무엇이 옳은 일이었는지 이해해 주기를 바랄 뿐이었다.

가시금작화 굴길 입구에서 파이어하트는 마지막으로 진영을 둘러보았다. 잠시 동안 그는 브라이트포가 훈련병의 거처 밖에서 혼자 사냥 자세를 연습하는 모습을 지켜보았다. 그녀는 떨어진 잎사귀 한 장을 향해 살금살금 기어가다가 잽싸게 달려들더니, 발을 쭉 뻗어 잡아챘다.

"잘했다!"

파이어하트가 소리쳤다.

브라이트포가 눈을 반짝이며 고개를 들었다.

"고맙습니다, 파이어하트!"

파이어하트는 그녀에게 고개를 끄덕여 주고, 돌아서서 가시금 작화 굴길로 들어갔다. 브라이트포와의 짧은 만남은 그의 결심을 더욱 굳건히 해 주었다. 그 열정적인 훈련병이야말로 종족에게 필요한 것이 무엇인지를 말해 주고 있었다. 파이어하트는 그것이 파괴되도록 내버려 둘 수 없었다.

해가 가장 높이 떠올랐을 때, 파이어하트는 나무 네 그루로 가는 길에 있는 시내에 다다랐다. 그는 잠시 멈춰서 휴식을 취했다. 혼란스럽고 불안한 마음에 먹이를 먹을 경황도 없이 진영을 떠나 왔던 터라, 덤불에서 바스락거리는 소리가 들리자 잊고 있던 배고픔이 밀려왔다. 그는 사냥 자세로 몸을 낮추었지만, 곧 먹잇감이 낸 소리가 아니었다는 것을 깨달았다. 익숙한 짙은 색 털가죽이 얼핏 보이더니, 천둥족 고양이들의 냄새가 났다.

어리둥절해진 파이어하트는 고사리 줄기 뒤로 몸을 숨겼다. 이쪽 방향으로는 순찰 명령을 내리지 않았는데 왜 천둥족 고양이들

194

이 지금 이곳에 있는 건지 알 수가 없었다. 그때 덤불이 갈라지더니 다크스트라이프가 모습을 드러냈다. 그는 어깨 너머를 돌아보며 재빨리 말했다.

"잘 따라와. 뒤처지지 않도록 해라. 할 수 있겠지?"

고사리 덤불에서 작은 고양이 둘이 모습을 드러냈다. 파이어하트는 깜짝 놀라서 눈을 크게 떴다. 그들은 골든플라워의 새끼 고양이들이었다. 브램블킷은 낙엽을 걷어차며 덤불 밖으로 뛰쳐나왔고, 토니킷은 좀 더 천천히 뒤따랐다.

"힘들어요. 발이 아프단 말이에요."

작은 삼색얼룩 고양이가 투덜거렸다.

"뭐라고? 너처럼 튼튼한 고양이가? 바보 같은 소리 하지 마. 이제 멀지 않았으니까."

다크스트라이프가 말했다.

'뭐가 멀지 않았다는 거지?'

파이어하트는 의아했다.

'여기서 도대체 뭘 하는 거야? 새끼 고양이들을 어디로 데려가는 거지?'

그는 당연히 골든플라워가 같이 있을 거라 생각했다. 새끼 고양이들은 보육실에서 이렇게 멀리까지 나와 본 적이 없을 것이다. 하지만 골든플라워는 나타나지 않았다.

브램블킷이 누이에게 달려가서 쿡 찌르며 말했다.

"어서 가자. 후회하지 않을 거야!"

브램블킷과 토니킷은 다크스트라이프를 따라 물이 얕은 곳으로 가서 시내를 건넜다. 물이 빙글빙글 돌며 발을 감싸자 그들은 두려움과 흥분에 휩싸여 꺅꺅 소리를 질러 댔다. 시내를 건너간 다크스트라이프는 나무 네 그루로 이어지는 길에서 방향을 돌려, 구불구불한 오솔길을 따라서 멀어져 갔다. 파이어하트는 분노로 가슴이 터질 것 같았다. 그는 그 길이 어디로 이어지는지 알고 있었다. 다크스트라이프는 새끼 고양이들을 그림자족 경계 지역으로 데려가려는 것이었다.

파이어하트는 그들이 시내 건너편에 있는 비탈을 올라갈 때까지 기다렸다가 고사리 덤불에서 나와 뒤쫓아 갔다. 경계 지역에 거의 다다랐을 때 파이어하트는 그들을 따라잡을 수 있었다. 그림자족의 강한 체취가 풍겨 오자, 새끼 고양이들은 걸음을 멈추고 공기 냄새를 맡기 시작했다.

"우웩, 이게 무슨 냄새야?"

토니킷이 소리를 질렀다.

"여우예요?"

브램블킷이 물었다.

"아니, 그림자족의 냄새란다."

다크스트라이프가 대답했다.

"서두르자. 이제 거의 다 왔다."

그는 새끼 고양이들을 데리고 경계를 넘어갔다. 토니킷은 발에 지독한 냄새가 묻는다면서 투덜거렸다.

파이어하트는 점점 커지는 분노를 느끼며, 경계 바로 안쪽에 있는 산사나무 덤불로 숨어들었다. 들키지 않고 다크스트라이프

일행을 볼 수 있는 위치였다.

멀지 않은 곳에서 다크스트라이프가 걸음을 멈췄다. 지친 새끼 고양이들은 풀 위에 털썩 주저앉았지만, 곧바로 다시 일어나야 했다. 고사리 줄기가 바스락거리더니 다른 고양이가 나타났기 때문이었다.

새로 모습을 드러낸 고양이는 바로 타이거스타였다. 파이어하트는 놀라지는 않았지만 몸이 얼어붙었다. 그는 다크스트라이프가 타이거스타의 환심을 사기 위해 새끼 고양이들을 데리고 왔을 거라 짐작은 하고 있었다. 하지만 그림자족 지도자가 때맞춰 나타났다는 것은 이 만남이 이미 약속되어 있었다는 걸 뜻했다.

파이어하트는 골든플라워도 이 일을 알고 있는지 궁금했다. 그녀가 함께 오지 않은 것을 보면 다크스트라이프가 새끼 고양이들을 데리고 나왔다는 사실조차 모르고 있을 것 같았다. 새끼 고양이들이 사라졌다고 생각할지도 몰랐다.

'분명히 걱정하며 찾고 있을 거야.'

파이어하트는 당장이라도 뛰쳐나가 다크스트라이프와 맞설 준비를 하며 근육을 긴장시켰지만, 당장은 그 자리에 머물면서 눈앞에서 벌어지는 일에 정신을 집중했다.

타이거스타가 앞으로 걸어 나오자, 짙은 얼룩무늬 털가죽 아래로 근육이 출렁거렸다. 새끼 고양이들 앞에 선 타이거스타는 잠시 그들을 꼼꼼하게 살폈다. 그런 다음에야 고개를 숙여 브램블킷과 토니킷에게 차례로 코를 맞대었다. 새끼 고양이들은 그렇게 덩치 큰 고양이를 본 적이 없었을 텐데도 눈 하나 깜짝하지 않고 용감하게 타이거스타와 시선을 맞추었다.

"내가 누군지 아느냐?"

타이거스타가 물었다.

"다크스트라이프가 아버지를 만나게 해 준댔어요."

브램블킷이 대답했다.

"당신이 우리 아버지예요?"

토니킷이 물었다.

"우리와 냄새가 좀 비슷하네요."

타이거스타가 고개를 끄덕였다.

"그렇다."

새끼 고양이들이 호기심 어린 눈빛을 주고받는 사이에 다크스트라이프가 말했다.

"이분은 타이거스타다. 그림자족의 지도자시지."

새끼 고양이들의 눈이 휘둥그레졌다.

"우아! 정말 종족 지도자예요?"

브램블킷이 외쳤다.

타이거스타가 고개를 끄덕여 주자, 토니킷이 흥분해서 말했다.

"그럼 우리도 그림자족으로 가서 살면 안 돼요? 지도자라면 거처도 근사하겠죠?"

타이거스타가 고개를 저었다.

"지금은 네 어머니와 함께 있어야 한다. 그렇다고 해서 내가 너희를 자랑스러워하지 않는다는 것은 아니다."

타이거스타는 다크스트라이프를 보며 덧붙였다.

"좋아 보이는군. 튼튼한 녀석들이야. 언제 훈련병이 되지?"

"한 달쯤 뒤겠죠."

다크스트라이프가 대답했다.

"저에게 이미 훈련병이 있다는 게 안타깝습니다. 그렇지 않다면 한 녀석은 제가 직접 가르칠 수 있을 텐데요."

파이어하트는 분노에 차서 발톱을 땅에 깊이 찔러 넣었다.

'누가 스승이 될지는 블루스타와 내가 결정하는 거야. 다크스트라이프 당신이 아니라! 그리고 당신은 선택받지 못할 거야.'

그는 하마터면 이 말을 입 밖으로 뱉을 뻔했다.

타이거스타가 다시 새끼 고양이들에게 눈길을 돌렸다.

"사냥은 할 수 있느냐? 싸움은? 훌륭한 전사가 되고 싶으냐?"

두 고양이 모두 열심히 고개를 끄덕였다.

"저는 종족 최고의 전사가 될 거예요!"

브램블킷이 우쭐대며 말했다.

토니킷도 지지 않고 말했다.

"저는 최고의 사냥꾼이 될 거예요!"

"그래, 좋다."

타이거스타가 두 고양이의 머리를 재빨리 핥아 주었다.

파이어하트는 그레이스트라이프를 떠올리지 않을 수 없었다. 친구는 사랑하는 새끼들과 함께 지내기 위해서 자신이 태어난 종족을 떠났다. 타이거스타도 마찬가지로 브램블킷, 토니킷과 떨어져 지내는 것이 괴로울까? 타이거스타가 그레이스트라이프처럼 힘든 고통을 겪는다는 게 가능한 일일까?

그때 브램블킷이 묻는 소리가 들려왔다.

"저기요, 타이거스타, 우리 어머니는 천둥족 고양이인데, 왜 아버지는 그림자족 지도자인 거예요?"

파이어하트는 피가 얼어붙는 것 같았다.

"모르고 있는 건가?"

타이거스타가 다크스트라이프에게 물었다. 다크스트라이프는 고개를 끄덕였다.

"그렇단 말이지."

타이거스타가 다시 새끼 고양이들에게 고개를 돌리며 말했다.

"그건 아주 긴 이야기다. 앉아라. 이야기해 주마."

파이어하트는 지금이 바로 자신이 나설 순간이라는 것을 알았다. 타이거스타가 자신이 천둥족을 떠난 이유를 새끼 고양이들에게 거짓으로 이야기하는 것은 용납할 수 없는 일이었다. 한 가지는 분명했다. 타이거스타는 자신이 다른 고양이들을 죽이고 종족을 배반했다는 사실을 결코 인정하지 않을 것이다.

파이어하트는 일어나서 산사나무 덤불 밖으로 걸어 나갔다.

"안녕하세요, 타이거스타? 진영에서 꽤 멀리 나오셨네요. 다크스트라이프도 마찬가지고요."

파이어하트의 목소리가 날카로워졌다.

"새끼 고양이들을 데리고 여기서 뭐 하는 겁니까?"

그들에게 다가가면서 파이어하트는 타이거스타와 다크스트라이프가 말문이 막힐 정도로 놀랐다는 것을 알아채고 흡족한 기분을 느꼈다. 잠시 두 고양이는 입을 딱 벌린 채 파이어하트를 바라만 보았다. 새끼 고양이들은 그를 맞으러 깡충깡충 뛰어왔다.

"이분은 우리 아버지예요!"

토니킷이 흥분한 목소리로 외쳤다.

"아버지를 만나러 여기까지 온 거예요."

"왜 아무도 우리 아버지가 종족의 지도자라는 것을 말해 주지 않은 거죠?"

브램블킷이 큰 소리로 물었다.

파이어하트는 그 질문에 대답하고 싶지 않았다. 대신 그는 눈을 가늘게 뜨고 다크스트라이프에게 다가갔다.

"자, 말해 보시죠?"

"우리가 여기 있는 걸 어떻게 알았습니까?"

다크스트라이프가 발끈하며 물었다.

"시내를 건너는 걸 봤습니다. 숲 전체가 들썩거리도록 시끄럽게 굴더군요."

"파이어하트."

타이거스타가 고개를 숙였다. 한 종족의 지도자가 다른 종족의 부지도자에게 하는 정중한 인사였다. 그의 목소리에 적대감은 전혀 없었다.

"다크스트라이프는 놔두고, 날 탓하게. 그저 새끼들이 보고 싶었을 뿐이야. 설마 그것까지 막으려는 건 아니겠지?"

"그렇다면 다행이군요."

파이어하트는 당황스러워하며 대답했다.

"하지만 다크스트라이프는 허락도 없이 새끼 고양이들을 데려

201

와서는 안 되는 거였습니다. 새끼 고양이들을 진영에서 이렇게 먼 곳까지 돌아다니게 하는 것은 위험한 일이죠."

'특히 숲에 개가 있는 상황에서는 더더욱 안 될 일이지.'

그는 속으로 덧붙였다.

"돌아다닌 게 아닙니다. 저와 같이 있잖습니까."

다크스트라이프가 말했다.

"매라도 공격하면 어쩌려고요? 아직도 숲에는 몸을 가려 줄 곳이 많지 않습니다. 스노킷을 잊었습니까?"

새끼 고양이 하나가 훌쩍거리는 소리를 내자 파이어하트는 말을 멈췄다. 새끼 고양이들을 겁주고 싶지는 않았다.

"진영으로 데려가십시오, 다크스트라이프. 지금 당장."

다크스트라이프는 타이거스타와 눈빛을 주고받더니 어깨를 으쓱했다. 그리고 새끼 고양이들을 향해 말했다.

"자, 파이어하트가 말씀하셨으니 우리는 복종해야지."

새끼 고양이 둘은 타이거스타에게서 물러나, 진영을 향해 걸음을 옮기는 다크스트라이프를 따라갔다.

"떠나기 전에 아버지에게 인사는 해야지."

파이어하트는 간신히 다정한 목소리를 냈다.

"훈련병이 되어서 모임에 가게 되면 다시 만날 수 있을 거야."

새끼 고양이들이 돌아서서 작별 인사를 했다.

"잘 가라."

타이거스타가 대답했다.

"열심히 노력해라. 그럼 너희를 자랑스럽게 여길 것이다."

다크스트라이프가 새끼 고양이들을 데리고 비탈을 내려가 시내를 건널 때까지 파이어하트는 타이거스타와 나란히 서 있었다. 다크스트라이프 일행이 덤불 속으로 사라지자, 타이거스타가 입을 열었다.

"저 애들을 잘 보살펴 주어라, 파이어하트. 내가 지켜볼 것이다."

파이어하트는 가슴이 쿵쾅거렸다. 파이어하트가 타이거스타의 반역 행위를 밝혔을 때, 타이거스타는 파이어하트를 죽이겠다고 위협했었다. 그리고 다시 단둘만 남겨진 지금, 그림자족 지도자가 공격해 온다 해도 아무런 도움도 받을 수 없는 상황이었다. 파이어하트는 근육을 긴장시켰다. 하지만 타이거스타는 한 발짝도 움직이지 않았다.

"제대로 보살핌을 받는지 확인하겠습니다."

파이어하트가 마침내 입을 열었다.

"둘 다 종족에 충성할 거라고 믿습니다. 천둥족은 새끼 고양이들을 빠짐없이 잘 돌보고 있습니다."

"그래?"

타이거스타가 호박색 눈을 가늘게 떴다.

"그렇다면 다행이군."

그 순간, 타이거스타가 그레이풀에게 맡겨진 새끼 고양이 둘에 대해 알고 있다는 사실이 퍼뜩 떠올랐다. 파이어하트는 그림자족 지도자가 그 둘에 대해 물을 거라 생각했지만, 타이거스타는 아무 질문도 하지 않았다. 그렇지만 무언가 알고 있다는 듯한 그의 표정은 파이어하트를 몸서리치게 했다. 파이어하트가 더 많은 것을 말해 줄 수도 있다는 사실을 잘 알고 있는 것 같았다.

타이거스타는 다시 한 번 고개를 숙였다.

"다음 모임에서 만나지. 이제 돌아가야겠어."

타이거스타는 돌아서서 멀어져 갔다.

파이어하트는 그림자족 지도자가 정말로 갔는지 확인한 뒤에야 발걸음을 옮겼다. 그는 경계를 따라 나무 네 그루로 향했다. 인정하기는 싫었지만, 다크스트라이프가 새끼 고양이들을 보육실에서 데리고 나온 일은 아무런 해를 끼치지 않았다. 언젠가는 파이어하트 자신이 새끼 고양이들에게 아버지가 그림자족의 지도자라고 말해 줘야 했을 것이다. 그리고 타이거스타는 믿을 수 없을 정도로 점잖게 행동했다.

파이어하트는 이번 일을 머릿속에서 단호하게 밀어냈다. 시간이 흐르고 있었다. 해가 지기 전에 톨스타를 만나, 훔친 먹이를 둘러싼 분쟁을 해결할 다른 방법을 찾아야 했다.

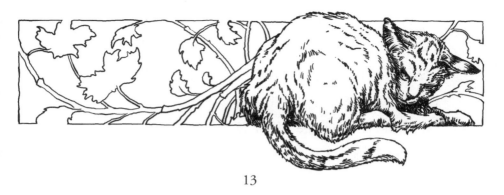

13

아무도 대신할 수 없는 결정

파이어하트는 가시금작화 덤불을 이리저리 옮겨 다니며 황무
지를 가로질러 바람족 진영으로 향했다. 눈에 띄지 않으려고 배
로 풀밭을 스치며 달리다 보니, 천둥족 영역의 무성한 덤불이 그
리웠다. 그가 마지막으로 바람족 진영을 방문했던 것은 바람족이
다른 두 종족에 맞서 싸울 때였다. 천둥족은 바람족을 도우러 왔
었고, 그때는 몸을 숨길 필요도 없었다. 지금은 톨스타에게 가기
전까지, 아니면 적어도 그가 친구라고 부를 수 있는 고양이들 중
하나를 만날 때까지는 감히 모습을 드러낼 수 없었다. 게다가 지
난 모임이 처참하게 끝나 버린 후에 여전히 호의적인 태도를 보
이는 고양이가 있을지도 알 수 없었다. 바람족 순찰대는 전에도
자신들의 영역에 들어온 파이어하트를 공격한 적이 있었다. 하물
며 지금은 더욱 적대적으로 나올 게 분명했다.

바람족의 냄새가 사방에서 풍겨 왔지만, 아직은 아무도 보이지
않았다. 하늘을 가로지른 해는 이제 거의 저물어 가고 있었다. 파
이어하트는 그 문제에 대해서는 생각하지 않으려고 애썼지만, 블

205

루스타가 공격을 개시할 때까지 시간이 얼마 남지 않았다고 생각하니 극심한 공포가 밀려왔다.

이 바위에서 저 바위로 성큼성큼 뛰면서 황무지의 얕은 시내를 건너고 있을 때였다. 토끼 냄새와 함께 바람족 고양이들의 냄새가 강하게 밀려들었다. 파이어하트의 배에서 꾸르륵 소리가 났지만 참을 수밖에 없었다. 지금 여기서 바람족의 먹이를 잡을 수는 없었다. 게다가 멀지 않은 곳에 바람족의 사냥조가 있는 것 같았다. 시냇가에 있는 고사리 덤불로 뛰어든 그는 조심스럽게 덤불 밖을 내다보면서 냄새가 어디에서 흘러오는지 찾아보았다.

고양이 셋이 그가 있는 곳을 향해 오고 있었다. 선두에는 그의 친구 원위스커가 있었다. 파이어하트의 마음에 희망이 생겼다. 원위스커는 훈련병 고스포와 함께 토끼를 물고 오는 중이었다. 하지만 실망스럽게도, 세 번째 고양이는 머드클로였다. 짙은 얼룩무늬의 그 전사는 블루스타가 높은 돌산으로 가기 위해 바람족 영역을 지나갈 때 길을 가로막았던 고양이였다. 머드클로는 파이어하트가 톨스타를 만나는 것을 결코 허락하지 않을 것이다.

그러나 행운은 파이어하트의 편이었다. 아니, 어쩌면 별족의 은혜였을까? 바람족 고양이들은 입에 먹이를 잔뜩 물고 있는 탓에 천둥족 고양이의 냄새를 맡지 못했다. 그들은 꼬리 두엇 정도 떨어진 거리에서 파이어하트를 지나쳐 가 버렸다. 그때 자신의 몸집만 한 토끼를 물고 씨름하던 고스포가 먹이를 고쳐 물기 위해 걸음을 멈추면서 다른 두 고양이보다 뒤로 처졌다.

파이어하트는 그 기회를 놓치지 않았다.

"고스포!"

어린 고양이가 귀를 쫑긋 세우고 고개를 들었다.

"이쪽이야, 고사리 덤불."

고스포가 몸을 돌렸다. 바스락거리는 덤불 사이로 고개를 내미는 파이어하트를 보고 훈련병은 눈이 휘둥그레졌다. 고스포가 입을 벌렸지만, 파이어하트는 황급히 조용히 하라는 신호를 보냈다.

"잘 들어, 고스포. 원위스커에게 가서 내가 여기 있다고 말해 줘. 머드클로는 모르게. 알겠지?"

훈련병은 곤혹스러운 표정으로 머뭇거렸다. 파이어하트는 다급하게 덧붙였다.

"꼭 할 말이 있어서 그래. 바람족과 천둥족 모두에게 중요한 일이야. 날 믿어야 해."

파이어하트의 목소리에 담긴 간절함이 전해졌는지, 잠시 망설이던 고스포가 짧게 고개를 끄덕였다.

"알았어요, 파이어하트. 여기서 기다리세요."

고스포는 토끼를 다시 물어 올리고 걸음을 서둘러, 앞서가는 전사들을 따라잡았다. 파이어하트는 고사리 덤불 속으로 더 깊숙이 들어가 웅크리고 앉아 기다렸다. 얼마 후 그가 숨어 있는 곳으로 고양이 하나가 다가오는 소리가 들렸다.

"파이어하트? 너야?"

파이어하트는 원위스커의 목소리를 알아듣고 안도했다. 그는 조심스럽게 덤불 밖을 살핀 후, 원위스커가 혼자 있는 것을 확인하고 몸을 일으켜 세웠다.

"별족이시여, 고맙습니다! 안 오는 줄 알았어."

파이어하트가 외쳤다.

"물론 아주 중요한 일이겠지, 파이어하트?"

원위스커가 그를 냉정하게 바라보며 말했다. 예전의 우호적인 태도는 찾아볼 수 없었다.

"머드클로를 떼어 내느라 시간이 좀 걸렸어. 우리 영역에 들어와 있는 걸 머드클로에게 들키면 넌 까마귀 밥이 될 거야. 알고 있겠지?"

원위스커가 파이어하트에게 좀 더 다가왔다.

"난 지금 널 위해서 위험을 무릅쓰고 있는 거야. 그럴 만한 가치가 있는 일이었으면 좋겠다."

"물론 그럴 만한 가치가 있는 일이야. 내가 보장할게. 꼭 해야 할 얘기가 있어서 왔어. 톨스타를 만나야 해. 아주 중요한 일이야."

파이어하트가 말하는 중에도 원위스커는 계속 그를 뚫어져라 바라보고 있었다.

파이어하트는 친구가 자신의 부탁을 거절하는 것이 아닐까 걱정스러웠다. 아니면 자신을 바람족 영역에서 쫓아내 버릴지도 모른다는 생각이 들었다.

그때 원위스커가 입을 열었다. 파이어하트는 적대감이 한풀 꺾인 친구의 목소리에 마음이 놓였다. 급박한 상황이라는 것을 알아챈 것 같았다.

"대체 무슨 일이야? 천둥족 고양이를 진영에 들인 걸 알면 톨스타가 내 털을 다 뽑아 버릴 거야. 아주 그럴듯한 이유가 없다면 말이야."

"너에게는 말해 줄 수가 없어, 원위스커. 톨스타가 아니면 누구에게도 말할 수 없어. 하지만 천둥족과 바람족 모두를 위한 일이라는 건 믿어 줘."

원위스커는 또다시 망설였다.

"파이어하트, 네가 아니었다면 이런 부탁은 들어주지 않았을 거야."

원위스커가 마침내 대꾸했다. 그는 꼬리로 따라오라는 신호를 하면서, 돌아서서 황무지를 가로질러 달려갔다.

파이어하트도 그의 뒤를 쫓아갔다. 원위스커는 언덕 꼭대기에 멈춰 서서 바람족 진영을 내려다보았다. 해가 저물면서 우묵한 진영을 둘러싸고 있는 가시금작화 덤불에 긴 그림자를 드리우고 있었다. 파이어하트와 원위스커가 멈춰 서 있는 사이에 순찰대가 그들을 지나쳐 갔다. 파이어하트는 호기심과 적대감이 뒤섞인 그들의 시선을 느낄 수 있었다.

"가자."

원위스커가 앞장서서 거친 가시금작화 줄기를 통과해 덤불 한가운데에 있는 모래 공터로 파이어하트를 데리고 갔다.

좁은 가시덤불 틈에서 빠져나오자, 공터 한쪽에 있는 먹이 더미 근처에 웅크리고 있는 톨스타가 보였다. 그의 주변에는 바람족 전사들이 모여 있었다. 바람족의 부지도자인 데드풋이 가장 먼저 고개를 들었다가, 지도자의 귀에 재빨리 무언가를 속삭였다.

톨스타가 몸을 일으키더니 공터를 가로질러 파이어하트와 원

209

위스커가 기다리고 있는 곳으로 걸어왔다. 데드풋이 지도자의 곁에서 보조를 맞추었고, 다른 고양이들은 뒤에 바짝 붙어 서 있었다. 파이어하트는 바람족 치료사인 바크페이스와, 이빨을 드러낸 채 으르렁거리고 있는 머드클로를 알아볼 수 있었다.

"원위스커, 왜 파이어하트를 여기 데려온 거지?"

톨스타의 목소리에는 아무런 감정도 드러나지 않았다.

원위스커가 고개를 숙였다.

"파이어하트가 지도자에게 할 말이 있다고 합니다."

"할 말이 있으면 그냥 우리 진영으로 걸어 들어올 수 있다는 거야?"

머드클로가 버럭 화를 냈다.

"저 녀석은 적의 종족에서 온 고양이라고!"

톨스타가 머드클로를 향해 꼬리를 흔들어 조용히 하라는 신호를 보냈다. 눈으로는 파이어하트를 지그시 바라보고 있었다.

"그래, 말해 보아라."

톨스타가 짧게 지시했다.

파이어하트는 주변을 둘러보았다. 영역 한가운데에 들어온 침입자가 있다는 소식에 바람족 고양이들이 무슨 일인지 알아보려고 모여들면서 구경꾼은 점점 많아지고 있었다.

"모두 있는 자리에서 할 수 있는 말이 아닙니다, 톨스타."

파이어하트는 머뭇거리며 말했다.

순간 톨스타의 목에서 희미하게 으르렁대는 소리가 나는 것 같았다. 하지만 바람족 지도자는 이내 고개를 천천히 끄덕였다.

"알겠다, 내 거처로 가지. 데드풋과 원위스커가 함께 간다."

톨스타는 돌아서서 긴 꼬리를 높이 쳐들고 공터 끄트머리에 있는 바위를 향해 걸어갔다. 데드풋과 원위스커는 파이어하트를 데리고 그 뒤를 따랐다.

바람족 지도자의 거처는 진영 중심에서 벗어난 한쪽 구석, 바윗부리 아래 깊숙이 숨겨져 있었다. 거처로 들어간 톨스타는 히스로 만든 잠자리에 편하게 자리를 잡고 파이어하트를 바라보았다.

"자, 이제 말해 보아라."

거처 안에 어둠이 짙어지고 있었다. 파이어하트는 자신을 감시하는 두 전사의 모습을 눈이 아닌 느낌으로 감지할 수 있었다. 그들 사이에 팽팽한 긴장이 감돌았다. 마치 그를 공격할 아주 작은 꼬투리라도 잡히기를 기다리고 있는 것 같았다. 황무지를 건너오는 동안 파이어하트는 무슨 말을 할지 열심히 생각해 보았지만, 톨스타에게 블루스타의 공격을 피할 방법이 있다는 것을 설득시킬 수 있을지 여전히 확신이 서지 않았다.

"먹이를 도둑맞은 일로 블루스타가 언짢아한다는 것은 알고 계실 겁니다."

파이어하트는 마침내 입을 열었다.

순간 바람족 지도자의 어깨 털이 곤두섰다.

"바람족은 천둥족의 먹이를 훔치지 않았다!"

톨스타가 버럭 화를 냈다.

"우리 영역에서도 먹이 찌꺼기를 발견했다고 했을 텐데."

데드풋이 한 발 앞으로 나와 파이어하트에게 주둥이를 들이밀며 강하게 말했다.

"천둥족이 우리 먹이를 훔친 게 아니라는 건 확실하고?"

파이어하트는 위축되지 않으려고 애썼다.

"우린 훔치지 않았습니다! 저는 어떤 고양이도 먹이를 훔치지 않았다고 생각합니다."

"그럼 어떻게 된 일이라는 거야?"

원위스커가 물었다.

"숲에 개가 살고 있는 것 같습니다. 냄새도 맡았고 배설물도 발견했습니다."

"개라니!"

원위스커가 외쳤다. 그는 눈을 가늘게 뜨고 생각에 잠겼다.

"어떤 개? 두발쟁이에게서 도망친 개?"

"틀림없이 그런 것 같습니다."

"그럴 수도……."

톨스타가 생각에 잠긴 얼굴로 말했다.

파이어하트는 톨스타의 어깨 털이 다시 가라앉는 것을 보고 마음이 놓였다.

"최근에 우리 영역에서 개 냄새를 맡긴 했다. 하지만 개들은 항상 두발쟁이들과 함께 오니까."

톨스타는 좀 더 확신에 찬 목소리로 말을 이었다.

"그래, 개가 토끼를 죽이는 걸 수도 있겠구나. 순찰대에게 계속 경계하라고 지시하겠다."

"하지만 고작 그 말을 해 주려고 여기까지 온 건 아닐 텐데."

데드풋이 말했다.

"무슨 생각인 거지, 파이어하트?"

파이어하트는 깊은숨을 들이쉬었다. 톨스타에게 블루스타의 공격 계획을 말해 주는 것은 자신의 지도자를 배신하는 행위였고, 파이어하트는 그것만은 하고 싶지 않았다. 다만 바람족 지도자가 이 일에 관해서 블루스타와 이야기를 나누어 본다면, 앞으로 일어날 전투를 피할 수도 있다는 것을 알리고 싶었다.

"저는 개의 짓이라는 것을 블루스타에게 설득시킬 수가 없습니다."

파이어하트가 설명했다.

"블루스타는 바람족에게 위협을 느끼고 있습니다. 뭔가 조치를 취하지 않으면 조만간 전쟁이 벌어질 것입니다."

그는 지금 자신의 시도가 실패하면, 얼마나 빨리 전쟁이 벌어질지는 차마 말할 수 없었다.

"두 종족의 고양이들이 다치고, 목숨까지 잃을 수 있습니다. 아무것도 아닌 일로 말입니다."

"그럼 내가 어떻게 하기를 바라는 것이냐?"

톨스타가 짜증스럽다는 듯이 물었다.

"블루스타는 너의 지도자다, 파이어하트. 이건 네가 감당할 문제야."

파이어하트는 과감하게 바람족 지도자 앞으로 두어 걸음 다가갔다.

"저는 블루스타와 만나 달라는 부탁을 하러 왔습니다. 만약 두분이 따로 만나 이 문제에 대해 논의한다면, 평화를 지킬 수 있을 것입니다."

"블루스타가 만나기를 원하는 것이냐?"

데드풋이 미심쩍어하는 목소리로 물었다.

"지난번에 봤을 때는 우리 목이라도 할퀴어 버릴 듯한 기세였는데."

"블루스타의 생각은 아닙니다. 이건 제 생각입니다."

파이어하트는 솔직히 털어놓았다.

바람족 전사 셋이 모두 파이어하트를 빤히 쳐다보았다. 마침내 원위스커가 침묵을 깨고 물었다.

"그러니까 지금 너희 지도자의 뜻을 거스르고 있다는 말이야?"

"천둥족과 바람족 모두를 위한 일이야."

파이어하트는 끈질기게 말했다.

바람족 진영에서 쫓겨날지도 모르겠다고 생각했지만, 다행히 톨스타는 깊은 생각에 잠긴 표정이었다.

"당연히 싸우는 것보다는 대화를 하는 게 좋겠지."

톨스타가 입을 열었다.

"하지만 어떻게 기회를 마련한단 말이냐? 네가 허락도 받지 않고 우리에게 먼저 와서 말한 것을 알면, 블루스타가 과연 내 말을 들으려고 하겠느냐?"

톨스타는 파이어하트의 대답을 기다리지 않고 말을 이었다.

"내가 전령을 보내서 블루스타에게 나무 네 그루에서 만나자고 하는 것이 최선일 것 같구나. 하지만 천둥족 영역에서 바람족 고양이의 안전을 보장할 수 있겠느냐?"

파이어하트는 침묵했다. 그것이 곧 대답이었다.

톨스타가 어깨를 으쓱했다.

"미안하다, 파이어하트. 난 내 전사들을 위험에 빠뜨릴 수는 없다. 블루스타가 기꺼이 대화를 하겠다는 결심이 서면 언제든 우리에게 연락할 수 있겠지. 원위스커, 파이어하트를 나무 네 그루까지 데려다주어라."

"잠깐만요!"

파이어하트의 머릿속에 불현듯 좋은 생각이 떠올랐다. 어쩌면 별족이 그에게 보내 준 것일지도 몰랐다.

"방법이 있습니다."

짙어지는 어둠 속에서 톨스타의 눈이 반짝였다.

"뭐지?"

"혹시 레이븐포라고 아십니까? 바람족 영역의 끝, 높은 돌산 근처 농장에 사는 외톨이 고양이입니다. 전에 바람족이 집으로 돌아오는 길에 도와주었는데, 기억나십니까?"

"내가 알아. 전사는 아니지만 괜찮은 고양이였어. 그런데 왜?"

원위스커가 말했다.

"레이븐포가 대신 전하면 됩니다. 레이븐포는 원래 천둥족 고양이였기 때문에 블루스타가 천둥족 영역에 들어올 수 있도록 허락해 주었거든요."

파이어하트는 간절한 심정으로 말했다.

잠자리에 편히 앉아 있던 톨스타가 자세를 바로 했다.

"그럴듯한 생각이군. 어떻게 생각하나, 데드풋?"

톨스타가 물었다.

부지도자는 마지못해 동의했다.

"그럼 어서 출발해!"

파이어하트는 원위스커를 재촉했다. 시간이 얼마나 빨리 흐르고 있는지 다시 한 번 느껴졌다.

"레이븐포에게 가서, 블루스타에게 전해 달라고 해. 톨스타가 새벽에 나무 네 그루에서 만나길 원한다고 말이야."

원위스커가 레이븐포를 찾고, 레이븐포가 다시 천둥족 진영까지 가서 말을 전하려면 시간이 빠듯했다. 블루스타가 바람족을 공격하기 위해 진영을 떠나기 전에 도착해야 하기 때문이었다. 파이어하트는 부디 원위스커가 두발쟁이 농장에서 레이븐포를 금방 찾을 수 있기를 별족에게 기도했다.

원위스커가 지도자를 힐긋 쳐다보자, 톨스타가 고개를 끄덕여 주었다. 원위스커는 곧바로 돌아서서 거처 밖 어둠 속으로 사라졌다.

톨스타가 눈을 가늘게 뜨고 파이어하트를 바라보았다.

"왜 네가 아직 말하지 않은 게 있다는 생각이 드는 걸까?"

다행히 톨스타는 대답을 강요하지는 않았다.

"이제 가 보아라. 데드풋, 파이어하트가 우리 영역에서 나갈 수 있도록 호위해 주게. 그리고 파이어하트, 난 새벽에 나무 네 그루에 가 있겠다. 하지만 내가 할 수 있는 건 그게 전부야. 블루스타가 평화를 원한다면, 반드시 그 자리에 나와야 할 것이다."

"새벽에 나무 네 그루로."

파이어하트는 거듭 확인한 뒤 부지도자를 따라 나갔다.

파이어하트는 빠르게 달려 나무 네 그루를 지나 천둥족 영역으로 들어섰다. 전날 밤 모임이 있기 전부터 아무것도 먹지 못한 탓에 배가 고파서 속이 아플 지경이었다. 다리도 후들후들 떨리기 시작했기 때문에 어쩔 수 없이 사냥을 해야 했다.

시내에 가까워졌을 때 파이어하트는 잠시 걸음을 멈추고 소리에 귀를 기울였다. 시냇가에 자란 갈대 사이로 들쥐가 움직이는 소리가 들렸다. 파이어하트는 고개를 들어 공기를 맛본 다음, 냄새에 의지해서 들쥐가 있는 곳을 정확히 찾아냈다. 그는 재빨리 덤벼들어 먹잇감에 발톱을 찔러 넣었다. 들쥐를 먹어 치우자 다시 힘이 솟았다. 그는 속도를 높여서 진영으로 달려갔다. 골짜기를 내려갈 무렵에는 달이 나무들 위로 떠올라 있었다. 달이 지기 전까지는 공격에 참여할 전사들을 결정해야 했다. 하지만 낙관적인 생각이 다시 고개를 들었다. 톨스타는 대화를 나누는 데 동의했다. 블루스타도 분명 바람족과의 전쟁은 불필요하다는 것을 깨닫게 될 것이다.

진영 입구에 거의 다다랐을 때, 파이어하트는 누군가 자신을 부르는 소리를 들었다. 고개를 돌리자 골짜기에서 뒤따라 내려오는 화이트스톰이 보였다. 저녁 순찰을 나갔던 브라이트포와 클라우드포, 프로스트퍼가 그의 뒤를 따르고 있었다.

"숲은 잠잠한가요?"

화이트스톰이 가까이 다가오자 파이어하트가 물었다.

"잠든 새끼 고양이만큼 잠잠합니다."

화이트스톰이 대답했다.

"개의 흔적도 없습니다. 결국은 두발쟁이가 개를 찾아 데려갔는지도 모릅니다."

"그럴지도 모르죠."

문득 파이어하트는 화이트스톰에게 자신이 어디를 갔다 왔는지 말하기로 마음먹었다. 바람족과 싸우지 않아도 된다는 희망을 함께 나눌 전사가 적어도 하나쯤은 있으면 좋겠다는 생각이 들었던 것이다.

"화이트스톰, 실은 그 일에 대해서 이야기를 좀 하고 싶은데요. 시간 좀 내주실 수 있습니까?"

"물론이지요. 하지만 뭘 좀 먹으면서 들어도 되겠지요?"

화이트스톰은 두 훈련병에게 먹이를 먹으라고 지시했다. 훈련병들은 싱싱한 먹이 더미로 달려가서 까치 하나를 가지고 장난스럽게 실랑이를 벌였다. 프로스트퍼는 들쥐를 물고 전사들의 거처로 갔다. 화이트스톰은 다람쥐를 골라서, 새로 자라난 쐐기풀 더미 옆의 한적한 구석으로 향했다.

파이어하트도 화이트스톰을 따라갔다.

"화이트스톰, 블루스타가 오늘 아침에 저를 부르셨습니다."

그는 목소리를 낮추어 선임 전사에게 이야기하기 시작했다. 바람족이 먹이를 훔치고 있다는 착각에 사로잡힌 블루스타에 대한 이야기부터 그녀가 공격 명령을 내린 일, 그리고 자신이 바람족에게 만남을 요청한 일에 이르기까지 모든 것을 털어놓았다.

"뭐라고요?"

화이트스톰이 믿을 수 없다는 듯이 그를 빤히 바라보았다.

"블루스타의 명령을 어겼다는 겁니까?"

선임 전사의 목소리가 잦아들었다. 그는 혼란스러운 듯 고개를 흔들었다.

파이어하트는 즉각 방어적인 자세를 취했다.

"그럼 제가 어떻게 할 수 있었겠어요?"

"저와 상의할 수도 있었잖습니까."

화이트스톰의 어깨 털이 곤두섰다.

"아니면 다른 선임 전사들도 있고요. 그럼 우리가 해결책을 찾도록 도왔을 겁니다."

"죄송합니다."

파이어하트는 가슴이 쿵쿵 뛰었다.

"아무도 곤란하게 만들고 싶지 않았습니다. 전 그 방법이 최선이라고 생각했습니다."

파이어하트가 혼자서 행동한 것은 전사의 규약 때문이었다. 다른 누구에게도 지도자의 명령에 저항하라고 요구할 수 없었던 것이다.

화이트스톰은 생각에 잠긴 눈빛이었다.

"다른 전사들에게도 이 일을 알려야 할 것 같습니다."

마침내 화이트스톰이 입을 열었다.

"블루스타가 지시한 공격에 대비해 준비를 갖추고 있어야 할 것입니다. 레이븐포가 오지 않을 수도 있으니 말입니다. 그리고 블루스타가 톨스타를 만나는 데 동의한다 해도 호위할 전사들이 필요합니다. 분명 톨스타도 전사들을 거느리고 올 겁니다. 한 달치 새벽 순찰을 걸고 장담하지요. 톨스타가 우리를 습격하지 않으리라고 확신할 수는 없습니다."

파이어하트는 공손하게 고개를 끄덕였다.

"맞습니다, 화이트스톰. 전 바람족을 믿긴 하지만, 그래도 대비는 해야죠."

"전 진영을 지킬 훈련병들을 찾아보겠습니다. 부지도자는 전사들을 모으세요."

파이어하트는 공터를 가로질러 전사들의 거처로 달려갔다. 대부분은 잠자리에 몸을 말고 잠들어 있었다. 파이어하트는 한 발로 샌드스톰을 쿡 찔러서 깨웠다. 그녀가 눈을 끔벅거리며 일어났다.

"무슨 일이야?"

"다른 전사들을 좀 깨워 줄래, 샌드스톰? 화이트스톰과 내가 모두에게 중요한 소식을 알려야 하거든."

샌드스톰이 몸을 일으켰다.

"중요한 소식이라니, 무슨 소리야? 지금은 한밤중이잖아!"

파이어하트는 대답하지 않고 나머지 전사들을 찾으러 나갔다. 어미 고양이들을 만나러 간 브린들페이스를 보육실에서 찾았고, 밤늦게 사냥을 나갔다가 싱싱한 먹이를 잔뜩 물고 돌아오는 마우스퍼도 만났다. 신더펠트도 불러야 할지 고민되었지만, 그녀에게는 이 상황에 대해서 따로 설명해 주는 편이 낫겠다고 생각했다.

파이어하트가 다시 전사들의 거처로 돌아왔을 때는 다른 전사들도 모두 깨어 있었다. 잠시 후에 화이트스톰이 거처 안으로 걸어 들어와 파이어하트의 옆에 앉았다.

"이게 다 무슨 일입니까?"

다크스트라이프가 한쪽 귀에 붙은 이끼를 털어 내며 화가 난 목소리로 물었다.

"중요한 일이 아니기만 해 봐라."

파이어하트는 종족 동료들이 자신이 한 일에 대해 들으면 어떤 반응을 보일지 생각하니, 긴장으로 속이 뒤집히는 것 같았다. 화이트스톰이 그를 툭 밀면서 시작하라고 고갯짓을 했다.

파이어하트는 깊은숨을 들이쉬고 나서 입을 뗐다. 먼저 블루스타의 공격 계획을 설명하고, 자신이 평화적인 방법으로 해결하려고 노력한 이야기를 했다. 종족 동료들은 깜짝 놀란 얼굴로 잠자코 듣고만 있었다. 그들의 눈동자는 거처 지붕 사이로 새어 들어오는 달빛에 반짝이고 있었다. 파이어하트는 자신에게 고정되어 있는 시선들을 정확히 느낄 수 있었다. 특히 입구 근처에 웅크리고 앉은 샌드스톰의 연녹색 눈동자가 신경이 쓰였다. 하지만 차마 그녀를 똑바로 바라볼 수는 없었다. 그저 자신이 전투를 피하고, 동료들이 목숨을 잃지 않게 하려는 좋은 의도에서 이런 일을 했다는 것을 그들이 이해해 주기를 바랄 뿐이었다.

"결국 톨스타가 나무 네 그루에서 블루스타를 만나겠다고 했습니다."

파이어하트는 이야기를 마무리 지었다.

"곧 레이븐포가 와서 블루스타에게 그 만남에 대해 전할 것입니다."

파이어하트는 격렬한 반응이 터져 나올 것을 각오했지만, 누구도 무슨 말을 해야 할지 모르는 것 같았다. 그들은 그저 당황한 눈으로 서로를 바라볼 뿐이었다.

마침내 마우스퍼가 입을 열었다.

"화이트스톰, 파이어하트가 한 일에 동의한 건가요?"

파이어하트는 발만 내려다보며 대답을 기다렸다. 그는 지금 다른 전사들의 존경을 받는 화이트스톰의 지지가 절실히 필요했다. 하지만 화이트스톰은 아무리 좋은 의도였다고 해도 그의 행동을 전적으로 지지해 주지는 않았다.

"나라면 그렇게 하지 않았을 것입니다."

화이트스톰이 평소처럼 조용하지만 권위 있는 목소리로 말했다.

"하지만 바람족을 공격하면 안 된다는 건 옳은 생각이라고 봅니다. 그들이 우리 먹이를 훔친 게 아니니까요. 숲을 돌아다니는 개가 있고, 내가 그 냄새도 직접 맡았습니다."

"저도 뱀바위 근처에서 냄새를 맡았어요."

마우스퍼도 확인해 주었다.

"나무 네 그루에서도요."

브래큰퍼가 말했다.

"그 일로 바람족을 탓할 수는 없어요."

"하지만 지금 우리더러 블루스타가 모르게 비밀을 지키라고 하는 건가요?"

샌드스톰이 벌떡 일어나며 말했다. 결국 파이어하트는 그녀의 도전적인 연녹색 눈동자와 마주해야 했다.

파이어하트는 온몸을 감싸는 절망감을 느꼈다. 그는 어쩔 수 없는 자신의 결정에 가장 먼저 반대하고 나서는 고양이가 샌드스톰일 거라고는 예상하지 못했다.

"미안합니다. 난 선택의 여지가 없다고 생각했습니다."

"애완 고양이에게 뭘 더 기대하겠습니까?"

다크스트라이프가 비웃듯이 으르렁댔다.

"전사의 규약이 무얼 뜻하는지 알기는 하는 겁니까?"

"전사의 규약이 어떤 의미인지는 잘 알고 있습니다."

파이어하트는 스스로를 변호했다.

"불필요한 전투를 벌이지 않으려고 하는 것은 종족에 대한 나의 충성심 때문입니다. 그리고 여러분과 마찬가지로 나도 별족을 존중합니다. 우리가 오늘 밤 바람족을 공격하는 것은 별족의 뜻이 아니라고 생각합니다."

다크스트라이프는 경멸하듯이 귀를 씰룩거렸지만, 더 이상 아무 말도 하지 않았다. 파이어하트는 자신이 전사들의 지지를 얻어 낸 것인지 궁금해하며 주위를 둘러보았다. 블루스타가 마지막 목숨을 버리고 별족에게 간다면, 그가 종족을 이끌어야 할 수도 있었다. 그 사실을 깨닫자 마음이 불편해졌다. 만일 종족의 충성심과 존경심을 얻지 못한다면, 그 임무를 수행하는 건 불가능할 것이다.

"중요한 건 이겁니다."

파이어하트는 간절하게 말을 이었다.

"바람족은 아무런 잘못도 하지 않았습니다. 그리고 불필요하고 위험한 전투가 아니더라도 우린 할 일이 많습니다. 진영을 복구해야 하고, 순찰도 계속해야 합니다. 전사들이 다치거나 죽기라도 한다면, 먹이는 어떻게 잡고 또 잎 없는 계절은 어떻게 대비할 수 있겠습니까?"

"파이어하트의 말이 맞아요."

브린들페이스가 입을 열자 다른 고양이들이 그녀를 향해 일제히 고개를 돌렸다.

"우리의 자식들이 전투에 나가게 될 텐데, 그 애들이 아무런 의미도 없는 싸움을 하다 다치게 할 수는 없어요."

그녀가 조용히 말했다.

프로스트퍼 역시 동의하는 소리를 냈지만, 나머지 전사들은 여전히 수군거리기만 했다. 파이어하트는 다시 한 번 샌드스톰을 바라보았다. 그녀의 연녹색 눈동자에는 괴로움이 가득했다. 그는 샌드스톰이 블루스타에 대한 충성심과 자신을 향한 헌신적인 마음 사이에서 얼마나 갈팡질팡하며 괴로워할지 알 수 있었다. 지금 파이어하트는 그저 그녀의 옆구리에 바짝 기대어 이 모든 일을 잊고 향기로운 털에 파묻히고만 싶었다. 하지만 그는 전사들 앞에 서서 그들이 자신을 지지해 줄지 아닐지에 대한 판정을 기다려야 했다.

"그래서 우리에게 뭘 하라는 겁니까?"

롱테일이 마침내 말했다.

"블루스타와 함께 나무 네 그루에 갈 전사들이 필요합니다."

파이어하트가 대답했다.

"레이븐포가 오지 않거나, 블루스타가 대화에 응할 생각이 없다면, 블루스타는 우리를 이끌고 전투를 벌일 겁니다. 만약 그렇게 된다면……."

파이어하트는 말을 잇지 못하고 침을 꿀꺽 삼켰다.

"그래, 그렇게 되면 어쩌라는 거죠?"

샌드스톰이 다그치듯 물었다.

"블루스타가 직접 내린 명령에 복종하지 말라는 겁니까? 돌아서서 달아나라고요? 더스트펠트, 이게 얼마나 쥐 대가리같이 멍청한 생각인지 파이어하트에게 말 좀 해 줘!"

더스트펠트가 놀라서 귀를 쫑긋 세웠다. 파이어하트는 더스트펠트가 자신에게 적대적인 이유가 어느 정도는 샌드스톰 때문이라는 것을 알고 있었다. 샌드스톰이 파이어하트를 좋아한다는 것이 너무나 분명했던 것이다. 그는 마음을 다잡고, 자신을 향한 비난을 들을 준비를 했다. 하지만 더스트펠트는 머뭇거리며 말했다.

"잘 모르겠어, 샌드스톰. 파이어하트의 말대로 지금은 전투를 벌일 때가 아니라는 건 맞아. 게다가 바람족이 우리 먹이를 훔치고 있다고 믿는 고양이는 아무도 없잖아. 블루스타가 그렇게 생각한다면, 그러면…… 글쎄……."

더스트펠트는 혼란스러운 듯 더 이상 말을 잇지 못했다.

"블루스타가 바람족을 믿지 않는 건 당연한 일입니다."

파이어하트는 본능적으로 지도자를 감싸며 말했다.

"높은 돌산으로 가던 블루스타를 바람족이 가로막은 뒤부터 신뢰가 깨졌으니까요. 게다가 숲에 개가 돌아다니는 건 전에는 없던 일입니다. 다만 바람족이 토끼들을 훔쳤다는 증거는 전혀 없고, 개의 짓이라는 증거는 아주 많습니다."

"그래서 전투가 벌어지면 어떻게 하자는 거죠, 파이어하트?"

마우스퍼가 물었다.

"블루스타가 공격 명령을 내리면 진영으로 돌아오라는 거예요?"

"아닙니다."

파이어하트가 대답했다.

"톨스타는 평화로운 만남을 원하는 것 같았습니다. 그리고 운이 좋으면 톨스타는 전사를 한둘 정도만 데리고 올 겁니다. 그러면 싸움은 일어나지 않을 겁니다."

"그건 가정일 뿐이지요."

마우스퍼가 의심스러운 얼굴로 꼬리를 휙휙 휘두르며 말했다.

"만약에 바람족 역시 공격을 계획하고 우리를 습격할 전사들을 숨겨 놓는다면요? 그럼 우리는 까마귀 밥이 될 거예요."

마우스퍼의 말을 들은 파이어하트는 움찔했다. 마우스퍼도 화이트스톰과 마찬가지로 톨스타를 정말 믿을 수 있을지 의문을 제기하고 있었다.

"난 가지 않겠습니다."

롱테일이 큰 소리로 외쳤다.

"바람족이 우리를 갈기갈기 찢어 놓는 걸 구경만 하라고요? 난 쥐 대가리가 아니에요!"

바로 옆에 앉아 있던 더스트펠트가 롱테일에게 고개를 돌리고 경멸하는 표정을 지었다.

"쥐 대가리가 아니고 겁쟁이죠."

"아니야! 난 충성스러운 천둥족 고양이라고!"

롱테일이 날카로운 목소리로 반발했다.

"됐습니다, 롱테일."

파이어하트가 끼어들었다.

"모두가 갈 필요는 없습니다. 남아서 진영을 지켜도 됩니다. 다른 전사들도 마찬가지입니다. 이 일에 끼고 싶지 않다면, 여기 남아도 됩니다."

그는 거처의 희미한 빛 속에서 곤혹스러운 얼굴들을 둘러보면서, 긴장된 마음으로 전사들의 대답을 기다렸다.

"난 가겠습니다."

화이트스톰이 마침내 입을 열었다.

"톨스타는 다른 방법이 있다면 굳이 싸우지 않을 겁니다. 그건 믿을 수 있습니다."

파이어하트는 선임 전사에게 감사의 눈빛을 보냈다. 그사이 다른 전사들은 서로 이야기를 하거나 이끼 잠자리 위에서 불편한 듯 몸을 뒤척이며 머뭇거리고 있었다.

"저도 갈게요."

브래큰퍼가 많은 선배 전사들 사이에서 먼저 나서는 것이 걱정스러운 듯 조심스럽게 말했다.

"저도 가겠습니다."

더스트펠트가 말했다. 그는 파이어하트를 향해 꼬리를 휘두르며 덧붙였다.

"하지만 바람족이 공격해 온다면, 전 싸울 겁니다. 누구를 위해서든 당하고 있지만은 않을 거라고요."

나머지 전사들도 더스트펠트와 의견을 함께했다. 놀랍게도 다크스트라이프까지 같이 가겠다고 했다. 하지만 마우스퍼는 거부했다.

"미안해요, 파이어하트. 일리가 있는 말이라는 건 알아요. 하지만 그건 중요한 게 아니에요. 전사의 규약은 지키고 싶을 때만 지키는 게 아니니까요. 지도자가 공격 명령을 내리면, 난 거기에 따를 수밖에 없어요."

"음, 전 가겠습니다."

브린들페이스가 나섰다.

"싸울 필요도 없는 전투에서 내 새끼들이 다치는 걸 보고 싶지는 않아요."

"저도 가겠습니다. 부당한 전투에 참여하라고 새끼들을 기른 게 아니니까요."

프로스트퍼가 주변의 전사들을 둘러보며 말했다.

마지막으로 파이어하트는 아직 아무 말이 없는 샌드스톰과 마주해야 했다. 그는 샌드스톰이 자신을 지지하기를 거부하면 어떻게 해야 할지 상상조차 할 수 없었다.

"샌드스톰?"

그는 머뭇거리며 물었다.

샌드스톰은 고개를 푹 숙이고 그의 시선을 피했다.

"같이 가겠습니다, 파이어하트."

그녀가 중얼거렸다.

"개에 대해서는 파이어하트의 말이 맞는다는 걸 아니까요. 그래도 블루스타를 속이는 건 정말 싫습니다."

파이어하트는 고마운 마음을 전하려고 샌드스톰의 옆으로 가서 재빨리 귀를 핥아 주었다. 하지만 그녀는 그를 보지도 않고 고개를 확 돌려 버렸다.

"훈련병들은 어떻게 합니까?"

다크스트라이프가 물었다.

"함께 데리고 갈 겁니까? 펀포는 아직 너무 어립니다."

"저도 그렇게 생각합니다."

더스트펠트가 재빨리 동조했다.

극도로 긴장된 상황이었음에도 파이어하트는 웃음이 나오려는 것을 참아야 했다. 더스트펠트가 다크스트라이프의 훈련병을 좋아하는 마음이 드러났기 때문이다.

"브라이트포도 제외하면 좋겠군요."

화이트스톰이 말했다.

"하지만 훈련병을 하나도 데리고 가지 않으면 블루스타가 이상하게 생각하지 않겠어요?"

브래큰퍼가 물었다.

"좋은 지적이야."

파이어하트는 어린 전사에게 고개를 끄덕였다.

"그럼 스위프트포와 클라우드포를 데려가겠습니다. 하지만 블루스타가 여럿이 함께 가기를 원할 때만 데려가는 걸로 하죠. 그리고 훈련병들에게는 일단 출발한 다음에 상황을 설명해 주겠습니다. 그렇지 않으면 진영 전체에 소식이 퍼질 테니까요."

파이어하트는 필요한 수보다 더 많은 전사들이 자신의 편에 서 주었다는 것을 깨닫고 놀랐다. 만일 레이븐포가 진영에 제때 도착하고 블루스타가 톨스타와 대화하기로 결정할 경우, 이렇게 많은 전사들이 모두 함께 가겠다고 나선다면 그것도 이상해 보일 것이다. 게다가 지금과 같은 시기에 진영을 비워 두고 떠나는 것도 내키지 않았다.

"프로스트퍼와 브래큰퍼는 남아서 진영을 지키면 어떨까요?"

파이어하트가 제안했다.

"지지해 준 건 정말 고맙지만, 둘은 이곳에서 더 필요할 것 같아서요."

브래큰퍼와 프로스트퍼는 눈빛을 주고받은 후 고개를 끄덕였다.

"이제 다른 분들은 조금이라도 잠을 자 두십시오. 달이 지면 출발할 것입니다."

파이어하트는 전사들이 잠자리에 드는 모습을 지켜보았다. 하지만 그는 잘 수가 없었다. 신더펠트가 다른 고양이를 통해 소식을 전해 듣기 전에, 무슨 일이 일어나고 있는지 직접 말해 주고 싶었다. 스파티드리프에 대한 믿음이 아니었다면, 그는 이 전투를 과연 막을 수 있을지 의심했을 것이다. 일을 그르칠 여지가 너무 많았기 때문이다. 레이븐포가 제시간에 오지 못할 수도 있고,

블루스타가 톨스타와의 대화를 거부할 수도 있다. 또는 바람족이 나무 네 그루에서 습격해 올 수도 있었다…….

파이어하트는 나쁜 생각을 떨쳐 내려고 몸을 부르르 떨며 공터로 들어섰다. 혹시 레이븐포의 기척이 있는지 살펴보았지만 진영은 달빛 속에서 고요하기만 했다. 그때 가시금작화 굴길 입구에서 반짝이는 눈동자가 보였다. 파이어하트는 보초를 서고 있는 애쉬포에게 가까이 다가갔다.

"레이븐포가 누군지 아느냐?"

파이어하트가 물었다.

훈련병이 고개를 끄덕였다.

"오늘 밤에 레이븐포가 여기 오진 않았지?"

애쉬포는 어리둥절한 얼굴로 다시 고개를 끄덕였다.

"혹시 레이븐포가 오거든 진영에 들어오게 해 주어라. 그리고 곧바로 블루스타에게 데려다주는 거야. 알았지?"

"네, 파이어하트."

애쉬포는 호기심 가득한 표정이었지만 아무것도 묻지 않았다.

파이어하트는 훈련병에게 고개를 끄덕여 주고 신더펠트를 찾으러 갔다.

치료사의 거처를 향해 걸어가던 파이어하트는 거처 밖에서 마우스퍼와 진지하게 이야기를 나누고 있는 신더펠트를 발견했다.

그가 다가가자 두 고양이가 고개를 돌렸다.

"파이어하트!"

신더펠트가 천천히 일어서며 말했다.

"마우스퍼가 하는 말이 다 무슨 소리예요? 왜 나는 회의에 부르지 않았어요?"

그녀는 파란 눈을 이글거리며 불쾌감을 드러냈다.

"전사들의 모임이었어."

파이어하트가 대답했다. 하지만 자신이 듣기에도 설득력이 전혀 없는 변명이었다.

"아, 그렇군요."

신더펠트가 퉁명스럽게 말했다.

"그러니까 저는 블루스타를 속이는 일에는 관심이 없을 거라고 생각한 거군요?"

"그런 게 아니야!"

파이어하트가 반발했다.

"지금 너에게 말해 주려고 온 거란 말이야. 그리고 마우스퍼, 지금 자고 있어야 하는 거 아닌가요?"

그는 암고양이에게 차가운 눈빛을 보냈다.

마우스퍼는 그를 똑바로 마주 보더니, 돌아서서 어둠 속으로 사라져 버렸다.

"그래서요?"

신더펠트가 재촉했다.

"마우스퍼가 벌써 다 말했을 텐데 뭐. 나도 너만큼이나 이런 상황이 싫어. 하지만 다른 선택의 여지가 있어? 넌 정말로 별족이 숲에서 전쟁이 일어나기를 바란다고 생각하는 거야? 심지어 부당한 전쟁이?"

"별족은 전쟁에 대해서는 아무것도 보여 주지 않았어요."

신더펠트가 솔직히 인정했다.

"그리고 저도 피를 흘리는 건 원하지 않아요. 하지만 전쟁을 막는 방법이 정말 그것밖에 없는 거예요?"

"더 좋은 생각이 있으면 말해 봐."

신더펠트는 고개를 저었다. 달빛이 회색 털을 비추어 그녀를 마치 유령처럼 보이게 했다. 벌써 별족의 세계에 반쯤 들어선 것 같았다.

"무슨 일을 하든 블루스타에게 신경을 써 주세요, 파이어하트. 이해심을 가지고 대해 주고요. 블루스타는 위대한 지도자였잖아요. 다시 그렇게 될 수도 있어요."

파이어하트는 치료사의 말을 정말로 믿고 싶었다. 하지만 블루스타는 하루가 다르게 망상의 세계로 더 깊숙이 빠져드는 것 같았다. 그가 처음 천둥족에 왔을 때 우러러보았던 현명한 스승의 모습은 이제 까마득하게 멀리 있는 것 같았다.

"최선을 다할게."

파이어하트는 약속했다.

"나도 블루스타를 속이고 싶지는 않아. 하지만 톨스타와 만나게 하려는 것도 바로 그 이유 때문이야. 우리가 싸울 필요가 없다는 걸 블루스타가 깨닫게 하고 싶은 거야. 내 말은 들으려고 하질 않으니까."

그는 긴장한 목소리로 덧붙였다.

"내가 틀렸다고 생각해?"

"그건 제가 답할 수 있는 문제가 아니에요."

신더펠트가 침착하게 그와 눈을 맞추었다.

"이건 당신의 결정이에요, 파이어하트. 아무도 대신해 줄 수는 없어요."

14
피로 얼룩지지 않은 풀밭

신더펠트의 거처를 나와 공터로 돌아왔을 때도 레이븐포는 보이지 않았다. 파이어하트는 속이 타들어 갔다. 달은 하늘 높이 떠 있었다. 얼마 안 있으면 블루스타가 천둥족 전사들을 바람족과의 전투에 몰아넣을 것이다. 그렇게 되면 평화적으로 해결할 희망은 모두 사라져 버린다.

레이븐포는 어디 있을까? 원위스커가 그를 찾지 못했을 수도 있다. 혹은 레이븐포가 사정이 생겨 오지 못하거나, 오고 있더라도 너무 늦게 도착할지도 모른다. 파이어하트는 숲으로 달려나가 레이븐포를 찾아보고 싶은 심정이었지만, 그렇게 해도 아무 소용없다는 것을 잘 알았다.

그때 진영 입구에서 희미한 움직임이 보였다. 애쉬포가 정체를 묻는 소리와 함께 다른 고양이가 답하는 소리도 들렸다. 파이어하트는 레이븐포의 목소리를 알아듣고 안도감으로 몸이 부르르 떨렸다. 그는 단숨에 공터를 가로질러 달려갔다.

"됐어, 애쉬포."

파이어하트는 훈련병에게 말했다.

"레이븐포는 내가 안내할 테니 넌 계속 보초를 서도록 해."

그는 가시금작화 굴길에서 나온 날렵한 고양이와 코를 맞댔다.

"반가워, 레이븐포. 잘 지냈지?"

안부를 묻긴 했지만, 대답을 듣지 않아도 친구의 상태가 좋아 보인다는 것을 알 수 있었다. 레이븐포의 검은 털가죽은 달빛 아래서 윤이 났고, 털 아래로는 강인한 근육이 물결처럼 일렁거렸다.

"난 잘 지내."

레이븐포는 호박색 눈을 크게 뜨고 공터를 둘러보았다.

"여기 다시 오니까 기분이 이상하다. 그나저나 바람족과 문제가 있다니 안타까워. 원위스커에게서 얘기 들었어. 그리고 맹세컨대 절대로 먹이를 훔치지 않았다고 하더라고."

"블루스타를 좀 설득해 줘."

파이어하트는 우울하게 말했다.

"재촉해서 미안해. 이렇게 빨리 오려면 바람처럼 달려야 했을 텐데. 그런데 우리가 시간이 별로 많지 않아서 말이야. 날 따라와."

파이어하트는 블루스타의 거처로 앞장서 걸어갔다. 천둥족 지도자는 잠자리에 몸을 웅크리고 있었다. 하지만 파이어하트가 유심히 보니 가늘게 뜬 그녀의 눈에 달빛이 비치고 있었다. 그녀는 깨어 있었다.

"무슨 일이냐, 파이어하트?"

지도자가 귀찮다는 듯이 물었다.

"아직 시간이 되지 않았다. 그리고 누구와 함께 온 것이냐?"

"레이븐포입니다, 블루스타."

레이븐포가 앞으로 나서면서 대답했다.

"바람족의 전갈을 가지고 왔습니다."

"바람족이라고!"

블루스타가 벌떡 일어났다.

"그 도둑놈의 종족이 나에게 무슨 말을 하고 싶다는 것이냐?"

레이븐포는 겁내거나 움츠러들지 않았다. 하지만 레이븐포도 블루스타가 화를 내면 얼마나 무서운지 잊지 않고 있을 것이다.

"톨스타는 블루스타를 만나 먹이를 도둑맞은 일에 대해 의논하고 싶어 합니다."

"날 만나고 싶어 한다고?"

블루스타가 파이어하트를 잠시 노려보았다. 그녀의 눈동자에 푸른 불꽃이 이글거렸다. 그 순간 파이어하트는 지도자가 자신이 벌인 일을 알아냈다고 확신했다. 불길한 정적이 흘렀다.

"블루스타, 싸우는 것보다는 대화를 해 보는 것이 낫지 않겠습니까?"

파이어하트는 위험을 무릅쓰고 물었다.

"나에게 이래라저래라 하지 말아라."

블루스타가 버럭 화를 냈다. 꼬리 끝이 짜증스럽게 씰룩거렸다.

"나가라. 레이븐포와 단둘이 얘기할 테니까."

파이어하트는 거처를 나올 수밖에 없었다. 그는 거처 밖을 서성거리며 말소리에 귀를 기울였다. 하지만 블루스타와 레이븐포가 무슨 대화를 하는지 알아들을 수는 없었다.

한참 후에 화이트스톰이 전사들의 거처에서 나와 그에게 다가 왔다.

"달이 지고 있습니다. 블루스타는 곧 출발하려고 할 텐데, 레이 븐포는 아직 안 왔습니까?"

"왔습니다. 하지만……."

파이어하트는 거처 안쪽에서 움직임이 느껴지자 말을 멈췄다. 잠시 후 블루스타가 레이븐포와 함께 걸어 나왔다. 그녀는 꼬리 를 휘두르면서 파이어하트가 있는 곳까지 걸어왔다.

"전사들을 모아라. 나무 네 그루로 간다."

블루스타가 명령했다.

"그럼 톨스타와 대화를 나눠 보실 겁니까?"

파이어하트는 용기를 내어 물었다.

지도자가 다시 꼬리를 휙 휘둘렀다.

"그렇다. 하지만 합의를 보지 못한다면, 난 싸울 것이다."

밤이 아직 깊은 가운데, 블루스타는 전사들을 이끌고 거대한 떡갈나무 네 그루가 서 있는 분지로 향했다. 파이어하트는 그녀 의 옆에서 걸었다. 작게 바스락거리는 소리로 다른 고양이들이 따라오고 있다는 것을 알 수 있었다. 멀리서 올빼미가 우는 소리 가 들리자 파이어하트는 가슴이 두근거렸다. 그는 레이븐포가 떠 나기 전에, 톨스타의 말을 전하러 와 줘서 고맙다는 인사만 간신 히 할 수 있었다. 레이븐포는 나무 네 그루에서 꽤 멀리 떨어진 다른 길을 따라서 농장으로 돌아갔다.

분지를 지나 바람족의 영역으로 이어지는 언덕 위에 다다르자 블루스타는 잠시 걸음을 멈췄다. 다른 전사들이 그녀를 따라 올라왔다. 별빛이 고양이들의 털에 희미한 광채를 드리우면서, 쫑긋선 귀를 스치고 커다란 눈망울에 부딪혀 반사되었다. 파이어하트는 동료들의 흥분을 냄새를 맡듯 생생하게 느낄 수 있었다.

파이어하트는 경계 너머 바람족 영역을 건너다보았다. 처음에는 밤하늘을 배경으로 쭉 뻗은 황무지가 텅 비어 있다고 생각했다. 바람이 황무지를 휩쓸고 분지에 있는 떡갈나무들을 뒤흔들었다. 그때 파이어하트의 눈에 어떤 움직임이 포착되었다. 곧이어 톨스타를 가운데 두고 한 줄로 늘어선 고양이들의 모습이 보였다. 톨스타 역시 전사들을 거느리고 왔다는 사실을 깨닫자, 파이어하트는 뱃속을 쥐어짜는 기분이 들었다.

"저게 다 무엇이냐?"

블루스타가 파이어하트를 쏘아보며 말했다.

"바람족 고양이들이 저렇게 많다니! 대화를 나누러 온 것이 아니었더냐?"

분노에 찬 눈길이 파이어하트에게 꽂혔다. 날카로운 본능이 꿰뚫고 지나간 듯, 블루스타가 이제야 알겠다는 표정을 지었다.

"지도자들의 만남이라기보다는 매복 같아 보이는구나."

블루스타가 꼬리를 휙 흔들었다. 천둥족 전사들은 소리 없이 움직여 지도자의 양쪽에 촘촘하게 늘어서서 바람족 고양이들을 마주했다. 파이어하트는 터질 것 같은 긴장감을 느낄 수 있었다. 설령 바람족이 먼저 공격하지 않는다고 해도, 아차 하는 순간에 전투가 벌어질 것 같았다. 톨스타가 과연 싸우지 않고 대화를 하겠다는 약속을 지킬까?

"톨스타, 나에게 무슨 할 말이 있는 거요?"

블루스타가 냉랭하게 말했다.

바람족 지도자의 대답을 기다리며, 파이어하트는 초조하게 발톱을 세웠다 오므렸다 했다. 지금 서 있는 대열이 언제까지 지켜질지 아무도 알 수 없었다. 단 하나라도 앞으로 움직였다가는 순식간에 전투에 휘말릴 수도 있었다. 파이어하트는 더스트펠트와 브린들페이스가 긴장된 눈빛을 주고받는 모습을 볼 수 있었다. 두 고양이도 같은 생각인 것 같았다. 파이어하트의 옆에서는 샌드스톰이 귀를 납작 눕히고 바람족 고양이들에게 시선을 고정하고 있었다. 스위프트포는 초조하게 지도자를 바라보면서도, 대열을 벗어나지 않고 자리를 지켰다. 클라우드포는 파이어하트의 다른 쪽 옆에서 사냥을 할 때처럼 몸을 웅크리고 있었다. 훈련병은 금방이라도 뛰쳐나갈 것처럼 엉덩이를 들썩거렸다.

"가만히 있어!"

파이어하트는 낮은 목소리로 주의를 주었다.

톨스타는 여우 서넛 정도 떨어진 거리에서 자신의 전사들보다 한두 걸음 앞으로 나와 있었다. 희미한 첫 새벽빛이 하늘에 스며들자, 파이어하트는 톨스타의 모습을 더 분명하게 볼 수 있었다. 톨스타는 털을 부풀린 채 꼬리를 높이 쳐들고 있었다. 뒤쪽으로는 원위스커와 모닝플라워, 그리고 어린 훈련병 고스포의 모습이 보였다.

'저들과 싸우고 싶지 않아.'

파이어하트는 덫에 걸린 새처럼 심장이 쿵쿵 뛰는 것을 느끼며 기다렸다.

"아무도 움직이지 마라."

톨스타가 마침내 바람족 전사들에게 명령을 내렸다. 고요한 공기 중에 그의 목소리가 울려 퍼졌다.

"농담하십니까?"

머드클로가 톨스타의 옆으로 다가가며 말했다.

"블루스타는 전투를 벌일 고양이들을 데려왔습니다. 우리가 먼저 공격해야 합니다!"

"아니다."

톨스타가 한 걸음 더 앞으로 나오며 꼬리를 움직여 부지도자 데드풋을 옆으로 불렀다. 그리고 블루스타를 똑바로 바라보며 고개를 숙였다.

"오늘 여기서는 어떤 전투도 벌어지지 않을 것이오. 나는 대화를 나누러 오겠다고 말했고, 그 말대로 할 것이오."

블루스타는 대답하지 않았다. 그녀는 몸을 웅크리고 털을 세운 채, 이빨을 드러내고 반항적으로 으르렁거리고 있었다. 파이어하트는 블루스타가 마음을 바꿀까 봐 걱정되기 시작했다. 그녀가 바람족 지도자에게 달려들면 어쩌나 불안했다. 그는 블루스타가 공격 명령을 내리지 않게 해 달라고 별족에게 간절히 기도했다.

그사이에 원위스커가 머드클로에게 다가가더니 거칠게 밀어 제자리로 돌려보냈다. 한순간이 마치 몇 달이 흐른 것처럼 느껴졌다.

고양이들은 두 줄로 늘어서서 서로를 마주 보고 있었다. 바람에 털이 흩날렸고, 눈은 긴장감으로 번득였다. 울부짖으며 서로를 물 어뜯는 격렬한 전투가 금방이라도 시작될 것 같은 긴장감이었다.

"블루스타."

톨스타가 다시 말했다.

"여기 내 쪽으로 오겠소? 부지도자를 데리고 오시오. 우리가 이 문제를 평화롭게 해결할 수 있는지 봅시다."

"평화롭게 해결한다고?"

블루스타가 쏘아붙였다.

"먹이 도둑과 떠돌이들을 상대로 어떻게 평화롭게 해결한단 말 이오?"

바람족 고양이들 사이에서 반발하는 소리가 터져 나왔다. 머드 클로가 또다시 앞으로 뛰쳐나왔지만, 원위스커가 뒤따라 나와 그 를 풀밭에 쓰러뜨리고 움직이지 못하게 붙들었다. 파이어하트는 다크스트라이프가 꼬리를 이리저리 휘두르는 모습을 볼 수 있었 다. 머드클로가 공격했다면 다크스트라이프가 그를 상대했을 것 이고, 그렇게 되면 평화로운 대화도 물거품이 되었을 것이다.

"톨스타의 말대로 하십시오."

파이어하트는 블루스타에게 간절한 목소리로 말했다.

"그러려고 여기 온 거지 않습니까. 바람족도 먹이를 도둑맞고 있습니다. 천둥족과 마찬가지로요."

블루스타가 악의와 증오가 가득한 눈길로 파이어하트를 쏘아 보았다.

242

"선택의 여지가 없는 것 같구나."

블루스타가 말했다.

"하지만 이번 일에 대해서 반드시 처벌이 있을 것이다, 파이어
하트."

블루스타는 털을 곤두세우고 뻣뻣하게 앞으로 걸어 나가, 바람
족 영역의 경계에 맞춰서 톨스타 앞에 섰다. 파이어하트는 전사
들의 대열을 벗어나 지도자의 뒤를 따라가며 샌드스톰에게 작게
속삭였다.

"다크스트라이프를 잘 지켜봐."

톨스타는 블루스타가 다가오는 모습을 냉랭한 시선으로 지켜
보았다. 파이어하트는 바람족 지도자가 블루스타를 용서하지 않
았다는 사실을 잘 알고 있었다. 톨스타의 옛 적인 브로큰테일을
블루스타가 보호해 주었기 때문이다. 하지만 톨스타는 오래된 원
한에 휘둘리지 않을 정도의 지혜는 있었다.

"블루스타, 바람족은 천둥족의 영역에서 사냥하지 않았소. 별족
에게 맹세하오."

톨스타가 말했다.

"별족이라니!"

블루스타가 비아냥거렸다.

"별족에게 맹세를 해 봤자 무슨 소용이오?"

톨스타는 깜짝 놀란 얼굴이었다. 그는 설명을 요구하는 듯한
눈빛으로 파이어하트를 바라보았다.

"그러면 뭐든 그대가 존중하는 것 앞에 맹세하겠소."

톨스타가 말을 이었다.

"새끼 고양이들, 종족에 대한 희망, 지도자로서의 명예를 걸고 맹세하오. 바람족은 그대가 의심하는 그 어떤 일도 하지 않았소."

처음으로 톨스타의 말이 블루스타에게 전해진 것 같았다. 파이어하트는 블루스타의 털이 반반하게 가라앉는 것을 볼 수 있었다.

"내가 어떻게 그 말을 믿겠소?"

블루스타가 거친 목소리로 물었다.

"우리도 먹이를 도둑맞았소."

톨스타가 말했다.

"개가 훔쳐 갔거나, 떠돌이들의 짓일 수도 있겠지. 하지만 바람족 고양이들은 아니오."

"물론 그렇게 말하겠지……."

블루스타는 이제 반신반의하는 목소리였다. 파이어하트는 어쩌면 그녀가 톨스타에게 설득당하기 시작했지만, 체면을 구기지 않고 물러나는 방법을 모르는 것일 수도 있겠다는 생각이 들었다.

"블루스타."

파이어하트는 다급하게 대화에 끼어들었다.

"고귀한 지도자는 자신의 전사들을 불필요하게 전투에 끌어들이지 않습니다. 아주 작은 의구심이라도 있다면……."

"넌 내가 종족을 어떻게 이끌어야 하는지도 모른다고 생각하는 것이냐?"

블루스타가 그의 말을 끊었다. 그녀의 털이 다시 곤두섰다. 이번에는 파이어하트가 분노의 대상이 되었다. 그는 얼핏 예전의 강력한 천둥족 지도자의 모습을 본 것 같았다. 움츠러들지 않고 버티기가 힘들었다.

"젊은 고양이들은 자신들이 모든 것을 다 안다고 생각하지요."

톨스타가 공감한다는 듯이 농담조로 말했다. 파이어하트는 블루스타의 두려움을 세심하게 헤아려 주는 바람족 지도자에게 문득 고마움을 느꼈다.

"하지만 어떨 때는 젊은이들 말에도 귀를 기울여야 하지. 이 전투는 치를 필요가 없소."

블루스타의 귀가 짜증스럽게 씰룩거렸다.

"잘 알겠소."

블루스타가 마지못해 말했다.

"그대의 말을 받아들이겠소. 당분간은 말이오. 하지만 바람족 냄새가 우리 경계에서 꼬리 하나만큼이라도 넘어온다면……."

블루스타는 몸을 휙 돌려서 천둥족 고양이들에게 외쳤다.

"진영으로 돌아간다!"

파이어하트가 지도자를 뒤따르기 위해 돌아서는데, 톨스타가 그를 향해 고개를 숙였다.

"고맙다, 파이어하트. 잘해 주었다. 바람족은 이번 전투를 피할 수 있게 해 준 네 용기에 경의를 표한다. 하지만 지금은 네 상황이 좋지 않아 보이는구나."

파이어하트는 어깨를 으쓱하고는 종족 동료들을 따라갔다. 나무 네 그루가 있는 분지로 달려 내려가기 직전에 그는 고개를 돌려 뒤를 보았다. 바람족 고양이들이 탁 트인 황무지를 달려 그들의 진영으로 돌아가는 모습이 보였다. 은은한 새벽빛 속에서 누구의 피로도 얼룩지지 않은 풀밭이 희미하게 빛나고 있었다.

"고맙습니다, 스파티드리프."

파이어하트는 다시 고개를 돌리며 중얼거렸다.

긴장감이 흐르는 침묵 속에 블루스타는 전사들을 이끌고 진영으로 돌아왔다. 공터 입구에 다다르자, 파이어하트는 앞서 달려나가 전사들의 거처 밖에 앉아 있는 마우스퍼에게 다가갔다.

"별문제 없었습니까?"

마우스퍼가 고개를 끄덕였다.

"아무 문제도 없었습니다."

그녀가 보고했다.

"프로스트퍼가 브래큰퍼와 훈련병 둘을 데리고 새벽 순찰을 나갔습니다."

마우스퍼는 파이어하트를 살펴보며 덧붙였다.

"털 하나도 뽑히지 않은 것 같군요. 평화 회담이 잘 치러졌나 보죠?"

"네, 맞습니다. 진영을 지켜 줘서 고맙습니다, 마우스퍼."

마우스퍼가 고개를 숙였다.

"이제 잠 좀 자야겠어요. 그리고 사냥조를 내보내야 할 거예요. 싱싱한 먹이가 얼마 남지 않았거든요."

"제가 사냥조를 이끌고 나가겠습니다."

파이어하트가 말했다.

"아니, 넌 가지 마라."

등 뒤에서 블루스타의 목소리가 들렸다. 그녀의 눈은 파란 얼음 조각 같았다.

"내 거처로 와라, 파이어하트. 지금 당장!"

블루스타는 파이어하트가 따라오는지 돌아보지도 않고, 공터를 가로질러 가 버렸다.

파이어하트는 두려움으로 털이 얼얼해졌다. 지도자가 어떤 식으로든 질책할 것을 예상하고 있었지만, 그렇다고 해서 앞으로 일어날 일에 더 쉽게 대처할 수 있는 것은 아니었다.

"사냥은 제가 알아서 하겠습니다."

화이트스톰이 샌드스톰, 더스트펠트와 함께 다가오면서 안쓰러운 표정으로 말했다.

파이어하트는 고마움의 뜻으로 고개를 끄덕이고 블루스타의 거처로 향했다. 그가 도착했을 때 지도자는 발을 몸 아래로 밀어넣고 잠자리에 앉아 있었다. 그녀의 꼬리 끝이 앞뒤로 흔들렸다.

"파이어하트."

블루스타의 목소리는 차분했다. 파이어하트는 그녀가 차라리 고함을 질렀다면 덜 두려웠을 것 같았다.

"톨스타는 아주 시간을 잘 맞췄더구나. 먹이 도둑에 대해 나와 대화를 나누기에 딱 적절한 때였지. 별족이 직접 귀띔해 줬더라도 그보다 더 좋은 때를 고를 수는 없었을 거야. 그건 네가 한 짓이야, 그렇지? 내가 바람족을 공격할 계획이라는 건 너만 알고 있었으니까. 우리를 배신할 수 있었던 건 너밖에 없다."

블루스타는 오랜만에 정신이 맑아진 듯한 목소리였다. 본능적으로 깨어난 예민한 감각들을 통해 상황을 파악하고, 확신을 가지게 된 것 같았다. 그녀는 파이어하트가 존경했던 고귀한 지도자의 모습으로 돌아간 듯 행동하고 있었다. 그 모습을 본 파이어하트는 더욱 큰 상실감을 느끼며 괴로워했다. 파이어하트는 여전히 자신이 종족을 배신하지 않았다고 믿고 있었다. 하지만 현명한 톨스타가 전투가 곧 닥치리라는 것을 알아챘으니, 어쨌든 그는 기습 계획을 발설한 셈이었다.

'블루스타는 어쩔 생각인 걸까? 날 추방할 생각인가?'

떠돌이 생활을 해야 한다고 생각하니 몸서리가 쳐졌다. 소속된 종족 없이 먹이를 훔치며 살아가야 하다니…….

파이어하트는 블루스타 앞에 서서 고개를 숙였다.

"그렇게 하는 것이 옳은 일이라 생각했습니다. 어느 종족도 이 전투를 치를 필요가 없었습니다."

"난 널 믿었다, 파이어하트."

블루스타가 거친 목소리로 말했다.

"나의 모든 전사들 중에서도, 바로 너를!"

파이어하트는 블루스타의 냉혹한 시선을 간신히 마주 보았다.

"종족을 위해서 한 일입니다, 블루스타. 그리고 저는 공격에 대해서는 말하지 않았습니다. 다만 평화를 위해 노력해 달라고 부탁한 겁니다. 제 생각에는…….."

"조용히 해라!"

블루스타가 꼬리를 휘두르며 으르렁거렸다.

"변명은 필요 없다. 그리고 종족 전체가 죽임을 당한다 한들 무슨 상관이란 말이냐? 배신자들에게 무슨 일이 일어나든 내가 왜 신경을 써야 하지?"

블루스타의 눈에 다시 사나운 빛이 번득였다. 파이어하트는 잠깐이나마 정신이 또렷했던 순간은 이제 지나갔다는 것을 깨달았다.

"내 새끼들을 지켰어야 하는 건데!"

그녀가 중얼거렸다.

"미스티풋과 스톤퍼는 고결한 고양이들이다. 천둥족의 어중이떠중이들보다 훨씬 더 고귀하지. 내 새끼들은 절대로 나를 배신하지 않았을 텐데."

"블루스타……."

"난 부지도자가 되기 위해서 새끼들을 포기했다. 그런데 이제 별족은 날 밀어내고 있어. 아, 별족은 정말 영리하구나, 파이어하트! 나를 망가뜨리는 가장 잔인한 방법을 알고 있는 거야. 나를 지도자로 만들어 놓고, 나의 전사들이 나를 배신하게 하다니! 천둥족의 지도자가 되는 게 얼마나 가치 있는 일이냐고? 전혀! 다 무의미하다, 전부 다……."

그녀의 발이 이끼를 사납게 헤집었다. 텅 빈 눈은 아무것도 보고 있지 않았고, 벌어진 입은 소리 없는 비명을 지르고 있었다.

파이어하트는 충격에 몸이 떨려 왔다.

"신더펠트를 데려오겠습니다."

"그 자리에…… 그대로…… 있어라."

말 한 마디 한 마디가 뚝뚝 끊어졌다.

"너를 처벌해야 한다, 파이어하트. 배신자에게 적당한 벌이 무엇인지 말해 봐라."

충격과 공포에 휩싸인 파이어하트는 가까스로 대답했다.

"전 잘 모르겠습니다, 블루스타."

"하지만 난 알지."

이제 낮게 깔린 그녀의 목소리에는 기괴하게도 이 상황을 즐기는 듯한 느낌이 감돌고 있었다. 블루스타가 파이어하트의 눈을 똑바로 들여다보며 말했다.

"내가 최고의 벌을 알지. 난 아무것도 하지 않을 것이다. 네가 부지도자 노릇을 계속할 수 있도록 해 주마. 그리고 내 뒤를 이어서 지도자가 되는 거다. 아, 그렇게 되면 별족도 기뻐하겠지. 배신자들이 모인 종족을 이끄는 배신자라니! 별족이 너에게 그런 기쁨을 내려 주시기를 바란다, 파이어하트. 이제 내 눈앞에서 꺼져라!"

파이어하트는 지도자의 거처에서 물러나 공터로 나갔다. 마치막 전투를 치르고 나온 기분이었다. 블루스타의 절망감이 날카로운 발톱처럼 그를 찔렀다. 하지만 파이어하트는 블루스타 역시자신을 실망시켰다고 느꼈다. 그녀는 파이어하트가 그런 일을 한 이유를 알아보려고도 하지 않았던 것이다. 그리고 천둥족이 바람족과 싸웠더라면 어떤 일이 일어났을지 생각조차 해 보지 않고, 파이어하트를 배신자로 이름 붙여 버렸다.

파이어하트는 고개를 떨구고 공터를 가로질러 갔다. 샌드스톰의 목소리가 들리기 전까지는 그녀가 다가오는 것조차 알아채지 못했다.

"무슨 일이야, 파이어하트? 블루스타가 널 쫓아냈어?"

파이어하트는 고개를 들었다. 샌드스톰은 걱정스러운 눈빛이었지만, 몸을 맞대고 위로해 줄 만큼 가까이 다가오지는 않았다.

"아니야, 아무런 벌도 내리지 않았어."

"그럼 됐네."

샌드스톰이 억지로 밝은 목소리를 냈다.

"그런데 표정이 왜 그래?"

"블루스타가…… 별로 좋지 않아."

파이어하트는 조금 전 지도자의 거처에서 있었던 일을 설명할 엄두가 나지 않았다.

"신더펠트에게 좀 살펴보라고 해야겠어. 그다음에 같이 먹이를 먹자."

"안 돼. 난…… 난 클라우드포와 브린들페이스와 함께 사냥을 나가기로 했거든."

샌드스톰은 그를 쳐다보지도 않고 앞발로 땅을 꾹꾹 누르며 말했다.

"블루스타 걱정은 하지 마, 파이어하트. 괜찮아질 거야."

"모르겠어."

파이어하트는 떨리는 몸을 주체할 수가 없었다.

"난 블루스타를 이해시킬 수 있을 줄 알았어. 그런데 블루스타는 내가 자기를 배신했다고 생각하고 있어."

샌드스톰은 아무 말도 하지 않았다. 파이어하트는 그녀가 자신을 흘깃 보다가 이내 고개를 돌리는 것을 알아챘다. 그에게 다가가기를 열망하는 눈빛이었지만, 불편함도 섞여 있었다. 파이어하트는 그녀가 블루스타를 속이는 일에 몹시 분개했던 것을 떠올렸다.

그는 절망적인 생각이 들었다.

'샌드스톰도 나를 배신자라고 생각하는 걸까?'

파이어하트는 신더펠트를 블루스타에게 보낸 뒤 전사들의 거처로 향했다. 다리가 가까스로 몸을 떠받치고 있는 기분이었다. 머릿속에는 오직 포근하고 깊은 잠 속으로 빠져들고 싶다는 생각밖에 없었다. 그때 공터를 가로질러 걸어오는 롱테일을 발견하고 그는 가슴이 철렁 내려앉았다.

"얘기를 좀 하고 싶은데요, 파이어하트."

롱테일이 말했다.

파이어하트는 자리에 앉았다.

"뭡니까?"

"새벽에 제 훈련병에게 함께 가자고 명령했지요?"

"맞습니다. 그리고 이유도 설명했지요."

"스위프트포는 가고 싶지 않았지만, 주어진 임무를 수행했던 겁니다."

롱테일이 거칠게 말했다.

그건 사실이었다. 그는 힘든 상황에서 용기를 낸 훈련병을 높이 평가했다. 하지만 롱테일이 왜 지금 그 일로 야단을 떠는 건지 알 수 없었다.

"제 생각엔 이제 스위프트포도 전사가 될 때가 된 것 같습니다. 사실 그 녀석은 벌써 한참 전에 전사가 되었어야 합니다."

"네, 알고 있습니다. 맞아요, 롱테일. 정말 그랬어야지요."

롱테일은 파이어하트의 빠른 동의에 깜짝 놀란 표정이었다.

"그래서 어떻게 할 셈입니까?"

롱테일이 몰아붙이듯 물었다.

"지금 당장은 아무것도 하지 않을 겁니다. 롱테일, 그렇게 귀를 납작 붙이지 말고 생각을 한번 해 보십시오. 블루스타는 지금 심기가 몹시 불편한 상태입니다. 오늘 새벽에 일어난 일을 마음에 들어 하지 않는다고요. 훈련병을 전사로 임명하는 일 같은 건 생각도 하지 않고 있을 겁니다. 아니, 더 들어 보세요."

롱테일이 반발하려고 입을 열자, 파이어하트는 꼬리를 획 움직여 저지시켰다.

"저에게 맡겨 주세요. 조만간 블루스타도 그게 최선이었다는 걸 깨닫게 될 겁니다. 그때가 되면 제가 스위프트포를 전사로 임명해야 한다고 말씀드리겠습니다. 약속할게요."

롱테일은 콧방귀를 뀌었다. 파이어하트는 그가 자신의 답변에 대해 만족하지는 않았지만 딱히 반대할 이유도 찾지 못했다는 것을 알 수 있었다.

"알겠습니다. 하지만 서두르는 게 좋을 겁니다."

롱테일이 자리를 떠나자 파이어하트는 잠자리로 향했다. 보드라운 이끼 속에 파묻혀 몸을 말고 이른 아침 햇빛을 피해 눈을 감으면서도 그는 나이가 찬 네 훈련병을 걱정하지 않을 수 없었다. 클라우드포와 브라이트포, 쏜포는 스위프트포와 마찬가지로 모두 전사가 될 자격이 있었다. 게다가 그들이 하루 빨리 전사의 임무를 수행하는 것이 종족에게도 절실히 필요했다. 하지만 블루스타가 지금처럼 자신이 배신자들에게 둘러싸여 있다고 확신하는 상태에서는, 결코 전사 임명에 동의해 주지 않을 것이다.

파이어하트의 꿈은 어둡고 혼란스러웠다. 그는 누군가 쿡쿡 찌르며 부르는 소리에 잠에서 깨어났다.

"일어나요, 파이어하트!"

파이어하트는 눈을 끔벅이며 신더펠트의 얼굴에 초점을 맞추었다. 그녀는 걱정 어린 눈을 크게 뜨고 있었고, 회색 털은 마구 형클어져 있었다. 파이어하트는 정신이 번쩍 들었다.

"무슨 일이야?"

"블루스타 일이에요!"

신더펠트가 대답했다.

"블루스타가 보이지 않아요!"

15
별족의 경고

파이어하트는 자리에서 벌떡 일어났다.

"어떻게 된 건지 말해 봐."

"아침에 갔을 때 마음을 진정시킬 수 있도록 양귀비 씨앗을 가져다 드렸어요."

신더펠트가 설명했다.

"하지만 좀 전에 다시 가 보니까 안 계신 거예요. 게다가 양귀비 씨앗은 드시지도 않았고요. 원로들의 거처와 보육실에도 가 봤지만 안 계셨어요. 진영 어디에도 안 계세요, 파이어하트."

"진영 밖으로 나가는 걸 본 고양이는 없어?"

"아직 물어보지 않았어요. 파이어하트에게 먼저 알려 주려고 온 거예요."

"그럼 훈련병들을 불러서 찾아보도록 할게. 그리고……."

"블루스타는 새끼 고양이가 아닙니다."

때마침 전사들의 거처로 들어오던 화이트스톰이 신더펠트가 전하는 소식을 듣고 말했다.

"순찰을 나가셨을지도 모릅니다. 다른 고양이들과 함께 있는지 어떻게 알겠습니까."

화이트스톰은 차분히 말하고는 입을 크게 벌려 하품을 하면서 잠자리에 누웠다.

파이어하트는 마지못해 고개를 끄덕였다. 화이트스톰의 말에도 일리가 있었다. 하지만 확실히 해 두는 게 좋을 것 같았다. 아침에 보았던 블루스타의 상태라면, 지금 그녀는 숲의 어디에라도 갔을 수 있었다. 어쩌면 새끼 고양이들을 찾으러 강족 영역에 갔을지도 모를 일이었다.

"걱정할 필요는 없을 거야."

파이어하트는 신더펠트를 안심시켰다. 스스로 듣기에도 확신이 없는 목소리였지만, 신더펠트에게는 좀 더 믿음직스럽게 들렸기를 바랐다.

"어쨌든 찾아보자. 혹시 누가 봤는지도 알아보고."

거처를 나서던 파이어하트는 훈련병들의 거처 근처에 있는 타고 남은 나무 그루터기 옆에서 혀를 나누는 펀포와 애쉬포를 발견했다. 그는 재빨리 두 훈련병에게 다가가 말했다.

"블루스타에게 전할 말이 있는데 어디 계시는지 모르겠구나."

훈련병들은 즉시 블루스타를 찾기 위해 달려갔다.

그는 뒤따라 오는 신더펠트에게 말했다.

"너는 가서 블루스타를 본 고양이가 있는지 물어봐. 난 골짜기로 올라가서 냄새를 확인해 볼게. 흔적을 찾으면 따라갈 수 있을지도 모르잖아."

사실 파이어하트는 그럴 가능성은 거의 없다고 생각했다. 잠든 사이에 구름이 하늘을 덮었고, 가는 빗줄기가 내리고 있었다. 냄새를 따라가기에 좋은 날씨가 아니었다. 파이어하트가 자리를 떠나려고 할 때 이제 막 진영으로 돌아오는 샌드스톰의 모습이 보였다. 클라우드포와 브린들페이스도 함께 있었다. 셋 다 싱싱한 먹이를 물고 와 먹이 더미에 내려놓았다.

파이어하트는 그들에게 달려갔다. 신더펠트도 절뚝거리며 그 뒤를 따라왔다.

"샌드스톰, 혹시 블루스타 못 봤어?"

샌드스톰은 혀로 입 주변을 핥아서 먹이에서 묻은 물기를 닦아 냈다.

"못 봤어. 왜?"

"블루스타가 안 계세요."

신더펠트가 말했다.

"그게 놀라운 일이야? 새벽에 그런 일이 있었는데? 블루스타는 종족을 다스리는 힘을 잃어 가고 있다고 느끼셨을 거야."

샌드스톰이 눈을 크게 뜨고 말했다.

진실에 가까운 샌드스톰의 말에 파이어하트는 뭐라고 대답해야 할지 알 수 없었다.

"저희가 다시 나가 볼게요."

클라우드포가 말했다.

"가서 블루스타를 찾아볼게요."

"그래, 고맙다."

파이어하트는 훈련병에게 눈을 찡긋해 주었다.

클라우드포가 재빨리 달려 나갔고, 두 전사는 천천히 그 뒤를 따랐다. 브린들페이스가 잠시 걸음을 멈추고 뒤를 돌아보았다.

"블루스타는 괜찮을 거예요, 파이어하트."

그녀는 이렇게 말해 주고 다시 걸음을 옮겼지만, 샌드스톰은 뒤돌아보지 않았다.

파이어하트는 골치 아픈 문제들에 휩싸여 어찌할 바를 몰랐다. 그때 신더펠트의 부드러운 숨결이 귓가에 느껴졌다.

"걱정 말아요, 파이어하트. 샌드스톰은 여전히 친구예요. 샌드스톰과 언제나 생각이 같을 수는 없다는 걸 인정해야 돼요."

"너도 그렇고."

파이어하트는 한숨을 내쉬며 대답했다.

신더펠트가 가르랑거리는 소리를 냈다.

"나도 여전히 파이어하트의 친구예요."

신더펠트가 다정하게 말했다.

"그리고 파이어하트가 옳다고 믿는 일을 했다는 걸 알아요. 자, 이제 블루스타를 찾아보기로 해요."

해가 저물 때까지도 블루스타의 모습은 보이지 않았다. 파이어하트는 골짜기 꼭대기까지 그녀의 냄새를 따라갔다. 하지만 그 뒤로는 비가 더 많이 내린 탓에, 타 버린 나뭇가지의 매캐한 냄새와 낙엽의 퀴퀴한 냄새 사이에서 그녀의 냄새를 놓치고 말았다.

불안한 마음에 잠을 이룰 수 없었던 파이어하트는 직접 보초를 서기로 했다. 밤이 지나고 달이 질 무렵, 진영 입구에서 움직임이 보였다. 저물어 가는 달의 마지막 빛을 받으며 블루스타가 절룩이며 진영으로 돌아오고 있었다. 푹 젖은 털이 몸에 척 들러붙어 있었고, 고개는 푹 숙이고 있었다. 그녀는 늙고, 지치고, 좌절한 모습이었다.

파이어하트는 서둘러 지도자에게 다가갔다.

"블루스타, 어디 가셨던 겁니까?"

종족 지도자가 고개를 들어 그를 바라보았다. 파이어하트는 깜짝 놀랐다. 기진맥진한 상태에서도, 희미한 달빛 속에서 희미하게 반짝이는 그녀의 눈은 맑고 초롱초롱했던 것이다.

"새끼 고양이를 나무라는 어미 고양이처럼 말하는구나."

블루스타가 농담처럼 대꾸하더니 거처 쪽으로 고개를 돌렸다.

"따라오너라."

파이어하트는 명령대로 그녀를 따라가다가, 싱싱한 먹이 더미를 지날 때 잠시 멈춰서 들쥐를 재빨리 잡아채 왔다. 어디에 다녀왔든지 블루스타는 먹이를 먹어야 했다. 파이어하트가 거처에 도착했을 때, 지도자는 이끼 잠자리에 앉아서 세심하게 몸을 핥고 있었다. 파이어하트는 그녀 곁에 앉아서 혀를 나누고 싶었지만, 아침에 있었던 일 때문에 감히 그럴 수가 없었다. 대신 그는 지도자의 앞에 들쥐를 내려놓고 공손하게 고개를 숙였다.

"무슨 일이십니까, 블루스타?"

블루스타는 내키지 않는 듯 고개를 반쯤 돌린 채 목을 뻗어 들쥐 냄새를 맡았다. 그러더니 갑자기 허기를 느꼈는지 허겁지겁 먹이를 먹어 치우기 시작했다. 그녀는 들쥐를 다 먹을 때까지 대답하지 않았다.

"별족과 이야기를 하러 갔었다."

블루스타가 수염에 묻은 찌꺼기를 털어 내며 말했다.

파이어하트는 지도자를 빤히 쳐다보았다.

"높은 돌산까지요? 혼자서 말입니까?"

"당연하지. 이 배신자 무리에서 누구에게 나를 호위해 달라고 부탁하겠느냐?"

파이어하트는 마른침을 삼키고, 부드럽게 말했다.

"천둥족은 지도자에게 충성하고 있습니다, 블루스타. 우리 모두 그렇습니다."

블루스타는 고집스럽게 고개를 저었다.

"높은 돌산으로 가서 별족과 이야기를 나누었다."

"그런데 왜입니까?"

파이어하트는 점점 더 혼란스러워졌다.

"더 이상 별족과 이야기를 나누고 싶어 하지 않으시는 줄 알았는데요."

블루스타는 몸을 바로 세웠다.

"그렇다, 별족에게 따지러 간 거였다. 나는 평생 별족을 위해 일하고 별족의 뜻에 따르기 위해 노력했는데, 그들이 내게 한 짓에 대해 뭐라고 해명할 거냐고 물어보고 싶었다. 그리고 숲에서 일어나는 일들에 대해 설명을 듣고 싶었다."

파이어하트는 믿을 수 없다는 눈으로 그녀를 바라보았다. 지도자가 감히 선대 전사들의 영혼에게 도전했다는 것이 놀라웠다.

"달바위 옆에 누워 있었더니 별족이 내게 오더구나."

블루스타가 말을 이었다.

"그들은 아무런 해명도 하지 않았다. 할 수가 없었겠지. 그들이 내게 한 짓에는 타당한 이유가 없으니까. 하지만 뭔가 말해 주긴 하더구나……."

파이어하트는 가까이 몸을 기울였다.

"무슨 말을 했습니까?"

"숲을 돌아다니는 악이 있다고 말했다. '무리'라고 말하더군. 그 악이 숲에서 결코 본 적 없는 더 많은 죽음과 파괴를 가져올 거라고 했다."

"그게 무슨 뜻입니까?"

파이어하트는 속삭이듯 물었다. 화재와 홍수 때문에 죽음과 파괴는 이미 충분히 겪지 않았던가?

블루스타가 고개를 푹 숙였다.

"나도 모른다."

"알아내야 합니다!"

파이어하트가 소리쳤다.

"아마도 개를 말하는 것 같습니다. 하지만 고작 개 한 마리가 그렇게 큰 피해를 입히지는 못할 텐데요. 그리고 '무리'는 뭐죠? 어쩌면…… 어쩌면 그림자족에 대해 말하는 걸 수도 있습니다. 타이거스타가 우리에게 복수하겠다고 맹세한 거 아시잖습니까. 공격을 계획하고 있는 걸지도 모릅니다. 아니면 레퍼드스타일지도 모릅니다."

파이어하트의 마음속에는 타이거스타가 옛 종족을 해치는 일에 흥미를 잃었기를 바라는 기대감이 여전히 남아 있었다.

블루스타가 어깨를 으쓱했다.

"그럴지도."

파이어하트는 눈을 가늘게 떴다. 별족이 해 준 말이 무슨 의미인지 알아내고, 공격에 대비해 방어 계획도 세워야 하는데 왜 지도자는 그렇게 하지 않는지 이해할 수가 없었다.

"뭐라도 해야 됩니다."

파이어하트가 주장했다.

"경계에 보초를 세우고 순찰도 늘려야 합니다."

그는 몇 안 되는 전사들을 데리고 어떻게 이 일들을 해 나갈 수 있을지 막막했다.

"그리고 항상 진영을 지키는 보초가 있어야……."

그는 블루스타가 듣고 있지 않다는 것을 알아차리고 말끝을 흐렸다. 그녀는 발에 시선을 고정한 채 꼼짝하지 않고 웅크리고 있었다.

"블루스타?"

천둥족 지도자가 파이어하트를 올려다보았다. 그녀의 눈은 깊이를 알 수 없는 절망의 구렁텅이 같았다.

"그게 무슨 소용이냐?"

블루스타가 쉰 목소리로 말했다.

"별족은 죽음이 닥칠 거라고 선포했다. 이 숲에 어두운 기운이 감도는데 별족조차 통제할 수가 없는 거야. 아니면 통제하지 않으려는 걸 수도 있고. 우리가 할 수 있는 일은 아무것도 없다.”

파이어하트는 온몸에 소름이 돋았다. 블루스타의 말이 맞는 걸까? 별족의 힘도 닥쳐 오는 파멸을 피할 수 있을 만큼 강력하지는 않은 걸까? 그는 지도자의 절망을 고스란히 느끼며 잠시 그대로 있었다.

이윽고 그는 고개를 들었다. 마치 검은 물속 깊은 곳에서부터 발톱으로 할퀴며 올라오는 기분이었다.

“아니, 그렇지 않습니다. 뭐든 우리가 할 수 있는 일이 있을 겁니다. 용기와 충성심만 있다면요.”

“용기? 충성심? 천둥족에 말이냐?”

“네, 블루스타.”

파이어하트는 대답에 자신의 확고한 믿음의 힘을 담으려고 애썼다.

“지도자를 배신하려고 했던 고양이는 타이거스타뿐이었습니다.”

블루스타는 잠시 파이어하트와 눈을 맞추다가 시선을 돌려 버렸다. 그리고 피곤하다는 듯이 꼬리를 휙 휘둘렀다.

“원하는 대로 해라, 파이어하트. 뭘 하든 달라질 건 없을 것이다. 이제 그만 가 봐라.”

인사를 하고 물러나려는데, 신더펠트가 가져온 양귀비 씨앗이 아직 잎사귀 위에 가지런히 놓여 있는 것이 보였다. 그는 고갯짓으로 양귀비 씨앗을 가리켰다.

“양귀비 씨앗을 드십시오, 블루스타. 푹 쉬셔야 합니다. 내일은 모든 게 더 나아 보일 겁니다."

파이어하트는 이빨로 잎사귀를 물고 조심스럽게 블루스타의 발이 닿는 곳으로 옮겨 놓았다. 블루스타는 무시하는 듯 콧방귀를 뀌었다. 하지만 파이어하트가 거처를 나서면서 돌아보니, 그녀는 고개를 숙이고 씨앗을 핥아 먹고 있었다.

거처 밖에서 그는 몸을 부르르 털어 냈다. 별족이 블루스타에게 보낸 메시지를 들으며 느꼈던 으스스한 공포를 떨쳐 내고 싶었던 것이다. 그의 발길은 본능적으로 신더펠트의 거처로 향했다. 치료사에게 블루스타가 돌아왔다고 말하고, 지도자가 들려준 이야기에 대해 상의하고 싶었다.

바로 그때, 한 달 전쯤 신더펠트가 들려준 꿈 이야기가 떠올랐다.

'무리, 무리. 죽여라, 죽여라.'

16
해 드는 바위

신더펠트도 파이어하트에게 더 이상 말해 줄 것이 없었다. 숲 속을 돌아다니는 악이 무엇인지도 알지 못했다.

"별족은 중요하지도 않은 일에 거듭 경고를 하지는 않을 거예요."

신더펠트가 말했다. 그녀의 곤혹스런 눈빛이 파이어하트에게 머물렀다.

"우리가 할 수 있는 일은 계속 경계하는 것밖에 없어요."

"적어도 블루스타는 무사히 돌아왔어."

파이어하트는 그녀의 기운을 북돋아 주려고 애썼지만, 의미 없는 노력에 불과했다. 두 고양이는 그들이 사랑하는 종족에게 형체도 소리도 없는 위협이 드리워져 있다는 사실을 알고 있었다.

그날 이후로 파이어하트는 그림자족이나 강족이 공격해 오면 즉시 알 수 있도록 순찰 체제를 세우기 위해 최선을 다했다. 하지만 지금 있는 전사들로는 정기적인 순찰과 보초 임무도 간신히 수행할 수 있었다. 파이어하트는 계절이 지나감에 따라 걱정이

265

점점 커졌다. 비가 그치고 상쾌하고 건조한 날씨가 찾아왔지만, 아침마다 땅에는 얄팍한 서리가 내려앉았다. 나무에 남은 잎사귀들도 꾸준히 떨어지고 있었다. 숲이 회복되던 짧은 시기도 끝나 버리고, 먹이는 다시 귀해졌다.

바람족과 대면한 뒤로 반달 정도 지난 어느 아침이었다. 파이어하트가 브래큰퍼와 클라우드포를 데리고 새벽 순찰을 나가려는데, 블루스타가 거처에서 걸어 나왔다.

"오늘 아침 순찰대는 내가 이끌겠다."

블루스타는 진영 입구로 가서 나머지 전사들을 기다렸다.

"블루스타가 순찰대를 이끈다고? 잘도 되겠네. 어디서 고슴도치가 날아다니는 거 아닌지 조심해야겠어."

클라우드포가 중얼거렸다.

파이어하트는 클라우드포의 옆머리를 찰싹 쳤다. 하지만 블루스타가 다시 종족의 임무를 수행하다니 그 역시 놀랍기는 마찬가지였다.

"예의 바르게 굴어. 블루스타는 지도자야. 그동안 몸이 안 좋았던 거고."

클라우드포가 툴툴거리는 소리를 냈다. 블루스타에게 가려던 파이어하트의 머릿속에 좋은 생각이 떠올랐다.

"클라우드포, 전사가 되고 싶지?"

훈련병은 열심히 고개를 끄덕였다.

"그럼 이번이 블루스타에게 잘 보일 기회야. 다른 훈련병도 데리고 가야겠다. 가서 스위프트포를 찾아와라."

클라우드포는 신이 나서 눈을 반짝이며 훈련병들의 거처를 향해 부리나케 달려갔다.

파이어하트는 훈련병이 멀어지는 모습을 지켜보다가 브래큰퍼에게 고개를 돌렸다.

"롱테일 좀 불러 줄래? 롱테일은 사냥을 나가기로 했는데, 네가 바꿔 줄 수 있겠지?"

롱테일은 자신이 가르친 훈련병의 기술을 선보일 기회를 반길 것이 틀림없었다.

"그럼요, 파이어하트."

브래큰퍼는 전사들의 거처로 사라졌다. 잠시 후 롱테일이 거처 밖으로 모습을 드러냈고, 클라우드포와 스위프트포도 합류했다. 두 훈련병과 그들의 스승이 함께 블루스타가 기다리고 있는 진영 입구로 걸어갔다.

블루스타가 꼬리를 씰룩거렸다.

"순찰대는 제대로 선발한 거겠지, 파이어하트?"

블루스타는 대답도 기다리지 않고 앞장서서 진영을 빠져나가 골짜기를 올라갔다.

지도자를 따라서 강족 경계로 향하는 동안, 파이어하트는 마치 지난 몇 계절이 존재하지 않았던 시간처럼 생각되었다. 지금 그를 괴롭히는 모든 책임에서 자유로워진 어린 전사가 되어 순찰을 나가는 기분이었다. 하지만 불길이 할퀴고 지나간 처참한숲의 모습은 과거로는 절대 돌아갈 수 없다는 사실을 일깨워 주고 있었다.

해가 강 위로 떠오르자 서리가 녹기 시작했다. 하지만 그늘을 지나가는 고양이들의 발밑에서는 잎사귀들이 여전히 바스락거리며 부스러졌다. 길을 가는 동안 파이어하트는 두 훈련병에게 무엇이 보이고, 무슨 냄새가 나는지 질문하며 시험해 보았다. 그들의 사냥 실력을 지도자에게 어서 보여 줄 수 있기를 바라는 마음이었다. 훈련병들은 자신감 있게 대답했지만, 블루스타는 대답을 들었다는 어떠한 신호도 보이지 않았다.

강이 보이는 지점에 도착하자 천둥족 지도자는 걸음을 멈추고 서서 건너편 기슭을 바라보았다. 그리고 파이어하트에게만 들릴 정도로 나지막한 목소리로 말했다.

"그 녀석들이 어디 있는지 궁금하구나. 지금은 무엇을 하고 있을까?"

파이어하트는 그녀의 슬픈 눈을 보지 않아도, 미스티풋과 스톤퍼를 생각하고 있다는 것을 알 수 있었다. 그는 다른 고양이들이 혹시 눈치챘을까 봐 불안해하며 주위를 흘깃거렸다. 하지만 스위프트포와 클라우드포는 오래된 물쥐 구멍에 코를 대고 살피는 중이었고, 롱테일은 높은 나뭇가지에 있는 다람쥐의 움직임을 눈으로 좇고 있엇다.

잠시 후 블루스타가 몸을 돌려, 경계를 따라 해 드는 바위를 향해 올라가기 시작했다. 파이어하트는 그녀가 강족 영역으로 계속 시선을 보내는 것을 알아챘다. 하지만 주위는 잠잠했고, 강족 고양이들은 전혀 보이지 않았다.

드디어 해 드는 바위가 눈앞에 보였다. 매끈하게 경사진 바위들은 황량해 보였다. 그때 고양이 한 마리가 바위 반대편에서 기어 올라와, 하늘을 등지고 바위 위에 우뚝 섰다.

파이어하트는 그 자리에 얼어붙었다. 위험을 직감하고 털이 곤두섰다. 털 색깔을 구분할 수는 없었지만 공격적인 자세와 거만하게 치켜든 고개, 길게 말린 꼬리를 보니 레퍼드스타가 틀림없었다.

다른 고양이 둘이 레퍼드스타의 뒤를 따라 바위에 올랐다. 천둥족 순찰대는 그들을 향해 다가가기 시작했다. 거리가 가까워지면서, 파이어하트는 강족 부지도자인 스톤퍼와 전사 블랙클로를 알아보았다.

"블루스타, 강족이 해 드는 바위에서 뭘 하고 있는 걸까요?"

파이어하트는 성난 목소리로 물었다. 하지만 강족 부지도자를 향한 블루스타의 눈빛을 본 순간, 두려움으로 가슴이 철렁 내려앉았다. 그건 영역을 침범한 적들을 대면하는 지도자의 적대적인 눈빛이 아니었다. 사랑하는 새끼 고양이가 고귀한 전사가 된 것을 감탄스럽게 바라보는 어미 고양이의 눈빛이었다.

블루스타는 레퍼드스타가 기다리고 있는 바위 바로 아래까지 걸어갔다. 파이어하트는 그 뒤를 따랐다.

"뭐 하는 짓이지?"

뒤에서 클라우드포가 분통을 터뜨렸다.

"해 드는 바위는 우리 영역이라고!"

파이어하트는 클라우드포를 돌아보며 조용히 하라는 눈짓을 보냈다. 훈련병은 뒤로 물러나 스위프트포와 롱테일 곁에 섰다. 파이어하트는 블루스타와 나란히 자리를 잡았다.

"안녕하시오, 블루스타?"

레퍼드스타가 자신감에 찬 목소리로 말했다.

"달이 질 때부터 천둥족 고양이들을 기다렸는데, 당신이 같이 올 거라고는 예상하지 못했소."

조롱하는 듯한 말투였다. 파이어하트는 자신의 지도자가 다른 지도자에게 노골적으로 멸시당하는 것에 놀라 몸을 움찔했다.

"여기서 뭐 하는 거요? 해 드는 바위는 천둥족의 영역이오."

블루스타의 목소리는 낮고 심드렁했다. 마치 자신이 하는 말을 정말로 믿지는 않는 것 같았다. 아니면 어떻든 상관없다거나.

"해 드는 바위는 언제나 강족의 영역이었소."

레퍼드스타가 쏘아붙이듯 말했다.

"한동안 천둥족이 이곳에서 사냥하는 것을 허락해 준 것뿐이오. 하지만 불이 났을 때 우리가 천둥족을 도왔으니, 천둥족은 우리에게 빚이 있소. 오늘 그 빚을 받으러 왔소, 블루스타. 우리가 해 드는 바위를 다시 차지하겠소."

파이어하트는 분노로 털이 곤두섰다. 싸우지도 않고 해 드는 바위를 차지하려고 생각했다면, 그건 레퍼드스타의 착각이었다!

파이어하트는 고개를 획 돌리며 말했다.

"스위프트포, 네가 가장 빠르니 당장 진영으로 돌아가서 지원군을 데려와라."

"하지만 저도 싸우고 싶어요!"

스위프트포가 반발했다.

"그러면 빨리 다녀오면 되겠구나!"

훈련병은 숲으로 쏜살같이 달려갔다. 레퍼드스타는 눈을 가늘게 뜨고 훈련병이 사라지는 모습을 지켜보았다. 파이어하트는 스위프트포가 떠난 이유를 그녀가 알아챘으리라 생각했다. 전투가 벌어지는 것을 최대한 늦춰야 했다.

"계속 말을 시키십시오. 스위프트포가 진영에 도움을 청하러 갔습니다."

그는 블루스타에게 속삭였다. 하지만 블루스타가 자신의 말을 들었는지 알 수 없었다. 그녀는 또다시 스톤퍼를 빤히 쳐다보고 있었다.

"자, 블루스타?"

레퍼드스타가 도전적으로 말했다.

"내 말에 동의하는 거요? 해 드는 바위에 대한 강족의 권리를 인정하겠소?"

블루스타는 말이 없었다. 침묵이 길어지자 더 많은 강족 고양이들이 바위 위로 올라와서 그들의 지도자 옆에 섰다. 파이어하트는 그중에서 그레이스트라이프의 모습을 발견하고 가슴이 철렁했다. 그는 친구와 시선을 맞추었다. 그레이스트라이프의 겁에 질린 얼굴은 마치 하늘에 대고 고함을 치듯이 분명한 뜻을 전하고 있었다.

'난 너와 싸우고 싶지 않아!'

"인정할 수 없소."

블루스타가 마침내 말했다. 그녀의 단호한 목소리에 파이어하트는 마음이 놓였다.

"해 드는 바위는 천둥족의 영역이오."

"그렇다면 싸우는 수밖에 없지."

레퍼드스타가 으르렁댔다.

파이어하트는 롱테일이 속삭이는 소리를 들었다.

"저들이 우리를 까마귀 밥으로 만들어 버릴 거야!"

동시에 레퍼드스타가 등골이 오싹해지는 고함을 내지르더니, 바위를 달려 내려와 블루스타에게 덤벼들었다. 바닥으로 쿵 쓰러진 두 고양이는 날카롭게 울부짖으며 서로를 할퀴었다. 파이어하트는 지도자를 도우려고 앞으로 뛰쳐나갔다. 하지만 미처 다다르기도 전에 강족 전사 하나가 파이어하트의 옆구리를 들이받아 자빠뜨리고 어깨에 이빨을 찔러 넣었다. 파이어하트는 강족 고양이의 배를 뒷발로 할퀴며 벗어나려고 몸부림쳤다. 발톱을 휘둘러 적의 목을 할퀴자 얼룩무늬 전사는 비명을 지르며 그를 놓아주고 뒤로 물러났다.

파이어하트는 벌떡 일어나 블루스타를 찾아보았지만 어디에도 보이지 않았다. 뒤엉킨 고양이들 한가운데서 롱테일을 발견했지만, 뭔가 도움을 줄 겨를도 없이 블랙클로가 그를 향해 달려들었다. 블랙클로의 쭉 뻗은 발톱을 가까스로 피한 파이어하트는 볼썽사납게 넘어진 적에게 뛰어올라 귀를 세게 물었다.

블랙클로는 파이어하트의 발에서 빠져나가려고 바닥에서 허우적거렸다. 파이어하트는 적의 등을 발톱으로 할퀴었다. 하지만 그때 또 다른 고양이가 옆에서 쏜살같이 달려드는 바람에 붙잡고 있던 블랙클로를 놓쳐 버렸다. 그는 바닥에 쓰러지면서 자신의 꼬리를 무는 이빨을 느꼈다.

'롱테일의 말이 맞았어. 이들이 우리를 갈기갈기 찢어 까마귀 밥으로 만들 거야!'

파이어하트는 절망적으로 생각했다.

천둥족 고양이들은 가망이 없을 만큼 수적으로 열세였다. 스위프트포가 진영에 가서 지원군을 데리고 오려면 아직 시간이 더 필요했다. 지원군이 도착하기 훨씬 전에 그들은 쫓겨나거나 목숨을 잃을 것 같았다. 그러면 해 드는 바위는 다시 강족의 차지가 될 게 분명했다.

파이어하트는 이빨과 발톱으로 공격할 틈을 찾으려고 애쓰며 무력하게 꿈틀거렸다. 그때 별안간 그의 다리를 짓누르고 있던 블랙클로가 뒤로 홱 잡아당겨졌다. 파이어하트가 벌떡 일어나 보니 클라우드포가 블랙클로의 등에 올라타 있었다. 훈련병은 전의에 불타는 눈빛으로 블랙클로의 검은 털을 발톱으로 단단히 움켜쥐고 있었다. 블랙클로는 뒷다리로 버티면서 몸을 일으켰지만 훈련병을 떼어 낼 수는 없었다.

"보세요, 파이어하트! 이렇게 하면 돼요. 아주 쉬워요!"

클라우드포가 외쳤다.

파이어하트는 대구할 시간이 없었다. 그는 바위 사이로 비명을 지르며 사라지는 다른 전사의 뒤에 대고 모욕적인 말을 뱉어 준 뒤, 롱테일의 주변에 뒤엉켜 있는 고양이들 사이로 뛰어들었다. 롱테일에게서 전사 하나를 떼어 냈을 때, 갑자기 숲에서 브래큰퍼가 튀어나왔다.

깜짝 놀란 파이어하트는 숨을 고르면서 별족에게 뜨거운 감사를 드렸다. 스위프트포가 마침 근처를 정찰하던 사냥조를 만난 것이 틀림없었다. 그레이스트라이프가 경고해 준 뒤로 파이어하트는 사냥조에게도 해 드는 바위 근처를 정찰하라는 명령을 내려 두었고, 그 덕분에 도움을 청하기도 전에 이미 도와줄 동료들이 가까이 와 있었던 것이다.

"블루스타는 어디 있어요?"

브래큰퍼가 물었다.

"모르겠다."

잠시 한숨을 돌린 파이어하트는 지도자를 찾아 주위를 둘러보았다. 그녀의 흔적은 어디에도 없었다. 하지만 여우 서넛 정도 떨어진 바위 꼭대기에서 레퍼드스타가 화이트스톰과 맞서고 있는 모습은 보였다.

롱테일이 비틀거리며 일어나 바위에 몸을 기댄 채 숨을 몰아쉬었다. 이마에 난 상처에서 피가 흘러내렸고, 옆구리를 따라서 길게 털이 뜯긴 자국이 나 있었다. 하지만 그는 여전히 이빨을 드러내고 으르렁거렸다. 그리고 전투에 뛰어드는 브래큰퍼를 기꺼이 뒤따라갔다.

파이어하트도 그들에게 막 합류하려는데, 시끄러운 전투의 함성을 뚫고 다급한 목소리가 들려왔다.

"파이어하트! 파이어하트!"

몸을 돌리자 가까운 바위 위에 비통한 얼굴로 웅크리고 있는 그레이스트라이프가 보였다. 그의 얼굴에는 극심한 고통이 드리워져 있었다.

"파이어하트, 이쪽으로 와!"

순간 파이어하트는 함정이 아닐까 고민했다. 하지만 곧 그런 생각을 한 자신이 부끄러워졌다. 친구는 그와 맞닥뜨려 싸우는 것을 피하고 있었다. 속임수를 써서 함정에 빠뜨리는 짓을 할 리가 없었다.

파이어하트는 매끄러운 바위 비탈을 달려 올라가 그레이스트라이프 옆에 섰다.

"무슨 일이야?"

그레이스트라이프가 주둥이로 바위 반대편을 가리켰다.

"저길 봐."

파이어하트는 바위 끄트머리로 고개를 내밀었다. 바위는 가파른 경사를 이루며 좁은 도랑으로 이어지고 있었다. 파이어하트가 서 있는 자리 바로 아래에 블루스타가 있었다. 털이 마구 헝클어져 있었고 한쪽 어깨에서는 피가 흐르고 있었다. 혹시나 달아나지 못하도록 막으면서 도랑을 따라 그녀에게 다가가고 있는 것은 미스티풋과 스톤퍼였다.

강족 부지도자가 블루스타의 코앞에서 발톱을 휘두르며 위협했다.

"방어하십시오!"

회색 수고양이가 으르렁댔다.

"안 그러면 별족에게 맹세컨대 내가 당신을 죽일 것입니다."

다른 쪽에서는 미스티풋이 자세를 낮추고 접근하고 있었다.

"우리와 싸우는 게 두려운 것입니까?"

미스티풋이 쉭쉭거렸다.

블루스타는 움직이지 않고 고개만 돌려서 미스티풋과 스톤퍼를 번갈아 보았다. 파이어하트는 지도자의 표정을 볼 수 없었지만, 그녀가 자신이 낳은 새끼들을 결코 공격하지 않으리라는 것을 알고 있었다.

"너한테 알릴 수밖에 없었어."

그레이스트라이프가 옆에서 속삭였다.

"저들은 날 배신자라고 부르겠지만, 블루스타를 죽이게 놔둘 수는 없었어."

파이어하트는 고마운 마음으로 친구를 바라보았다. 그레이스트라이프는 블루스타가 이 두 강족 고양이와 어떤 관계인지 알지 못했다. 친구를 움직인 것은 오직 옛 지도자에 대한 충성심이었다.

하지만 파이어하트는 그레이스트라이프의 복잡한 충성심에 대해 오래 생각할 시간이 없었다. 그는 블루스타를 구해야 했다. 강족 고양이들은 이제 블루스타에게 닿을 만큼 가까이 다가가 있었다. 그들은 털을 곤두세운 채 이빨을 드러내고 으르렁거렸다.

"그러면서도 당신이 지도자라고 할 수 있습니까?"

스톤퍼가 비웃듯 말했다.

"왜 싸우지 않는 겁니까?"

스톤퍼가 블루스타의 어깨를 할퀴려는 듯 한 발을 뒤로 젖혔다. 그와 동시에 파이어하트는 바위 아래로 몸을 던졌다. 스톤퍼의 위로 내려앉은 파이어하트는 그를 블루스타에게서 떨어뜨려

놓았다. 그러자 반대편에 있던 미스티풋이 날카롭게 소리를 지르며 발톱을 세웠다.

"멈춰!"

파이어하트가 외쳤다.

"해치면 안 돼. 블루스타는 너희 어머니야!"

17
그레이스트라이프의 선택

두 강족 전사는 그 자리에 얼어붙어 버렸다. 그들의 파란 눈이 충격으로 휘둥그레졌다.

"무슨 뜻이야? 우리 어머니는 그레이풀이야."

스톤퍼가 거친 목소리로 말했다.

"아니야, 내 말을 들어 봐."

파이어하트는 블루스타를 바위 쪽으로 밀어 놓고 그 앞을 막고 섰다. 바위 반대편에서는 치열한 전투의 함성과 울부짖음이 여전히 들려오고 있었다. 하지만 문득 그 소리들은 눈앞의 대치 상황과는 아무런 상관이 없는 것처럼 느껴졌다.

"블루스타가 천둥족에서 너희를 낳았어."

그는 절박하게 말했다.

"하지만 너희를 기를 수가 없었어. 그래서 너희 아버지인 오크하트가 너희를 강족으로 데려간 거야."

"믿을 수 없어! 이건 속임수야!"

스톤퍼가 이빨을 드러내고 사납게 으르렁거렸다.

"아니, 잠깐 기다려 봐."

미스티풋이 말했다.

"파이어하트는 거짓말을 하지 않아."

"네가 어떻게 알아?"

스톤퍼가 누이에게 따지듯 물었다.

"파이어하트는 천둥족 고양이야. 적의 말을 어떻게 믿을 수 있단 말이지?"

스톤퍼가 발톱을 드러낸 채로 파이어하트에게 다가왔다. 파이어하트는 공격에 대비해 마음을 다잡았다. 하지만 스톤퍼가 덤벼들기 직전, 블루스타가 파이어하트의 뒤에서 빠져나와 두 강족 고양이와 마주 섰다.

"내 새끼들……. 아, 내 새끼들……."

블루스타의 목소리는 따뜻했다. 파이어하트는 감탄이 깃든 그녀의 눈빛을 볼 수 있었다.

"이제 둘 다 아주 훌륭한 전사가 되었구나. 너희가 정말 자랑스럽다."

스톤퍼가 미스티풋을 흘깃 쳐다보며 미심쩍다는 듯이 귀를 씰룩거렸다.

"블루스타를 그냥 내버려 둬."

파이어하트가 조용히 말했다.

그때 느닷없이 고함 소리가 들려왔다.

"파이어하트, 조심해!"

그레이스트라이프의 목소리였다.

파이어하트가 고개를 든 순간, 레퍼드스타가 그를 향해 뛰어내렸다. 그레이스트라이프가 경고해 준 덕분에 파이어하트는 간신히 뒤로 물러날 수 있었다. 레퍼드스타가 발톱을 쭉 뻗었지만 파이어하트의 어깨를 스치고 빗나가 버렸다. 레퍼드스타는 씩씩거리며 다시 그를 향해 몸을 날렸다. 바닥에 내팽개쳐진 그는 헉 소리를 내며 숨을 내뱉었다.

파이어하트는 앞발로 강족 지도자의 목을 움켜잡았다. 그녀의 힘센 뒷다리가 배를 할퀴자, 파이어하트는 찌르는 듯한 고통을 느꼈다. 그는 발톱을 마구 휘둘러 그녀의 털가죽을 베었다. 그 순간 눈앞에 보이는 것은 레퍼드스타의 얼룩덜룩한 털가죽밖에 없었다. 그녀의 털가죽에 얼굴이 짓눌리면서 그는 숨을 쉬려고 발버둥 쳤다.

갑자기 레퍼드스타가 고개를 뒤로 홱 젖히는 바람에 파이어하트는 앞발로 붙잡고 있던 그녀의 목을 놓치고 말았다. 숨 막히게 짓누르고 있던 그녀의 몸이 떨어져 나갔다. 비틀거리며 일어난 파이어하트는 바위를 등지고 서서 이어질 공격에 대비했다. 기진맥진한 상태에서 머리가 빙글빙글 돌았고, 다친 다리에서는 피가 쏟아지고 있었다. 문득 이 전투에서 이길 수 있을지 확신이 서지 않았다.

블루스타를 찾아 주위를 둘러보았지만, 그녀는 사라지고 없었다. 미스티풋과 스톤퍼의 모습도 보이지 않았다. 강족 지도자는 거친 숨을 몰아쉬며 그의 앞에 웅크리고 있었다. 그녀의 목과 옆구리에서 피가 흐르고 있었다. 그리고 놀랍게도 그레이스트라이

280

프가 앞발로 그녀를 꼼짝 못 하게 내리누르고 있었다.

"다 이긴 거였는데."

레퍼드스타는 말도 제대로 하지 못할 정도로 분노에 휩싸여 있었다.

"네 목소리를 들었다! 네가 이 녀석에게 경고해 줬지!"

그레이스트라이프가 놓아주자 레퍼드스타는 휘청거리며 다시 일어섰다.

"죄송합니다, 레퍼드스타. 하지만 어쩔 수 없었습니다. 파이어하트는 제 친구입니다."

레퍼드스타는 황금빛 털에서 핏방울을 털어 내면서 회색 전사를 노려보았다.

"그동안 내 판단이 옳았던 거야. 넌 강족에 충성한 적이 단 한 번도 없었어. 좋아, 선택권을 주지. 지금 날 위해 네 친구를 공격해라. 아니면 영원히 내 종족을 떠나라."

그레이스트라이프는 소스라치게 놀란 얼굴로 자신의 지도자를 바라보았다. 파이어하트는 숨이 턱 막혔다. 레퍼드스타는 지금 그레이스트라이프에게 옛 동료와 억지로 싸우라고 명령하는 것일까? 파이어하트는 자신에 비해 아직 힘이 넘치는 고양이와 싸워서 이길 자신이 없었다. 하물며 가장 친한 친구에게 어떻게 발톱을 세울 수 있단 말인가?

"자, 어떻게 할 것이냐?"

레퍼드스타가 으르렁댔다.

"뭘 망설이고 있는 것이냐?"

그레이스트라이프가 파이어하트를 흘깃 보았다. 노란 눈동자에 고통이 가득했다. 이윽고 그는 고개를 푹 숙였다.

"죄송합니다, 레퍼드스타. 그럴 수는 없습니다. 차라리 벌을 내리십시오."

"벌을 내리라고?"

레퍼드스타의 얼굴이 분노로 일그러졌다.

"네 눈을 할퀴어 주마. 그리고 숲으로 쫓아내서 여우들에게 쫓기게 만들 것이다. 배신자 녀석! 내가…….."

그 순간 거센 함성 소리에 레퍼드스타의 위협은 묻혀 버렸다. 파이어하트는 싸워야 할 적이 더 많이 나타났다는 생각에 절망적인 심정으로 고개를 들었다. 그리고 그는 눈앞에 펼쳐진 광경을 믿을 수 없었다. 천둥족 고양이들이 바위 위로 물밀 듯이 올라와 도랑으로 뛰어내리고 있었다. 마우스퍼와 다크스트라이프, 샌드스톰과 더스트펠트가 보였고, 스위프트포가 다른 훈련병들을 이끌고 있었다. 그가 보낸 전갈이 진영에 전달되어 드디어 지원군이 온 것이다!

레퍼드스타는 상황을 살피더니 곧장 달아나 버렸다. 천둥족 전사들은 사나운 고함을 내지르며 즉각 추격에 나섰다. 남겨진 파이어하트와 그레이스트라이프는 서로를 바라보았다.

"고마워."

잠시 후 파이어하트가 말했다.

그레이스트라이프는 어깨를 으쓱하고는 다리를 약간 절며 그에게 다가왔다. 털은 찢기고 흙먼지를 잔뜩 묻히고 있었다.

"선택의 여지가 없었어."

그레이스트라이프가 작은 소리로 말했다.

"널 공격할 수는 없잖아, 안 그래?"

파이어하트는 몸을 일으켰다. 정신이 맑아지자, 전투의 함성이 잦아들었다는 것을 알 수 있었다. 피 냄새가 진동하는 해 드는 바위에는 무거운 정적이 깔리고 있었다.

"가자. 상황을 확인해 봐야겠어."

그는 돌아서서 도랑을 따라 걸어갔다. 그레이스트라이프가 뒤를 바짝 따라오고 있었다. 바위 너머의 탁 트인 땅으로 나오니, 강족 전사들이 강으로 이어지는 비탈을 달려 내려가 후퇴하는 모습이 보였다. 선두에 선 블랙클로가 강으로 뛰어들어 건너편 기슭을 향해 헤엄치기 시작했다.

멀지 않은 곳에 브래큰퍼와 샌드스톰이 서 있었다. 다른 천둥족 고양이들도 해 드는 바위 꼭대기에 웅크리고 앉아 적이 떠나는 모습을 지켜보았다. 클라우드포가 고개를 쳐들고 의기양양하게 승리의 함성을 외쳤다.

블루스타는 후퇴하는 고양이들을 따라서 강족과의 경계까지 걸어갔다. 쫑긋 선 두 귀가 그녀의 결연한 의지를 드러내 주고 있었다. 파이어하트는 미스티풋과 스톤퍼를 따라가는 지도자의 모습을 보며 마음이 괴로웠다.

"이제 너희도 진실을 알게 되었으니 이야기를 좀 나누자꾸나."

블루스타가 두 고양이의 뒤에 대고 말했다.

"너희는 천둥족 진영에서 환영받을 것이다. 너희가 나를 보러 오거든 언제든 내 거처로 안내하라고 전사들에게 말해 두마."

하지만 두 강족 전사는 블루스타를 등지고 물가로 걸어 내려갔다. 강물로 들어가기 전에 스톤퍼가 뒤를 흘깃 돌아보았다.

"우리를 내버려 두십시오. 무슨 말을 하든 당신은 우리 어머니가 아닙니다."

마지막으로 경계를 넘어간 건 레퍼드스타였다.

"저기를 보아라!"

그녀는 파이어하트 옆에 서 있는 그레이스트라이프를 꼬리로 가리키며 강족 전사들에게 외쳤다.

"저 배신자가 아니었다면 해 드는 바위는 다시 우리 차지가 되었을 것이다. 저 녀석은 더 이상 강족이 아니다. 우리 영역에서 저 녀석을 잡으면 죽여라."

레퍼드스타는 대답을 기다리지도 않고 휙 돌아서더니, 절룩거리면서도 빠르게 강을 향해 내려갔다.

그레이스트라이프는 아무 말도 하지 않았다. 그는 고개를 떨군 채 바위처럼 꼼짝하지 않고 서 있었다.

샌드스톰이 파이어하트에게 걸어왔다.

"어떻게 된 거야?"

샌드스톰은 어깨에 상처를 입어 피를 흘리고 있었다. 하지만 눈빛은 또렷했다.

파이어하트는 진영으로 돌아가 전사들의 거처에서 몸을 말고 그녀와 혀를 나누고 싶은 마음이 간절했다. 하지만 그에겐 할 일이 너무 많았다.

"그레이스트라이프가 내 목숨을 구했어. 날 덮친 레퍼드스타를 떼내 줬어."

"그래서 돌아갈 수 없는 거구나."

샌드스톰은 고개를 돌려 마지막 남은 강족 고양이들이 강으로 뛰어드는 모습을 지켜보았다. 그리고 다시 근심 어린 눈으로 그레이스트라이프를 바라보았다.

"그럼 그레이스트라이프는 어떻게 되는 거야?"

샌드스톰이 작은 목소리로 물었다.

파이어하트는 별안간 기쁨에 휩싸였다. 그레이스트라이프가 새끼 고양이들을 생각하는 마음은 잘 알지만, 강족으로 갈 수 없으면 집으로 돌아올 수 있는 것이다. 그러나 기쁨은 이내 사라지고 불안한 마음이 들었다. 그 결정은 그가 내릴 수 있는 것이 아니었다. 블루스타가 한번 종족을 떠난 전사를 이번에는 다시 받아 줄까? 다른 전사들은 어떻게 반응할까?

파이어하트는 비탈을 힘겹게 걸어 올라오는 블루스타를 발견하고 가까이 다가갔다.

"블루스타……."

지도자가 고개를 들었다. 혼란스러워 보이는 눈동자였다.

"그 애들이 날 싫어하는구나, 파이어하트."

파이어하트는 슬픔에 잠겼다. 그레이스트라이프를 걱정하느라 지도자가 겪고 있을 고통은 잊고 있었던 것이다.

"죄송합니다, 블루스타. 제가 괜한 말을 했나 봐요. 하지만 달리 어떻게 해야 할지 생각이 나지 않아서……."

"괜찮다, 파이어하트."

놀랍게도 블루스타는 가까이 다가와 그의 어깨를 재빨리 핥아 주었다.

"난 언제나 그 애들이 알게 되기를 바랐다. 하지만 내가 한 일 때문에 그 애들이 날 싫어하리라고는 생각하지 못했구나."

블루스타는 긴 한숨을 내쉬었다.

"진영으로 돌아가자."

천둥족은 해 드는 바위를 지키는 데 성공했지만, 블루스타는 어떠한 승리감도 드러내지 않았다. 천둥족 전사들이 모여 있는 곳에 도착했을 때도 승리에 대해서는 아무런 언급도 하지 않았다. 잘 싸운 전사들에게 격려의 말조차 해 주지 않았다. 블루스타의 마음은 여전히 자신의 새끼들에게 가 있는 것 같았다.

파이어하트는 비탈을 오르는 지도자 옆에서 나란히 걸음을 맞추었다. 클라우드포가 바위에서 풀쩍 뛰어 그의 옆으로 솜씨 좋게 내려섰다.

"잘했다. 꼭 전사처럼 싸우더구나."

파이어하트는 주변을 둘러보았다.

"다들 잘 싸워 주었습니다."

그는 목소리를 높여 말했다. 지도자의 무관심을 만회할 수 있기를 바라는 마음이었다.

"블루스타와 저는 여러분 모두를 자랑스럽게 생각합니다."

"고맙습니다, 별족이시여! 우리가 강족을 이겼어요."

브래큰퍼가 말했다.

"아뇨, 감사는 우리 자신에게 해야죠."

클라우드포가 끼어들었다.

"싸움을 한 건 우리잖아요. 우리 편에서 별족 전사는 아무도 못 봤는걸요."

블루스타가 그 말을 듣고 고개를 돌렸다. 그녀는 눈을 가늘게 뜨고 진지한 얼굴로 하얀 털의 훈련병을 바라보았다. 파이어하트는 지도자가 훈련병을 꾸짖을 거라 생각했지만, 그녀는 화가 났다기보다는 흥미롭다는 표정이었다. 블루스타는 살짝 고개를 끄덕일 뿐 아무 말도 하지 않았다.

전사들이 진영을 향해 움직이기 시작하자, 파이어하트는 그레이스트라이프 옆으로 다가가 섰다.

"블루스타, 그레이스트라이프가 왔습니다."

파이어하트는 초조한 목소리로 말했다.

블루스타의 멍한 시선이 회색 전사를 스쳤다. 순간 파이어하트는 그녀의 정신이 다시 아득해져서 그레이스트라이프가 천둥족을 떠났다는 사실조차 기억하지 못하는 것은 아닌지 걱정됐다.

그때 다크스트라이프가 앞으로 밀고 나왔다.

"우리 영역에서 떠나라!"

그는 그레이스트라이프에게 버럭 소리치더니, 블루스타를 보며 덧붙였다.

"원하시면 제가 쫓아내겠습니다."

"기다려라."

블루스타가 예전의 권위를 아주 약간이나마 회복한 목소리로 명령했다.

"파이어하트, 어떻게 된 일인지 설명해 보아라."

파이어하트는 그레이스트라이프가 레퍼드스타의 공격에 대해 경고해 준 것과, 그가 싸움에서 밀리고 있을 때 그를 구해 준 것에 대해 이야기했다.

"미스티풋과 스톤퍼가 블루스타를 공격하고 있을 때 저에게 그 사실을 알려 준 것도 그레이스트라이프였습니다. 그리고 제 목숨을 빚졌습니다. 블루스타, 부디 그레이스트라이프가 천둥족으로 돌아오는 걸 허락해 주십시오."

그레이스트라이프가 한 줄기 희망을 가지고 옛 지도자를 바라보았다. 하지만 블루스타가 대답하기도 전에 다크스트라이프가 거칠게 끼어들었다.

"이 녀석은 자기 뜻대로 천둥족을 떠났습니다. 이제 다시 기어들어 오려는 걸 우리가 왜 받아 줘야 합니까?"

"난 어디에도 기어들어 가지 않습니다."

그레이스트라이프가 쏘아붙였다. 그는 지도자를 향해 고개를 돌리며 말했다.

"하지만 받아 주신다면 다시 천둥족으로 돌아가고 싶습니다, 블루스타."

"배신자를 다시 받아 주면 안 됩니다!"

다크스트라이프가 소리쳤다.

"방금 전에 강족에서 지도자를 배신한 녀석입니다. 기회만 온다면 블루스타도 배신하지 말란 법이 있습니까?"

"그건 파이어하트를 위해서 한 일이었습니다!"

샌드스톰이 반발했다.

다크스트라이프는 경멸하듯 콧방귀를 뀌었다.

블루스타가 다크스트라이프를 냉랭한 눈초리로 바라보며 입을 열었다.

"그레이스트라이프가 배신자라고 했느냐."

블루스타의 목소리는 잎 없는 계절의 얼음을 모두 담은 듯 서늘했다.

"그렇다면 너희와 마찬가지겠구나. 종족에 이미 배신자가 가득한데, 하나쯤 더한다고 해서 달라질 것도 없겠지."

블루스타가 파이어하트를 휙 돌아보았다. 몸에 생기가 다시 도는 것 같았다.

"미스티풋과 스톤퍼가 나를 죽이게 놔두지 그랬느냐!"

그녀가 버럭 소리쳤다.

"신뢰할 수 없는 종족 안에서 목숨을 부지하느니, 고귀한 전사들의 발톱에 죽는 편이 나았을 것이다! 천둥족은 별족에 의해 파멸할 운명이다!"

블루스타의 말을 듣고 있던 고양이들이 놀라서 숨을 멈췄다. 파이어하트는 불신과 절망에 빠진 블루스타의 상태를 아는 고양이가 거의 없다는 사실을 깨달았다. 지금은 그녀와 말싸움을 벌여 봤자 아무런 의미가 없었다.

"그럼 그레이스트라이프가 천둥족에 돌아와도 된다는 말씀이십니까?"

파이어하트가 물었다.

"돌아오든 말든 좋을 대로 해라."

블루스타가 무심하게 대답했다. 잠깐 솟구쳤던 기운도 사그라지고, 그녀는 그 어느 때보다 더 지쳐 보였다. 블루스타는 곤혹스러운 눈빛을 보내는 전사들 중 어느 누구와도 눈을 맞추지 않고, 아주 천천히 진영을 향해 발걸음을 옮겼다.

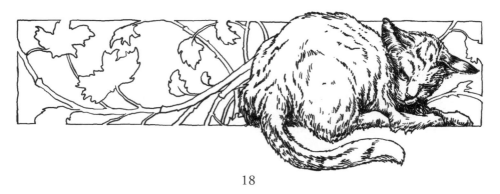

18

임명식에 드리운 그늘

녹초가 되어 진영으로 들어서던 파이어하트는 자신을 향해 달려오는 브램블킷을 발견했다. 새끼 고양이는 돌아오는 전사들을 빨리 맞이하려는 마음에 제 발에 걸려 넘어질 뻔했다.

"이겼어요?"

브램블킷이 물었다. 그러더니 멈춰 서서는 눈을 동그랗게 뜨고 그레이스트라이프를 바라보았다.

"이쪽은 누구예요? 포로예요?"

"아니, 천둥족 고양이란다."

파이어하트가 대답했다.

"설명하자면 너무 길구나, 브램블킷. 지금은 너무 피곤하단다. 엄마에게 가서 말해 달라고 하렴."

브램블킷은 조금 풀이 죽은 얼굴로 한 걸음 뒤로 물러났다. 자신은 기억하지 못하겠지만 사실 브램블킷은 그레이스트라이프의 새끼 고양이 둘과 나란히 젖을 먹은 적도 있었다. 실버스트림이 죽고 새끼 고양이들이 천둥족에 잠시 머물렀을 때, 골든플라워가 그들을 보살펴 주었기 때문이다.

두 전사가 옆을 지나쳐 가자, 브램블킷은 그레이스트라이프를 미심쩍은 눈초리로 쳐다보았다. 그러고는 달려오는 토니킷에게 고개를 돌렸다.

"저기 봐! 우리 종족에 새로운 고양이가 들어왔어."

"누군데?"

토니킷이 물었다.

"배신자다."

전사들의 거처로 향하던 다크스트라이프가 툭 내뱉었다.

"하지만 우리도 다 배신자다, 블루스타의 말로는."

새끼 고양이 둘은 어리둥절한 표정으로 다크스트라이프를 빤히 쳐다보았다. 파이어하트는 분노를 꾹 참았다. 다크스트라이프와 말싸움을 벌일 시간은 없었다. 하지만 화가 난다고 해서 새끼 고양이들에게 그런 말을 할 권리는 없었다. 파이어하트는 평소와 달리 브램블킷이 안쓰럽다는 생각이 들어, 고개를 돌리고 말했다.

"그래, 우리가 이겼다. 해 드는 바위를 지켜 냈어."

브램블킷은 깡충 뛰며 기뻐했다.

"잘됐다! 가서 원로들에게 말씀드려야겠어요."

그는 토니킷과 함께 허둥지둥 달려갔다.

"타이거스타의 새끼들 맞지?"

그레이스트라이프가 새끼 고양이들이 멀어지는 모습을 지켜보며 물었다.

"맞아."

파이어하트는 지금 그 이야기를 하고 싶지는 않았다.

"신더펠트에게 가서 치료를 좀 받자."

파이어하트와 함께 걸어가던 그레이스트라이프가 타 버린 공터를 둘러보며 힘없이 말했다.

"절대로 예전과 같아질 수는 없을 거야."

"새잎 돋는 계절이 되면 나아질 거야."

파이어하트는 친구의 기운을 북돋아 주려고 애쓰며 대답했다. 친구가 단지 산불이 남긴 피해를 말한 것이기를, 자신이 천둥족에서 예전의 자리를 찾지 못할 거라는 뜻으로 한 말이 아니기를 바라면서.

"모든 게 전보다 더 튼튼하게 자라날 거야."

그레이스트라이프는 대꾸하지 않았다. 그는 파이어하트가 기대했던 것만큼 기뻐하는 눈치가 아니었다. 천둥족 동료들이 자신을 받아들여 줄지 의심하고 있는 것 같았다. 강족에 두고 온 새끼 고양이들을 벌써부터 그리워하고 있다는 것은 그의 고통스러운 눈빛을 보면 알 수 있었다. 어쨌든 친구는 새끼들에게 작별 인사를 할 기회조차 없었던 것이다.

돌아온 전사들이 신더펠트의 공터로 모여들었다. 파이어하트와 그레이스트라이프가 다가가자 치료사는 클라우드포의 옆구리 상처에 거미줄을 붙이다 말고 고개를 들었다.

"언제 오나 했어요, 파이어하트."

신더펠트가 말했다. 그러더니 그의 모습을 보고 덧붙였다.

"맙소사, 별족이시여! 천둥길에서 괴물들과 싸우다 온 것 같잖아요."

"나도 그런 기분이야."

파이어하트는 신음 소리를 내며 말했다.

그는 신더펠트에게 상처를 보일 때까지 기다리려고 자리를 잡으면서, 다친 곳이 얼마나 아픈지 깨달았다. 레퍼드스타 때문에 생긴 다리의 상처에서는 아직도 피가 흐르고 있었다. 그는 상처를 핥으려고 고개를 숙였다.

"이 녀석을 다시 데리고 오다니 도대체 무슨 생각입니까?"

파이어하트가 고개를 들자 더스트펠트가 그레이스트라이프를 노려보고 있었다.

"우리는 이 녀석이 돌아오는 걸 원치 않습니다."

"'우리'가 누군데?"

파이어하트는 이빨을 악물고 물었다.

"나는 그레이스트라이프가 여기서 살아야 한다고 생각해. 샌드스톰도 나와 같은 생각이야. 그리고……."

더스트펠트가 노골적으로 등을 돌려 버리는 바람에 파이어하트는 말을 멈추었다.

그레이스트라이프가 미안하다는 듯 파이어하트를 바라보았다.

"날 받아들이지 않을 거야. 사실인 걸 뭐. 내 발로 종족을 떠났잖아. 그리고 지금은……."

"시간이 지나면 그들도 생각이 바뀔 거야."

파이어하트는 친구를 위로해 주었다. 그러면서 속으로는 그 말이 사실이면 좋겠다고 생각했다. 블루스타의 무관심 덕분에 몇몇

294

고양이들은 그레이스트라이프가 돌아오는 걸 대놓고 반대하고 있었다. 숲에서 벌어지는 일도 걱정인데, 거기에 또 한 가지 걱정 거리가 더해진 것이다. 종족이 단결하지 않는다면, 별족이 예언한 파멸에서 어떻게 살아남을 수 있을까?

파이어하트는 그레이스트라이프가 강족 치료사에게서 숲에 존재하는 어두운 위협이나 별족이 경고한 '무리'에 대해 들은 적이 있는지 궁금했다. 마음속에 두려움이 가득 차 있긴 했지만, 그레이스트라이프가 돌아왔다는 사실은 큰 위안이 되었다. 앞으로 무슨 일이 벌어지든, 이제 의지할 수 있는 친구가 곁에 있는 것이다. 파이어하트는 잠시만이라도 친구의 귀환을 기뻐할 수 있으면 좋겠다고 생각하며 다시 상처를 핥기 시작했다.

"잘하고 있어요. 깨끗하게 닦으세요."

신더펠트가 다가오며 말했다. 그녀는 다리에 난 상처를 꼼꼼히 살펴보더니 재빨리 다른 상처들을 확인해 나갔다.

"괜찮을 거예요. 피를 멈추게 할 거미줄을 드릴게요. 하지만 그 것과는 상관없이 그냥 좀 쉬어야 해요."

"블루스타의 상태는 확인해 봤어?"

파이어하트는 상처에 거미줄을 올려놓는 신더펠트에게 물었다.

"어깨에 물린 상처가 하나 있었어요."

치료사가 대답했다.

"젖은찜질용 약초를 드렸어요. 블루스타는 거처로 돌아갔어요."

파이어하트는 힘겹게 몸을 일으켰다.

"가 봐야겠어."

"그래요. 하지만 잠이 드셨으면 깨우지는 마세요. 종족의 일은 뭐가 됐든 나중에 해도 되잖아요. 파이어하트가 다녀오는 동안……."

신더펠트는 그레이스트라이프를 보며 덧붙였다.

"상처를 살펴봐 드릴게요."

그녀는 그레이스트라이프의 귀를 빠르게 핥아 주었다.

"돌아와서 기뻐요."

'적어도 몇몇 고양이는 그레이스트라이프를 반겨 주겠지.'

파이어하트는 공터를 가로지르면서 생각했다. 다른 고양이들도 결국에는 마음을 바꿀 것이다. 그레이스트라이프에게는 시간이 필요한 것뿐이었다. 그가 다시 천둥족의 충성스러운 전사가 될 것임을 증명할 시간이.

"파이어하트!"

블루스타의 거처에 가까워졌을 때 샌드스톰이 그를 불렀다.

"마우스퍼와 나는 사냥을 하러 나갈 거야."

"고마워."

"괜찮아?"

샌드스톰이 가까이 다가와서 눈을 가늘게 뜨고 그의 얼굴을 들여다보았다.

"네가 기뻐하고 있을 줄 알았는데. 전투에서도 이기고, 그레이스트라이프도 돌아왔으니까."

파이어하트는 잠시 샌드스톰의 옆구리에 코를 가져다 댔다. 안도감이 밀려들었다. 그가 바람족과의 대화를 위해 블루스타를 속인 일을 샌드스톰이 용서한 것 같았기 때문이다.

"그래. 하지만 모두가 그레이스트라이프를 받아들여 줄지는 모르겠어. 그레이스트라이프가 다른 종족의 고양이를 사랑했고, 결국은 우리를 떠났다는 사실을 잊기가 힘들 거야."

샌드스톰이 어깨를 으쓱했다.

"그건 지난 일이잖아. 그레이스트라이프는 지금 여기 있어, 안 그래? 다들 받아들여야 할 거야."

"중요한 건 그게 아니잖아!"

파이어하트는 피로와 통증 때문에 의도했던 것보다 더 날카롭게 말해 버렸다.

"지금은 서로 다툼이나 하고 있을 때가 아니란 말이야. 그걸 모르겠어?"

샌드스톰이 그를 빤히 쳐다보았다. 그녀의 눈동자에 분노가 타올랐다.

"미안하네, 정말로. 난 도우려고 했을 뿐이야."

그녀가 쏘아붙였다.

"샌드스톰, 그게 아니라……."

파이어하트는 자신이 잘못 말했다는 것을 뒤늦게 깨달았다. 하지만 샌드스톰은 벌써 돌아서서 마우스퍼가 기다리고 있는 전사들의 거처로 향하고 있었다.

파이어하트는 조금 전보다 더 기운이 빠진 채 블루스타의 거처로 향했다. 입구를 통해 들여다보자 블루스타는 잠자리에 몸을 말고 잠들어 있는 것 같았다. 하지만 곧바로 눈을 번쩍 뜨더니 고개를 들었다.

"파이어하트, 무슨 일이냐?"

블루스타는 멍한 목소리였다.

"보고를 드리러 왔습니다, 블루스타."

파이어하트는 거처로 들어가서 지도자 앞에 섰다.

"모든 고양이가 돌아왔습니다. 제가 보기에 심각한 부상을 입은 고양이는 없습니다."

"잘됐구나."

블루스타는 조금 더 관심을 보이는 목소리로 덧붙였다.

"네 훈련병이 오늘 잘 싸우더구나."

"네, 그랬습니다."

파이어하트는 혈육이 자랑스러웠다. 과거에 클라우드포에게 어떤 문제가 있었든, 그의 용기에 대해서만큼은 아무도 의심을 품지 못할 것이다.

"이제 전사가 될 때가 된 것 같다. 해가 질 때 임명식을 열기로 하겠다."

파이어하트의 가슴에 희망의 불꽃이 타올랐다. 블루스타가 드디어 새로운 전사들이 필요하다는 사실을 인정하게 된 걸까?

하지만 블루스타가 입술을 말고 으르렁거리며 덧붙인 말에 그의 희망은 모래에 스며든 물처럼 사라져 버렸다.

"그래, 임명식이 있어야겠지. 나에게는 아무 의미도 없지만, 이놈의 고양이들은 너무 멍청해서 임명식이 없으면 클라우드포를 절대로 인정하지 않을 것이다."

298

'클라우드포에게는 임명식이 얼마나 의미가 있을까?'

파이어하트는 자신에게 물어보았다.

'클라우드포가 정말로 전사의 규약을 중요하게 생각할까?'

만일 아니라면, 클라우드포는 얼마나 싸움을 잘하든 상관없이 전사가 될 자격이 없었다.

하지만 블루스타는 이미 결정을 내렸다. 파이어하트는 그녀의 마음을 바꾸려 들지는 않을 생각이었다. 대신 그는 의견을 냈다.

"스위프트포도 전사로 임명해야 합니다. 오늘 아주 잘해 주었습니다."

"스위프트포는 진영에 소식을 전했지. 그건 훈련병이 할 일이다. 아직 전사가 될 준비가 되지 않았어."

"하지만 돌아와서 전투에 참여했습니다."

파이어하트가 반발했다.

"안 된다!"

블루스타는 화가 난 듯 꼬리를 휘둘렀다.

"스위프트포는 믿을 수가 없다. 클라우드포가 더 강하고 용감하다. 게다가 그 녀석은 너희처럼 별족에게 굽실거리지도 않아. 종족에는 그런 전사들이 필요하다."

파이어하트는 전사의 규약을 존중하지 않는 클라우드포의 태도야말로 천둥족에서 가장 불필요한 것이라고 말하고 싶었지만, 감히 그럴 수는 없었다. 대신 그는 고개를 숙이고 물러났다.

"해가 질 때 뵙겠습니다."

그는 클라우드포에게 소식을 전하기 위해 훈련병들의 거처로 향했다.

파이어하트가 예상했던 대로, 훈련병은 마침내 전사가 된다는 소식에 기뻐했다. 파이어하트는 그에게 임명식에서 어떻게 해야 하는지를 알려 주고, 너무나 필요했던 잠을 자기 위해 전사들의 거처로 향했다. 하지만 거처 밖에서 훈련병들과 함께 앉아 있는 롱테일을 본 순간 가슴이 철렁 내려앉았다. 쉬기 전에 해야 할 일이 한 가지 더 남아 있었던 것이다.

파이어하트는 롱테일에게 걸어가면서, 가까이 오라는 신호를 보냈다. 훈련병들이 그들의 대화를 듣지 못하도록 하려는 것이었다.

"롱테일."

그는 이야기를 꺼내며 적당한 말을 머릿속에 떠올려 보았다.

"미안해요. 안 좋은 소식이 있습니다. 블루스타가 클라우드포는 전사로 임명하기로 했지만……."

"스위프트포는 아니라는 겁니까?"

롱테일이 화가 나서 말을 가로챘다.

"정말 그런 말을 하려는 겁니까?"

"미안해요, 롱테일. 설득해 보려고 애썼는데, 블루스타가 동의해 주지 않았어요."

"당연히 그렇게 말하겠지요."

롱테일이 비꼬듯이 말했다.

"하지만 당신의 훈련병은 되고 내 훈련병은 안 된다니 이상하지 않습니까? 스위프트포는 두발쟁이와 살려고 도망간 적도 없는데 말입니다!"

"그 이야기는 다시 꺼내고 싶지 않습니다."

파이어하트가 쏘아붙였다. 사실 클라우드포는 자신이 원해서 종족을 떠난 것이 아니었다. 하지만 두발쟁이들에게 잡혀 가기 전에 먹이를 얻어먹으려고 두발쟁이 보금자리에 정기적으로 방문했었다는 사실은 모두가 알고 있었다.

"블루스타는 클라우드포가 오늘 잘 싸웠기 때문에 전사로 임명한다고 했습니다. 하지만 스위프트포는…….."

"소식을 전했지요."

롱테일의 얼룩무늬 털이 분노로 곤두섰다.

"누가 스위프트포에게 그 일을 시켰지요? 부지도자가 소식을 전하라고 보내지 않았다면, 그 녀석은 남아서 싸웠을 겁니다!"

"알고 있습니다."

파이어하트는 지친 목소리로 대답했다.

"저도 롱테일 못지않게 실망스럽습니다. 스위프트포가 빨리 전사로 임명될 수 있도록 최선을 다하겠습니다. 약속할게요."

"날더러 그 말을 믿으라고요?"

롱테일이 쏘아붙였다. 그는 파이어하트에게서 등을 돌리고, 마치 배설물을 덮듯이 거칠게 바닥을 헤집더니 훈련병들에게로 돌아갔다.

파이어하트가 그레이스트라이프와 함께 전사들의 거처에서 나

301

왔을 때는 해가 진영 방벽 뒤로 가라앉고 있었다. 잠을 잔 덕분에 기운이 어느 정도 회복되었다. 곧 있을 임명식이 기대가 되진 않았지만 그는 그래도 긍정적으로 생각하려고 애썼다.

진영에는 어둠이 내리고 있었다. 파이어하트는 거처에서 나오는 블루스타의 모습을 보았다. 다행히 그녀의 움직임은 자연스러웠고, 전투에서 입은 어깨 부상에도 큰 불편 없이 높은 바위로 뛰어올랐다.

"제힘으로 먹이를 잡을 수 있는 나이가 된 모든 고양이들은 여기 높은 바위 아래로 와서 종족 회의에 참석하십시오."

블루스타가 외쳤다.

그레이스트라이프가 파이어하트를 다정하게 쿡 찔렀다.

"클라우드포를 잘 가르쳤어. 그 성가신 새끼 고양이가 이렇게 훌륭한 전사로 성장할 줄은 꿈에도 몰랐다니까!"

파이어하트는 친구의 어깨에 얼굴을 기대며 칭찬에 답했다. 그레이스트라이프는 신더펠트가 사고를 당했을 때 파이어하트가 얼마나 속상해했는지 기억하고 있었다. 훈련병이 마침내 전사가될 준비를 마쳤다는 것이 그에게 얼마나 뜻깊은 일인지도 잘 알았다. 그레이스트라이프도 오래전에 벌써 자신의 훈련병이었던 브래큰포가 전사로 임명되는 것을 경험했던 것이다.

공터에는 벌써 고양이들이 많이 모여 있었다. 클라우드포의 임명식 소식이 진영에 퍼진 것이 틀림없었다. 신더펠트는 거처에서 나와 바위 아래쪽에 자리를 잡았고, 골든플라워는 새끼 고양이둘을 데리고 무리의 맨 앞쪽에 앉아 있었다. 윌로펠트는 새끼들

302

과 함께 보육실 입구 가까이에 있었다.

파이어하트는 나머지 훈련병들이 맨 마지막으로 바위 주변에 모여든 것을 알아챘다. 브라이트포는 스위프트포를 거처에서 밀어내고 있었다. 스위프트포는 공터를 가로질러 와서 무리의 맨 뒤쪽에 앉았고, 다른 훈련병들도 그 주변으로 자리를 잡고 앉았다.

파이어하트는 낭패감이 들었다. 블루스타가 다른 훈련병들은 빼고 클라우드포만 선택한 것이 클라우드포의 탓은 아니었다. 하지만 전사가 되고도 친구들의 축하를 받지 못한다면 클라우드포는 힘들어질 것이다.

하지만 정작 클라우드포는 신경 쓰지 않는 듯했다. 신이 나서 반짝이는 눈으로 원로들의 거처에서 걸어 나온 클라우드포는 허공에 꼬리를 흔들며 파이어하트에게 걸어왔다.

파이어하트는 훈련병의 귀에 대고 속삭였다.

"네가 정말 자랑스럽구나, 클라우드포. 내일 두발쟁이 영역 쪽으로 사냥을 나가서, 프린세스에게도 알려 주도록 해라."

클라우드포가 기뻐하며 파이어하트를 바라보았다. 하지만 뭐라고 대꾸하기도 전에 블루스타의 목소리가 들려왔다.

"클라우드포, 오늘 아침에 너는 강족과 잘 싸워 주었다. 그래서 나는 네가 천둥족의 전사가 될 준비가 되었다고 결정했다."

하얀 수고양이는 높은 바위를 향해 얼굴을 돌리고 지도자를 올려다보았다. 블루스타가 공식적으로 선언했다.

"나, 천둥족의 지도자 블루스타는 선조 전사들에게 이 훈련병을 굽어살펴 주시기를 청합니다. 이 훈련병은 선조들의 고귀한

303

규약을 이해하기 위해 열심히 훈련을 받았으니, 이제 당신들의 뒤를 따를 전사로 임명합니다."

블루스타의 목소리는 거칠었다. 그녀에게는 더 이상 의미가 없는 의식의 동작들을 그저 수행하고 있는 것이 분명했다. 파이어하트는 클라우드포나 지도자나 둘 다 선조 전사들에게 아무런 존경심도 없는데, 별족이 클라우드포를 기꺼이 보살펴 줄지 의심스러웠다.

"클라우드포, 너는 전사의 규약을 지키고, 목숨을 걸고 종족을 보호하며 방어할 것을 맹세하느냐?"

"네, 맹세합니다."

클라우드포가 열정적으로 대답했다.

클라우드포는 지금 자신이 무엇을 약속하고 있는지 이해한 걸까? 파이어하트는 궁금했다. 물론 클라우드포는 종족을 지키기 위해 최선을 다할 것이다. 하지만 그건 종족 고양이들이 그의 친구이기 때문이었다. 그가 전사의 규약에 충성하기 위해 행동하는 일은 없을 것이다.

"이제 별족의 권한으로 나는 너에게 전사의 이름을 내린다."

블루스타는 마치 가시를 빼내듯 말 한 마디 한 마디를 힘겹게 뱉어 냈다.

"클라우드포, 이 순간부터 너는 클라우드테일로 불릴 것이다. 별족은 너의 용기와 독립심을 존중한다. 그리고 우리는 너를 천둥족의 정식 전사로 기꺼이 맞이한다."

높은 바위에서 뛰어내린 블루스타는 클라우드테일에게 다가가

304

머리 위에 주둥이를 올려놓았다. 클라우드테일은 지도자의 어깨를 공손히 핥은 다음, 파이어하트의 옆으로 다가와 섰다.

이제 종족 고양이들이 새로운 전사의 이름을 외치며 환영해 주어야 할 시간이었다. 하지만 공터에는 오직 침묵만이 흘렀다. 파이어하트는 주변에 있는 고양이들이 불안한 듯 웅성거리기 시작하는 것을 느꼈다. 블루스타가 아무런 확신 없이 의식을 진행한 것을 눈치챈 듯했다. 파이어하트는 무리의 가장 뒤쪽에 있는 훈련병들을 흘깃 바라보았다. 그들은 모두 발만 내려다보고 있었다. 스위프트포는 거처에서 함께 지내던 오랜 동료에게서 등을 돌려 버렸다.

클라우드테일이 조금 풀이 죽은 모습을 보이자, 새끼 고양이 시절에 젖을 먹여 키워 준 브린들페이스가 다가가 코를 맞대고 축하해 주었다.

"잘했다, 클라우드테일! 네가 정말 자랑스럽구나!"

마치 그것이 신호라도 되는 것처럼 신더펠트와 그레이스트라이프도 클라우드테일에게 다가갔다. 마침내 다른 고양이들도 모여들어 새로운 전사의 이름을 외치며 축하해 주기 시작했다. 파이어하트는 어색한 순간이 지나갔다는 걸 깨닫고 안도의 숨을 내쉬었다. 하지만 롱테일은 어디에도 보이지 않았다. 훈련병들은 마지막까지 오지 않고 버티다가, 브라이트포에게 이끌려 와서 가라앉은 목소리로 짧게 몇 마디를 건넨 뒤 다시 물러났다. 스위프트포는 그들 가운데 없었다.

"오늘 밤에는 네가 불침번을 서야 한다."

파이어하트는 여느 임명식과 다름없이 말하려고 애쓰며, 옛 훈련병에게 임무를 일깨워 주었다.

"명심해라, 새벽이 될 때까지 침묵을 지켜야 한다."

클라우드테일이 고개를 끄덕이고 공터 가운데로 가서 자리를 잡았다. 어린 전사는 자랑스럽게 머리와 꼬리를 쳐들었지만, 파이어하트는 임명식에 그늘이 드리워졌다는 것을 알고 있었다. 블루스타가 별족에 대한 믿음을 잃었다는 것이 훤히 드러나 버린 데다 다른 훈련병들의 질투까지 더해진 탓이었다.

파이어하트는 의구심이 들었다.

'지도자가 더 이상 별족을 인정하지 않는 상황에서 종족은 얼마나 오래 버틸 수 있을까?'

19

암흑의 중심

다음 날 아침, 새벽 순찰대가 나가는 모습을 지켜본 파이어하트는 클라우드테일을 불침번 임무에서 해방시켜 주러 갔다. 다친 다리가 여전히 뻣뻣했지만, 더 이상 피는 흐르지 않았다.

"별문제 없었지?"

그는 클라우드테일에게 다가가며 물었다.

"잠을 좀 자고 싶니? 아니면 사냥을 하러 갈래? 네가 원하면 큰 소나무 숲을 지나서 프린세스를 보러 갈 수도 있어."

클라우드테일은 입을 쩍 벌리고 크게 하품을 했지만 곧 벌떡 일어났다.

"사냥하러 가요!"

"좋아, 샌드스톰과 함께 가자. 프린세스를 만난 적이 있거든."

지난번 바람족과의 사건 이후로 그와 샌드스톰의 사이는 멀어져 버렸다. 그는 예전처럼 다시 잘 지내고 싶은 마음이 간절했고, 함께 사냥을 나가자고 하는 것도 좋은 방법이 될 것 같았다.

샌드스톰이 거처에서 나왔는지 찾아보던 파이어하트는 자신을 향해 걸어오는 더스트펠트를 발견했다. 펀포가 그 뒤를 따르고 있었다. 그들이 가까워지자, 더스트펠트의 걱정스러운 얼굴을 볼 수 있었다.

"부지도자가 꼭 알아야 할 일이 있습니다."

더스트펠트가 말했다.

"펀포, 방금 나에게 했던 이야기를 파이어하트에게도 해 줘."

펀포는 고개를 푹 숙인 채 앞발로 흙바닥을 꾹꾹 누르고 있었다. 그녀가 머뭇거리는 모습에 파이어하트는 무슨 일인지 궁금해졌다. 그리고 펀포가 왜 스승인 다크스트라이프가 아닌 더스트펠트에게 이야기했는지도 의문이었다.

더스트펠트가 고개를 숙여 펀포의 귀를 두어 번 핥아 주었다. 그 모습을 본 파이어하트는 두 번째 의문이 풀렸다. 성미가 고약한 더스트펠트가 그렇게 다정하게 누군가를 대하는 모습을 한 번도 본 적이 없었다.

"괜찮아, 무서워할 것 없어. 파이어하트는 화내지 않을 거야."

더스트펠트가 말했다.

펀포는 보지 못했지만, 더스트펠트는 마치 눈빛으로 그에게 말하는 듯했다.

'화내지 않는 게 좋을 거야!'

"자, 펀포. 무슨 일인지 말해 봐."

파이어하트는 용기를 주려고 애쓰며 말했다.

펀포의 초록빛 눈동자가 파이어하트를 스쳤다. 하지만 이내 다시 눈길을 피했다.

"스위프트포가 말이에요."

그녀가 마침내 입을 열었다.

"스위프트포가……."

머뭇거리던 그녀는 이번에는 클라우드테일을 흘깃 보더니, 다시 말을 이었다.

"블루스타가 전사로 임명해 주지 않아서 무척 화가 났어요. 지난밤에 스위프트포가 우리 훈련병들을 거처에 불러 모았어요. 그러더니 우리가 전사가 되려면 아주 용감한 일을 해내야 한다고 말했어요. 그래야 블루스타가 더는 우리를 무시하지 못한다고요."

펀포가 다시 말을 멈추자 더스트펠트가 다독였다.

"계속해."

"숲에서 계속 먹이를 훔치는 게 누구인지, 우리가 알아내야 한다고 했어요."

펀포의 목소리는 떨리고 있었다.

"부지도자는 적을 찾는 일에는 관심이 없는 것 같다면서, 우리가 뱀바위에 가야 한다고 말했어요. 거기서 대부분의 먹이 찌꺼기가 발견되었으니까요. 스위프트포는 우리가 단서를 찾을 수 있을지도 모른다고 했어요."

"그런 쥐 대가리 같은 생각을 하다니!"

클라우드테일이 불쑥 말했다.

"다른 훈련병들 생각은 어땠지?"

파이어하트는 클라우드테일에게 경고의 눈빛을 보내며 물었다. 가슴속에서 차가운 덩어리처럼 커져 가는 불안감은 무시하려고 애썼다.

"우리는 잘 모르겠다고 했어요. 전사가 되고 싶긴 했지만, 명령을 받지도 않고 같이 가는 전사도 없이 그런 일을 하면 안 된다는 건 알았어요. 그래서 결국 스위프트포와 브라이트포 둘만 가게 된 거예요."

"불침번을 서는 동안 둘이 나가는 걸 못 봤어?"

파이어하트는 클라우드테일을 돌아보며 다그치듯 물었다.

클라우드테일이 걱정스러운 표정으로 고개를 저었다.

"스위프트포가 클라우드테일은 두발쟁이 괴물이 진영 한복판을 지나가도 모를 거라고 그랬어요."

펀포가 웅얼거리며 말했다.

"그리고 브라이트포와 함께 원로들의 거처 뒤쪽 고사리 사이로 몰래 빠져나갔어요."

"그게 언제였지?"

파이어하트가 물었다.

"잘 모르겠어요. 새벽이 되기 전이었어요."

마치 새끼 고양이가 울음을 터뜨리려는 것처럼 펀포의 목소리가 높아졌다.

"어떻게 해야 할지 몰랐어요. 잘못된 일인 건 알았지만, 고자질하기는 싫었어요. 그런데 마음이 계속 불편해서, 더스트펠트를 만났을 때 이야기한 거예요."

펀포가 갈색 얼룩무늬 전사를 고마운 눈빛으로 바라보았다. 그러자 더스트펠트는 펀포의 회색 옆구리에 코를 바짝 갖다 댔다.

"뒤따라 가야겠다."

파이어하트가 말했다.

"저도 갈게요."

클라우드테일이 말했다. 이글거리는 파란 눈동자에 파이어하트는 깜짝 놀랐다.

"브라이트포가 갔으니까요. 뭐든 브라이트포를 다치게 하면, 내가…… 내가 갈기갈기 찢어 놓겠어요!"

"알았다."

파이어하트는 허락해 주었다. 어린 전사가 브라이트포를 향한 마음을 그렇게 솔직히 드러낸다는 게 놀라웠다.

"가서 함께 갈 고양이들을 더 데려와."

신임 전사가 쏜살같이 자리를 뜨자, 더스트펠트가 말했다.

"우리도 가겠습니다."

"훈련병들은 가지 않는 게 좋겠어. 펀포는 지금도 많이 당황한 상태잖아. 같이 사냥을 나가는 게 어때? 애쉬포와 다크스트라이프도 함께 가도록 해. 싱싱한 먹이도 필요하니까."

더스트펠트는 한참 동안 파이어하트를 바라보다가 고개를 끄덕였다.

"알았습니다."

파이어하트는 떠나기 전에 블루스타에게 알려야 하는 것이 아닐까 고민했다. 하지만 종족 지도자에게 스위프트포를 전사로 임명하지 않을 핑곗거리를 하나 더 만들어 주고 싶지는 않았다.

'스위프트포와 브라이트포를 다시 데려오기만 하면, 블루스타

311

는 알 필요가 없을 거야.'

파이어하트는 자기 자신에게 그렇게 일렀다.

게다가 단 한순간도 낭비할 수 없었다. 클라우드테일은 벌써 샌드스톰과 그레이스트라이프를 데리고 돌아오고 있었다.

'나도 저 둘을 골랐을 거야.'

파이어하트는 생각했다. 그레이스트라이프가 다시 집에 돌아왔고, 예전처럼 함께 사냥하고 싸울 수 있다는 생각에 마음이 뜨거워졌다. 그레이스트라이프는 눈을 반짝이면서 늘 그랬던 것처럼 파이어하트의 옆에 섰다. 파이어하트는 브라이트포의 스승인 화이트스톰도 같이 가면 좋겠다고 생각했지만, 그는 새벽 순찰을 나가고 없었다.

샌드스톰은 평소와 마찬가지로 빈틈없이 임무에 집중하는 모습이었다.

"클라우드테일이 설명해 줬습니다."

그녀가 씩씩하게 말했다.

"가자."

파이어하트는 앞장서서 진영을 빠져나가 골짜기 꼭대기로 올라갔다. 그는 단번에 스위프트포와 브라이트포의 냄새를 찾아냈다. 냄새는 뱀바위로 곧장 이어지고 있었다. 두 훈련병의 흔적을 찾느라 시간을 보낼 필요가 없었다. 그들이 할 일은 최대한 빨리 뱀바위로 가는 것이었다.

'하지만 이미 늦었을지도 몰라. 혹시 그곳에서 둘이 뭔가를 마주치기라도 한다면…….'

파이어하트는 다친 다리의 통증도 잊은 채, 낙엽을 흐트러뜨리며 숲을 질주했다. 그레이스트라이프도 그의 옆에 바짝 붙어서 달렸다. 파이어하트는 마음이 편안해졌다. 비록 많은 것이 변했지만, 그는 또다시 친구와 나란히 서서 위험에 맞서고 있는 것이다.

뱀바위에 가까워지자, 파이어하트는 속도를 늦추고 꼬리로 다른 고양이들에게도 천천히 움직이라는 신호를 보냈다. 무엇을 맞닥뜨릴지도 모르는 상태에서 곧장 달려들었다가는 훈련병들에게도 아무런 도움이 되지 않을 것이다. 어떤 위협적인 존재라 해도 다른 적을 대할 때와 다름없이 상대해야 했다. 하지만 파이어하트의 마음속에서는 무언가가 날카롭게 외쳐 대고 있었다. 상대는 예상할 수도 없고 종족의 어떤 규칙으로도 감당할 수 없는 것이라고, 그래서 그들은 이제까지 한 번도 겪어 본 적 없는 위험에 처해 있다고 경고하고 있었다.

'죽음이 덤불 사이로 슬그머니 다가올 수도 있다니, 쥐나 토끼가 이런 기분일까?'

파이어하트는 생각했다.

모든 것이 잠잠했다. 파이어하트는 훈련병들의 이름을 부르는 모험은 하고 싶지 않았다. 앞에 도사리고 있는 적의 주의를 끌 수도 있기 때문이었다. 스위프트포의 판단은 옳았다. 이곳이 숲을 악으로 물들인 암흑의 중심이었다. 하지만 파이어하트는 그 위협적인 존재에 대한 자신의 추측이 의심스러워지기 시작했다. 단지 개 한 마리가 숲에 그렇게 어마어마한 파멸과 두려움을 가져올 수 있을까?

그는 먹잇감에게 다가갈 때처럼 조심스럽게 덤불을 통과해 조금씩 이동했다. 매끄러운 모래색 뱀바위가 보이자 그는 잠시 일어나서 공기를 맛보았다. 여러 가지 냄새가 뒤섞여 있었다. 스위프트포와 브라이트포의 냄새가 아직까지 생생했고, 좀 더 오래된 다른 천둥족 고양이들의 냄새도 났다. 그리고 파이어하트가 예상했던 대로 개 냄새가 났다. 하지만 그 모든 냄새를 최근에 흘린 듯한 피 냄새가 뒤덮고 있었다.

샌드스톰이 파이어하트에게 고개를 돌렸다. 그녀의 눈동자가 두려움으로 커져 있었다.

"뭔가 끔찍한 일이 일어났어."

두려움이 파이어하트의 온몸을 뚫고 지나갔다. 한 달 넘게 그를 괴롭혀 왔던 두려움의 근원이자, 숲을 침략한 얼굴 없는 적과 드디어 대면하게 되는 것이다. 그는 간신히 앞으로 나아갈 수 있었다.

파이어하트는 꼬리를 움직여 동료들에게 다시 앞으로 이동하라는 신호를 보냈다. 그들은 배를 땅에 바짝 붙이고 주위를 경계하면서 살금살금 기어갔다. 이제 여우 서너 마리 정도 떨어진 거리에 뱀바위가 있었다.

쓰러진 나무가 그들의 앞을 가로막았다. 파이어하트는 나무 몸통으로 올라가 마른 잎이 뒤덮인 탁 트인 공간을 내려다보았다. 눈앞의 광경을 세세히 살피던 그는 목구멍으로 치밀어 오르는 쓰디쓴 분노를 느꼈다. 바닥에 깔린 나뭇잎들은 육중한 발이 마구 휘저어 놓은 듯 흐트러져 있었고, 나뭇가지에는 엉겨 붙은 흙덩

어리들이 묻어 있었다. 공터 한가운데에는 스위프트포가 움직임 없이 누워 있었고, 좀 더 위쪽에 브라이트포가 누워 있었다.

"아, 안 돼."

파이어하트를 따라 쓰러진 나무로 올라온 샌드스톰이 탄식했다.

"브라이트포!"

클라우드테일이 울부짖었다. 그는 파이어하트의 명령도 기다리지 않고, 공터를 가로질러 브라이트포에게 달려갔다.

파이어하트는 훈련병들을 공격한 무언가가 나무 사이에서 다시 모습을 드러낼 것에 대비해 긴장을 늦추지 않았다. 하지만 아무런 움직임도 없었다. 파이어하트는 마치 자신의 것이 아닌 듯한 다리로 쓰러진 나무에서 뛰어내려 비틀거리며 스위프트포에게 다가갔다.

훈련병은 다리를 벌린 채 옆으로 누워 있었다. 검고 하얀 털은 찢겨 있었고, 몸에는 온통 끔찍한 상처들이 나 있었다. 어떤 고양이의 것보다도 훨씬 더 큰 이빨로 물어뜯은 흔적이었다. 입은 아직도 으르렁대듯 이빨을 드러내고 있었고, 눈도 여전히 번득이고 있었다. 스위프트포는 죽었다. 파이어하트는 그가 싸우다 죽었다는 것을 알 수 있었다.

"별족이시여, 누가 이런 짓을 했단 말입니까?"

파이어하트는 이런 상황을 오랫동안 두려워해 왔다. 하지만 상상을 초월할 정도로 훨씬 더 심각한 상황이었다. 스위프트포는 마치 먹잇감처럼 살해되었다. 숲의 사냥꾼들은 이제 사냥감이 되었다. 숲에 무슨 일인가가 벌어졌고, 생명의 균형이 깨졌다. 순간 파이어하트는 발밑의 땅이 흔들리는 것을 느꼈다.

그레이스트라이프와 샌드스톰은 너무 놀라서 할 말을 잃은 채 스위프트포의 몸을 내려다보았다. 파이어하트는 그레이스트라이프가 또 하나의 피로 얼룩진 몸을 떠올리고 있다는 것을 알 수 있었다. 실버스트림을 잃은 슬픔이 되살아난 것이었다.

"너무 안타까운 일이야."

파이어하트는 슬픈 목소리로 말했다.

"블루스타가 전사로 임명해 줬더라면……. 내가 진영으로 보내지 않고 전투에서 그냥 싸우게 했더라면……."

"파이어하트!"

클라우드테일이 소리를 지르는 바람에 파이어하트는 말을 멈추었다.

"파이어하트, 브라이트포는 죽지 않았어요!"

파이어하트는 즉시 달려가 브라이트포 옆에 웅크리고 앉았다. 언제나 단정하게 다듬어져 있던 그녀의 털은 피가 말라붙어 삐죽삐죽 솟아 있었다. 얼굴 한쪽은 털이 뜯겨 나갔고, 눈이 있어야 할 자리에는 피가 고여 있었다. 한쪽 귀는 떨어져 나갔고, 주둥이에는 발톱 자국이 크게 남아 있었다.

파이어하트의 뒤로 다가온 샌드스톰이 숨이 막힌 듯한 소리를 냈다.

"안 돼……. 아, 별족이시여, 안 돼요!"

샌드스톰이 속삭이듯 말했다.

처음에 파이어하트는 클라우드테일이 잘못 보았다고 생각했다.

브라이트포는 분명히 죽은 것처럼 보였다. 하지만 곧 그녀가 아주 희미하게 들썩이며 숨을 쉬고 있는 게 보였다. 콧구멍에서는 피가 부글거리며 거품이 일었다.

"신더펠트를 데려와."

그가 명령했다.

샌드스톰이 쏜살같이 달려갔다. 그레이스트라이프는 스위프트포의 시신 곁을 지키면서, 사악한 적이 돌아올 것에 대비해 촉각을 곤두세우고 경계했다. 파이어하트는 계속 브라이트포를 내려다보고 있었다. 웬일인지 두려움은 사라졌다. 냉정하리만치 침착하고, 가혹하고 맹렬한 투지만 남아 있었다. 어린 훈련병들의 원수를 갚아 주겠다고 결심한 것이다. 그는 별족에게 자신과 함께해 달라고 청했다. 또 이토록 끔찍한 짓을 저지른 적이 누가 됐든, 그들에게 이 모든 분노를 폭발시킬 수 있는 힘을 달라고 청했다.

클라우드테일은 움직이지 않는 훈련병 옆에 몸을 말고 앉아서 얼굴과 귀 주변 털을 핥아 주기 시작했다.

"죽지 마, 브라이트포."

클라우드테일이 애원하듯 말했다.

"내가 함께 있잖아. 신더펠트가 곧 올 거야. 조금만 더 버티고 있어."

파이어하트는 클라우드테일이 그렇게 혼이 빠진 듯한 목소리로 말하는 것을 들어 본 적이 없었다. 그는 스파티드리프가 죽었을 때 자신이 겪었던 고통이나, 실버스트림을 잃었을 때 그레이스트라이프가 느꼈을 괴로움을 클라우드테일만은 겪지 않기를 바랐다.

브라이트포의 한쪽 귀가 클라우드테일의 부드러운 혀 아래에서 씰룩거리며 움직였다. 그녀의 남은 눈이 실눈처럼 떠졌다가 다시 감겼다.

"브라이트포."

파이어하트는 몸을 가까이 숙이고 다급하게 물었다.

"브라이트포, 누가 너희에게 이런 짓을 했는지 말해 줄 수 있겠니?"

브라이트포의 눈이 더 크게 떠졌다. 그녀는 흐릿한 시선을 파이어하트에게 고정시켰다.

"어떻게 된 거야? 누가 이런 거지?"

그는 거듭 물었다.

브라이트포가 가느다랗게 흐느끼는 소리를 내는가 싶더니, 그 소리는 차츰차츰 말로 변해 갔다. 브라이트포의 말을 알아들은 파이어하트는 두려움에 휩싸인 채 그녀를 멍하니 바라보았다.

"무리…… 무리……."

브라이트포의 입에서 속삭임이 흘러나왔다.

"죽여라…… 죽여라……."

20
잔인한 이름

"살 수 있을까?"

파이어하트는 초조한 목소리로 물었다.

신더펠트가 지친 한숨을 내쉬었다. 그녀는 절룩거리는 다리로 할 수 있는 한 빨리 뱀바위까지 달려왔고, 브라이트포의 상처 중에서 가장 심한 곳에 거미줄을 대서 지혈을 하고 양귀비 씨앗으로 통증을 덜어 주었다. 마침내 훈련병은 진영으로 옮길 수 있을 정도의 상태가 되었고, 지금은 신더펠트의 거처 가까이에 있는 고사리 사이 잠자리에 의식을 잃고 누워 있었다.

"모르겠어요."

신더펠트가 말했다.

"전 최선을 다했어요. 이제는 별족의 발에 달려 있어요."

"브라이트포는 강인한 고양이야."

파이어하트는 자기 자신을 안심시키려는 듯 말했다. 하지만 지금 고사리 사이에 몸을 말고 있는 브라이트포를 보면 결코 강인해 보이지 않았다. 그녀는 새끼 고양이보다도 작아 보였고, 마치

한 줌의 털처럼 보였다. 파이어하트는 얕은 숨소리가 들릴 때마다 그것이 마지막 호흡일 수도 있겠다는 생각이 들었다.

"회복되더라도 끔찍한 흉터가 남을 거예요."

신더펠트가 일러 주었다.

"귀와 눈도 살리지 못했어요. 전사가 될 수 없을지도 몰라요."

파이어하트는 고개를 끄덕였다. 거미줄로 덮인 브라이트포의 옆얼굴을 바라보고 있으니 속이 울렁거렸다. 이 모든 상황은 신더펠트의 사고를 떠오르게 했다. 옐로팽이 그에게 어린 훈련병의 다리가 결코 온전히 회복되지 못할 거라고 말했던 그때가 생각났다.

"브라이트포가 무리에 대해 뭔가 말했어. 브라이트포가 본 게 무엇이었을까?"

파이어하트의 말에 신더펠트가 고개를 끄덕였다.

"우리가 그동안 내내 두려워하던 것일 거예요. 우리를 쫓는 무언가가 숲에 있어요. 꿈에서도 그 소리를 들었잖아요."

"알아."

밀려드는 후회로 파이어하트의 근육에 잔뜩 힘이 들어갔다.

"오래전에 내가 무슨 일이든 해야 했어. 별족은 블루스타에게도 경고했어."

"하지만 블루스타는 더 이상 별족을 신뢰하지 않잖아요. 블루스타가 별족의 목소리를 들었다는 게 놀라울 뿐이에요."

"그래서 이런 일이 벌어진 걸까?"

파이어하트는 치료사를 똑바로 보며 물었다.

"아니에요."

신더펠트가 파이어하트에게 몸을 기대고 긴장된 목소리로 말했다.

"별족은 악을 보내지 않아요. 그건 확신할 수 있어요."

그때 고사리 굴길에서 바스락거리는 소리가 나더니 클라우드테일이 모습을 드러냈다.

"좀 자라고 말했을 텐데."

신더펠트가 말했다.

"잠을 잘 수가 없었어요."

하얀 전사는 고사리 사이로 걸어 들어가 친구 옆에 자리를 잡았다.

"브라이트포와 함께 있고 싶어요."

클라우드테일은 고개를 숙이고 친구의 어깨를 부드럽게 핥아 주기 시작했다.

"잘 자, 브라이트포. 넌 여전히 아름다워. 어서 우리에게 돌아와. 지금 어디 있는지 모르겠지만, 꼭 돌아와야 해."

클라우드테일은 그녀를 조금 더 핥아 준 뒤에 고개를 들었다. 그러고는 원망이 가득한 눈초리로 파이어하트를 노려보았다.

"이게 다 파이어하트 잘못이에요!"

어린 전사가 버럭 소리를 질렀다.

"브라이트포와 스위프트포도 전사로 임명했어야 해요. 그랬으면 둘이서만 나가지도 않았을 거예요."

파이어하트는 클라우드테일의 시선을 침착하게 마주 보았다.

"그래, 알아. 나도 노력했단다. 정말이야."

또 다른 고양이의 부드러운 발소리를 듣고 파이어하트는 말을 멈췄다. 고개를 돌려 보니 블루스타가 걸어오고 있었다. 그 뒤를 샌드스톰이 따르고 있었다. 파이어하트가 샌드스톰을 보내서 블루스타를 데려오게 한 것이다.

종족 지도자는 말없이 브라이트포를 내려다보며 서 있었다. 클라우드테일은 도전적으로 고개를 치켜들었다. 순간 파이어하트는 그가 브라이트포의 끔찍한 부상에 대한 책임을 블루스타에게도 물으려는 것이 아닐까 생각했지만, 클라우드테일은 잠자코 있었다.

블루스타는 두어 번 눈을 끔벅이다가 물었다.

"죽어 가는 것이냐?"

"그건 별족에게 달려 있습니다."

신더펠트가 파이어하트와 눈을 맞추며 대답했다.

"우리가 별족에게 어떤 자비를 기대할 수 있단 말이냐?"

블루스타가 으르렁대며 말했다.

"별족에게 달린 일이라면, 브라이트포는 죽겠구나."

"전사가 되어 보지도 못하고요."

클라우드테일이 슬픔이 가득한 목소리로 조용히 말했다. 그리고 다시 고개를 숙여 브라이트포의 어깨를 핥아 주었다.

"꼭 그런 건 아니다."

블루스타가 주저하는 목소리로 말했다.

"이럴 때 치를 수 있는 의식이 있다. 다행스럽게도 지금까지는 거의 쓰이지 않았지만. 죽어 가는 훈련병에게 자격이 있다면, 전사로 임명해서 전사의 이름을 가지고 별족에게 가게 할 수 있다."

파이어하트는 믿기지 않는 말에 숨을 죽였다. 블루스타가 정말로 선조들에 대한 분노를 제쳐 두고, 전사의 삶에 별족이 중요하다는 사실을 인정하는 것일까? 브라이트포가 자격이 있음에도 전사로 임명되지 못했다는 사실을 인정하려는 것일까?

"그럼 어서 하세요."

클라우드테일이 블루스타를 올려다보며 말했다.

블루스타는 신출내기 전사가 이래라저래라 명령한 것에 대해 아무런 반응도 보이지 않았다. 파이어하트와 신더펠트는 털을 맞대고 서로를 위로하며 지켜보았고, 샌드스톰은 조용한 증인이 되기 위해 다가왔다. 종족 지도자는 고개를 숙이고 의식을 시작했다.

"나는 선조 전사들에게 이 훈련병을 굽어살펴 주시기를 청합니다. 이 훈련병은 선조들의 고귀한 규약을 배웠고, 종족에게 봉사하기 위해 목숨을 내놓았습니다. 별족은 이 훈련병을 전사로 받아 주십시오."

블루스타는 잠시 말을 멈췄다. 그녀의 눈에 차가운 불꽃 같은 분노가 이글거렸다.

"이 고양이는 로스트페이스(잃어버린얼굴)로 불릴 것입니다. 그리하여 별족이 그녀를 우리에게서 데려가기 위해 어떤 짓을 했는지, 모든 고양이가 알게 될 것입니다."

블루스타가 으르렁대며 말했다.

파이어하트는 겁에 질려 지도자를 바라보았다. 어떻게 선조 전사들과의 전쟁을 위해 처참하게 다친 훈련병을 이용할 수가 있단 말인가?

"하지만 그건 너무 잔인한 이름이에요!"

클라우드테일이 반발했다.

"혹시 살아나면 어떻게 해요?"

"그렇게 되면 별족이 우리에게 무슨 짓을 했는지 더욱 똑똑히 기억할 수 있겠지."

블루스타의 목소리는 거의 속삭임에 가까웠다.

"별족은 이 전사를 로스트페이스로 받아들이게 될 것이다. 아니면 아예 받아들이지 못하거나."

클라우드테일은 도전적으로 번득이는 파란 눈으로 블루스타를 잠시 응시했다. 하지만 말다툼을 해 봤자 소용이 없다는 걸 아는 듯, 이내 고개를 숙였다.

"별족이여, 이 고양이를 로스트페이스라는 이름으로 받아들여 주십시오."

블루스타는 말을 마치고 고개를 숙여서 로스트페이스의 머리에 코를 살짝 댔다.

"자, 끝났다."

마치 그 접촉이 그녀를 깨운 것처럼, 로스트페이스가 눈을 번쩍 떴다. 그녀의 눈동자에 끔찍한 공포가 밀려들었다. 잠시 그녀는 정신을 차리기 위해 몸부림쳤다.

"무리, 무리!"

로스트페이스가 숨을 몰아쉬었다.

"죽여라, 죽여라!"

블루스타는 흠칫 놀라 털을 곤두세웠다.

"뭐라고? 무슨 뜻이냐?"

그녀가 다그쳐 물었다.

하지만 로스트페이스는 다시 무의식 상태로 빠져들었다. 블루스타는 사나운 눈빛으로 신더펠트와 파이어하트를 번갈아 쳐다보았다.

"무슨 뜻이냐?"

그녀가 거듭 물었다.

"모르겠습니다."

신더펠트가 안절부절못하며 대답했다.

"그 말밖에 듣지 못했으니까요."

"하지만 파이어하트, 내가 말하지 않았느냐……."

블루스타는 말을 이으려고 애썼다.

"별족이 내게 숲에 있는 악에 대해 말해 주었다. 그리고 그것을 '무리'라고 불렀다. 이것이 그 무리의 소행인 것이냐?"

신더펠트는 로스트페이스를 살피면서 지도자의 눈길을 피했다. 파이어하트는 지도자를 만족시킬 만한 답을 찾아보았다. 그는 종족 고양이들이 이름도 얼굴도 없는 적에게 쫓기는 사냥감이 되었다는 사실을 블루스타에게 알리고 싶지 않았다. 하지만 그저 안심시키는 말만으로는 그녀가 만족하지 않으리라는 것을 잘 알고 있었다.

"아무도 모릅니다."

파이어하트는 마침내 대답했다.

"순찰대에게 경계를 늦추지 말라고 주의를 주겠습니다. 하지만……."

"하지만 별족이 우리를 버렸다면 순찰도 아무런 도움이 되지 않을 것이다. 어쩌면 별족이 나를 벌하기 위해 그들을 보낸 건지도 모른다."

블루스타가 경멸스럽다는 듯 말했다.

"아닙니다!"

신더펠트가 지도자의 말을 반박했다.

"그들은 별족이 보낸 게 아닙니다. 우리 선조 전사들은 우리를 보살피고 있습니다. 단순한 원한 때문에 숲의 질서를 무너뜨리거나 한 종족을 파괴하지는 않을 거예요. 블루스타, 제 말을 믿으셔야 합니다."

블루스타는 신더펠트의 말에도 아랑곳하지 않고, 로스트페이스에게 다가가 그녀를 내려다보았다.

"나를 용서해라. 내가 별족의 노여움을 사서 네가 뒤집어쓰게 만들었구나."

블루스타는 돌아서서 자신의 거처를 향해 걸음을 옮겼다.

블루스타의 모습이 사라진 것과 거의 동시에, 진영 공터에서 고통스러운 울부짖음이 터져 나왔다. 파이어하트는 즉시 공터로 달려갔다. 롱테일과 그레이스트라이프가 스위프트포의 시신을 묻어 주기 위해 옮기고 있었다. 축 늘어진 몸이 공터 한가운데에 놓이자, 그의 스승이 곁에 웅크리고 앉아 코를 털에 묻고 애도했다. 스위프트포의 어미인 골든플라워가 옆에 다가와 앉았고, 스위프트포와 아버지가 다른 동기간인 브램블킷과 토니킷이 겁에 질린 눈으로 그 모습을 지켜보았다.

파이어하트는 또 한 번 슬픔이 파도처럼 밀려드는 것을 느꼈다. 롱테일은 스위프트포의 훌륭한 스승이었고, 이런 고통은 겪지 않아야 마땅했다.

신더펠트의 공터로 돌아온 파이어하트는 치료사의 곁으로 다가가는 샌드스톰을 볼 수 있었다. 신더펠트는 싱싱한 거미줄을 피에 젖은 상처 부위에 대고 누르고 있었다.

"어쩌면 회복할 수 있을지도 몰라."

샌드스톰이 말했다.

"만일 고양이의 힘으로 도울 수 있는 거라면, 신더펠트 네가 해낼 거야."

신더펠트가 고개를 들고 고맙다는 듯 눈을 깜박였다.

"고마워요, 샌드스톰. 하지만 약초로 할 수 있는 일은 이 정도밖에 없어요. 그리고 만약 로스트페이스가 살아난다고 해도 저한테 고마워하지는 않을 거예요."

신더펠트와 파이어하트의 눈이 마주쳤다. 파이어하트는 그녀의 얼굴에 드리운 두려움을 볼 수 있었다. 그녀는 로스트페이스가 끔찍하게 변해 버린 외모를 감당할 수 없을까 봐 걱정하고 있었다. 흉터 때문에 이 악몽을 영원히 생생하게 기억해야 한다면, 그 고양이의 미래는 어떻게 될까?

"내가 계속 돌봐 줄 거예요."

친구를 부드럽게 핥아 주던 클라우드테일이 고개를 들고 다짐했다.

파이어하트는 자부심이 샘솟는 것을 느꼈다. 클라우드테일이 전사의 규약에 대해서도 이렇게 망설임 없는 충성심을 보여 준다면, 천둥족에서 가장 훌륭한 전사 중 하나가 될 수 있을 것이다.

샌드스톰이 로스트페이스에게 부드럽게 코를 대고는 자리를 떴다.

"신더펠트와 클라우드테일이 먹을 걸 좀 가져올게. 그리고 로스트페이스 몫도. 혹시 깨어나면 먹고 싶어 할지도 모르잖아."

샌드스톰은 흔들림 없이 긍정적이고 밝은 모습으로 공터를 향해 걸어갔다.

"난 아무것도 먹고 싶지 않아요. 몸이 별로 안 좋아요."

클라우드테일이 지친 목소리로 말했다.

"넌 잠을 자야 해. 양귀비 씨앗을 줄게."

신더펠트가 말했다.

"양귀비 씨앗도 먹지 않을래요. 로스트페이스와 같이 있고 싶어요."

"네가 하고 싶은 걸 묻는 게 아니야. 필요한 걸 시키는 거지."

신더펠트가 쏘아붙였다.

"넌 지난밤에도 불침번을 섰잖아, 기억나?"

신더펠트가 조금 더 부드러운 목소리로 덧붙였다.

"무슨 변화가 있으면 꼭 깨워 줄게."

신더펠트가 양귀비 씨앗을 가지러 간 사이, 파이어하트는 안쓰러운 눈빛으로 자신의 혈육을 바라보았다.

"신더펠트는 치료사잖아. 뭐가 최선인지 잘 알 거야."

클라우드테일은 대꾸하지 않았다. 하지만 신더펠트가 마른 양귀비 열매를 들고 나와 씨앗 몇 개를 흔들어 빼서 앞에 놓아주자, 말없이 핥아 먹었다. 지친 그는 로스트페이스 곁에서 몸을 말고 순식간에 잠들어 버렸다.

"녀석이 다른 고양이를 저렇게 잘 돌볼 수 있으리라고는 생각도 못 했어."

파이어하트가 말했다.

"눈치 못 챘어요?"

근심에 휩싸여 있던 신더펠트의 눈동자가 재미있다는 듯 반짝였다.

"브라이트포, 그러니까 로스트페이스를 계속 쫓아다니고 있었는걸요. 벌써 한 계절은 되었을 거예요. 정말로 사랑하고 있어요."

두 어린 고양이가 함께 웅크리고 있는 것을 보고, 파이어하트는 신더펠트의 말을 믿을 수 있었다.

파이어하트는 싱싱한 먹이 더미로 향했다. 해가 가장 높이 뜬 시간이 다 되어 가고 있었다. 하지만 공터로 환하게 쏟아져 내리는 햇살에는 온기가 거의 없었다. 숲에 잎 없는 계절이 찾아온 것이다.

스위프트포가 목숨을 잃고 로스트페이스가 부상을 당한 지 며

칠이 지났다. 파이어하트는 막 로스트페이스를 살펴보고 오는 길이었다. 그녀는 여전히 삶을 놓지 않고 있었다. 신더펠트는 그녀가 살아남을 것이라고 조심스럽게 낙관하기 시작했다. 클라우드테일은 거의 모든 시간을 그녀와 함께 있었다. 파이어하트는 클라우드테일이 로스트페이스를 돌볼 수 있도록 당분간 전사의 임무에서 제외시켜 주었다.

공터를 가로질러 가던 파이어하트는 전사들의 거처에서 나와 싱싱한 먹이 더미로 가는 그레이스트라이프를 발견했다. 그런데 먹이 더미에 미처 도착하기도 전에 다크스트라이프가 앞질러 가더니, 그레이스트라이프를 옆으로 밀치면서 토끼를 잡아챘다. 이미 먹이를 고르고 있던 더스트펠트까지 합세해 적대적인 눈빛을 보내자, 회색 전사는 두 전사가 먹이를 먹으러 쐐기풀 더미로 물러날 때까지 먹이 더미에 다가가지 못하고 머뭇거렸다.

파이어하트는 친구를 향해 걸음을 재촉했다.

"무시해 버려. 뇌를 꼬리에 달고 다니나 보지."

그는 작은 소리로 말했다.

그레이스트라이프는 고마워하는 눈빛으로 파이어하트를 흘깃 보고, 먹이 더미에서 까치를 골랐다.

"같이 먹자."

파이어하트는 들쥐를 골라 물고 전사들의 거처 가까이에 있는 해가 잘 드는 땅으로 앞장서 걸어갔다.

"저 둘 때문에 너무 고민하지 마. 계속해서 적대적으로 굴 수는 없을 테니까."

그레이스트라이프는 못 미더워하는 얼굴이었지만, 더 이상의 말은 하지 않았다. 두 전사는 자리를 잡고 앉아 먹이를 먹었다. 공터 건너편에서는 토니킷과 브램블킷이 윌로펠트의 새끼 고양이 셋과 놀고 있었다. 파이어하트는 로스트페이스가 자신도 어서 새끼를 갖고 싶다는 듯 그들과 함께 놀아 주던 모습이 떠올라 울컥했다. 이제 그녀는 어미 고양이가 될 수 없는 걸까?

"저 녀석이 자기 아버지를 너무 닮았다는 사실을 부인할 수가 없군."

새끼 고양이들을 한동안 지켜보던 그레이스트라이프가 말했다.

"자기 아버지처럼 행동하지만 않는다면야 뭐."

파이어하트가 대꾸했다. 그때 브램블킷이 자기보다 덩치가 훨씬 작은 새끼 고양이 하나에게 달려들어 쓰러뜨렸다. 파이어하트는 그 모습을 보고 몸이 굳어 버렸다. 하지만 곧 조그만 삼색얼룩 고양이가 벌떡 일어나 브램블킷에게 덤벼들어 장난치는 것을 보고 마음이 놓였다.

"훈련을 시작할 때가 된 것 같은데. 브램블킷과 토니킷이 태어난 지……."

그레이스트라이프가 하던 말을 멈췄다. 그의 눈동자가 슬픔으로 흐려졌다.

파이어하트는 친구가 강족에 남겨진 자신의 새끼들을 생각하고 있다는 것을 알 수 있었다.

"맞아, 스승을 정해 줘야 할 때가 되었어."

그는 쓸쓸한 기억에 사로잡힌 친구의 주의를 다른 곳으로 돌릴 수 있기를 바라며 말했다.

"내가 브램블킷을 가르쳐도 될지 블루스타에게 물어볼 생각이야. 네 생각에는……."

"네가 브램블킷의 스승이 되겠다고?"

그레이스트라이프가 파이어하트를 빤히 쳐다보았다.

"그게 좋은 생각일까?"

"왜 안 되는데?"

파이어하트는 털이 곤두서기 시작하는 것을 느끼며 물었다.

"클라우드테일이 전사가 되었으니 난 지금 훈련병이 없어."

"넌 브램블킷을 좋아하지 않잖아."

그레이스트라이프가 꼬집어 말했다.

"널 탓하는 건 아니야. 하지만 브램블킷도 자기를 믿어 주는 스승 밑에서 훈련받는 편이 낫지 않을까?"

파이어하트는 머뭇거렸다. 그레이스트라이프의 말에도 일리가 있었다. 하지만 파이어하트는 브램블킷을 훈련시키는 일을 다른 고양이에게 맡길 수 없다는 걸 알았다. 그는 브램블킷을 직접 가르치면서 반드시 천둥족에 충성하도록 이끌어야만 했다.

"난 이미 마음을 정했어."

파이어하트는 퉁명스럽게 말했다.

"토니킷의 스승으로는 누가 좋을지 네 생각이 궁금해."

그레이스트라이프는 잠시 뜸을 들였다. 논쟁을 계속하고 싶은 눈치였다. 하지만 이내 어깨를 으쓱하며 말했다.

"그걸 물어보는 게 더 놀라운걸? 답이 너무 뻔하잖아."

파이어하트가 아무 말도 하지 않자, 그레이스트라이프가 다시 말했다.

"샌드스톰이 있잖아, 이 쥐 대가리야!"

파이어하트는 생각할 시간을 벌기 위해 들쥐를 한입 가득 물었다. 샌드스톰은 노련한 전사였다. 그녀는 파이어하트와 그레이스트라이프, 더스트펠트와 함께 훈련병 시절을 보냈고, 넷 중에서 그녀만 훈련병을 배정받지 못했다. 하지만 토니킷을 그녀에게 맡기는 것은 왠지 마음에 걸렸다.

파이어하트는 들쥐를 꿀꺽 삼키고 나서 말했다.

"실은 브래큰퍼에게 스노킷을 가르치게 해 주겠다고 약속까지 했었거든. 그런데 얼마 전에 그렇게 안 좋은 일이 생겼잖아. 브래큰퍼가 토니킷을 맡아도 될지 블루스타에게 물어보는 게 공정할 것 같아. 게다가 브래큰퍼는 훌륭한 전사니까 잘 해낼 거야."

그레이스트라이프의 눈이 자부심으로 반짝 빛났다. 브래큰퍼는 그레이스트라이프의 훈련병이었고, 옛 훈련병이 전사로서 인정을 받으니 기분이 좋은 듯했다. 하지만 그는 곧 믿을 수 없다는 듯이 귀를 쫑긋 세웠다.

"이봐, 파이어하트, 그건 진짜 이유가 아니라고. 너도 알잖아."

"무슨 뜻이야?"

"넌 샌드스톰에게 토니킷을 맡기기 싫은 거잖아. 타이거스타가 무슨 짓을 할지 두려워서."

친구의 얼굴을 빤히 바라보던 파이어하트는 그 말이 맞다는 것을 깨달았다. 그 역시 마음속으로는 알고 있었지만, 자신에게조차 솔직히 인정하기를 거부했던 진짜 이유였다.

"샌드스톰을 보호하고 싶은 거잖아."

파이어하트가 대답하지 않자, 그레이스트라이프가 되풀이해 말했다.

"그게 뭐 잘못이야?"

파이어하트는 따지듯 물었다.

"타이거스타는 이미 다크스트라이프를 시켜서 새끼 고양이들을 진영 밖으로 불러냈어. 과연 거기서 끝일까? 타이거스타가 자기 새끼들을 모임에서만 만나는 걸로 만족할 거라고 생각해?"

"아니, 아니지."

그레이스트라이프가 화가 난 듯 코웃음을 쳤다.

"하지만 샌드스톰은 어떻게 생각하겠어? 샌드스톰은 크고 힘센 전사들 뒤에 숨는 작고 귀여운 애완 고양이가 아니잖아. 샌드스톰도 자기 앞가림은 할 수 있다고."

파이어하트는 겸연쩍게 어깨를 으쓱했다.

"샌드스톰은 결정을 받아들여야겠지. 블루스타는 브래큰퍼에게 토니킷을 맡기는 데 동의할 거야."

앞으로 닥칠 문제를 예견한 듯 그레이스트라이프의 눈이 번득였다.

"부지도자는 너니까. 하지만 샌드스톰이 좋아하지는 않을 거야."

"네가 브램블킷의 스승이 되겠다고?"

블루스타가 물었다.

파이어하트는 지도자의 거처에 서 있었다. 그는 막 새로운 훈련병들에 대한 이야기를 꺼냈고, 해 질 녘에 임명식을 열자고 제안했다.

"그렇습니다. 토니킷은 브래큰퍼에게 맡기는 게 좋을 것 같습니다."

파이어하트가 대답했다.

블루스타가 눈을 가늘게 뜨고 그를 바라보았다.

"배신자가 배신자의 자식을 가르치겠다니, 아주 적절한 선택이구나."

블루스타가 쉰 목소리로 말했다. 토니킷의 스승이 누가 되어야 할지에 대해서는 전혀 관심이 없어 보였다.

"블루스타, 지금 종족에는 배신자가 없습니다."

파이어하트는 브램블킷에 대한 자신의 염려를 억누르면서, 그녀를 안심시키려 했다.

블루스타는 무시하듯 콧방귀를 뀌었다.

"마음대로 해라, 파이어하트. 이 배신자 집단에서 무슨 일이 일어나든 말든 내가 왜 관심을 가져야 하느냐?"

파이어하트는 지도자를 논리적으로 설득하려는 시도를 포기하고 거처에서 물러나 공터로 나왔다. 이미 해가 지고 있었다. 종족 고양이들은 임명식을 기대하며 벌써부터 모여들고 있었다. 파이어하트는 브래큰퍼를 발견하고 그를 불렀다.

"넌 이제 훈련병을 가르칠 준비가 된 것 같구나. 토니킷을 가르치는 건 어떻겠니?"

브래큰퍼의 눈이 반짝였다.

"저, 정말로요?"

브래큰퍼가 더듬거리며 물었다.

"그러면 정말 좋겠어요!"

"너라면 잘 해낼 거야. 임명식에서 어떻게 해야 하는지는 알지?"

그때 샌드스톰이 전사들의 거처에서 나와 그를 향해 걸어오기 시작했다. 파이어하트는 하던 말을 멈추었다.

"잠깐 기다려, 브래큰퍼. 금방 돌아올게."

그는 샌드스톰을 맞으러 갔다.

"그레이스트라이프가 하는 얘기가 다 무슨 소리야?"

목소리가 들릴 만한 곳까지 다가가자, 샌드스톰이 곧바로 따지듯 물었다.

"토니킷의 스승으로 브래큰퍼를 추천했다는 게 사실이야?"

파이어하트는 침을 꿀꺽 삼켰다. 샌드스톰의 연녹색 눈동자는 분노로 이글거렸고, 어깨 털은 곤두서 있었다.

"응, 사실이야."

"하지만 브래큰퍼보다 내가 더 경험이 많단 말이야!"

파이어하트는 사실대로 말하고 싶은 충동을 억눌렀다. 다른 이유가 아니라 오직 그녀를 위하는 마음에서 그렇게 한 것이라는 사실을 알리고 싶었다. 하지만 타이거스타의 위협에서 지키기 위해 토니킷의 스승이 되지 못하게 한 것을 알면, 그녀는 더욱 화를 낼 게 분명했다. 샌드스톰은 파이어하트가 그녀가 너무 약해서 그림자족 지도자의 위협을 감당할 수 없으리라 판단했다고 생각할 것이다.

"자, 말해 보시지?"

샌드스톰이 고집스럽게 말했다.

"넌 내가 훌륭한 스승이 될 수 없을 거라고 생각하는 거야?"

"그런 게 아니야."

"그럼 뭐야? 내가 토니킷의 스승이 될 수 없는 그럴듯한 이유를 하나라도 말해 보라고!"

"왜냐하면 나는……."

파이어하트는 그녀에게 말할 수 있는 무언가를 생각해 내려고 필사적으로 노력했다.

"나는 네가 특별 사냥조를 이끌어 주면 좋겠어. 넌 유능한 사냥꾼이잖아, 샌드스톰. 최고지. 잎 없는 계절이 다가왔고, 먹이가 점점 더 귀해질 거야. 우린 정말로 네가 필요해질 거야."

파이어하트는 이야기를 하는 동안 자신의 말이 사실이라는 것을 깨달았다. 샌드스톰이 이끄는 특별 사냥조를 잎 없는 계절의 혹독한 시간 동안 종족의 먹이 문제를 해결할 하나의 방법이 될 것이다.

하지만 샌드스톰은 달가워하지 않았다.

"넌 그냥 핑계를 대고 있어. 사냥조를 이끌면서 동시에 토니킷을 가르치면 안 될 이유가 없잖아. 토니킷은 똑똑하고 민첩하니까 유능한 사냥꾼이 될 수 있을 거라고 장담할 수 있어."

"미안해. 벌써 브래큰퍼에게 토니킷을 맡아 달라고 말했어. 잎 없는 계절이 어느 정도 지나면 윌로펠트의 새끼들 중 하나를 너에게 맡기도록 할게. 괜찮지?"

"아니, 괜찮지 않아."

샌드스톰이 날카롭게 말했다.

"난 이렇게 무시당해도 좋을 만한 일을 한 적이 없어. 이번 일은 두고두고 잊지 않을 거야, 파이어하트."

샌드스톰은 돌아서서 프로스트퍼와 브린들페이스에게 가 버렸다. 파이어하트는 그녀를 뒤따라 한 걸음을 내디뎠다가 멈춰 섰다. 그녀에게 할 말이 없었다. 게다가 블루스타가 종족 회의를 소집하기 위해 거처에서 나오는 모습이 보였다.

종족 고양이들이 모두 높은 바위 아래로 모여들었다. 파이어하트는 그레이스트라이프가 높은 바위에서 멀지 않은 곳에 혼자 웅크리고 있는 것을 발견했다. 마우스퍼는 표가 나게 그를 무시하며 지나쳐 다른 암고양이들이 있는 곳으로 갔다. 아직도 그레이스트라이프를 받아들이려 하지 않는 몇몇 고양이들의 행동에 실망한 파이어하트는 가서 친구를 위로해 주고 싶었다. 하지만 그는 그 자리에 머무르며 임명식을 준비해야 했다. 잠시 후 클라우드테일과 화이트스톰이 신더펠트의 거처로 이어지는 고사리 굴길에서 나타났다. 다행히도 그들은 회색 전사의 옆에 나란히 자리를 잡고 앉았다.

두 전사를 따라 굴길에서 나온 신더펠트가 급한 걸음으로 그에게 걸어왔다. 그녀가 점점 가까워지자 초롱초롱 빛나는 푸른 눈동자를 볼 수 있었다.

"좋은 소식이에요, 파이어하트. 로스트페이스가 방금 깨어났어요. 싱싱한 먹이도 먹었고요. 이제 괜찮아질 거예요."

파이어하트는 기뻐서 가르랑거리는 소리를 냈다.

"정말 잘됐구나, 신더펠트."

하지만 좋은 소식에 안도감을 느끼는 한편, 로스트페이스가 얼굴을 심하게 다쳤다는 사실을 알게 되면 어떻게 견뎌 낼 수 있을지 걱정스러웠다.

"벌써 일어나 앉아서 털을 고르려고 애쓰고 있어요."

신더펠트가 말을 이었다.

"하지만 아직은 무척 불안정한 상태예요. 며칠은 더 제 거처에서 지내야 할 거예요."

"공격한 게 뭔지에 대해서는 아무 말도 없었고?"

신더펠트가 고개를 가로저었다.

"물어보려고 했는데, 그 생각만 하면 너무 불안한 모양이에요. 아직도 악몽을 꾸면서 '무리'와 '죽여라'를 외치거든요."

"공격한 게 무엇인지, 종족은 알아야 해."

파이어하트가 말했다.

"좀 더 기다려야 할 거예요."

신더펠트가 단호하게 말했다.

"로스트페이스가 회복하려면 무엇보다 안정이 필요해요."

파이어하트는 언제쯤이면 로스트페이스가 자신과 말을 할 수 있을 만큼 좋아질지 물어보고 싶었다. 하지만 그때 골든플라워가 새끼 고양이 둘을 데리고 보육실에서 나왔다. 이제 임명식에 집중해야 했다. 파이어하트는 골든플라워가 새끼들을 특별히 신경 써서 단장했다는 것을 알 수 있었다. 저무는 햇살 속에 토니킷의 삼색얼룩 털이 반짝였고, 브램블킷의 짙은 얼룩무늬 털에는 윤기가 흘렀다. 높은 바위로 향하면서 토니킷은 신이 나서 이리저리 뛰어다녔지만, 브램블킷은 머리와 꼬리를 치켜들고 침착하게 앞으로 걸어 나갔다.

파이어하트는 타이거스타가 처음 훈련병이 되었을 때도 이런 모습이었을지 궁금했다. 그 역시 종족에게 충성을 다하고 목숨을 바치겠다고 맹세했을까? 그의 지도자와 스승은 그가 어떤 운명인지 조금이라도 알고 있었을까?

높은 바위 아래 선 블루스타가 새끼 고양이 둘을 자신의 곁으로 불렀다. 파이어하트는 지도자가 평소보다 더욱 집중하고 있다는 걸 알아차렸다. 그녀 역시 종족을 위해 싸울 전사를 더 길러 내는 일에 무심할 수가 없는 것 같았다.

"브래큰퍼, 파이어하트는 네가 첫 번째 훈련병을 맞을 준비가 되었다고 했다. 너는 토니포의 스승이 될 것이다."

브래큰퍼는 새로운 훈련병만큼이나 신이 난 표정으로 앞으로 나갔다. 토니포가 달려가서 스승을 맞이했다.

블루스타가 말을 이었다.

"브래큰퍼, 너는 충성스럽고 지혜로운 전사임을 입증했다. 최선을 다해서 네가 가진 자질들을 토니포에게 전해 주기 바란다."

브래큰퍼와 토니포는 서로 코를 맞댄 뒤에 공터 가장자리로 물러났다. 블루스타는 파이어하트에게 고개를 돌렸다.

"클라우드테일이 전사가 되었으니 너는 이제 새로운 훈련병을 맞을 수 있다. 네가 브램블포를 가르칠 것이다."

파이어하트를 바라보는 그녀의 눈이 번득였다. 파이어하트는 그 순간 자신이 타이거스타의 아들을 가르치겠다고 나선 이유를 지도자가 의심하고 있다는 것을 깨닫고 섬뜩한 기분이 들었다. 파이어하트는 지도자의 차가운 눈초리를 흔들림 없이 마주 보려 애썼다. 블루스타가 뭐라고 생각하든, 그가 브램블포를 맡은 건 종족에 대한 충성심 때문이었다.

브램블포가 스승을 만나기 위해 걸어왔다. 파이어하트는 둥그렇게 모인 고양이들 한가운데서 훈련병을 마주했다. 어린 고양이의 눈에서는 열정이 불타오르고 있었다. 그는 그 눈빛에 감동하면서도 도전받는 느낌이 들었다.

'이 녀석은 대단한 전사가 되겠어. 타이거스타의 아들만 아니었다면!'

파이어하트는 생각했다.

"파이어하트, 너는 보기 드문 용기와 빠른 판단력을 가진 전사임을 입증했다."

블루스타가 눈을 가늘게 뜨고 말했다.

"너의 용기와 판단력을 이 어린 훈련병에게 전해 주리라고 믿어 의심치 않는다."

파이어하트는 고개를 숙여 브램블포와 코를 맞댔다. 공터 가장자리로 가는 길에 브램블포가 물었다.

"이제 뭘 하죠, 파이어하트? 저는 모든 걸 배우고 싶어요. 싸움, 사냥, 종족에 관한 모든 것을요."

그 순간 파이어하트는 브램블포가 스승과 아버지 사이의 오래된 적대감에 대해서는 아무것도 모른다는 사실을 인정해야 했다. 그것은 골든플라워 덕분이었다. 그녀는 알 수 없는 표정으로 그들을 바라보고 있었다. 파이어하트는 자신이 직접 타이거스타의 아들을 가르치겠다고 나선 것에 그녀가 그리 달가워하지 않았으리라 짐작했다. 만약 타이거스타가 이 사실을 알게 되면 무슨 일이 벌어질까? 파이어하트는 다크스트라이프가 자신을 유심히 살피는 것을 느낄 수 있었다. 다크스트라이프는 다음 모임에서, 혹은 그 전이라도 타이거스타에게 이 소식을 전할 것이다.

"때가 되면 다 배울 거야."

파이어하트는 열정적인 훈련병에게 약속했다.

"내일은 브래큰퍼와 네 누이와 함께 천둥족 영역을 돌아보자. 그러면 경계가 어디 있는지, 다른 종족들의 냄새는 어떻게 맡는지 배울 수 있을 거야."

"좋아요!"

브램블포가 신이 나서 소리를 질렀다.

"하지만 지금은 가서 다른 훈련병들을 사귀어 보도록 해. 오늘 밤에는 훈련병들의 거처에서 자는 것 잊지 말고."

파이어하트는 꼬리를 흔들어 가도 좋다는 신호를 해 주었다. 브램블포는 누이 곁으로 달려갔다. 다른 고양이들이 신임 훈련병들 주위로 몰려들어, 새 이름을 부르며 축하해 주었다.

그들을 지켜보던 파이어하트는 그레이스트라이프가 자리에서 일어나 자신을 향해 걸어오는 것을 발견했다. 샌드스톰이 지나가는 그에게 묻는 소리가 들렸다.

"그레이스트라이프, 훈련병을 받지 못해서 서운하지 않아?"

"조금은."

그레이스트라이프는 파이어하트를 곁눈질하면서 겸연쩍은 듯 말했다.

"하지만 난 한동안은 기대할 수 없어. 종족의 절반은 아직도 날 받아들여 주지 않는걸."

"그 절반은 멍청한 털 뭉치들이고."

샌드스톰이 회색 전사의 귀를 핥아 주며 단호하게 말했다.

그레이스트라이프는 어깨를 으쓱했다.

"내가 다시 훈련병을 맡으려면, 그 전에 먼저 내 충성심을 입증해야겠지. 그리고 넌 곧 훈련병을 맡게 될 거야."

그레이스트라이프가 샌드스톰의 마음을 읽은 듯이 덧붙여 말했다.

"윌로펠트의 새끼 고양이들이 준비가 되면 말이야."

샌드스톰의 얼굴에 짜증스러운 표정이 스쳤다. 파이어하트는 그녀에게 다시 말을 걸어 봐야 할지 고민스러웠다. 하지만 샌드스톰은 머뭇거리며 다가오는 파이어하트를 보고, 그레이스트라이프에게 고개를 돌리며 큰 소리로 말했다.

"어서 가자. 싱싱한 먹이가 남아 있는지 보자고."

파이어하트는 걸음을 멈추고, 앞장서서 먹이 더미로 향하는 샌드스톰의 모습을 비참한 심정으로 바라보았다. 그레이스트라이프는 파이어하트에게 걱정스러운 눈길을 던지며 그녀를 따라갔다.

샌드스톰이 자신에게서 등을 돌리는 모습을 보면서, 파이어하트는 쓰디쓴 절망이 차올랐다. 아무리 애를 써도 샌드스톰과 예전처럼 가깝게 지내 보려는 그의 시도는 모두 실패로 돌아가는 것 같았다. 그는 샌드스톰이 그리웠다. 그가 지금 느끼는 외로움은 주변에 가득한 다른 어떤 고양이도 달래 줄 수 없었다.

21

숨 어 버 린 적

"뒤로 물러나 있어. 여긴 위험한 곳이야."

브래큰퍼가 주의를 주었다.

브래큰퍼와 파이어하트는 신임 훈련병 둘과 함께 천둥길 가장
자리에 서 있었다. 브램블포와 토니포는 지독한 천둥길 냄새에
코를 찡그렸다.

"별로 위험해 보이지 않는데요."

브램블포가 한 발을 슬쩍 뻗어 어두운 돌길 위에 내려놓았다.

그 순간 파이어하트는 괴물이 우르릉거리며 다가오는 소리와
함께 땅이 흔들리는 것을 느꼈다.

"물러나!"

파이어하트가 날카롭게 외쳤다.

브램블포는 뒤로 펄쩍 뛰어 천둥길 가장자리로 물러났다. 괴물
이 뜨겁고 냄새 고약한 바람을 일으키며 지나갔다. 훈련병은 충
격으로 떨고 있었다.

토니포도 깜짝 놀라 눈이 휘둥그레졌다.

"저게 뭐예요?"

토니포가 물었다.

"괴물이야."

파이어하트가 대답했다.

"괴물들은 배에 두발쟁이들을 싣고 다녀. 하지만 절대로 천둥길을 떠나지 않으니까, 멀리 떨어져 있기만 하면 위험하지 않아."

그는 엄한 눈초리로 브램블포를 바라보았다.

"전사가 너에게 뭔가를 하라고 하면 그대로 따라야 한다. 원한다면 질문을 해도 좋지만, 나중에 해라."

브램블포가 발톱으로 바닥을 긁으며 고개를 끄덕거렸다.

"죄송해요, 파이어하트."

훈련병은 이미 충격에서 벗어나고 있었다. 경험이 훨씬 많은 고양이라도 괴물이 그렇게 가까이 다가왔으면 겁에 질렸을 것이다. 그날 아침 진영을 떠나온 뒤로 브램블포는 용감하고, 호기심이 많고, 열심히 배우려고 하는 모습을 보여 주었다.

파이어하트와 브래큰퍼가 훈련병들을 데리고 영역을 돌아보는 사이, 샌드스톰과 그레이스트라이프, 화이트스톰은 새벽 순찰을 나갔다. 파이어하트는 익숙한 길을 따라가면서도 어느 때보다 조심스럽게 움직이고 있었다. 그는 언제라도 숲에서 그 사악한 존재와 마주칠 수 있다는 생각에 두려웠다.

파이어하트는 뱀바위에서는 최대한 멀리 떨어져서 이동했다. 위험을 무릅쓰면서까지 두 신임 훈련병을 데리고 저주받은 곳에 가고 싶지는 않았다. 그곳에 도사리는 위협적인 존재에 대해 곧 뭔가 조치를 취해야 한다는 건 알았지만, 로스트페이스가 자신을 공격한 것이 무엇인지 정확히 말해 줄 만큼 회복되기를 기다리고 있었다. 하지만 마음속 깊은 곳에서는 의심이 자라고 있었다. 그것의 정체를 알게 되더라도 과연 전사들이 감당할 수 있을까?

"저쪽에는 뭐가 있어요?"

토니포가 천둥길 건너편에 있는 숲 지역을 꼬리로 가리키며 물었다.

"저긴 그림자족 영역이야."

브래큰퍼가 말했다.

"냄새를 맡을 수 있겠어?"

차가운 바람이 그림자족의 냄새를 그들에게 실어다 주었다. 브램블포와 토니포가 입을 벌려서 냄새를 맡았다.

"이건 전에도 맡았던 냄새예요."

토니포가 말했다.

"그래?"

브래큰퍼가 놀란 눈으로 파이어하트를 힐긋 보았다.

"아버지를 만나게 해 주려고 다크스트라이프가 우리를 경계로 데려왔을 때 맡았어요."

브램블포가 설명했다.

"나도 봤어."

파이어하트는 이 일이 새로운 소식이 아니라는 것을 브래큰퍼에게 알리고 싶었다.

"타이거스타가 새끼들을 보고 싶어 하는 걸 잘못이라고 할 수

347

는 없겠지."

그는 애써 좋은 쪽으로 생각하며 덧붙였다.

브래큰퍼는 아무 말도 하지 않았지만 조금 걱정스러운 표정이었다. 브래큰퍼도 파이어하트와 마찬가지로 이 천둥족 고양이들과 타이거스타의 관계를 불안하게 여기는 것 같았다.

"지금 저쪽으로 가서 우리 아버지를 만날 수 있어요?"

토니포가 애원하듯 말했다.

"안 돼!"

브래큰퍼가 충격을 받은 목소리로 소리쳤다.

"종족 고양이들은 다른 종족의 영역에 마음대로 들어갈 수 없어. 순찰대에게 잡히면 큰 문제가 생길 거야."

"타이거스타가 우리 아버지라고 말하면 괜찮아요."

브램블포가 말했다.

"지난번에 우리를 다시 만나고 싶다고 했어요."

"브래큰퍼가 안 된다고 했잖아!"

파이어하트는 버럭 화를 냈다.

"너희가 경계 건너편에 한 발이라도 들여놓는다면, 꼬리를 떼어 버릴 줄 알아!"

토니포는 파이어하트가 당장이라도 꼬리를 떼어 버릴 거라 생각한 것처럼 화들짝 놀라며 뒤로 물러났다.

브램블포는 호박색 눈으로 파이어하트의 표정을 한참 살폈다. 그러고는 머뭇거리며 입을 열었다.

"파이어하트, 뭔가 다른 문제가 있는 거죠? 왜 아무도 우리에게 아버지에 대해 얘기해 주지 않아요? 아버지는 왜 천둥족을 떠난 거예요?"

파이어하트는 훈련병을 내려다보았다. 이렇게 직접적인 질문을 피할 길이 없었다. 새끼 고양이들에게 진실을 말해 주겠다고 오래전에 골든플라워와 약속하긴 했지만, 어떻게 말을 해야 할지 생각할 시간이 좀 더 필요했다.

그는 브래큰퍼와 재빨리 눈빛을 주고받았다.

브래큰퍼가 말했다.

"파이어하트가 말해 주지 않으면, 다른 누군가가 할 거예요."

브래큰퍼의 말이 맞았다. 골든플라워와 했던 약속을 지킬 시간이 온 것이다. 그는 목을 가다듬었다.

"알았어. 쉴 만한 곳을 찾아보자. 가서 얘기해 줄게."

천둥길에서 조금 물러나자 움푹 팬 땅이 나타났다. 잎 없는 계절의 서리 속에서 갈색으로 변하고 부러진 고사리 줄기들이 그곳을 가려 주고 있었다. 두 훈련병은 호기심 어린 눈을 크게 뜨고 뒤따라왔다.

파이어하트는 먼저 개 냄새가 나지 않는지 확인한 뒤, 마른 풀 위에 자리를 잡고 앉아 발을 가슴 아래로 밀어 넣었다. 브래큰퍼는 비탈 꼭대기에 서서, 혹시 모를 개나 그림자족의 위협에 대비해 망을 보았다.

"너희 아버지에 대해 얘기하기 전에, 천둥족이 너희를 자랑스러워한다는 사실을 명심했으면 좋겠구나. 너희는 둘 다 훌륭한 전사가 될 거란다. 내가 지금부터 하려는 말도 그 사실을 달라지게 할 수는 없어."

훈련병들의 호기심은 불안감으로 변해 갔다. 파이어하트는 그들이 무슨 이야기가 이어질지 궁금해하고 있다는 것을 알았다.

"타이거스타는 위대한 전사야. 그리고 언제나 종족의 지도자가 되고 싶어 했지. 천둥족을 떠나기 전에 그는 부지도자였어."

브램블포가 신이 나서 눈을 반짝였다.

"저도 전사가 되면 부지도자가 될 거예요."

파이어하트는 훈련병의 야망을 증명해 주는 발언에 털이 곤두섰다. 타이거스타와 너무 닮았다.

"조용히 하고 들어라."

브램블포는 순순히 고개를 숙였다.

"방금 말한 것처럼 타이거스타는 언제나 위대한 전사였다."

파이어하트는 한 마디 한 마디를 차가운 허공에 힘겹게 내뱉으며 말을 이어 나갔다.

"하지만 해 드는 바위를 두고 강족과 전투가 벌어졌을 때, 타이거스타는 그 틈을 타서 레드테일을 죽였다. 레드테일은 그 당시 천둥족의 부지도자였지. 타이거스타는 강족 전사가 죽인 거라고 했지만, 우리는 진실을 밝혀냈다."

파이어하트는 잠시 말을 멈췄다. 두 훈련병이 두려움에 사로잡힌 눈으로 믿을 수 없다는 듯 그를 쳐다보고 있었다.

"그러니까…… 우리 아버지가 같은 종족의 고양이를 죽였다는 말이에요?"

토니포가 더듬거리며 물었다.

"믿을 수 없어요!"

브램블포가 절망적으로 소리쳤다.

"사실이란다."

파이어하트는 속이 울렁거리는 기분이었다. 새끼 고양이들에게 아버지의 반역 행위에 대한 진실을 알려 주면서, 골든플라워가 강조했던 것처럼 어느 쪽에도 치우치지 않는 것은 무척 힘든 일이었다. 거기에 더해 새끼 고양이들이 그들이 태어난 종족에서 소외감을 느끼지 않도록 배려하느라 더더욱 힘이 들었다.

"타이거스타는 레드테일을 대신해서 부지도자가 되기를 바랐던 거야. 하지만 블루스타는 라이언하트라는 고양이를 부지도자로 임명했지."

"타이거스타가 라이언하트도 죽인 건 아니죠?"

브램블포가 떨리는 목소리로 물었다.

"그래, 그건 아니란다. 라이언하트는 그림자족과 싸우다가 죽었어. 타이거스타는 그때 부지도자가 되었지. 하지만 그 정도로는 충분하지 않았던 거야. 그는 지도자가 되길 원했어."

파이어하트는 다시 말을 멈췄다. 어디까지 말해야 하는 걸까? 이 훈련병들에게 굳이 짐을 지울 필요는 없었다. 그는 타이거스타가 블루스타를 노리고 파 놓은 함정에서 신더펠트가 다친 이야기나, 타이거스타가 파이어하트 자신을 죽이려 했던 이야기는 하지 않기로 했다.

"타이거스타는 숲에서 떠돌이 고양이들을 모았어. 그 떠돌이들이 천둥족을 공격했지. 타이거스타는 블루스타를 죽이려고 했어."

"블루스타를 죽이려 했다고요?"

토니포가 숨을 들이쉬었다.

"하지만 블루스타는 우리 지도자잖아요!"

"타이거스타는 블루스타를 대신해서 자신이 지도자가 될 수 있다고 생각한 거야."

파이어하트는 중립적인 목소리를 유지하려고 애쓰면서 설명해 나갔다.

"타이거스타는 천둥족에서 추방되었고, 그때 그림자족으로 가서 그들의 지도자가 된 거야."

두 훈련병이 서로를 마주 보았다.

"그러니까 우리 아버지는 반역자인가요?"

브램블포가 조용히 물었다.

"그래."

파이어하트가 대답했다.

"받아들이기 힘들 거라는 걸 알아. 이 점만 명심해라. 너희 둘은 천둥족에 속한다는 걸 자랑스러워해도 돼. 그리고 아까 말했던 것처럼 종족은 너희를 자랑스러워한단다. 너희 아버지가 한 일은 너희 책임이 아니야. 너희는 위대한 전사가 될 수 있어. 종족과 전사의 규약에 충성하는 전사 말이야."

"하지만 우리 아버지는 충성스럽지 않았잖아요. 그러면 지금 아버지는 우리의 적인가요?"

토니포가 물었다.

파이어하트는 토니포의 겁에 질린 눈을 마주 보았다.

"각기 다른 종족의 고양이들은 모두 자신들의 이익을 중요하게 생각한단다."

그는 친절하게 설명해 주었다.

"그게 바로 종족에 대한 충성심이란다. 너희 아버지는 지금 그림자족에 충성하는 거야. 천둥족에 충성하는 것이 너희의 의무인 것과 마찬가지지."

잠시 침묵이 흘렀다. 이윽고 토니포가 몸을 일으키더니 가슴털을 몇 번 핥았다.

"말씀해 주셔서 고마워요, 파이어하트. 그런데 그게…… 그게 정말 사실인가요? 종족이 우리를 자랑스러워한다는 게?"

"사실이고말고."

파이어하트는 어린 훈련병을 안심시켰다.

"잊지 마. 종족이 이 모든 사실을 알게 되었을 때, 너희 둘은 겨우 갓 태어난 새끼 고양이들이었어. 그리고 종족은 한 번도 너희에게 벌을 주려고 하지 않았잖아, 그렇지?"

토니포가 고마운 표정으로 파이어하트에게 눈을 끔벅였다. 브램블포는 구부러진 고사리 잎줄기 사이로 하늘을 올려다보고 있었다. 그의 호박색 눈동자에서는 아무런 감정도 읽을 수 없었다.

"브램블포?"

파이어하트는 불안해하며 그를 불렀다. 어린 고양이는 대답하지 않았다. 파이어하트는 그를 안심시켜 주려고 말을 이었다.

"열심히 일하고 종족에 충성하도록 해. 그러면 아무도 너희 아버지가 한 일로 너희를 비난하지 않을 거야."

브램블포가 고개를 휙 돌렸다. 스승을 바라보는 훈련병의 눈에는 한때 타이거스타에게서 보았던 적개심이 이글거리고 있었다. 그가 지금처럼 아버지와 닮아 보인 적은 없었다.

"하지만 그건 사실이 아니잖아요, 그렇죠?"

브램블포가 으르렁거리며 말했다.

"파이어하트는 우리를 비난하고 있잖아요. 지금 무슨 말을 하든 상관없어요. 파이어하트가 나를 어떻게 보는지 나도 잘 안다고요. 내가 아버지처럼 반역자가 될 거라고 생각하잖아요. 파이어하트는 내가 어떻게 하든 절대로 나를 믿지 않을 거잖아요!"

파이어하트는 브램블포를 멍하니 바라보았다. 어린 고양이의 비난을 부정할 수가 없었다. 잠시 동안 그는 무슨 말을 해야 할지 알 수 없었다. 머뭇거리는 사이에 브램블포는 벌떡 일어나 고사리 사이로 비틀거리며 빠져나가, 브래큰퍼가 기다리고 있는 비탈 위로 뛰어갔다. 토니포는 겁먹은 얼굴로 파이어하트를 한번 보더니, 허둥지둥 브램블포를 쫓아갔다.

브래큰퍼의 목소리가 들려왔다.

"이제 갈 준비가 됐니? 경계를 따라 나무 네 그루까지 가 보자."

브래큰퍼는 잠시 말을 멈췄다가 소리쳤다.

"파이어하트, 준비됐어요?"

"갈게."

파이어하트는 무거운 마음으로 일어나 비탈을 올라갔다. 그들에게 충성심의 진정한 의미를 제대로 설명해 준 걸까? 아니면 그저 그들을 천둥족에서, 그리고 그에게서 더 멀어지게 만든 걸까?

브래큰퍼와 함께 훈련병들을 이끌고 진영으로 돌아오면서, 파이어하트는 숲에 불가사의한 악의 흔적이 남아 있지 않은지 계속 유심히 살펴보았다. 하지만 그는 아무것도 보지 못했다. 이상한 냄새도 나지 않았고, 버려진 먹이 찌꺼기도 없었다. 정체가 무엇이든 간에 그 악은 다시 숨어 버렸다. 그리고 그 사실이 어쩐지 파이어하트를 더욱 두렵게 만들었다. 그렇게 끔찍한 짓을 저질러 놓고, 원래 존재하지 않았던 것처럼 숲 속 깊숙이 사라져 버린 그것은 무엇이란 말인가?

'최대한 빨리 로스트페이스와 얘기를 해 봐야겠어.'

파이어하트는 결심했다. 고양이들은 여전히 쫓기고 있었다. 그는 확신할 수 있었다. 또 다른 고양이가 붙잡히는 것은 시간문제였다.

다음 날 아침 일찍 파이어하트는 떠날 준비를 하는 새벽 순찰대를 찾아 공터로 나갔다. 그레이스트라이프와 샌드스톰이 가시금작화 굴길 입구에서 기다리고 있었고, 더스트펠트는 훈련병들의 거처에서 애쉬포를 부르고 있었다. 파이어하트는 서둘러 굴길 입구로 향했다. 하지만 그가 도착하기도 전에 샌드스톰이 그레이스트라이프에게 큰 소리로 말했다.

"어슬렁거리며 기다리는 것도 지겹네. 골짜기 꼭대기에서 만나자."

샌드스톰은 파이어하트를 쳐다보지도 않고 홱 돌아서서 사라져 버렸다.

파이어하트는 슬픔에 짓눌리는 기분이었다. 그는 가시금작화 굴길 입구에 서서, 멀어져 가는 샌드스톰의 마지막 향기를 느꼈다.

"시간을 좀 줘."

그레이스트라이프가 파이어하트의 어깨에 코를 비비며 말했다.

"돌아올 거야."

"모르겠어. 바람족과 만난 그날 이후로는······."

더스트펠트와 애쉬포가 달려오는 바람에 파이어하트는 말을 멈추었다. 그는 뒤로 물러나서 나머지 순찰대가 샌드스톰을 따라갈 수 있도록 길을 비켜 주었다. 적어도 더스트펠트는 그레이스트라이프와 함께 순찰을 나갈 정도까지는 그를 받아들인 것 같았다. 어쩌면 그레이스트라이프가 진정으로 종족의 일원이 되기 위해서 필요한 것은 시간뿐일지도 몰랐다.

파이어하트는 신더펠트의 거처로 향했다. 로스트페이스는 햇볕이 잘 드는 곳에 앉아 있었고, 그 곁에서 클라우드테일이 부드럽게 그녀를 핥아 주고 있었다. 옆구리를 따라 났던 상처는 깨끗하게 나아 가고 있었고, 황갈색과 흰색이 섞인 털도 다시 자라나기 시작했다. 그녀에게 다가가던 파이어하트는 잠시 그녀가 평소의 모습을 거의 되찾았다고 생각했다. 그때 그녀가 고개를 들었다. 파이어하트는 처음으로 거미줄이 덮이지 않은 그녀의 상처 입은 얼굴을 보게 되었다.

나은 지 얼마 되지 않은 흉터가 로스트페이스의 뺨을 쭉 가로지르고 있었다. 맨살이 드러난 뺨에는 앞으로도 털이 자라지 않을 것 같았다. 한쪽 눈도 없었고, 귀는 조각조각 찢어져 있었다.

파이어하트는 로스트페이스라는 이름이 지독하게도 적절한 이름이라는 걸 깨달았다. 밝고 생기 넘쳤던 그녀의 예전 모습을 떠올리자, 분노가 타올랐다. 어떻게 해서든 반드시 이 악을 숲에서 몰아내야 했다!

파이어하트가 다가가자 로스트페이스가 희미하게 흐느끼는 소리를 내더니 클라우드테일에게 더 바짝 붙으며 움츠러들었다.

"괜찮아, 파이어하트야."

클라우드테일이 조용히 말했다. 그리고 옛 스승을 보며 설명해 주었다.

"눈이 보이지 않는 쪽에서 와서 그래요. 그럴 때마다 겁을 먹거든요. 하지만 날마다 나아지고 있어요."

"맞아요."

신더펠트가 거처 밖으로 나오며 맞장구쳤다. 그녀는 절룩거리며 파이어하트에게 다가와, 로스트페이스에게 들리지 않도록 속삭였다.

"솔직히 말하면 이제 제가 해 줄 수 있는 건 별로 없어요. 다시 기운을 차릴 시간이 필요한 거예요."

"얼마나 오래 걸릴까?"

파이어하트가 물었다.

"이야기를 좀 나눠 봐야 해. 그리고 클라우드테일도 전사의 임무로 돌아가야 하고. 샌드스톰이 클라우드테일도 사냥조에 합류하길 바라거든."

파이어하트는 자신의 혈육을 안쓰러운 눈빛으로 바라보았다.

하지만 여전히 로스트페이스에 대한 그의 애정만큼은 감탄스러웠다.

신더펠트가 어깨를 으쓱했다.

"언제 이곳을 떠날 준비가 될지, 그건 로스트페이스의 결정에 맡길 수밖에 없어요. 로스트페이스가 앞으로 어떻게 해야 할지 생각해 봤어요?"

파이어하트는 고개를 저었다.

"공식적으로는 전사니까……."

"그 거친 전사들의 거처에서 지내면 행복할 것 같아요?"

신더펠트가 버럭 화를 냈다.

"아직 누군가 그녀를 돌봐 줘야 한단 말이에요."

"원로들과 함께 지낼 수도 있을 것 같아요. 기운을 차릴 때까지는요."

클라우드테일이 그들에게 다가와 말했다.

"스페클테일은 아직 원로들의 거처에서 스노킷을 잃은 슬픔에 빠져 있어요. 보살펴 줘야 할 고양이가 생기면 스페클테일에게도 도움이 될 거예요."

"좋은 생각이네."

파이어하트는 다정하게 말했다.

"전 잘 모르겠어요."

신더펠트가 반대하고 나섰다.

"스페클테일이 어떻게 생각하겠어요? 스페클테일이 얼마나 까다롭고 자존심이 센지 알잖아요. 스노킷의 죽음을 잊게 해 주려고 일부러 호의를 베풀었다는 걸 알면 아마 좋아하지 않을 거예요."

"스페클테일은 나에게 맡겨. 로스트페이스를 돌봐 달라고 내 쪽에서 부탁하는 걸로 말해 볼게."

"그럼 되겠네요."

신더펠트가 동의했다.

"로스트페이스가 좀 나아지면, 원로들을 도울 수도 있을 거예요. 그럼 훈련병들은 다른 일을 할 수 있겠지요."

"로스트페이스에게 물어볼게요."

클라우드테일이 다시 로스트페이스의 곁으로 돌아가서 몸을 바짝 기댔다.

"로스트페이스, 파이어하트가 너와 얘기를 하고 싶어 해."

파이어하트도 뒤따라 그녀에게 갔다.

"로스트페이스, 나 파이어하트야."

그녀는 상처 입은 얼굴을 그를 향해 천천히 돌렸다.

"원로들의 거처로 가서 한동안 지내면 어떨까? 네가 원로들을 보살피는 일을 도와주면 나도 걱정을 덜 수 있을 거야. 훈련병들이 할 일이 너무 많거든."

로스트페이스가 불안한 듯 움찔거리며 남은 한 눈으로 클라우드테일을 바라보았다.

"꼭 그래야 되는 건 아니지? 난 원로가 아니잖아."

클라우드테일이 그녀의 상처 입은 얼굴에 자신의 얼굴을 갖다 댔다.

"하고 싶지 않으면 억지로 하지 마."

"하지만 부탁을 좀 들어주렴."

파이어하트는 재빨리 덧붙였다.

"스페클테일이 스노킷을 잃고 아직도 슬픔에 잠겨 있어. 주변에 젊고 활기찬 고양이가 있으면 도움이 될 거야."

로스트페이스가 여전히 망설이고 있자, 파이어하트는 말을 이었다.

"네가 기운을 차릴 때까지만이야."

"다시 건강해지면 내가 훈련을 도와줄게."

클라우드테일이 거들었다.

"다치지 않은 눈과 귀가 있으니까 사냥도 거뜬히 할 수 있을 거야. 훈련만 조금 하면 될 거야."

로스트페이스의 눈동자가 희망으로 빛나기 시작했다. 그녀는 천천히 고개를 끄덕였다.

"좋아요, 파이어하트. 제가 도움이 될 수 있고 그게 최선이라면 그렇게 할게요."

"그래, 그게 가장 좋은 방법이야. 그리고 로스트페이스……."

파이어하트는 그녀 곁에 웅크리고 앉아 부드럽게 핥아 주며 말했다.

"그날 숲에서 있었던 일에 대해서 뭐라도 말해 줄 수 있겠어? 널 공격한 게 뭐였는지 봤어?"

희미하게 살아났던 로스트페이스의 자신감이 사라졌다. 그녀는 다시 클라우드테일의 품으로 움츠러들었다.

"기억이 나지 않아요."

그녀가 흐느끼며 말했다.

"죄송해요, 파이어하트. 기억이 안 나요."

클라우드테일이 달래듯 그녀의 머리를 핥아 주었다.

"괜찮아, 지금은 생각하지 않아도 돼."

파이어하트는 애써 실망감을 감추었다.

"신경 쓰지 마. 혹시 뭐든 생각이 나면 바로 말해 주렴."

"한 가지는 분명히 말할 수 있어요."

클라우드테일이 으르렁대며 말했다.

"로스트페이스에게 누가 이런 짓을 했는지 찾아내면, 제가 까마귀 밥으로 만들어 놓을 거예요. 그것만은 약속하죠."

22

타이거스타의 요구

엷은 구름 뒤로 보름달이 하늘을 지나는 동안, 블루스타는 전 사들을 이끌고 모임 장소로 향했다. 파이어하트는 벌써부터 마음 이 불안했다. 블루스타는 별족과 전쟁을 선포해 놓고도 모임에 가겠다고 완강하게 주장했던 것이다.

"널 어떻게 믿고 종족을 맡긴단 말이냐?"

파이어하트가 모임에 어떤 전사들을 데려가야 할지 묻자 그녀 는 이렇게 쏘아붙였다. 파이어하트는 그저 순순히 고개를 숙였지 만, 지도자가 자신을 배신자로 확신하고 있다고 생각하니 고통이 밀려왔다.

그레이스트라이프도 데려가야 할지 확신이 서지 않았지만, 친 구는 가게 해 달라고 간청했다.

"제발, 파이어하트! 페더킷과 스톰킷의 소식을 들을 수 있을 거야."

해 드는 바위에서 전투를 치른 지 얼마 되지 않았기 때문에, 그 레이스트라이프가 모습을 보이면 강족의 적개심을 불러일으킬

362

게 뻔했다. 그래서 파이어하트는 블루스타가 허락해 주지 않기를 바라는 마음도 있었다. 하지만 천둥족 지도자는 상관없다는 듯 꼬리를 휙 휘두르며 말했다.

"모임에 가게 해라. 어차피 너희 모두 배신자들인데 뭐가 문제란 말이냐?"

파이어하트는 다른 천둥족 전사들과 함께 블루스타를 따라 언덕을 내려가고 있었다. 분지에 들어서자 타이거스타와 레퍼드스타의 모습이 가장 먼저 눈에 들어왔다. 그들은 나란히 앉아서 훈련병들이 장난스럽게 실랑이를 벌이는 모습을 흡족하게 지켜보고 있었다. 두 지도자가 함께 있는 모습에 파이어하트는 털이 오싹해졌다. 타이거스타가 천둥족에게 복수할 계획을 세우고 있다는 증거는 아직 어디에도 없었지만, 레퍼드스타는 해 드는 바위에서 패배한 뒤로 적개심을 품고 있을 게 분명했다.

"훈련을 아주 잘 시켰소."

레퍼드스타가 타이거스타에게 말했다.

"저 녀석들은 튼튼한 고양이들이군요. 게다가 전투 기술도 아주 잘 배웠고."

타이거스타는 가르랑거리는 소리로 답했다.

"진척이 좀 있었소. 하지만 아직 갈 길이 멉니다."

훈련병 둘이 몸부림치며 뒹굴다가 지도자의 발치까지 굴러오자, 레퍼드스타가 뒤로 물러나 그들에게 자리를 내주었다. 어린 그림자족 고양이들은 확실히 근육이 잘 발달되어 있었고 먹이도 잘 먹은 것처럼 보였다. 얼마 전 질병이 휩쓸었을 때 거의 죽을 뻔했던 그 깡마른 고양이들이라고는 믿기 힘들었다. 파이어하트는 그레이스트라이프와 불안한 눈빛을 주고받았다. 조만간 천둥족은 이 숙련된 싸움꾼들과 전투에서 만나야 할 것이다.

타이거스타가 뭐라고 한마디 하자, 훈련병들은 장난스러운 몸싸움을 멈추고 똑바로 앉아서 헝클어진 털을 핥았다. 두 지도자는 거대한 바위를 향해 걸어가기 시작했다. 파이어하트는 블루스타가 이미 바위 아래에서 기다리고 있는 것을 발견했다. 하지만 바람족 지도자 톨스타는 보이지 않았다.

천둥족 고양이들은 다른 종족에서 온 전사들을 만나기 위해 흩어졌다. 파이어하트는 그레이스트라이프가 통통한 고사리 색 암고양이를 향해 서둘러 걸어가는 모습을 볼 수 있었다. 그녀에게서는 강족 냄새가 났다. 파이어하트는 친구를 지켜보면서 불안한 마음이 들었다. 새끼 고양이들이 강족에 있는 한 친구는 늘 한 발을 강족에 걸치고 있겠지만, 파이어하트는 그를 전적으로 신뢰했다. 하지만 그레이스트라이프가 강족 고양이와 열심히 이야기를 나누는 모습을 본다면 그의 충성심을 의심할 천둥족 전사들이 여럿 있을 것이다.

"모스펠트, 어떻게 지내?"

그레이스트라이프가 암고양이에게 인사를 건넸다.

"페더킷과 스톰킷은 어때?"

"페더포와 스톰포야, 이제. 얼마 전에 훈련병이 되었거든."

모스펠트가 자랑스럽게 대답했다.

"정말 잘됐네!"

그레이스트라이프가 노란 눈을 반짝이며 파이어하트에게 고개를 돌렸다.

"모스펠트가 한 말 들었어? 내 새끼들이 이제 훈련병이 되었대."

그는 주변을 둘러보며 물었다.

"여기 온 건 아니지?"

모스펠트가 고개를 저었다.

"훈련병이 된 지 얼마 안 되었어. 어쩌면 다음번에는 올 수 있겠지. 네가 안부를 물었다고 전해 줄게, 그레이스트라이프."

"고마워."

그레이스트라이프는 흥분을 가라앉히고 걱정스러운 얼굴로 물었다.

"내가 돌아가지 않은 걸 보고 녀석들이 어떻게 생각했어?"

"네가 죽지 않은 걸 알고는 잘 견디고 있어."

모스펠트가 대답했다.

"사실 그렇게 충격적인 일도 아니었어. 네가 결국 천둥족으로 돌아갈 거라는 사실은 강족에 있는 모든 고양이가 알고 있었으니까."

그레이스트라이프가 놀라서 눈을 끔벅거렸다.

"정말?"

"정말이지. 너는 항상 경계 주변을 서성거리거나 강 건너를 바라보고 있었잖아. 새끼 고양이들에게 들려주는 이야기도 온통 너와 파이어하트가 훈련병이었을 때 이야기이고……. 네 마음이 결코 천둥족을 떠난 적이 없다는 건 어렵지 않게 알 수 있었어."

그레이스트라이프가 다시 눈을 끔벅였다.

"미안해, 모스펠트."

"미안해할 거 없어."

모스펠트가 씩씩하게 말했다.

"그리고 네 새끼들은 잘 보살피고 있으니까 걱정 안 해도 돼. 내가 계속 지켜볼게. 미스티풋과 스톤퍼가 스승이 되어 가르치고 있고."

"그래?"

그레이스트라이프의 눈이 다시 환해졌다.

"정말 잘됐네!"

파이어하트는 어쩐지 불안한 마음이 들었다. 미스티풋과 스톤퍼는 둘 다 훌륭한 전사들이었지만, 그들이 왜 그레이스트라이프의 새끼들을 가르치겠다고 했을지 궁금했다. 미스티풋은 새끼 고양이들의 어미인 실버스트림과 좋은 친구 사이였으니, 관심을 가졌을지도 모른다. 하지만 미스티풋과 스톤퍼 남매는 블루스타가 그들의 어머니라고 말해 주었을 때 몹시 적대적인 반응을 보였다. 파이어하트는 그들이 천둥족의 피가 흐르는 새끼 고양이들과 관계를 맺는다는 것이 놀라울 따름이었다. 혹시나 새끼 고양이들에게 아버지의 종족에 대해 특별히 적개심을 가지도록 가르치고 싶었던 건 아닐까?

"내가 정말 자랑스러워한다고 말해 줄 거지? 그리고 스승의 지시를 잘 따라야 한다고 좀 일러 주겠어?"

그레이스트라이프가 모스펠트에게 다급히 당부했다.

"물론이지. 전해 줄게."

모스펠트가 가르랑거리는 소리를 내며 그를 안심시켰다.

"그리고 네가 새끼들과 연락할 수 있도록 미스티풋이 도와줄 거야. 레퍼드스타는 싫어할 수도 있지만…… 뭐, 레퍼드스타가 모르는 것도 나쁘진 않을 거야."

파이어하트의 의심은 더욱 커졌다. 블루스타를 외면한 미스티풋이 더 이상 천둥족과 엮이고 싶어 하지 않을 것은 분명했다. 미스티풋은 이제 강족과, 자신이 어머니로 알고 사랑했던 그레이풀에게 그 어느 때보다 더 큰 충성심을 느끼고 있을 것이다.

"고마워, 모스펠트. 네가 해 준 일은 잊지 않을게."

그레이스트라이프가 말했다.

그때 거대한 바위 위에서 모임의 시작을 알리는 외침이 들려왔다.

고개를 돌린 파이어하트는 네 지도자가 모두 모여 있는 모습을 볼 수 있었다. 바위 아래에 모인 고양이들을 내려다보며 서 있는 지도자들의 털가죽이 달빛을 받아 반짝였다. 그는 지도자들이 일상적인 소식을 전하는 동안에는 거의 관심을 두지 않았다. 그는 스위프트포와 브라이트포가 당한 끔찍한 공격에 대해 블루스타가 언급할지 궁금했다. 그리고 다른 지도자들이 비슷한 소식을 가져오지는 않았는지도 궁금했다. 파이어하트는 다른 종족에게도 그런 소식이 있기를 바라는 마음이었다. 만약 그렇다면 숲에 있는 사악한 세력은 천둥족만을 위협하는 것이 아니며, 따라서 별족이 블루스타를 벌주려고 보낸 것이 아니라는 사실을 입증할 수 있기 때문이었다. 파이어하트는 그보다도 더 강력한 것, 숲 전체를 에워싸는 거대한 그림자 같은 것이 도사리고 있다고 생각했다. 그 존재는 전사의 규약을 알지도 못하고, 고양이를 단지 먹잇감으로만 여기고 있을 것이다.

톨스타가 말을 마치자 타이거스타가 앞으로 나섰다. 그는 그림자족의 훈련 과정이 어떻게 진행되고 있는지 간략하게 말하고 나서, 새끼 고양이들의 탄생 소식과 함께 훈련병 셋이 전사로 임명되었다는 소식을 전했다.

"그림자족은 다시 강성해지고 있습니다. 우리는 숲의 생활로 제대로 뛰어들 준비가 되었습니다."

타이거스타가 보고를 마무리했다.

파이어하트는 그 말이 다른 종족을 공격할 준비가 되었다는 뜻은 아닌지 의심스러웠다. 타이거스타가 그림자족의 영역을 넓혀야 한다고 주장하는 건 아닐까? 파이어하트는 가슴이 철렁하는 것을 느끼며 타이거스타의 다음 말을 기다렸다. 그림자족 지도자는 잠시 말을 멈추고, 특별히 중요한 할 말이 있는 것처럼 아래에 모여 있는 고양이들을 내려다보았다.

"이 자리에서 요청하고 싶은 것이 있습니다."

그가 마침내 말을 꺼냈다.

"내가 천둥족을 떠날 때, 나의 새끼 고양이 둘이 보육실에 있었다는 사실을 많은 분들이 알고 있을 겁니다. 당시에는 그들이 너무 어려서 먼 길을 이동할 수 없었고, 나는 천둥족이 그들을 보살펴 준 것에 대해 감사하게 생각합니다. 하지만 이제는 그들이 마땅히 있어야 할 종족에서 나와 함께 지낼 때가 되었습니다. 블루스타, 브램블포와 토니포를 나에게 보내 주시오."

타이거스타의 말이 채 끝나기도 전에 천둥족 전사들 사이에서 분노의 외침이 터져 나왔다. 파이어하트는 너무 놀라서 함께 소리도 지를 수 없었다. 모임에서만 새끼들을 만나는 것으로는 타이거스타가 만족하지 않을 거라고 걱정하긴 했지만, 이렇게 공식적으로 새끼 고양이들을 보내라고 요구할 거라고는 전혀 예상하지 못했다.

블루스타는 몸을 일으켜 소란이 가라앉기를 기다렸다가 대답하기 시작했다.

"그럴 수는 없소. 그들은 천둥족의 새끼 고양이들이고, 지금은 훈련을 받고 있소. 그리고 그들이 속한 곳에 계속 머무를 것이오."

"천둥족에 말이오?"

타이거스타가 도전적으로 말했다.

"그렇지 않소, 블루스타. 그들은 나의 새끼들이고, 내 전사들이 훈련시킬 것이오."

파이어하트는 그런 논리라면 그레이스트라이프의 새끼들은 천둥족으로 돌아와야 한다고 생각했다. 하지만 블루스타가 강족과 다시 논쟁을 벌이기를 원하지 않을 것 같았다. 어쨌든 지금은 블루스타가 쉽게 물러서지 않으려는 것을 보고 마음이 놓였다.

"당연히 걱정이 되겠지요, 타이거스타. 하지만 새끼 고양이들은 천둥족에서 최고의 훈련을 받을 테니 안심하시오."

타이거스타는 바로 대답하지 않고 공터를 쓱 훑어보았다. 그리고 이번에는 블루스타가 아니라 모여 있는 고양이들 모두를 향해 말했다.

"천둥족 지도자는 내 새끼들이 최고의 훈련을 받을 것이라고 말하지만, 과거에 있었던 일만 봐도 천둥족이 어린 고양이들을 돌보는 일에는 형편없다는 것을 알 수 있습니다. 새끼 고양이 하나는 매에게 잡혀 갔습니다. 그리고 전사도 없이 진영을 나간 훈련병 하나는 잔인하게 목숨을 잃었고, 또 하나는 회복될 수 없는 부상을 입었습니다. 그런데도 내가 내 새끼들의 안전을 걱정하는 것이 이상하다고 생각하는 고양이가 있습니까?"

공터 여기저기에서 놀란 듯 웅성거리는 소리가 일기 시작했다. 파이어하트는 입을 다물지 못한 채 그림자족 지도자를 바라보았다. 타이거스타가 어떻게 스위프트포와 로스트페이스에 대해 알고 있을까? 그림자족까지 그 소식이 퍼지기에는 아직 일렀다. 다만……

'다크스트라이프 짓이야!'

파이어하트는 분노로 발톱을 세웠다. 신뢰할 수 없는 그 전사가 타이거스타에게 곧장 달려가 모든 걸 알려 준 것이 틀림없었다!

파이어하트는 너무 화가 나서 블루스타의 대답을 듣지 못했다. 다시 모임에 집중했을 때는 타이거스타가 말하고 있었다.

"어려울 게 뭐가 있는지 모르겠소. 천둥족이 새끼 고양이들을 다른 종족으로 보내는 것이 처음도 아니지 않소. 안 그렇소, 블루스타?"

파이어하트는 두려움이 뱃속을 꽉 움켜쥐는 것 같았다. 타이거스타는 미스티풋과 스톤퍼를 언급하고 있었다. 천둥족에서 태어난 강족 전사들이 있다는 사실을 그레이풀에게 들어서 알고 있었던 것이다. 파이어하트는 그가 그들의 이름이나 어미가 누구인지는 모르는 것이 천만다행이라고 생각했다. 하지만 파이어하트를 제외한 나머지 천둥족 고양이들은 타이거스타가 아는 만큼도 알지 못했다.

파이어하트는 꼬리 두엇 정도 떨어진 거리에 앉아 있는 스톤퍼를 곁눈질로 살폈다. 청회색 수고양이는 몸을 세우고 고개를 빳빳이 든 채 거대한 바위를 노려보고 있었다. 그의 시선은 타이거스타가 아닌 블루스타를 향하고 있었고, 두 눈에 드러난 것은 다름 아닌 증오심이었다.

파이어하트는 발톱을 바닥에 깊이 찔러 넣으며 천둥족 지도자의 대답을 기다렸다. 블루스타가 얼마나 충격을 받았는지 알 수 있었다. 그녀가 간신히 입을 열었을 때는 말 한 마디 한 마디가 목구멍에 가시처럼 걸리는 것 같았다.

"과거는 과거일 뿐, 각각의 상황은 그 나름대로 시시비비를 가려 판단해야 하오. 그대가 한 말에 대해 신중히 생각해 보고, 답은 다음 모임에서 하겠소, 타이거스타."

파이어하트는 타이거스타가 한 달이나 기다리는 데 동의하지 않으리라 생각했다. 하지만 뜻밖에도 그림자족 지도자는 고개를 숙이고 한 걸음 뒤로 물러났다.

"잘 알겠소. 한 달만 더 기다리겠소. 하지만 더 이상은 안 되오."

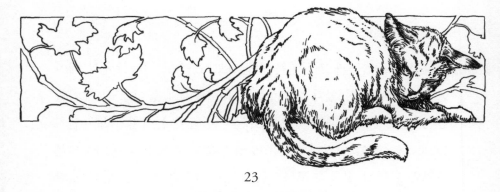

23

사악한 적의 정체

파이어하트는 큰 소나무 숲을 지나 두발쟁이 영역으로 조심스럽게 걸음을 옮겼다. 전날 밤에 비가 많이 내린 탓에 축축하게 젖은 재와 부스러기들이 발에 들러붙었다. 그는 모든 감각을 곤두세우고 있었지만, 먹이를 찾기 위해서가 아니었다. 숲에 도사리는 사악한 존재가 스위프트포와 로스트페이스를 공격한 것처럼 또다시 공격해 오는 건 아닌지 살피는 것이었다.

로스트페이스가 클라우드테일과 함께 그의 뒤를 따라오고 있었고, 그레이스트라이프가 후방을 맡아 뒤에서 접근할지도 모르는 적을 경계하고 있었다. 그들은 클라우드테일의 어미인 프린세스를 만나러 가는 길이었다. 클라우드테일은 로스트페이스도 함께 가야 한다고 고집했다.

"머지 않아 진영 밖으로도 나가야 할 거야. 뱀바위 근처는 얼씬도 하지 않을 거야. 네 안전은 내가 확실히 책임질게."

클라우드테일이 그녀를 설득했다.

파이어하트는 로스트페이스가 클라우드테일을 신뢰하는 모습에 무척 놀랐다. 그녀는 안전한 진영을 떠난다는 생각에 겁을 먹은 것이 분명했다. 나뭇잎이 부스럭거리기만 해도 어김없이 깜짝 깜짝 놀랐다. 하지만 가던 길을 멈추지는 않았다. 파이어하트는 그녀가 브라이트포라고 불리던 시절에 보여 주었던 용기가 되살아나고 있는 거라 생각했다.

두발쟁이 정원 끄트머리에 있는 울타리가 보이자, 파이어하트는 꼬리를 흔들어 일행에게 멈추라는 신호를 보냈다. 프린세스는 보이지 않았지만, 입을 열어 공기를 맛보자 그녀의 냄새를 맡을 수 있었다.

"여기서 기다려. 경계를 늦추지 말고, 무슨 문제가 생기면 날 불러."

개나 두발쟁이의 냄새가 없는지 다시 한 번 확인한 후, 파이어하트는 탁 트인 땅을 달려가 울타리 꼭대기로 뛰어올랐다. 정원에 있는 덤불 사이로 새하얀 무언가가 언뜻 보이더니, 잠시 후에 프린세스가 모습을 드러냈다. 그녀는 젖은 풀밭 위를 조심스럽게 살피며 걷고 있었다.

"프린세스!"

파이어하트는 조용히 불렀다.

프린세스가 걸음을 멈추고 고개를 들었다. 파이어하트를 보자마자 그녀는 울타리로 달려와 옆자리에 올라앉았다.

"파이어하트, 정말 반가워! 어떻게 지냈어?"

프린세스가 파이어하트에게 몸을 바짝 대며 가르랑거리는 소리를 냈다.

"잘 지냈어. 누굴 데려왔는지 봐 봐."

파이어하트는 꼬리로 다른 세 고양이가 웅크리고 있는 곳을 가리켰다.

"클라우드포가 왔네!"

프린세스가 기뻐하며 소리쳤다.

"다른 고양이들은 누구야?"

"저기 덩치 큰 회색 수고양이는 내 친구 그레이스트라이프야. 걱정할 것 없어. 보기보다 훨씬 순하거든. 그리고 다른 고양이는……."

파이어하트는 잠시 멈칫했다.

"로스트페이스라고 해."

"로스트페이스라고!"

프린세스가 눈을 크게 뜨고 이름을 되뇌어 보았다.

"너무 끔찍한 이름이잖아! 왜 그렇게 부르는 거야?"

"보면 알게 될 거야."

파이어하트는 우울하게 대답했다.

"많이 다쳤거든. 그러니까 친절하게 대해 줘."

파이어하트는 울타리에서 뛰어내렸다. 프린세스도 잠시 머뭇거리다가 그의 뒤를 따라 세 고양이가 기다리고 있는 곳으로 향했다.

그레이스트라이프와 로스트페이스를 뒤로하고, 클라우드테일이 달려 나와 프린세스와 코를 맞댔다.

"클라우드포, 정말 오랜만이구나."

프린세스가 가르랑거리는 소리를 내며 말했다.

"아주 멋져 보이는걸. 좀 큰 건가?"

"이제 클라우드테일이라고 불러야 해요. 전사가 되었거든요."

프린세스가 기쁨에 겨워 소리를 질렀다.

"벌써 전사가 된 거야? 클라우드테일, 정말 자랑스럽구나!"

어미 고양이가 아들에게 종족에서의 생활에 대해 꼬치꼬치 묻는 동안에도 파이어하트는 위험이 가까이 있을지도 모른다는 사실을 잊지 않았다.

"오래 있을 수는 없어. 프린세스, 혹시 숲에 돌아다니는 개에 대해서 들어 본 적 있어?"

파이어하트가 물었다.

프린세스가 겁먹은 눈으로 파이어하트를 바라보았다.

"개? 아니, 전혀 모르겠는데."

"전에 큰 소나무 숲에서 나와 샌드스톰을 만났었잖아. 그날 두 발쟁이들이 찾고 있던 게 바로 그 개일 수도 있을 것 같아. 어쨌든 이제는 숲에 혼자 들어오지 마. 당분간은 말이야. 너무 위험하니까."

"그럼 너희는 항상 위험에 노출되어 있는 거잖아."

프린세스의 목소리가 불안으로 높아졌다.

"아, 파이어하트⋯⋯!"

"걱정할 것 없어."

파이어하트는 자신감 있는 목소리를 내려 애쓰며 말했다.

"그냥 정원 안에서만 지내도록 해. 개가 거기까지 가서 괴롭히진 않을 테니까.”

“난 너와 클라우드테일을 걱정하는 거란 말이야. 너희 보금자리는 그럼…… 세상에!”

로스트페이스의 다친 얼굴을 보게 된 프린세스가 놀라서 비명을 지르고 말았다. 로스트페이스는 그 소리를 듣고 바닥에 더욱 바짝 웅크렸다. 그녀는 불안한 듯 털을 곤두세우고 있었다.

“가서 로스트페이스를 만나 보세요.”

클라우드테일이 경직된 시선으로 어미를 보며 말했다.

프린세스는 안절부절못하며 몇 걸음을 옮겨 그레이스트라이프와 로스트페이스가 기다리는 곳으로 갔다. 그레이스트라이프는 고갯짓으로 인사를 했고, 로스트페이스는 한 눈을 들어 그녀를 바라보았다.

“오, 세상에! 무슨 일이 있었던 거야?”

프린세스가 발을 동동거리며 불쑥 말했다.

“로스트페이스는 개를 상대하다가 이렇게 된 거예요.”

클라우드테일이 대신 대답했다.

“무척 용감했죠.”

“개가 이런 짓을 한 거야? 아, 가엾기도 해라!”

망가진 얼굴, 사라진 눈, 찢어진 귀……. 프린세스는 로스트페이스의 끔찍한 상처들을 하나하나 살피면서 눈이 점점 커졌다.

“그러면 너희 중 누구라도 이런 일을 또 당할 수 있겠네…….”

파이어하트는 이를 악물었다. 누이는 하지 말아야 할 말들만 하고 있었다. 프린세스를 바라보는 로스트페이스의 한쪽 눈은 깊은 슬픔에 잠겨 있었다. 클라우드테일이 그녀에게 옆구리를 바짝 대고 코를 비비며 달래 주었다.

"이제 가야겠어."

파이어하트가 말했다.

"클라우드테일이 소식을 전하고 싶다고 해서 온 거야. 너도 이제 정원으로 돌아가."

"응, 그럴게."

프린세스는 뒤로 물러나면서도 로스트페이스에게서 눈을 떼지 못했다.

"다시 올 거지, 파이어하트?"

"그래, 가능한 한 빨리 올게."

그는 마음속으로 덧붙였다.

'혼자서.'

프린세스는 한두 걸음 더 뒷걸음치다가, 돌아서서 울타리를 향해 달려갔다. 울타리에 올라선 그녀는 잠시 멈춰 서서 인사를 건넨 후 안전한 정원으로 사라졌다.

클라우드테일이 긴 한숨을 내쉬었다.

"참 좋은 시간이었어요."

그가 쓸쓸하게 말했다.

"프린세스를 탓할 수는 없어."

파이어하트가 말했다.

"종족 생활에 대해 잘 모르잖아. 어쩌다 가장 안 좋은 면을 봐 버렸고, 그래서 좋아할 수 없었던 거야."

"애완 고양이에게 뭘 기대하겠어? 집에 가자."

그레이스트라이프가 툴툴거리며 말했다.

클라우드테일이 로스트페이스에게 부드럽게 코를 비볐다. 로스트페이스가 몸을 일으키며 소심하게 말했다.

"클라우드테일, 프린세스가 나를 볼 때 말이야, 꼭 나를 무서워하는 것 같았어. 난……."

로스트페이스는 말을 멈추고 마른침을 삼켰다.

"내 모습을 보고 싶어. 근처에 웅덩이가 있을까?"

파이어하트는 어린 암고양이가 안쓰러우면서도, 자신의 변한 모습을 직시하려는 용기에 존경심이 들었다. 그는 클라우드테일에게 눈을 돌렸다. 어떻게 해야 할지는 어린 전사의 뜻에 따르기로 한 것이다.

클라우드테일은 잠시 주위를 둘러보다가 로스트페이스의 어깨에 얼굴을 갖다 댔다.

"같이 가자."

그는 로스트페이스를 데리고 전날 내린 비가 나무뿌리 사이에 고여 생긴 웅덩이로 갔다. 그리고 반짝이는 웅덩이 가장자리로 그녀를 밀어 주었다. 둘은 함께 아래를 내려다보았다. 클라우드테일의 행동에는 전혀 망설임이 없었고, 파이어하트는 그 모습에 마음이 훈훈해졌다.

로스트페이스는 한참 동안 뻣뻣하게 서서 물속을 들여다보았다. 그녀의 몸이 굳어지고 한쪽 눈은 크게 떠졌다.

"이제 알겠네. 다른 고양이들이 날 보면 거북하겠구나."

로스트페이스가 조용히 말했다.

클라우드테일은 끔찍한 모습이 보이지 않도록 그녀를 돌려 세우고, 다친 얼굴을 천천히 부드럽게 핥아 주었다.

"나에게 넌 여전히 아름다워. 언제나 그럴 거야."

파이어하트는 어린 암고양이가 못 견디게 가여웠고, 그런 그녀에게 믿음을 주는 클라우드테일이 대견했다. 그는 두 고양이에게 다가가서 말했다.

"로스트페이스, 네가 어떻게 보이는지는 중요하지 않아. 우린 여전히 네 친구니까."

로스트페이스가 고마워하며 그에게 고개를 숙였다.

"로스트페이스라니!"

클라우드테일이 갑자기 버럭 소리를 질렀다. 독기 어린 목소리에 파이어하트는 깜짝 놀랐다.

"난 이 이름이 너무 싫어요. 도대체 블루스타는 무슨 권리로 이런 이름을 지어 준 거죠? 누군가 부를 때마다 그때 당한 일을 떠올리게 되잖아요. 난 다시는 이 이름을 부르지 않을 거예요. 블루스타가 뭐라고 하면, 그러면…… 그러면 가서 달팽이나 먹으라죠!"

파이어하트는 불손한 말을 내뱉는 어린 전사를 꾸짖어야 한다는 걸 알았지만, 아무 말도 하지 않았다. 그는 클라우드테일의 말에 공감했다. 로스트페이스는 잔인한 이름이었고, 별족에 맞서는 블루스타의 전쟁이 끝나지 않았음을 상징하는 이름이었다. 정작 그 이름으로 불릴 고양이에 대한 배려는 전혀 없었다. 하지만 그 이름은 공식적인 의식에서 별족이 지켜보는 가운데 주어진 것이었고, 지금으로서는 파이어하트가 해 줄 수 있는 일이 없었다.

"여기 하루 종일 서 있을 거야?"

그레이스트라이프가 물었다.

파이어하트는 깊은 한숨을 내쉬었다.

"아니지. 가자."

그들의 영역에서 그들을 먹잇감으로 만들어 버린 그 무언가와 맞닥뜨려야 할 시간이 점점 다가오고 있었다.

꿈속에서 파이어하트는 새잎 돋는 계절에 숲 속 공터를 걷고 있었다. 햇빛이 나무 사이로 비쳐 들어와, 바람에 나뭇잎이 흔들릴 때마다 어룽거리는 무늬를 만들어 냈다. 그는 멈춰 서서 입을 벌리고 공기를 맛보았다. 아주 희미하지만 익숙하고 달콤한 냄새를 알아차린 그는 짜릿한 행복감을 느꼈다.

"스파티드리프? 스파티드리프, 어디 있어요?"

잠시 깊숙한 고사리 덤불에서 자신을 향해 반짝이는 눈동자를 본 것 같았다. 따스한 바람이 귀를 어루만지더니 이윽고 목소리가 들려왔다.

"파이어하트, 결코 잠들지 않는 적을 기억하렴."

눈앞에 펼쳐졌던 장면이 사라지고, 그는 잠에서 깨어나 전사들의 거처에 있는 자신을 발견했다. 잎 없는 계절의 차가운 햇살이 나뭇가지 사이로 비쳐 들어왔다.

꿈의 마지막 잔상을 놓지 않은 채, 파이어하트는 기지개를 켜고 몸에서 이끼를 털어 냈다. 스파티드리프가 잠들지 않는 적을 조심하라고 처음 경고한 뒤로 벌써 여러 달이 흘렀다. 그 경고가 있고 얼마 지나지 않아 타이거스타가 떠돌이 무리와 함께 천둥족 진영을 공격했었다. 그때 파이어하트는 부지도자를 추방하면서 그를 영원히 보지 않게 되기를 바랐다.

타이거스타를 생각하니 최근에 있었던 모임이 떠올랐다. 이제 타이거스타가 브램블포와 토니포를 원한다는 것에는 의심의 여지가 없었다. 타이거스타는 블루스타에게 기다리겠다고 말했지만, 파이어하트는 그가 기꺼이 기다려 줄 리가 없다고 생각했다. 타이거스타의 그런 요구는 놀라운 일이 아니었다. 그렇다고 브램블포와 토니포를 보낼 수는 없었다. 그들이 떠난다면 자신을 괴롭히던 불신과 죄책감이 사라지겠지만, 그들은 천둥족의 새끼 고양이들이었다. 전사의 규약에 따르면 종족은 그들을 지키기 위해 무엇이든 해야 했다.

뒤쪽 잠자리에서 부스럭거리는 소리가 났다. 샌드스톰이 일어나는 모양이었다. 파이어하트는 불편한 시선으로 그녀를 바라보았다.

"샌드스톰……."

황갈색 암고양이가 몸을 털고 일어나 그를 마주 보았다.

"난 사냥을 나갈 거야. 네가 원하는 게 그거잖아, 안 그래?"

그녀는 대답을 기다리지도 않고 거처를 가로질러 걸어가 더스트펠트를 쿡쿡 찔렀다.

"일어나, 이 게으른 털 뭉치 녀석아. 네가 나가기 전에 먹잇감들이 다 늙어 죽고 말겠다."

"클라우드테일을 찾아볼게."

파이어하트는 허둥지둥 일어나 거처를 빠져나왔다. 샌드스톰은 아무리 친근하게 다가가려 해도 반기지 않을 것 같았다.

흐리고 추운 날이었다. 파이어하트가 공기를 맛보려고 멈춰 서자 빗방울이 얼굴을 톡톡 두드렸다. 공터 저 멀리로 다른 훈련병들과 함께 거처 밖에 앉아 있는 브램블포와 토니포의 모습이 보였다.

"브램블포, 나중에 사냥하러 가자!"

파이어하트가 외쳤다.

훈련병은 자리에서 일어나 고개를 숙여 답했다. 그러고는 파이어하트에게서 등을 돌리고 다시 자리에 앉았다. 파이어하트는 한숨을 푹 쉬었다. 가끔은 종족에 있는 모든 고양이에게 그를 싫어할 이유가 하나씩 있는 것처럼 느껴졌다.

그는 원로들의 거처로 향했다. 클라우드테일이 로스트페이스와 함께 있을 거라고 생각했던 것이다. 다친 고양이가 원로들의 거처에서 지낸 지 며칠이 지난 지금까지도 클라우드테일은 여전히 남는 시간을 모두 그녀와 함께 보내고 있었다. 겉껍질이 타 버린 쓰러진 나무에 도착하자, 거처 입구에 앉아 있는 클라우드테일의 모습이 보였다. 어린 전사는 꼬리로 발을 감싸고 앉아서, 로스트페이스가 대플테일의 털가죽에서 진드기를 찾는 모습을 지켜보고 있었다.

"로스트페이스는 잘 지내고 있어?"

파이어하트는 로스트페이스가 듣지 못하도록 목소리를 낮추어 물었다.

"물론 잘 지내지요."

대답을 한 건 다른 고양이였다.

파이어하트가 고개를 돌리자 스페클테일이 그곳에 있었다. 스노킷이 죽은 뒤로 한결같았던 그녀의 쓸쓸한 표정은 사라지고 없었다. 고약한 성미가 누그러진 것은 아니었지만 로스트페이스를 보는 그녀의 눈빛에는 다정함이 깃들어 있었다.

"정말 훌륭한 젊은이랍니다. 저렇게 만든 놈을 찾았나요?"

파이어하트는 고개를 저었다.

"이렇게 로스트페이스를 보살펴 주다니 정말 큰 도움이 돼요, 스페클테일."

스페클테일이 콧방귀를 뀌었다.

"글쎄요, 가끔씩 나는 저 녀석이 나를 돌봐 주는 것처럼 느껴지는데요."

그녀가 날카로운 눈빛으로 파이어하트를 바라보았다. 하지만 원아이 덕분에 대답을 피할 수 있었다.

"뭐 필요한 게 있는 건가, 파이어하트?"

몸을 단장하고 있던 나이 많은 회색 암고양이가 고개를 들며 물었다.

"클라우드테일을 찾으러 왔습니다. 샌드스톰이 사냥 나갈 준비를 하고 있어서요."

"뭐라고요?"

클라우드테일이 벌떡 일어났다.

"왜 진작 말해 주지 않았어요? 더 기다리게 했다간 샌드스톰이 내 귀를 할퀴어 버릴 거라고요!"

클라우드테일은 쏜살같이 달려갔다.

"쥐 대가리 같으니라고."

스페클테일이 중얼거렸다. 하지만 파이어하트는 그녀 역시 다른 원로들과 마찬가지로 어린 전사를 좋아한다는 것을 알 수 있었다.

파이어하트는 로스트페이스와 원아이에게 인사를 하고 공터로 나왔다. 마침 샌드스톰이 사냥조를 이끌고 출발하려 하고 있었다. 브린들페이스가 클라우드테일을 대견한 눈으로 바라보며 인사를 건넸다.

"조심해야 해, 알았지? 밖에 뭐가 있는지 아무도 모르잖니."

"걱정하지 마세요."

클라우드테일이 그녀를 향해 다정하게 꼬리를 흔들었다.

"개를 만나면 싱싱한 먹이로 잡아 올게요."

사냥조는 진영으로 들어오던 롱테일과 입구에서 마주쳤다. 전사는 추운 듯이 몸을 덜덜 떨고 있었고, 눈동자는 두려움에 휩싸여 있었다. 위험을 직감한 파이어하트는 공터를 가로질러 롱테일에게 다가갔다.

"무슨 일입니까?"

"파이어하트, 보고할 게 있습니다."

롱테일이 덜덜 떨며 말했다.

"무슨 일인데요?"

가까이 다가선 파이어하트는 롱테일의 털에서 예상치 못한 냄새를 감지했다. 그 매캐한 냄새는 틀림없는 천둥길의 악취였다. 파이어하트의 불안감은 의심으로 바뀌었다.

"어딜 갔다 온 겁니까?"

그는 으르렁대며 물었다.

"그림자족에? 혹시 타이거스타를 만나러? 아니라고 할 생각은 마십시오. 털에서 천둥길 냄새가 진동을 하니까!"

"그런 게 아닙니다."

롱테일은 걱정스러운 목소리였다.

"맞습니다, 그쪽으로 가긴 했습니다. 하지만 그림자족 근처에는 가지도 않았습니다. 난 뱀바위에 갔었단 말입니다."

"뱀바위? 거긴 왜요?"

파이어하트는 롱테일의 말을 믿어도 될지 확신이 서지 않았다.

"거기서 타이거스타의 냄새를 맡았습니다. 최근 들어서 두세 번 냄새가 났어요."

롱테일이 설명했다.

"그런데 보고도 하지 않았다고요?"

파이어하트는 분노로 털이 곤두섰다.

"우리 영역에 다른 종족 고양이가 들어왔는데, 그것도 동료들을 죽이고 반역을 꾀한 고양이가…… 그런데 보고를 안 했다고요?"

"난…… 내 생각에는……."

롱테일이 더듬거렸다.

"그 생각이 뭔지는 잘 압니다. 타이거스타니까, 타이거스타는 뭐든 원하는 대로 할 수 있다고 생각했겠죠! 거짓말할 생각은 하지 마십시오. 타이거스타가 천둥족이었을 때 당신과 다크스트라이프는 한통속이었잖아요. 그리고 지금도 한패인 거죠. 스위프트포와 로스트페이스에 대해서 타이거스타에게 말해 준 게 누굽니까? 당신입니까, 아니면 다크스트라이프입니까? 아니라고 할 생각은 마십시오."

"다크스트라이프였습니다."

롱테일이 발로 마른땅을 긁으며 대답했다.

"그래서 그 반역자가 종족들이 다 모인 자리에서 블루스타를 비난할 수 있었던 거군요."

파이어하트는 단호하게 결론을 내렸다.

"그러니까 당신은 타이거스타가 천둥족 훈련병들을 훔쳐 가는 걸 도와줄 셈이었군요. 맞죠? 타이거스타와 함께 두 훈련병을 훔칠 계획을 짜고 있었던 거예요."

"아닙니다. 오해입니다."

롱테일이 말했다.

"난 그런 건 하나도 모릅니다. 다크스트라이프와 타이거스타가 종종 천둥길 쪽 경계에서 만나는 건 사실이지만, 무슨 일인지 나에게는 말해 주지 않습니다."

롱테일이 억울한 눈빛으로 파이어하트를 바라보았다.

"어쨌든 이건 타이거스타의 새끼들과는 전혀 상관없는 일입니다. 타이거스타가 뱀바위에서 뭘 하고 있는지 알아보려고 간 거란 말입니다. 그리고 부지도자가 꼭 봐야 하는 걸 찾아냈습니다."

파이어하트는 그를 빤히 쳐다보았다.

"함께 뱀바위로 가자는 겁니까? 타이거스타의 냄새를 맡았다는 곳으로? 내가 그 정도로 제정신이 아닌 것 같습니까?"

"하지만 파이어하트……."

"조용히 하세요!"

파이어하트는 으르렁거렸다.

"당신과 다크스트라이프는 언제나 타이거스타와 한패였습니다. 내가 왜 지금 당신이 하는 말을 믿어야 하죠?"

파이어하트는 돌아서서 자리를 떠 버렸다. 그는 롱테일과 다크스트라이프가 자신을 노리고 함정을 판 것이라고 확신했다. 타이거스타가 블루스타를 노리고 천둥길 옆에 함정을 만들어 놓았던 것과 마찬가지였다. 쥐 대가리처럼 어리석게 롱테일의 말을 듣고 뱀바위에 갔다가는 다시는 돌아오지 못할 수도 있었다.

그는 자신도 모르게 치료사의 공터로 향하고 있었다. 고사리 덤불을 스치고 지나가자 신더펠트가 바위틈에서 머리를 내밀었다.

"누구…… 파이어하트! 무슨 일이에요?"

파이어하트는 걸음을 멈추고, 화를 누르려고 애썼다.

신더펠트의 파란 눈이 놀라움으로 커졌다. 그녀는 파이어하트의 옆으로 걸어와 옆구리를 기댔다.

"진정해요, 파이어하트. 뭐 때문에 이렇게 흥분한 거예요?"

"그게……."

파이어하트는 중앙 공터를 향해 꼬리를 휘둘렀다.

"롱테일이 다크스트라이프와 함께 계략을 짜고 있는 것 같아."

신더펠트가 눈을 가늘게 떴다.

"왜 그렇게 생각하는데요?"

"롱테일이 나를 뱀바위로 꾀어내려고 했어. 거기서 타이거스타의 냄새를 맡았대. 아무래도 날 노리고 함정을 파 놓은 것 같아."

신더펠트는 충격을 받은 얼굴이었다. 하지만 그녀의 입에서 나온 말은 파이어하트가 예상했던 것이 아니었다.

"파이어하트, 지금 꼭 블루스타처럼 말하고 있는 거 알아요?"

파이어하트는 대꾸하려고 입을 열었지만, 아무 말도 할 수 없었다. 신더펠트의 말이 무슨 뜻일까? 그는 블루스타와는 전혀 달랐다. 블루스타는 분별력을 잃고 종족의 모든 고양이가 자신을 배신했다고 두려워하고 있지 않은가. 아니면 정말 자신이 블루스타처럼 굴었던 걸까? 그는 어깨에 쭈뼛 선 털을 반반하게 눕히면서 마음을 가라앉히려고 애썼다.

"파이어하트, 만약 롱테일이 타이거스타와 함께 파이어하트를 함정에 빠뜨리려고 했다면, 타이거스타의 냄새를 맡았다는 말을 했겠어요? 롱테일도 그렇게 멍청하진 않다고요!"

"그건…… 그렇겠네."

파이어하트는 마지못해 수긍했다.

"그럼 이제 롱테일에게 가서 무슨 일인지 자세히 물어보세요."

그가 머뭇거리자 신더펠트가 덧붙였다.

"롱테일과 다크스트라이프가 타이거스타와 가까운 사이였다는 거 알아요. 하지만 적어도 롱테일은 이제 종족에 충성하는 것처럼 보여요. 게다가 롱테일이 종족을 배신하려는 유혹을 느끼는 게 사실이라고 해도, 그가 하려는 이야기를 들어 보려고도 하지 않는 건 아무런 도움이 되지 않아요. 그건 롱테일을 타이거스타의 발아래로 밀어 넣는 거나 마찬가지라고요."

"알아."

파이어하트는 한숨을 내쉬었다.

"미안해, 신더펠트."

신더펠트는 조그만 소리로 가르랑거리며 파이어하트와 코를 비볐다.

"가서 얘기해 보세요. 저도 같이 갈게요."

파이어하트는 마음을 다잡고 다시 공터로 가서 롱테일을 찾아보았다. 롱테일이 벌써 타이거스타를 찾으러 나갔을지도 모른다고 생각하자 온몸이 오싹해졌다. 하지만 전사들의 거처에 가 보니 롱테일은 화이트스톰과 함께 있었다.

"화이트스톰, 제 말을 꼭 들어 주셔야 해요."

파이어하트와 신더펠트가 거처에 들어섰을 때, 롱테일이 말하는 소리가 들렸다. 그의 목소리에는 정말 두려움이 묻어 있었다.

"파이어하트는 제가 배신자라고 생각해요. 그래서 제 말은 들으려고도 하지 않아요."

"음, 네가 타이거스타를 만나 우리 소식을 전하는 것 같던데."

화이트스톰이 지적했다.

"전 아니에요. 다크스트라이프예요."

롱테일이 반발했다.

화이트스톰은 말다툼하고 싶은 생각은 없다는 듯 어깨를 으쓱했다.

"좋아, 계속해 봐. 무슨 일인데?"

"뱀바위에 개들이 살고 있어요."

롱테일이 불쑥 말했다.

"개들이라고요? 직접 봤습니까?"

파이어하트가 끼어들며 물었다. 두 전사가 신더펠트와 함께 나타난 파이어하트를 올려다보았다.

"정말로 제 말을 듣고 싶은 겁니까?"

롱테일이 미심쩍다는 듯이 물었다.

"설마 또 계략을 짜고 있다고 의심하려는 건 아니겠지요?"

"아까는 미안했습니다. 이제 그 개에 대해 말해 보세요."

"개들입니다, 파이어하트. 한 무리의 개들 말입니다."

무리라는 말을 듣는 순간 파이어하트는 피가 얼어붙는 것 같았지만, 아무 말도 하지 않았다. 롱테일이 말을 이었다.

"뱀바위에서 타이거스타의 냄새를 맡았다고 했잖아요. 나는…… 난 타이거스타에게 뱀바위가 위험하다고 경고해 줘야겠다고 생각했습니다. 그리고 그가 천둥족 영역 깊숙한 곳까지 들어와서 뭘 하고 있는지도 알고 싶었고요. 그리고 결국 알게 됐습니다."

롱테일이 몸서리를 쳤다.

"계속하세요."

파이어하트가 재촉했다. 그는 자신이 완전히 틀렸다는 것을 깨달았다. 롱테일은 정말로 중요한 소식을 보고하려던 것이었다.

"거기 있는 동굴을 아십니까?"

롱테일이 말했다.

"그 동굴 가까이 갔을 때 타이거스타를 봤습니다. 타이거스타는 날 못 봤고요. 처음에는 타이거스타가 먹이를 훔치고 있는 줄 알았습니다. 죽은 토끼를 끌고 가고 있었거든요. 그런데 토끼를 동굴 입구에 두는 것이었습니다."

롱테일은 말을 멈췄다. 그의 눈동자는 두려움에 사로잡혀 있었다. 마치 다른 고양이들은 보지 못하는 무언가를 다시 한 번 보고 있는 것 같았다.

"그래서 어떻게 됐지?"

화이트스톰이 재촉했다.

"그때 그…… 그놈이 동굴 밖으로 나왔습니다. 맹세컨대 지금껏 본 중에 가장 큰 개였어요. 두발쟁이들과 같이 오는 그런 개들이 아니었습니다. 이건 아주 거대했어요. 앞발과 머리만 봤는데…… 침을 줄줄 흘리는 엄청나게 큰 입에다, 그렇게 커다란 이빨은 아무도 본 적 없을 거예요."

롱테일은 두려운 기억을 돌이키며 눈을 크게 떴다.

"개가 토끼를 잡아채서 동굴 안으로 끌고 들어갔습니다. 그리고 그때 울부짖는 소리가 시작되었습니다. 그 안에 개들이 더 있는 것 같았습니다. 토끼를 두고 싸우는 거였죠. 뭐라고 말하는지 잘 알아들을 수는 없었는데, '무리, 무리'라고 하고 '죽여라, 죽여라'라고도 하는 것 같았습니다."

파이어하트는 몸이 얼어 버렸다. 네 다리가 두려움에 꼼짝없이 갇혀 버린 것 같았다.

신더펠트가 조용히 말했다.

"그건 제가 꿈에서 들었던 말이에요."

"그리고 로스트페이스가 했던 말이지."

파이어하트가 덧붙였다. 마침내 그 어린 암고양이를 공격한 무시무시한 적의 정체를 알게 되었다. 그는 별족이 블루스타에게 무리에 대해 경고했던 일을 떠올렸다. 롱테일은 숲에 도사리는 악의 정체를 밝혀낸 것이다. 고양이를 먹잇감으로 만들고, 사냥꾼들을 쫓게 만든 그것은 두발쟁이에게서 도망쳐 나온 개 한 마리가 아니었다. 흉포한 생명체들이 모인 무리였던 것이다. 파이어하트는 그들이 어디서 왔는지 상상도 할 수 없었지만, 별족은 절대로 그런 파괴를 불러오거나 숲 전체에 존재하는 생명의 균형을 깨뜨릴 리가 없다는 것은 잘 알고 있었다.

"타이거스타가 그 개들에게 먹이를 주었다는 말입니까?"

파이어하트는 롱테일을 보며 물었다.

"도대체 무슨 생각으로 그런 짓을 한 거죠?"

"잘 모르겠습니다."

롱테일이 말했다.

"타이거스타는 토끼를 놔두고는 바위 위로 뛰어 올라갔습니다. 동굴 밖으로 나온 개는 타이거스타를 못 봤을 겁니다. 그러고는 가 버렸으니까요."

"타이거스타와 말은 안 해 봤습니까?"

"네, 안 했습니다. 내가 거기 있는 걸 타이거스타는 몰랐습니다.

별족이든, 블루스타의 목숨이든, 뭐든 걸고 맹세할 수 있습니다. 난 타이거스타가 무슨 짓을 벌이고 있는지 모릅니다."

롱테일의 두려움은 파이어하트를 설득시키기에 충분했다. 그는 타이거스타가 새끼들을 훔쳐 가려고 시도하리라 예상했었다. 하지만 이건 훨씬 더 복잡한 문제였다. 어떻게 그림자족 지도자가 천둥족에 대한 원한을 버렸을 거라고 생각했었단 말인가? 그는 타이거스타에 대해 훨씬 더 두려워하고 걱정했어야 했다는 것을 깨달았다. 어떻게 된 일인지 타이거스타는 숲의 사악한 세력과 연결되어 있었다. 하지만 타이거스타가 그 개들에게 뭘 원하는지, 그들에게 먹이를 주면서 무엇을 얻고자 하는지 짐작도 할 수 없었다.

"어떻게 생각하십니까?"

그는 화이트스톰에게 물었다.

"조사를 해 봐야 할 것 같습니다."

선임 전사가 단호하게 말했다.

"그리고 다크스트라이프는 이 일에 대해서 얼마나 아는지 궁금하군요."

"저도 그렇습니다."

파이어하트가 맞장구를 쳤다.

"하지만 물어보지는 않을 생각입니다. 다크스트라이프가 정말로 타이거스타와 함께 계략을 꾸미는 거라면, 우리에게 도움이 될 만한 건 아무것도 말해 주지 않을 테니까요."

파이어하트는 롱테일에게 버럭 화를 내듯 덧붙였다.

"이 일에 대해서 다크스트라이프에게는 입도 뻥긋하지 마십시오. 가까이 가지도 마십시오."

"아…… 알겠습니다, 파이어하트."

롱테일이 더듬거리며 대답했다.

"타이거스타가 왜 그렇게 엄청난 위험을 무릅쓰고 개들에게 먹이를 줬는지 알아내야 합니다. 뱀바위를 순찰할 생각이라면 같이 가겠습니다."

화이트스톰이 말했다.

파이어하트는 위를 올려다보면서 빛을 가늠해 보았다.

"오늘은 너무 늦었습니다. 뱀바위에 도착하면 날이 어두워질 거예요. 내일 새벽에 가도록 하겠습니다. 이것이 제 마지막 임무가 되더라도, 타이거스타가 무슨 일을 꾸미고 있는지 알아내야겠습니다."

24

미끼

전사들의 거처에서 나온 파이어하트는 잠시 걸음을 멈추고 공터 건너편을 바라보았다. 쐐기풀 더미 옆에 웅크리고 앉아 먹이를 먹고 있는 샌드스톰의 모습이 보였다. 그는 뱀바위까지 함께 갈 몇몇 전사들을 결정했지만, 아직 샌드스톰에게는 말하지 않았다. 이렇게 위험한 임무에 그녀의 목숨을 걸게 하고 싶지 않았던 것이다. 게다가 그의 명령이라면 샌드스톰이 함께 가기를 거절할까 봐 두렵기도 했다. 하지만 그는 샌드스톰 없이 가는 것은 상상할 수도 없다는 것을 잘 알았다.

파이어하트는 깊은숨을 들이쉬면서 쐐기풀 더미로 걸어가 샌드스톰 옆에 앉았다.

샌드스톰은 먹다 남은 다람쥐를 마지막으로 꿀꺽 삼켰다.

"파이어하트, 무슨 일이야?"

파이어하트는 롱테일이 뱀바위에서 목격한 일들을 조용히 이야기해 주었다.

"너도 같이 가면 좋겠어. 넌 민첩하고 용감하잖아. 종족은 네가 필요해."

샌드스톰이 말없이 그를 응시했다. 하지만 그녀의 연녹색 눈동자에서는 아무런 감정도 읽을 수 없었다.

"나는 네가 필요해."

그는 샌드스톰이 거절할까 봐 먼저 불쑥 말해 버렸다.

"블루스타를 위해서도, 종족을 위해서도 마찬가지야. 내가 바람족과의 전투를 막은 뒤로 우리 사이가 좋지 않다는 건 잘 알아. 하지만 난 널 믿어. 나에 대해 어떻게 생각하든지, 종족을 위해서 같이 가자."

샌드스톰이 천천히 고개를 끄덕였다. 골똘히 생각에 잠긴 얼굴이었다. 파이어하트의 마음에 작은 희망의 씨앗이 싹트기 시작했다.

"네가 왜 바람족과 싸우지 않으려고 했는지 알아. 어떻게 보면 네가 옳았을 수도 있고. 하지만 우리에게는 알리지 않고 블루스타를 속였다는 사실을 받아들이기가 힘들었어."

"알아. 하지만……."

"하지만 넌 부지도자니까."

샌드스톰이 파이어하트를 향해 한 발을 뻗어 말을 막았다.

"넌 우리가 이해하지 못하는 책임들을 안고 있겠지. 그리고 블루스타에 대한 충성심과 종족에 대한 충성심 사이에서 갈팡질팡하면서 얼마나 괴로웠을지 알 것 같아."

샌드스톰은 발만 내려다보면서 머뭇거리다가 덧붙였다.

"나도 괴로웠어. 난 전사의 규약에 충실하고 싶었고, 너에게도 충실하고 싶었어, 파이어하트."

파이어하트는 감정이 벅차올라 대답을 할 수가 없었다. 그는 머리를 쭉 뻗어 그녀의 옆구리에 기댔다. 기쁘게도 그녀는 피하지 않았다. 샌드스톰이 고개를 들어 다시 그를 올려다보았다. 파이어하트는 그녀의 연녹색 눈망울에 푹 빠져드는 기분이었다.

"미안해, 샌드스톰. 마음 아프게 하려던 건 아니었어."

그는 속삭이듯 작은 목소리로 덧붙였다.

"사랑해."

샌드스톰의 눈이 반짝였다.

"나도 사랑해, 파이어하트."

그녀가 속삭였다.

"그래서 네가 토니포의 스승으로 브래큰퍼를 추천했을 때 상처를 받았던 거야. 네가 날 존중해 주지 않는 것 같아서."

"내가 잘못했어. 내가 왜 그렇게 쥐 대가리처럼 굴었는지 모르겠어."

파이어하트의 목소리가 떨렸다.

샌드스톰이 가르랑거리는 소리를 내며 코를 맞대 왔다.

"내 곁에 항상 있어 줘."

파이어하트는 샌드스톰의 따뜻한 몸을 느끼며, 그녀의 냄새를 맡았다. 문득 이대로 영원히 머물 수만 있다면 행복할 것 같다는 생각이 들었다.

하지만 그럴 수 없다는 것을 잘 알고 있었다.

파이어하트는 고개를 들며 말했다.

"샌드스톰, 우리가 거기서 무엇을 마주하게 될지 난 알아. 상상도 못 할 만큼 위험할 거야. 너에게 같이 가자고 명령하는 건 아니야. 하지만 네가 내 곁에 있어 줬으면 좋겠어."

샌드스톰이 가르랑거리는 소리가 더 깊어지면서, 이제 그녀의 몸 전체가 울리는 것 같았다.

"당연히 같이 가야지, 이 어리석은 털 뭉치야."

파이어하트는 그날 밤 진영의 경비를 이중으로 강화하고, 공터 한가운데에서 직접 불침번을 섰다. 잎이 진 나무들 사이로 한숨 짓듯 선들거리는 바람 소리를 들으면서, 두려움은 점점 커져 갔다. 바람은 마치 결코 잠들지 않는 적에 대해 경고하는 스파티드리프의 목소리를 실어다 주는 것 같았다. 타이거스타가 됐든 개들이 됐든, 아니면 그 둘 다가 됐든, 적은 이제 곧 분노를 폭발시킬 것이고, 그 앞에서는 어떤 고양이도 안전하지 않았다. 다음 날이 되면 종족은 파멸을 맞이할 수도 있었다.

파이어하트는 머리 위에 뜬 달을 올려다보고 있었다. 꽉 찬 보름달에서 거의 이지러지지 않은 모습이었다. 그때 신더펠트가 거처에서 나와 공터를 가로질러 그에게 다가와 앉았다.

"내일 순찰대를 이끌려면 잠을 좀 자야죠. 힘이 필요할 거예요."

"알아. 하지만 잠이 오지 않을 것 같아."

그는 다시 눈을 들어 달과 영롱한 별 무리를 바라보았다.

"저 위쪽은 정말 평화로워 보이네. 하지만 여기는……."

"맞아요, 여기는 사악한 기운이 점점 커지는 게 느껴져요. 숲은 암울하고, 별족은 우리를 도울 수 없어요. 모든 것은 우리에게 달려 있어요."

"별족이 우리를 벌하려고 그 개들을 보냈다고는 생각하지 않는 거지?"

신더펠트가 그와 눈을 맞추었다. 달빛을 받은 그녀의 눈동자가 반짝였다.

"네, 파이어하트. 그렇게 생각하지 않아요."

신더펠트가 몸을 기울여 코로 파이어하트의 뺨을 부드럽게 쓸어 주었다.

"파이어하트는 혼자가 아니에요. 제가 옆에 있어요. 종족도 함께 있을 거예요."

파이어하트는 그녀의 말이 맞기를 바랐다. 그들은 힘을 합쳐이 사악한 위협에 맞서야만 살아남을 수 있었다. 바람족과 전투가 벌어질 뻔했을 때, 종족은 그를 지지해 주었다. 하지만 개들과 맞설 때에도 종족이 그와 함께해 줄까?

잠시 후 신더펠트가 물었다.

"블루스타에게는 뭐라고 말할 거예요?"

"아무 말도 하지 않을 거야."

파이어하트가 대답했다.

"적어도 그곳을 둘러보기 전까지는 말하지 않으려고. 괜히 불안하게 만들 필요는 없잖아. 블루스타는 이 일을 견뎌 낼 힘이 없어. 지금은 말이야."

신더펠트도 동의했다. 그녀는 달이 저물기 시작할 때까지 말없이 그와 함께 있었다. 그러고는 입을 열었다.

"파이어하트, 치료사로서 말씀드리는 거예요. 지금은 휴식이 필요해요. 내일 일어날 일은 우리 종족의 미래를 결정지을 수도 있어요. 그러니 모든 전사들이 전력을 다할 준비가 되어 있어야 해요."

파이어하트는 그녀의 말이 옳다는 것을 마지못해 인정했다. 그는 신더펠트의 귀를 핥아 주며 인사를 한 뒤 자리에서 일어나 전사들의 거처로 향했다. 그리고 샌드스톰의 곁에 몸을 말고 누웠다. 하지만 잠들었다 깨어나기를 거듭하면서 악몽에 시달렸다. 꿈에서 스파티드리프가 그를 향해 달려오는 것을 보고 기뻐했지만, 그녀는 그에게 닿기도 전에 어마어마하게 큰 개로 변해 버렸다. 그 개는 입을 떡 벌리고 불꽃같은 눈을 이글거렸다. 파이어하트는 몸서리를 치며 잠에서 깨어났다. 첫 새벽빛이 하늘에 스며들고 있었다.

'이번이 내가 보는 마지막 새벽이 될지도 모르겠군.'

파이어하트는 생각했다.

'죽음이 우리를 기다리고 있어.'

고개를 들자, 곁에 앉아서 그를 지켜보고 있는 샌드스톰이 보였다. 그녀의 눈에 담긴 사랑을 본 순간 파이어하트는 온몸에 새로운 힘이 흐르는 것을 느꼈다. 그는 일어나 앉아서 그녀의 귀를 부드럽게 핥아 주었다.

"이제 때가 되었어."

파이어하트는 각오를 다지며, 뱀바위로 순찰을 나가기 위해 전날 저녁에 선발해 둔 고양이들을 깨웠다. 자리에서 벌떡 일어난 클라우드테일은 로스트페이스를 다치게 한 적들을 대면한다는 생각에 꼬리를 사납게 흔들어 댔다.

클라우드테일 곁에서 자고 있던 브린들페이스도 잠에서 깨어나 거처 끝까지 따라 나왔다.

"별족이 함께하시기를."

그녀가 클라우드테일의 털에서 이끼를 털어 내 주며 말했다.

"걱정 마세요. 돌아와서 다 얘기해 드릴게요."

클라우드테일은 자신을 키워 준 어미와 코를 맞대며 안심시켰다.

파이어하트는 화이트스톰을 깨웠다. 그런 다음 히스 더미에 파묻혀 있는 그레이스트라이프에게 다가가 한 발로 쿡쿡 찌르며 말했다.

"어서 일어나."

그레이스트라이프가 눈을 끔벅이며 일어나 앉았다.

"옛날과 똑같은 상황이잖아. 우리가 또다시 함께 위험 속으로 뛰어들고 있어."

그레이스트라이프는 밝은 목소리를 내려고 애쓰고 있었다. 그는 이마로 파이어하트의 어깨를 지그시 눌렀다.

"날 선택해 줘서 고마워, 파이어하트. 겁이 나서 몸이 얼어붙어 버릴 것 같긴 하지만, 내가 천둥족에 충성한다는 걸 증명해 보일게. 약속해."

파이어하트는 잠시 친구에게 몸을 기댔다가, 간단히 몸단장을 하는 회색 전사를 남겨 두고 롱테일을 깨우러 갔다. 롱테일은 잠자리에서 기어 나오면서 몸을 부르르 떨었다. 하지만 눈에는 결연한 의지가 보였다.

"날 신뢰할 수 있다는 걸 보여 주겠습니다."

그가 조용히 약속했다.

파이어하트는 고개를 끄덕였다. 전날 밤 롱테일의 보고를 들으려고 하지 않았던 일이 아직도 부끄러웠다.

"종족에겐 당신이 필요해요, 롱테일. 타이거스타나 다크스트라이프가 당신을 필요로 하는 것보다 훨씬 더 절실하게 말이에요. 저를 믿으세요."

그 말을 들은 롱테일의 얼굴이 환해졌다. 그는 다른 전사들과 함께 파이어하트를 따라 쐐기풀 더미가 있는 곳으로 나왔다. 전사들이 싱싱한 먹이를 먹는 동안 파이어하트는 전날 롱테일이 들려준 이야기를 빠르게 되짚어 주었다.

"우리는 조사를 하러 가는 겁니다. 우리가 맞서야 하는 것이 무엇인지 정확히 알기 전에는 어떻게 없앨지 알 수 없습니다. 아직 공격은 하지 않을 것입니다. 잘 알아들었지, 클라우드테일?"

클라우드테일의 타는 듯한 눈길이 파이어하트에게 꽂혔다. 어린 전사는 아무런 대답도 하지 않았다.

"시키는 대로 따르겠다는 약속을 하지 않으면 널 데려가지 않겠다, 클라우드테일."

"아, 알겠어요."

클라우드테일의 꼬리 끝이 짜증스럽게 씰룩거렸다.

"마지막 한 놈까지 모조리 까마귀 밥으로 만들어 버리고 싶지만, 지시에 따를게요, 파이어하트."

"좋아."

파이어하트의 시선이 나머지 순찰대를 훑고 지나갔다.

"질문이 있습니까?"

"타이거스타와 마주치면 어떻게 합니까?"

샌드스톰이 물었다.

"우리 영역에서 다른 종족 고양이를 만난다? 그럼 당연히 공격해야지요."

파이어하트는 이빨을 드러내고 말했다.

클라우드테일이 만족스러운 듯 가르랑거리는 소리를 냈다.

남은 먹이를 마저 삼킨 뒤, 파이어하트는 앞장서서 진영을 빠져나가 골짜기로 올라갔다. 해가 이미 떠올랐지만, 하늘은 구름으로 덮여 있었고 나무 사이로는 아직 어둠이 짙게 깔려 있었다. 파이어하트는 멀지 않은 곳에서 나는 토끼 냄새를 모른 척하고 계속 앞으로 나아갔다. 지금은 사냥할 겨를이 없었다.

전사들은 선두에 선 파이어하트를 따라 한 줄로 조심스럽게 움직였다. 화이트스톰은 맨 뒤에서 경계를 늦추지 않았다. 롱테일의 이야기를 들은 뒤로는 익숙했던 숲이 위험천만한 장소가 되었다는 느낌이 더욱 강해졌다. 파이어하트는 공격에 대비하여 털을 곤두세웠다.

뱀바위에 가까워질 때까지 모든 것이 잠잠했다. 파이어하트가 동굴에 접근할 수 있는 가장 좋은 방법을 궁리하고 있을 때, 그레이스트라이프의 목소리가 들렸다.

"저게 뭐지?"

그레이스트라이프가 죽은 고사리 덤불로 뛰어들었다. 잠시 후 그가 긴장된 목소리로 외쳤다.

"와서 이것 좀 보십시오!"

파이어하트는 그레이스트라이프의 목소리를 따라갔다. 친구는 죽은 토끼를 내려다보고 있었다. 목은 뜯겨 나갔고, 털에는 피가 말라붙어 있었다.

"개들이 다시 사냥을 시작했나 봅니다."

롱테일이 음울한 목소리로 말했다.

"그런데 왜 먹지는 않았을까요?"

샌드스톰이 쿵쿵거리며 죽은 토끼의 냄새를 맡더니 외쳤다.

"여기서 그림자족 냄새가 나요!"

파이어하트는 입을 벌리고 입천장에 있는 후각 신경으로 냄새를 판별해 보았다. 샌드스톰의 말이 맞았다. 희미하긴 했지만 틀림없는 그림자족 냄새였다.

"타이거스타가 이 토끼를 죽였나 봐. 그리고 여기 두고 간 거야. 왜 그랬을까?"

타이거스타가 개들에게 토끼를 잡아다 주는 것을 보았다는 롱테일의 이야기가 떠올랐다. 그리고 천둥족 진영에서부터 내내 그들을 따라다니는 진한 토끼 냄새가 생각났다. 파이어하트는 뒤로 조금 물러나면서 꼬리로 클라우드테일을 불렀다.

"우리가 왔던 길을 되짚어 가 보도록 해. 죽은 토끼를 찾는 거야. 찾으면 다른 냄새가 나는지 확인해 보고, 돌아와서 나에게 알려 줘. 화이트스톰, 같이 가 주십시오."

그는 두 전사가 멀어지는 모습을 지켜보다가 그레이스트라이프를 향해 몸을 돌렸다.

"여기서 계속 지키고 있어. 샌드스톰과 롱테일은 저와 같이 가 주십시오."

파이어하트는 이제 몇 걸음마다 멈추어서 공기를 맛보며, 더욱 조심스럽게 뱀바위에 접근했다. 얼마 지나지 않아 그들은 바위 위에 놓인 죽은 토끼를 발견했다. 이번에도 역시 주변에 타이거스타의 냄새가 맴돌았다. 이제 그들은 동굴 입구가 보이는 곳에 와 있었다. 파이어하트는 동굴 앞에 펼쳐진 공터 한쪽 끝에서도 토끼를 찾아냈다. 개들의 흔적은 보이지 않았다.

"개들은 어디 있는 거지?"

"저 동굴 안에 있습니다."

롱테일이 대답했다.

"어제 타이거스타가 저 앞에 토끼를 두는 걸 봤습니다."

"개들이 나오면 바로 앞에 있는 토끼를 볼 테고, 이쪽에 있는 토끼 냄새도 맡겠지……."

파이어하트는 생각나는 대로 중얼거렸다.

"그런 다음에는 그레이스트라이프가 찾은 토끼를 발견할 테고……."

순간 바위에 세게 부딪힌 것처럼 정신이 아찔해지면서, 모든 상황을 파악할 수 있었다. 그는 두려움으로 숨이 멎을 것 같았다.

"화이트스톰과 클라우드테일이 무엇을 발견하게 될지 알겠어. 타이거스타는 천둥족 진영으로 곧장 이어지는 냄새 흔적을 남겨 놓은 거야."

롱테일은 숲 바닥에 낮게 몸을 웅크렸고, 샌드스톰은 두려움에 휩싸여 눈을 크게 떴다.

"그러니까 타이거스타가 개들을 우리 진영으로 보내려고 했다는 거야?"

파이어하트의 머릿속에 한 가지 장면이 번개처럼 스쳐 갔다. 침을 줄줄 흘리는 거대한 개들이 골짜기를 달려 내려가 고사리 방벽을 뚫고 평화로운 진영으로 들이닥치는 장면이었다. 쩍쩍 벌어지는 턱, 허공으로 내던져진 고양이들의 축 늘어진 몸, 잔인한 이빨 앞에서 울부짖는 새끼 고양이들……. 파이어하트는 끔찍한 광경이 눈앞에 보이는 것 같아 몸을 부르르 떨었다.

"맞아. 서둘러! 냄새 흔적을 없애야 해!"

설사 별족의 명령이라 해도 동굴 입구에 놓인 토끼를 가져올 수는 없었다. 파이어하트는 바위 위에 놓인 토끼를 낚아채서 그레이스트라이프가 있는 곳으로 달려갔다. 그는 토끼를 내려놓고 재빨리 말했다.

"그 토끼를 물고 가. 종족에게 경고해 줘야 해."

그레이스트라이프는 놀라서 귀를 쫑긋 세웠지만, 즉시 명령에 따랐다. 그들은 다시 진영으로 향했다. 얼마 가지 않아 클라우드테일과 화이트스톰의 모습이 보였다. 둘은 조심스럽게 덤불을 통과해 일행에게 돌아오는 중이었다.

"토끼 두 마리를 더 찾았어요."

클라우드테일이 보고했다.

"둘 다 타이거스타의 냄새가 묻어 있었어요."

"그럼 가서 그 토끼들을 물어 와."

파이어하트는 자신이 알아챈 것을 빠르게 설명해 주었다.

"토끼들을 시내에 버리고, 흔적을 없애야 합니다."

"토끼는 없앨 수 있다고 해도, 냄새는 어떻게 할 겁니까?"

화이트스톰이 물었다.

파이어하트는 몸이 얼어붙었다. 그는 극심한 공포에 판단력이 흐려지고 있다는 것을 깨달았다. 토끼 냄새와 흩뿌려진 핏자국은 여전히 개들을 천둥족 진영으로 이끌 것이다.

"어쨌든 토끼들은 다 치워야 해요."

파이어하트는 재빨리 판단을 내렸다.

"그러면 개들이 오는 속도를 늦출 수 있을 거예요. 하지만 당장 진영으로 돌아가서 종족에게 경고해야 합니다. 진영을 떠나야 합니다."

그들은 혹시나 뒤에서 개들이 나타나지 않을까 귀를 쫑긋 세우고 숲을 달려 진영으로 향했다. 곧 입에 물고 갈 수 없을 정도로 많은 수의 토끼가 모였다. 이렇게 많은 토끼를 모은 걸 보면 타이거스타는 밤새도록 사냥한 것이 틀림없었다.

"토끼는 여기 두고 가기로 해요."

골짜기에서 꽤 떨어진 곳에서 샌드스톰이 제안했다. 숨을 고르느라 옆구리가 들썩이고 발톱은 찢어져 있었지만, 그녀의 눈에는 결연한 의지가 빛나고 있었다. 파이어하트는 자신이 부탁한다면 그녀는 언제까지라도 달려 줄 거라는 걸 알고 있었다.

"개들이 이렇게 많은 먹이를 발견하면, 멈춰서 먹으려고 할 거예요."

"좋은 생각이야."

파이어하트가 말했다.

"동굴 가까이 놔두는 게 더 좋을 텐데요."

화이트스톰이 걱정스러운 눈빛으로 말했다.

"그렇게 하면 개들이 아예 진영 가까이로는 오지 않을지도 모릅니다."

"맞습니다. 하지만 시간이 없습니다. 개들은 벌써 이리로 오고 있을 거예요. 동굴까지 가는 길에 마주칠 수도 있으니까 그건 안 됩니다."

파이어하트가 대답했다.

화이트스톰이 고개를 끄덕였다. 그들은 잘 보이는 곳에 토끼를 쌓아 두고 다시 빠르게 달려갔다. 파이어하트는 심장이 마구 뛰는 것을 느낄 수 있었다. 타이거스타가 숲을 위협하는 사악한 세력과 연결되어 있다는 사실을 진작 알아차렸어야 했다. 개들이 뱀바위에 있다는 것을 타이거스타가 어떻게 알아냈는지는 별족만이 아시겠지만, 어쨌든 그는 자신이 증오하는 종족을 파괴하려고 개들을 이용하고 있었다. 숲을 질주하던 파이어하트는 타이거스타를 막기에 너무 늦은 것은 아닐지 두려운 생각이 들었다.

골짜기 꼭대기에 도착한 파이어하트는 잠시 멈춰 섰다.

"이제 옆으로 넓게 퍼지십시오."

그는 전사들에게 명령했다.

"진영 가까이에 토끼의 흔적이 남아 있으면 안 되니까, 샅샅이 살펴야 합니다."

그들은 옆으로 퍼져서 골짜기를 훑으며 내려갔다. 클라우드테일이 앞쪽으로 튀어 나가는가 싶더니, 진영 입구에서 그리 멀지 않은 곳에서 그대로 멈춰 서 버렸다. 그는 바닥에 있는 무언가를 빤히 내려다보고 있었다.

"안 돼! 안 돼!"

귀청을 찢을 듯한 울부짖음이 어린 전사의 입에서 터져 나왔다. 파이어하트는 두려움으로 털이 쭈뼛 섰다.

"안 돼!"

클라우드테일이 다시 한 번 울부짖었다.

"파이어하트!"

파이어하트는 어린 전사의 곁으로 달려갔다. 클라우드테일은 다리가 뻣뻣하게 굳은 채 서 있었다. 마치 적을 마주했을 때처럼, 털가죽에 난 터럭 하나하나가 끝까지 곤두서 있었다. 그는 자신의 발치에 축 늘어져 있는 얼룩무늬 털 뭉치에서 시선을 떼지 못했다.

"왜죠, 파이어하트? 왜 하필이면……!"

클라우드테일이 절규했다.

파이어하트는 이유를 알았지만, 분노와 슬픔으로 말을 꺼내기가 힘들었다.

"타이거스타가 개들에게 고양이의 피 맛을 보여 주려고 한 것이다."

그는 쉰 목소리로 말했다.

그들 앞에 쓰러져 있는 죽은 고양이는 브린들페이스였다.

25
위험한 탈출

클라우드테일과 샌드스톰이 브린들페이스의 시신을 진영으로 옮겼다. 하지만 추모 의식을 치를 시간은 없었다. 브린들페이스는 이른 시간에 혼자 사냥을 나섰고, 다른 고양이들은 단지 사냥이 오래 걸린다고 생각했던 것이 분명했다. 클라우드테일이 브린들페이스의 새끼인 펀포와 애쉬포를 데리고 와 그녀를 급히 묻어주었다. 그사이 파이어하트는 종족을 불러 모았다.

파이어하트가 높은 바위 아래에서 고양이들이 모이기를 기다리는 동안 클라우드테일과 펀포, 애쉬포가 돌아왔다. 클라우드테일은 이리저리 서성이면서 사납게 꼬리를 휘둘러 댔다.

"타이거스타의 껍질을 벗겨 버릴 거예요! 그놈의 내장을 여기서부터 높은 돌산까지 뿌려 놓을 거라고요. 타이거스타는 내가 처리할 거예요, 파이어하트. 잊지 마세요."

"넌 내 명령에 따라야 한다는 걸 잊지 말아라."

파이어하트가 말했다.

"지금은 우선 개 무리를 처리해야 돼. 타이거스타 문제는 나중에 해결하기로 하자."

클라우드테일은 이빨을 드러내고 불만스럽게 으르렁렸지만, 토를 달지는 않았다.

한편 나머지 종족 고양이들은 충격에 빠져 말을 잃은 채 파이어하트 주변으로 모여들었다. 블루스타의 거처에서 나온 신더펠트가 빠르게 파이어하트에게 다가왔다.

"블루스타는 잠들었어요. 블루스타에게는 대책을 세운 다음에 알리는 게 좋겠어요, 그렇죠?"

파이어하트는 고개를 끄덕였다. 타이거스타에게 가졌던 두려움이 사실이라는 것을 알게 된다면, 지도자는 어떤 반응을 보일지 궁금했다. 그 끔찍한 사실에 완전히 미쳐 버리는 것은 아닐까? 그는 두려움을 밀어내며 종족을 향해 돌아섰다.

"천둥족의 고양이들이여, 오늘 아침 우리 영역에서 개 무리를 발견했습니다. 그들은 뱀바위의 동굴에서 살고 있습니다."

모여든 고양이들이 웅성거리기 시작했다. 반항적인 외침도 몇 차례 이어졌다. 파이어하트는 종족 고양이들이 자신이 한 말을 믿지 못하는 거라고 짐작했다. 하지만 더 나쁜 소식이 기다리고 있었다. 그는 다크스트라이프를 쳐다보지 않을 수 없었다. 하지만 그의 표정에서는 아무것도 읽을 수 없었다. 파이어하트는 다크스트라이프가 어디까지 알고 있는지 짐작조차 할 수 없었다.

"타이거스타가 그 개들에게 먹이를 주고 있었습니다."

파이어하트는 애써 침착한 목소리로 말을 이어 나갔다.

"그리고 개들을 우리 진영으로 유인하기 위해 죽은 토끼를 미끼로 흔적을 남겨 놓았습니다. 그 흔적의 끝에 누가 있었는지 여러분 모두 알고 있을 겁니다."

그는 브린들페이스가 묻혀 있는 진영 바깥쪽을 향해 고개를 숙였다.

고양이들이 울부짖는 소리가 한꺼번에 터져 나오자 파이어하트는 꼬리로 조용히 하라는 신호를 보낼 수밖에 없었다. 그의 눈길이 골든플라워에게 머물렀다. 그녀는 타이거스타가 한 짓을 들으며 고개를 푹 숙인 채 웅크리고 있었다. 파이어하트는 본능적으로 두 신임 훈련병을 찾아보았다. 토니포는 겁에 질린 얼굴로 그를 보고 있었지만, 브램블포는 얼굴을 숨기고 있었다. 파이어하트는 브램블포도 똑같이 충격을 받았을지, 아니면 그렇게 대담한 계획을 실행에 옮긴 아버지를 존경스러워할지 궁금했다.

다시 이야기를 할 수 있을 만큼 잠잠해지자, 파이어하트는 말을 이었다.

"진영으로 이어지는 흔적을 없애려고 했지만, 토끼들이 밤새 놓여 있었기 때문에 완전히 없애는 건 불가능했습니다. 개들은 남아 있는 냄새를 따라서 올 것입니다. 그러니 우리는 진영을 떠나야 합니다. 원로들과 새끼 고양이들을 포함해서 모두 나가야 합니다. 개들이 이곳에 왔을 때 우리를 찾을 수 없도록 말입니다."

고양이들이 다시 술렁거리기 시작했다. 이번에는 초조해하며 낮게 웅성거리는 소리들이 들렸다. 지금은 나이가 많지만 한때는 예뻤던 삼색얼룩 암고양이 대플테일이 소리쳤다.

"어디로 가야 하죠?"

"해 드는 바위로 갑니다."

파이어하트가 대답했다.

"그곳에 도착하면 가장 높은 나무로 올라가십시오. 개들이 뒤를 따라오더라도 냄새를 놓쳤다고 생각하고 더 이상 찾지 않을 겁니다."

그의 확고한 명령에 다행히도 종족은 잠잠해졌다. 하지만 그들은 여전히 브린들페이스를 애도하며 웅크리고 있었다. 펀포와 애쉬포는 겁먹은 표정으로 서로 바싹 붙어 있었다. 파이어하트는 별족에게 감사했다. 비록 날이 흐리고 쌀쌀하긴 했지만 비는 내리지 않았고, 아프거나 너무 어려서 이동할 수 없는 고양이도 없었기 때문이다.

"그럼 그 개들은 어떻게 할 생각입니까? 우리가 무얼 해야 하는 겁니까?"

더스트펠트가 물었다.

파이어하트는 머뭇거렸다. 직접 공격하기에는 개들이 너무 강했다. 타이거스타도 그 점을 확신하지 않았다면 개들을 진영으로 유인하려고 하지도 않았을 것이다.

'별족이시여, 도와주세요.'

그는 마음속으로 기도했다. 그때 마치 선조 전사들이 기도를 듣기라도 한 것처럼, 머릿속에 좋은 생각이 떠올랐다.

"바로 그거야! 우리가 그 흔적을 이용하는 거야."

파이어하트는 중얼거렸다.

가까이 있는 고양이들이 쳐다보자, 그는 좀 더 큰 소리로 다시 말했다.

"우리가 그 흔적을 이용하는 겁니다!"

"무슨 뜻입니까?"

샌드스톰이 눈을 동그랗게 뜨고 물었다.

"말 그대로입니다. 타이거스타는 우리 진영으로 개들을 유인하려 했습니다. 그럼 그렇게 놔두고, 개들이 오면 기다리고 있다가 낭떠러지로 데려가는 겁니다."

천둥족 영역 저 멀리, 나무 네 그루에서 멀지 않은 곳에 가파른 계곡 사이로 강물이 흐르는 곳이 있었다. 물살이 빠르고 거센 데다 수면 아래에는 뾰족한 돌들이 숨어 있는 곳이었다. 고양이들이 그곳에 빠져서 목숨을 잃을 수 있다면, 개도 마찬가지가 아닐까?

"개들을 낭떠러지 끝으로 유인해야 합니다."

말을 하는 동안 파이어하트의 머릿속에 구체적인 계획이 세워졌다.

"빨리 달릴 수 있는 전사들이 필요합니다."

그는 주위에 있는 고양이들을 훑어보았다.

"그레이스트라이프와 샌드스톰, 마우스퍼, 롱테일, 더스트펠트, 그리고 제가 같이 가겠습니다. 그 정도면 충분할 겁니다. 다른 분들은 진영 입구에 모여서 이동할 준비를 해 주십시오."

이름이 불리지 않은 고양이들이 명령에 따라 움직이기 시작했다. 그때 펀포와 애쉬포가 무리를 헤치며 앞으로 나왔다.

"파이어하트, 우리도 돕고 싶어요."

펀포가 간절하게 말했다. 그녀는 충격이 가시지 않은 눈으로 애원하듯 파이어하트를 바라보았다.

"전사들이라고 했는데."

파이어하트는 부드럽게 일깨워 주었다.

"하지만 브린들페이스는 우리 엄마예요. 그러니 제발요, 파이어하트. 엄마를 위해서라도 꼭 돕고 싶어요."

애쉬포가 말했다.

"데려가도록 하세요. 이 녀석들에겐 분노가 두려움을 뛰어넘을 용기를 줄 겁니다."

화이트스톰이 진지한 목소리로 말했다.

파이어하트는 잠시 주저했지만 화이트스톰의 강렬한 눈빛에 고개를 끄덕였다.

"좋습니다."

"저는요?"

클라우드테일이 꼬리를 휘두르며 따지듯 물었다.

"내 말 잘 들어라, 클라우드테일. 개들을 유인하는 데 최고의 전사들을 모두 데려갈 수는 없다. 종족을 보살필 전사들도 있어야지."

클라우드테일이 반발하려는 듯 입을 열었지만, 파이어하트는 재빨리 말을 이었다.

"너에게 쉬운 일을 맡기는 게 아니야. 만약 우리가 실패하면, 개들과 맞서 싸워야 할 거야. 어쩌면 그림자족과도 싸워야 할지도 모르고. 잘 생각해 봐, 클라우드테일."

어린 전사가 여전히 미심쩍다는 표정을 짓고 있자, 그는 격려

하듯 덧붙였다.

"타이거스타의 계획이 실패하고 천둥족이 살아남으면, 그보다 더 훌륭한 복수가 어디 있겠니?"

클라우드테일은 침묵했다. 그의 얼굴이 브린들페이스의 죽음에 대한 슬픔과 분노로 일그러졌다.

"로스트페이스를 잊지 마."

파이어하트는 조용히 말했다.

"로스트페이스에게는 지금 그 어느 때보다 네가 필요할 거야."

다친 친구의 이름을 듣자, 어린 전사는 자세를 바로 하고 공터 건너편을 바라보았다. 로스트페이스는 스페클테일과 다른 원로들이 이끄는 대로 절뚝거리며 입구로 향하고 있었다. 그녀의 남은 눈은 어딘가를 멍하니 응시하고 있었고, 두려움에 헐떡이느라 옆구리가 들썩이고 있었다.

"알겠어요, 파이어하트. 제가 해야 할 일을 할게요."

클라우드테일이 결의에 찬 목소리로 말했다.

"고맙다."

파이어하트는 공터를 가로질러 로스트페이스에게 달려가는 그의 뒤에 대고 외쳤다.

"널 믿는다, 클라우드테일."

진영 입구로 속속 모여드는 고양이들을 지켜보던 파이어하트는 그들 뒤편으로 움직이는 무언가를 발견했다. 그것은 가시나무 울타리에 난 틈으로 살금살금 빠져나가는 다크스트라이프였다. 그 뒤를 브램블포와 토니포가 바짝 따르고 있었다.

파이어하트는 재빨리 달려가서, 가시덤불을 밀치고 나가려는 그들을 따라잡았다.

"다크스트라이프! 어디로 가는 겁니까?"

그가 소리쳤다.

다크스트라이프가 돌아섰다. 대담하게 파이어하트를 마주 보았지만, 눈에는 놀란 빛이 번뜩이고 있었다.

"해 드는 바위는 안전하지 않은 것 같아서 말입니다. 이 녀석들을 좀 더 안전한 곳으로 데려가던 중이었습니다. 이 애들은……."

"더 안전한 곳이 어딥니까?"

파이어하트가 따져 물었다.

"그런 곳을 안다면 다른 고양이들에게도 알려 주는 게 어떻습니까? 이 훈련병들을 타이거스타에게 데려가는 게 아니라면 말입니다."

파이어하트는 분노가 치밀었다. 당장이라도 달려들어 발톱으로 할퀴어 버리고 싶었지만, 애써 마음을 가라앉혔다.

"물론 그림자족 지도자는 자기 새끼들이 개들에게 잡아먹히길 바라진 않겠지요."

그는 큰 소리로 외쳤다.

"개들이 이곳에 오기 전에 데려가려는 거 아닙니까? 그러니까 이 모든 걸 지난 모임에서 계획해 두었던 거겠죠!"

다크스트라이프는 대답하지 않았다. 표정이 어두워진 그는 파이어하트와 눈을 맞추려 하지 않았다.

"다크스트라이프, 정말 역겹군요."

파이어하트가 으르렁거렸다.

"타이거스타가 개들을 여기로 데려올 걸 알고 있었으면서도 아무에게도 말하지 않다니! 당신은 종족에 대한 충성심은 전혀 없는 겁니까?"

"난 몰랐습니다!"

다크스트라이프가 고개를 홱 들며 반발했다.

"타이거스타는 새끼들을 데려오라고만 했지, 이유는 말해 주지 않았습니다. 개들에 대해서는 전혀 몰랐다고요. 별족에게 맹세할 수 있습니다!"

파이어하트는 배신자의 입으로 별족에게 하는 맹세를 과연 믿을 수 있을지 의심스러웠다. 그는 고개를 돌려 겁에 질린 눈으로 자신을 바라보고 있는 두 훈련병을 마주 보았다.

"다크스트라이프가 너희에게 뭐라고 말했지?"

"아, 아무 말도 안 했어요, 파이어하트."

토니포가 더듬거리며 말했다.

"그냥 같이 가자고만 했어요. 숨기 좋은 곳을 안다고요."

브램블포도 거들었다.

"그래서 그 말을 따랐다는 것이냐?"

파이어하트는 엄한 목소리로 추궁했다.

"다크스트라이프가 지금은 종족 지도자인가 보구나, 그렇지? 아니면 누가 다크스트라이프를 너희 스승으로 임명해 줬니? 그런데 내가 몰랐던 거야? 모두 따라와라."

파이어하트는 돌아서서 종족 고양이들이 모이고 있는 진영 입구로 향했다. 그는 브램블포와 토니포뿐만 아니라 다크스트라이프까지 잠자코 따라오는 것에 조금 놀랐다. 머지않아 다크스트라이프에게 처벌을 내려야겠지만, 지금은 그럴 시간이 없었다.

그는 꼬리를 휙 휘둘러 브래큰퍼를 불렀다.

"브래큰퍼, 이 두 훈련병을 네가 책임지고 맡아라. 무슨 일이 있어도 절대로 눈을 떼지 말도록. 그리고 다크스트라이프가 얼씬거리기라도 하면 나에게 즉시 알려 주고."

"네, 파이어하트."

브래큰퍼가 어리둥절한 얼굴로 대답했다. 그는 두 훈련병을 살살 밀면서 다른 고양이들이 있는 곳으로 데려갔다.

근처에서 화이트스톰을 발견한 파이어하트는 그에게 다가갔다. 그리고 고갯짓으로 다크스트라이프를 가리켰다.

"잘 감시해 주세요. 털끝만큼도 믿을 수 없는 고양이입니다."

그러고 나서 파이어하트는 같이 개들을 유인하기로 한 전사들에게 말했다.

"아직 먹이를 먹지 않았으면, 지금 먹어 두십시오. 전력을 다해야 할 테니까요. 곧 출발할 것입니다. 그 전에 먼저 블루스타에게 말씀드리고 오겠습니다."

블루스타의 거처를 향해 돌아선 파이어하트는 신더펠트가 곁이 와 있는 것을 깨달았다.

"저도 같이 갈까요?"

그녀가 물었다.

파이어하트는 고개를 저었다.

"아니, 가서 다른 고양이들이 준비하는 걸 도와줘. 진정시킬 수 있으면 좀 해 보고."

"걱정하지 마세요, 파이어하트."

치료사가 그를 안심시켰다.

"기본적인 치료 약초는 가져갈 거예요. 만일을 위해서요."

"좋은 생각이야. 쏜포에게 도와 달라고 하면 될 거야. 블루스타가 준비되는 대로 떠나도록 해."

파이어하트는 블루스타의 거처 안을 들여다보았다. 지도자는 일어나 앉아 털을 고르고 있었다.

"파이어하트, 무슨 일이냐?"

파이어하트는 거처 안으로 들어가 고개를 숙였다.

"블루스타, 숲의 사악한 존재에 대한 진실을 밝혀냈습니다."

그는 조심스럽게 이야기를 꺼냈다.

"'무리'가 무엇인지 알아냈습니다."

블루스타는 몸을 곧게 펴고 흔들림 없는 파란 눈동자로 파이어하트를 응시했다. 파이어하트는 그날 아침에 순찰대와 함께 발견한 것에 대해 보고하기 시작했다. 이야기가 계속될수록 그녀의 얼굴은 공포로 창백해졌고, 이번 일로 지도자가 영영 미칠지도 모른다는 그의 두려움도 다시 고개를 들기 시작했다.

"그래서 브린들페이스가 죽었구나."

파이어하트가 말을 마치자 그녀가 중얼거렸다. 그리고 쓸쓸하게 덧붙였다.

"곧 나머지 고양이들도 브린들페이스를 따라가겠구나. 별족이 우리를 파멸시키려고 타이거스타를 보낸 거야. 별족은 이제 우리를 돕지 않을 것이다.”

“어쩌면 그럴지도 모릅니다, 블루스타. 하지만 우리는 포기하지 않을 겁니다.”

파이어하트는 당황하지 않으려고 애쓰며 단호하게 말했다.

“이제 블루스타가 종족을 해 드는 바위로 이끌고 가 주셔야 합니다.”

블루스타가 귀를 씰룩거렸다.

“그게 무슨 소용이냐? 해 드는 바위에서 살 수는 없다. 그리고 거기로 간다고 해도 개들이 우리를 쫓아올 것이다.”

“제 계획대로 된다면, 그곳에 오래 있을 필요는 없을 겁니다. 들어 보세요.”

파이어하트는 어떻게 개들을 꾀어내어 낭떠러지에 빠뜨릴지 설명했다.

지도자의 눈빛이 점점 희미해져 갔다. 파이어하트는 보지 못하는 무언가를 응시하는 것 같았다.

“그래서 나더러 원로 고양이처럼 해 드는 바위로 가 있으라는 말이구나.”

파이어하트는 머뭇거렸다. 블루스타에게 해야 할 일을 말하는 것은 클라우드테일에게 명령을 내리는 것보다도 훨씬 더 어려운 일이었다.

“지도자로서 가시라는 겁니다. 블루스타가 안 계시면 종족은 당황해서 어쩔 줄 모르고 흩어질 것입니다. 종족을 단결시키려면 블루스타가 필요합니다. 게다가 이번이 마지막 목숨이라는 걸 잊지 마십시오. 이번 목숨을 잃으면, 종족은 지도자 없이 무얼 어떻게 하겠습니까?"

블루스타는 잠시 머뭇거리더니 마침내 대답했다.

"잘 알았다."

"그럼 이제 출발해야 합니다."

블루스타는 고개를 끄덕이고 앞장서서 거처를 나섰다. 파이어하트와 함께 가기로 한 고양이들을 제외한 모든 고양이가 이미 진영 입구에 모여 있었다. 블루스타가 그들에게 향하는 동안 파이어하트는 꼬리로 화이트스톰을 불렀다.

"지도자의 곁을 지켜 주십시오."

그가 조용히 말했다.

화이트스톰이 고개를 끄덕였다.

"걱정하지 마십시오, 파이어하트."

화이트스톰은 잠시 파이어하트와 눈빛을 주고받았다. 블루스타가 얼마나 위태로운 상태인지 완벽하게 이해했다는 눈빛이었다. 블루스타가 진영을 나서자 화이트스톰은 그녀의 곁으로 다가가 부축했다.

나이는 많지만 여전히 활기찬 화이트스톰의 모습을 보고 있자니, 지도자가 얼마나 쇠약해졌는지 새삼 깨달을 수 있었다. 파이어하트는 그 모습에 충격을 받았다. 하지만 지도자의 존재는 다른 고양이들, 특히 원로 고양이들을 안심시켜 줄 것이다.

마지막 고양이까지 모두 골짜기로 줄지어 나가자, 파이어하트는 남아 있는 전사들을 향해 돌아섰다. 그들은 불에 탄 쐐기풀 더미 옆에 웅크리고 있었다. 그레이스트라이프와 샌드스톰이 파이어하트와 시선을 맞추었다. 그들의 눈에는 결의와 공포가 동시에 깃들어 있었다. 파이어하트는 지난번 불이 났을 때가 떠올랐다. 그때도 지금처럼 진영을 비웠었고, 고양이 셋이 돌아오지 못했다.

　하지만 파이어하트는 이런 생각이 공포심을 불러일으킬 뿐이라는 것을 알고 있었다. 그는 종족을 위해 강해져야 했다. 파이어하트는 전사들을 향해 걸어가며 말했다.

　"준비됐습니까? 그럼 갑시다."

26

유인 작전

골짜기 꼭대기에 도착한 파이어하트는 멈춰 서서 펀포와 애쉬포에게 고개를 돌렸다.

"너희 둘은 여기서 기다린다. 개들이 보이면 즉시 계곡을 향해 달리는 거야. 샌드스톰이 다음 차례로 기다릴 거야. 샌드스톰이 보이면 너희는 나무 위로 올라가라. 개들이 샌드스톰의 냄새를 맡고 쫓아가거든, 해 드는 바위로 가면 된다."

그는 두 훈련병을 내려다보았다. 그들의 눈동자는 분노로 이글거리고 있었다. 복수에 대한 열망은 어미를 잃은 슬픔을 잠시 잊게 만들었다. 파이어하트는 훈련병들이 지시 사항을 잘 기억하기를 바랐다. 당황한다거나 혹시라도 개들을 직접 공격하는 일은 없어야 했다.

"종족의 운명이 너희에게 달려 있다. 그리고 우리 모두 너희를 자랑스럽게 생각한다."

"실망시키지 않을게요."

펀포가 약속했다.

파이어하트는 그들을 남겨 둔 채 다른 고양이들을 이끌고 숲 속으로 들어갔다. 귀를 쫑긋 세우고 개들의 소리에 귀를 기울였지만, 지금 숲은 숨 막힐 듯한 침묵 속에서 무언가를 기다리고 있는 것 같았다. 울부짖는 소리나 덤불이 짓밟히는 소리보다도 더 불길한 침묵이었다. 나무 아래를 걸어가는 고양이들의 숨소리와 가벼운 발소리만이 이상할 정도로 크게 울렸다.

파이어하트는 다시 걸음을 멈췄다.

"샌드스톰, 넌 여기서 기다려. 훈련병들을 너무 멀리까지 뛰게 할 수는 없어. 넌 천둥족에서 가장 빠른 고양이니까, 네가 시작을 잘해 줘야 우리도 성공할 수 있어. 알았지?"

샌드스톰이 고개를 끄덕였다.

"믿어도 됩니다, 파이어하트."

샌드스톰은 파이어하트와 잠시 얼굴을 맞댔다. 더 많은 말을 주고받을 시간은 없었지만, 그녀의 연녹색 눈동자에는 그를 향한 사랑이 빛나고 있었다. 그녀에 대한 걱정으로 파이어하트의 두려움은 점점 커졌다.

파이어하트는 떨어지지 않는 발걸음으로 나머지 전사들을 데리고 자리를 떠났다. 그는 일정한 간격으로 전사를 하나씩 배치하면서, 계곡까지 이어지는 길을 따라갔다. 다음은 롱테일, 그다음은 더스트펠트, 그리고 마우스퍼가 남겨졌다. 마침내 그는 그레이스트라이프와 단둘이 강족과의 경계 부근에 남게 되었다. 천둥족 영역 안에서는 계곡과 가장 가까운 곳이었다.

"좋아, 그레이스트라이프, 넌 여기 숨어 있어. 일이 잘되면 마우스퍼가 개들을 이끌고 너에게로 올 거야. 개들이 보이면 계곡에서 가장 가파른 곳으로 뛰어가. 내가 앞에서 기다리고 있다가 마지막으로 달릴게."

"그럼 강족 영역으로 들어가게 될 텐데."

그레이스트라이프가 걱정스러운 듯 말했다.

"레퍼드스타가 어떻게 생각할까?"

"운이 좋으면 레퍼드스타 모르게 지나갈 수도 있어."

파이어하트가 말했다. 강족 지도자가 그레이스트라이프에게 강족 영역에 두 번 다시 발을 들이면 죽이겠다고 협박했던 일이 떠올랐다.

"지금은 그런 걱정까지 할 수가 없어. 우리 영역 쪽에 숨어 있도록 해. 순찰대가 보이면 절대 들키지 말고."

그레이스트라이프는 고개를 끄덕이고 납작 엎드려 가시덤불 아래로 기어 들어가며 말했다.

"행운을 빌어."

파이어하트도 친구에게 행운을 빌어 주고, 좀 더 조심스럽게 강족 영역으로 들어갔다. 강족 고양이들은 보이지 않았지만 비교적 생생한 냄새가 남아 있었다. 새벽 순찰대가 벌써 이곳을 지나갔다는 뜻이었다. 마침내 그는 몸을 숨길 만한 장소를 발견했다. 그는 바위 아래 움푹 팬 공간에 자리를 잡고 앉아 때를 기다렸다. 숲 전체가 고요한 가운데 오직 계곡의 물소리만 들려왔다.

파이어하트는 타이거스타가 지금 어디 있을지 궁금했다. 안전한 그림자족 영역에서 옛 종족이 갈가리 찢기기를 기다리고 있을까? 그다음에는 아마도 까마귀처럼 날아들어 천둥족 영역을 차지하고, 완벽한 복수에 흡족해할 것이다.

구름이 하늘을 덮고 있는 탓에 파이어하트는 시간이 얼마나 흘렀는지 알 수 없었다. 하지만 심장이 고동칠 때마다 혹시 뭔가 잘못된 건 아닌지 걱정이 되었다.

'왜 이렇게 오래 걸리는 걸까? 전사들 중 하나가 개들에게 잡힌 건 아닐까?'

파이어하트는 샌드스톰이 그 잔인한 턱에 찢겨 나가는 모습을 상상하다가, 발톱을 세우고 앞에 있는 단단한 땅을 마구 파헤치기 시작했다. 그는 돌아가서 무슨 일이 벌어졌는지 보고 싶은 마음을 간신히 억눌렀다.

'이 모든 계획이 큰 실수라면 어쩌지?'

그는 자신에게 물어보았다. 종족을 더 큰 위험에 빠뜨리고 있는 게 아닐까?

그때 계곡의 물소리를 뚫고 멀리서 개 짖는 소리가 들려왔다. 그 소리는 빠르게 가까워졌다. 사악한 세력이 그들의 먹잇감이 된 고양이들을 향해 돌진하며 짖어 대느라 마침내 목소리를 드러낸 것이다. 짖는 소리는 계속 커지다가 이제 숲 전체를 가득 메울 것처럼 요란하게 들려왔다. 그리고 그레이스트라이프가 나타났다. 그는 배를 거의 땅에 붙이고 전속력으로 질주하고 있었다.

바로 뒤에서 개들의 우두머리가 그레이스트라이프를 쫓고 있었다. 파이어하트는 그런 개는 한 번도 본 적이 없었다. 두발쟁이들이 데리고 다니는 개보다 족히 두 배는 커 보이는, 어마어마한 덩치의 개였다. 검은색과 갈색이 섞인 짧은 털 아래로 근육이 힘차게 움직이고 있었다. 벌어진 턱 사이로는 사나운 이빨이 보였고, 혀는 축 늘어뜨리고 있었다. 개는 달아나는 그레이스트라이프를 향해 턱을 딱딱 맞부딪치며 거칠게 짖어 댔다.

"별족이시여, 도와주세요!"

파이어하트는 숨어 있던 곳에서 뛰쳐나왔다.

그레이스트라이프가 가까운 나무로 돌진하는 모습을 볼 수 있었다. 이제 그가 할 수 있는 일은 달리는 것밖에 없었다. 짖는 소리는 점점 커지는 것 같았다. 그는 뒷발에 닿는 우두머리 개의 뜨거운 숨을 느낄 수 있었다.

파이어하트는 계곡에 도착하면 어떻게 해야 할지 갑자기 고민이 되기 시작했다. 원래의 계획은 마지막 순간에 옆으로 미끄러지듯 비켜나면서 미처 눈치채지 못한 개들을 곧장 낭떠러지로 뛰어들게 하는 것이었다. 하지만 지금은 그 방법이 통하지 않을지도 모른다는 생각이 들었다. 개들이 예상했던 것보다 훨씬 더 가까이에서 쫓아오고 있었던 것이다.

어쩌면 그는 계곡으로 뛰어들어야 할지도 몰랐다.

'그게 종족을 살리는 길이라면 그렇게 해야지.'

파이어하트는 단단히 결심했다.

계곡은 이제 바로 앞에 있었다. 나무숲을 빠져나오자, 그와 낭떠러지 사이에는 조그마한 풀밭이 펼쳐져 있었다. 파이어하트는 급히 어깨 너머를 돌아보고, 자신이 개들보다 한참 앞서 있다는 것을 깨달았다. 그는 개들이 따라잡을 수 있도록 속도를 조금 늦추었다. 개들은 우두머리를 따라 나무숲에서 줄줄이 나와 혀를 축 늘어뜨리고 짖어 댔다.

"무리, 무리! 죽여라, 죽여라!"

개들이 짖어 대는 소리가 날카로운 이빨처럼 파이어하트를 내리찍었다.

그때 다른 쪽에서 육중한 무게의 무언가가 그를 덮쳤다. 파이어하트는 바닥에 나동그라졌다. 커다란 발이 목을 짓눌렀고, 그는 일어나려고 헛된 몸부림을 쳤다. 귓가에 목소리가 들려왔다.

"어디를 가시나, 파이어하트?"

그것은 타이거스타였다.

27

천둥족을 구할 불

파이어하트는 적에게서 벗어나기 위해 필사적으로 몸부림쳤다. 뒷발로 배 털을 움켜쥐려 했지만 그림자족 지도자는 꿈쩍도 하지 않았다. 타이거스타의 냄새가 입과 코로 밀려들었다. 잔인한 호박색 눈이 그의 눈을 노려보고 있었다.

"별족에게 안부나 전해라."

타이거스타가 으르렁대며 말했다.

"당신이 먼저 가서 전해 주시지!"

파이어하트는 헐떡거리며 대꾸했다.

그 순간 놀랍게도 타이거스타가 그를 놓아주었다. 파이어하트는 휘청거리며 몸을 일으켰다. 그림자족 지도자는 몸을 돌려 가까운 나무로 뛰어올랐다. 무슨 일인지 알아차리기도 전에 귀청이 터질 듯 사납게 짖어 대는 소리가 들리더니, 발밑에서 땅이 울리기 시작했다. 뒤를 돌아본 그는 개들의 우두머리가 입을 벌리고 침을 줄줄 흘리며 달려오고 있는 것을 발견했다. 도망칠 시간은 없었다. 파이어하트는 눈을 질끈 감고 별족을 만나러 갈 마음의 준비를 했다.

날카로운 이빨이 목덜미에 박히는 순간 통증이 그를 파고들었다. 개가 그의 몸을 물어 올려 이리저리 흔들어 대자, 네 다리가 제멋대로 마구 움직였다. 허공에서 몸을 비틀어 개의 눈과 턱과 혀를 할퀴어 보려 애썼지만, 허우적거리는 발에 닿는 것은 아무것도 없었다. 숲이 빙글빙글 돌았다. 더 많은 개들이 짖는 소리가 들려왔고, 개 냄새가 사방에 널려 있었다.

"별족이시여, 도와주세요!"

파이어하트는 공포에 질려 절망적으로 소리쳤다. 이것은 파이어하트 혼자만의 죽음이 아니라, 종족 전체의 종말이었다. 그의 계획은 실패했다.

"별족이시여, 어디 계신가요?"

별안간 가까운 곳에서 울부짖는 소리가 들려왔다. 파이어하트는 갑자기 바닥에 내동댕이쳐졌다. 그의 목덜미를 물고 있던 입이 풀린 것이다. 어안이 벙벙해진 채 고개를 들자, 우두머리 개의 옆구리를 들이박고 있는 청회색 형체가 보였다.

"블루스타!"

블루스타와 부딪힌 충격으로 개는 낭떠러지 끄트머리까지 밀려나 비틀거렸다. 개는 묵직한 발로 풀을 움켜잡으려고 허우적거렸다. 사납게 짖던 소리는 겁에 질린 울부짖음으로 바뀌었다. 낭떠러지의 푸슬푸슬한 흙이 육중한 무게를 이기지 못하고 허물어지면서 개는 아래로 떨어지기 시작했다. 하지만 낭떠러지 아래로 머리가 사라지기 직전, 입을 크게 벌려 블루스타의 다리를 덥석 물었다. 블루스타의 몸이 뒤집히면서 그녀 역시 아래로 끌려가고 말았다.

우두머리의 뒤를 바짝 쫓아 달리던 다른 개 두 마리도 제때에 발을 멈추지 못했다. 무턱대고 달리던 그들은 울음 소리만 남긴 채 낭떠러지 아래로 사라져 버렸다. 나머지 개들은 미끄러지며 멈춰 섰다. 사납게 짖어 대던 소리는 이제 애처롭게 낑낑거리는 소리로 변했다. 파이어하트가 간신히 몸을 일으키기 전에 개들은 낭떠러지에서 주춤주춤 물러나 숲으로 달아나 버렸다.

파이어하트는 비틀거리며 계곡 끝으로 걸어가 아래를 내려다보았다. 발밑으로 물거품이 하얗게 일고 있었고, 세찬 물결 사이로 우두머리 개의 벌어진 주둥이가 얼핏 보였다가 다시 사라졌다.

"블루스타!"

파이어하트는 지도자의 이름을 소리쳐 불렀다. 그녀는 이곳에서 무얼 하고 있었던 걸까? 그는 분명 블루스타를 다른 고양이들과 함께 해 드는 바위로 보냈었다.

파이어하트는 너무 큰 충격으로 움직이지도 못하고 강물만 내려다보고 있었다. 그때 갑자기 자그마한 청회색 머리가 수면 위로 떠올랐다. 정신없이 허우적거리는 발도 보였다. 블루스타가 아직 살아 있었던 것이다! 하지만 곧 그녀는 급류에 휩쓸려 떠내려가 버렸다. 블루스타는 오랫동안 헤엄을 치기에는 너무 쇠약한 상태였다.

그가 할 수 있는 일은 한 가지밖에 없었다.

"블루스타, 조금만 버티세요! 제가 갈게요!"

파이어하트는 소리치며 가파른 계곡을 달려 내려가 강으로 뛰어들었다.

물은 마치 거대한 발처럼 파이어하트를 움켜잡아 이리저리 마구 흔들어 댔다. 얼음처럼 차가운 물살에 숨이 멎을 것만 같았다. 미친 듯이 발을 움직여 헤엄을 쳐 보려고 했지만, 물살은 자꾸만 그를 아래로 끌어당겼다. 블루스타는 그가 물속으로 들어오기 전부터도 보이지 않았다. 보이는 것이라고는 주변을 둘러싸고 부글거리는 물거품뿐이었다.

파이어하트는 급류에 휘말려 떠내려가면서 가까스로 머리를 내밀고 숨을 들이마셨다. 그때 여우 서넛 정도 떨어진 앞쪽에서 떠내려가고 있는 블루스타의 모습이 다시 눈에 들어왔다. 머리에는 털이 들러붙어 있었고 입은 벌어져 있었다. 파이어하트는 발을 힘차게 움직여 간격을 좁혔다. 블루스타가 물속으로 다시 가라앉으려는 순간, 파이어하트는 이빨로 그녀의 목덜미를 낚아챌 수 있었다.

블루스타의 무게가 실리자 파이어하트는 가라앉기 시작했다. 그의 본능은 블루스타를 놓고 자신의 목숨이라도 건져야 한다고 아우성치고 있었다. 하지만 파이어하트는 안간힘을 다해 버티면서, 다리를 쉴 새 없이 움직여 자꾸만 가라앉는 지도자를 수면 위로 올려놓았다.

별안간 무언가가 그들에게 쿵 부딪치면서 파이어하트는 블루스타를 놓칠 뻔했다. 물살에 떠밀려 발버둥 치는 개 한 마리가 얼핏 보였다. 두려움에 휩싸인 눈으로 무력하게 허우적거리던 개는 이내 사라져 버렸다.

갑자기 그늘이 드리웠다가 걷혔다. 물살에 실려 떠내려가면서 두발쟁이의 다리 아래를 지나게 된 것이었다. 이제 강기슭이 보이기 시작했다. 파이어하트는 그곳으로 가기 위해 발을 휘저었지만, 지친 다리가 고통스러운 비명을 질러 댔다. 몸을 가누지 못하는 블루스타는 너무 무거웠다. 물 밖으로 머리를 내밀어 숨을 들이마시려면 블루스타를 놓아야 했지만, 파이어하트는 자신이 그럴 수 없다는 것을 알고 있었다. 머리가 물속으로 가라앉으면서 파이어하트의 감각도 암흑 속으로 빠져들었다.

의식이 거의 없는 상태에서 그는 한 번 더 힘껏 발로 물을 찼다. 하지만 다시 물 위로 머리를 내밀었을 때, 기슭은 보이지 않았고 방향 감각도 완전히 잃고 말았다. 곧 물속으로 가라앉을 거라는 두려움에 파이어하트는 사지가 굳어 버렸다.

그때 갑자기 블루스타의 무게가 가벼워진 느낌이 들었다. 눈을 깜박여 물을 털어 낸 파이어하트는 바로 옆에서 물살에 출렁거리는 머리 하나를 발견했다. 그 머리가 이빨로 블루스타의 털을 단단히 물고 있었다. 그는 그 청회색 털가죽을 알아보고 너무 놀라서 헤엄치는 것도 잊을 뻔했다.

그것은 미스티풋이었다!

동시에 다른 쪽에서 스톤퍼의 목소리가 들려왔다.

"이제 놔도 돼. 블루스타는 우리가 잡고 있어."

파이어하트는 시키는 대로 스톤퍼에게 블루스타를 맡겼다. 두 강족 고양이는 블루스타를 밀면서 강기슭을 향해 헤엄쳐 갔다.

블루스타의 무게가 사라지자 파이어하트도 강족 고양이들을 따라 헤엄쳐서 강바닥을 딛고 설 수 있었다. 평평한 바닥에 발을 디딘 그는 강족 영역의 안전한 기슭으로 물을 헤치며 올라갔다.

파이어하트는 가쁘게 숨을 몰아쉬며 한바탕 기침을 했다. 털에서 물을 털어 낸 그는 블루스타의 상태를 확인하기 위해 주위를 두리번거렸다. 미스티풋과 스톤퍼가 그녀를 자갈 위에 눕혀 놓았다. 벌어진 입에서 물이 흘러나오고 있었고 아무런 움직임도 없었다.

"블루스타!"

미스티풋이 소리쳤다.

"돌아가신 거야?"

파이어하트는 그들에게 휘청휘청 걸어가며 쉰 목소리로 물었다.

"내 생각엔……."

스톤퍼의 말은 느닷없는 고함 소리에 끊기고 말았다.

"파이어하트, 조심해!"

그레이스트라이프의 목소리였다. 파이어하트는 고개를 돌렸다. 타이거스타가 두발쟁이 다리를 건너 달려오고 있었고, 그 뒤를 그레이스트라이프가 바짝 쫓고 있었다. 그림자족 지도자는 기슭을 따라 방향을 바꾸어 파이어하트가 있는 쪽으로 달려왔다. 순간 그레이스트라이프가 그 앞으로 쏜살같이 뛰쳐나와, 몸을 돌려 타이거스타를 막아섰다.

"물러나! 이 고양이들을 건드리지 마!"

그레이스트라이프가 으르렁거렸다.

파이어하트는 치솟는 분노를 느꼈다. 천둥족 지도자는 강기슭에 누워 마지막 목숨이 사그라지고 있었다. 어떤 말과 행동을 했더라도, 블루스타는 여전히 그가 따르는 지도자였다. 그는 종족을 지키기 위해 지도자가 목숨을 버리게 할 생각은 조금도 없었다. 그리고 이 모든 것은 타이거스타 때문에 일어난 일이었다!

파이어하트는 달려가서 그레이스트라이프 곁에 섰다. 그림자족 지도자는 두어 걸음 뒤로 물러났다. 둘을 동시에 상대하기는 벅차다고 생각하는 것이 분명했다.

그때 뒤에서 미스티풋의 놀란 목소리가 들려왔다.

"파이어하트, 블루스타가 살아 있어!"

파이어하트는 타이거스타를 향해 이빨을 드러내고 으르렁거렸다.

"한 발짝이라도 더 다가왔다가는 개들과 함께 강물 속에 처넣어 버리겠다! 그레이스트라이프, 가까이 오지 못하게 해 줘."

그레이스트라이프가 고개를 끄덕이며 발톱을 세웠다. 타이거스타는 분노와 좌절의 한숨을 길게 내쉬었다.

파이어하트는 블루스타에게 달려가 곁에 웅크리고 앉았다. 그녀는 자갈 위에 가만히 누워 있었지만, 가슴이 오르락내리락하며 고르지 못한 숨을 내쉬고 있었다.

"블루스타?"

그는 지도자의 이름을 조용히 불렀다.

"블루스타, 파이어하트입니다. 이제 다 괜찮습니다. 이제 안전합니다."

블루스타가 눈을 끔벅끔벅하더니 두 강족 전사를 바라보았다. 잠깐 동안 그녀는 둘을 알아보지 못하는 것 같았다. 하지만 이내 눈이 커지면서 온화한 빛이 감돌았다.

"너희가 날 구했구나."

블루스타가 대견하다는 듯 말했다.

"쉿, 말하지 마세요."

미스티풋이 말했다.

블루스타는 그 말을 듣지 않았다.

"하고 싶은 말이 있다……. 너희를 그렇게 보낸 날 용서해 주면 좋겠구나. 오크하트가 나에게 약속했단다. 그레이풀이 너희에게 좋은 어머니가 되어 줄 거라고."

"그랬습니다."

스톤퍼가 간결하게 대답했다.

파이어하트는 긴장했다. 지난번에 이 두 강족 전사는 블루스타가 한 일을 비난하며 독설을 내뱉었다. 그들은 지금 무력하게 누워 있는 그녀를 다시 비난하려는 것일까?

"그레이풀에게 신세를 많이 졌구나."

블루스타의 목소리는 가냘프고 고르지 못했다.

"오크하트에게도 그렇고. 너희를 이렇게 훌륭히 가르치다니. 난 너희가 자라는 걸 지켜봐 왔다. 그리고 너희를 길러 준 강족에게 얼마나 많은 빚을 졌는지도 알고 있다."

블루스타의 온몸에 경련이 일었다. 그녀는 잠시 말을 멈췄다가 다시 거친 목소리로 말을 이어 나갔다.

"만약 내가 다른 선택을 했더라면, 너희가 가진 힘을 천둥족을 위해 쓸 수 있었을 텐데. 날 용서해라."

미스티풋과 스톤퍼가 머뭇거리는 눈빛을 주고받았다.

"너희를 강족에 보낸 일로 무척 괴로워하셨어."

파이어하트가 참지 못하고 나섰다.

"부디 용서해 드려."

두 강족 전사는 여전히 망설이고 있었다. 그러다가 미스티풋이 고개를 숙이고 어미의 털을 핥아 주었다. 파이어하트는 안도감으로 다리가 풀리는 기분이었다.

"용서해 드릴게요, 블루스타."

미스티풋이 말했다.

"용서해 드릴게요."

스톤퍼도 똑같이 말했다.

블루스타는 기뻐하며 가르랑거리는 소리를 냈다. 파이어하트는 두 강족 고양이가 자신의 지도자이자 그들의 어미인 블루스타 곁에 웅크리고 앉아 처음으로 혀를 나누는 모습을 보며 목이 메었다.

그때 그레이스트라이프의 분노에 찬 으르렁거림이 들려왔다. 파이어하트가 고개를 돌리자 타이거스타가 한 발짝 앞으로 나오는 모습이 보였다. 그는 놀란 듯 눈을 크게 뜨고 있었다. 타이거스타는 조금 전까지도 천둥족에서 강족으로 보내진 새끼 고양이들의 어미가 누구인지 모르고 있었던 것이다.

"가까이 오지 마, 타이거스타. 이건 당신과 전혀 상관없는 일이야."

파이어하트는 다시 블루스타에게로 고개를 돌렸다. 그녀는 서서히 눈이 감기면서 얕은 숨을 가쁘게 몰아쉬고 있었다.

"어떻게 해야 하지?"

파이어하트는 미스티풋을 보며 초조하게 물었다.

"블루스타는 이번이 마지막 목숨이야. 이대로는 천둥족 진영까지 돌아갈 수가 없어. 누가 가서 강족의 치료사를 좀 데려와 주겠어?"

"이미 늦었어, 파이어하트."

낮고 부드러운 목소리로 대답한 것은 스톤퍼였다.

"이제 별족에게 가시는 거야."

"아니야!"

파이어하트는 블루스타 옆에 웅크리고 앉아 그녀의 몸에 코를 파묻었다.

"블루스타! 블루스타! 일어나세요! 치료사를 불러 올게요. 조금만 더 견뎌 주세요."

블루스타가 게슴츠레 눈을 떴다. 그녀의 눈은 파이어하트가 아닌, 방금 그의 어깨를 스치고 간 무언가를 보고 있었다. 그녀의 눈빛은 맑고 평온했다.

"오크하트, 날 데리러 온 거야? 난 준비됐어."

"안 돼요!"

파이어하트는 다시 울부짖었다. 최근에 블루스타 때문에 겪었던 힘든 일들은 마음속에서 모두 사라지고, 고귀한 지도자의 현명한 모습만이 기억에 남아 있었다. 파이어하트는 애완 고양이로 처음 종족에 들어온 그를 가르치고 용기를 주던 지도자를 떠올렸다. 결국 별족은 그녀를 버리지 않았다. 그녀는 어둠에서 나와, 그동안 살아왔던 것처럼 고귀하게 자신을 희생해 종족을 구하고 죽음을 맞이하고 있는 것이다.

"블루스타, 우리를 떠나지 마세요."

파이어하트는 애원하듯 말했다.

"난 가야 한다."

지도자가 속삭였다.

"난 마지막 전투를 치렀다."

블루스타는 헐떡이며 힘들게 말을 이었다.

"해 드는 바위에서 나의 종족을 보았다. 강한 자들이 약한 자들을 돕는 모습을……. 너와 다른 전사들이 개들과 맞서기 위해 갔다는 것을 알았다……. 나의 종족이 충성스럽다는 것도, 별족이 우리에게서 등을 돌리지 않았다는 것도 알았다……."

블루스타의 목소리가 끊어질 듯 힘겹게 이어졌다.

"너 혼자 그 위험에 맞서도록 둘 수 없다는 것도 알았지."

"블루스타……."

이별의 고통으로 파이어하트의 목소리가 떨려 왔다. 자신이 배신자가 아니라는 걸 지도자가 마침내 알아주자 가슴이 뛰었다.

블루스타가 파란 눈동자로 그를 가만히 바라보았다. 그녀의 눈동자에는 벌써 별족의 빛이 일렁이는 것 같았다.

"불이 종족을 구할 것이다."

블루스타가 중얼거렸다. 파이어하트는 천둥족에 처음 들어왔을 때부터 들었던 그 알 수 없는 예언을 기억하고 있었다.

"넌 몰랐을 것이다, 그렇지?"

블루스타가 말을 이었다.

"내가 너에게 파이어포라는 훈련병의 이름을 주었을 때도 모르 더구나. 우리 진영에 불길이 치솟았을 때는 나도 의심이 들었지. 하지만 지금은 진실을 안다. 파이어하트, 네가 바로 천둥족을 구 할 불이다."

파이어하트는 사랑하는 지도자를 바라보는 것 말고는 달리 아 무것도 할 수 없었다. 마치 온몸이 돌로 변한 것 같았다. 파이어 하트의 머리 위에서 바람에 흩어진 구름 조각 사이로 한 줄기 햇 살이 내리비쳤다. 햇빛이 닿은 파이어하트의 털가죽이 불꽃처럼 이글거렸다. 여러 달 전, 그가 처음 종족에 들어왔던 날에 공터에 서 그랬던 것처럼.

"넌 훌륭한 지도자가 될 것이다."

블루스타의 목소리는 이제 거의 들리지 않는 속삭임에 가까웠 다.

"숲에서 가장 위대한 지도자 중 하나가 될 것이다. 너는 불의 온기로 종족을 보호하고, 불의 기세로 종족을 지킬 것이다. 너는 파이어스타, 천둥족의 빛이 될 것이다."

"아니에요!"

파이어하트는 소리쳤다.

"전 못 합니다. 블루스타가 없으면 안 돼요."

하지만 이미 늦었다. 블루스타는 부드럽게 숨을 내쉬었고 곧 눈에서 빛이 사라졌다. 미스티풋이 낮게 흐느끼며 어미의 털에 코를 파묻었다. 스톤퍼는 고개를 푹 숙인 채 몸을 웅크렸다.

"블루스타!"

파이어하트가 간절하게 불렀지만 아무런 대답이 없었다. 천둥족의 지도자는 마지막 숨을 거두고 별족과 영원한 사냥을 떠난 것이다.

파이어하트는 뻣뻣하게 굳은 몸을 일으켰다. 머리가 빙글빙글 도는 것처럼 어지러워서 발톱을 땅에 깊이 박아 넣고서야 겨우 서 있을 수 있었다. 순간 허공으로 곤두박질치는 것이 아닐까 두려웠다. 털이 곤두섰고, 쿵쿵 뛰는 심장이 가슴을 뚫고 나올 것만 같았다.

"파이어하트."

그레이스트라이프가 그의 이름을 불렀다.

"아아, 파이어하트."

회색 전사는 타이거스타를 남겨 두고 어느새 조용히 다가와 지도자가 숨을 거두는 모습을 지켜보았다. 파이어하트는 친구가 공손한 눈길로 자신을 바라보고 있다는 것을 알아차렸다. 시선이 마주치자 그레이스트라이프가 정중하게 고개를 숙였다. 파이어하트는 두려움으로 몸이 뻣뻣해졌다. 그는 이 상황을 받아들이고 싶지 않았다. 그는 종족 지도자를 향한 전사의 예의 바른 인사가 아니라, 친숙하고 편안한 친구의 우정 어린 위로를 받고 싶었다.

그레이스트라이프의 뒤로 타이거스타의 모습이 보였다. 그는 분노와 놀라움이 담긴 눈으로 강가에 있는 고양이들을 바라보고 있었다. 파이어하트가 무슨 말을 할 새도 없이 그림자족 지도자는 돌아서서 두발쟁이 다리를 건너 자신의 영역을 향해 달려갔다.

파이어하트는 그가 가도록 내버려 두었다. 오래된 원한을 정리하기 전에 먼저 겁에 질린 자신의 종족을 돌보아야 했다. 하지만 그날 타이거스타가 저지른 짓은 결코 잊을 수 없었다. 천둥족의 어떤 고양이도 잊지 않을 것이다.

"다른 고양이들을 데려와야겠어. 블루스타의 시신을 진영으로 옮겨야 하니까."

파이어하트는 그레이스트라이프를 보며 말했다.

그레이스트라이프가 다시 고개를 숙였다.

"알겠습니다, 파이어하트."

"우리가 도와줄게."

스톤퍼가 일어나 천둥족 고양이들을 보며 말했다.

"우리가 도울 수 있도록 해 줘. 나도 어머니가 종족에 묻히는 걸 보고 싶어."

미스티풋이 슬픔에 잠긴 눈으로 말했다.

"둘 다 고마워."

파이어하트는 숨을 깊이 들이쉰 뒤 몸을 일으켰다. 그리고 물기가 거의 마른 털을 털어 냈다. 마치 종족 전체의 무게가 자신의 어깨에 실린 기분이 들었다. 하지만 곧 그 무게를 견딜 수 있을 것 같다는 생각이 들기 시작했다.

그는 이제 천둥족의 지도자였다. 우두머리 개의 죽음과 함께 개들의 위협은 숲에서 사라졌다. 종족은 해 드는 바위에서 안전하게 그를 기다리고 있었다. 샌드스톰도 그를 기다리고 있을 것이다.

파이어하트는 그레이스트라이프를 돌아보며 말했다.

"자, 어서 집으로 돌아가자."

〈6권에 계속〉

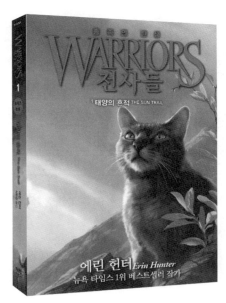